L'appareil administratif de l'État

Du même auteur

Administration et Politique sous la Ve République
(en collab. avec Francis de Baecque *et al.*)
Presses de la FNSP, 1980
2e éd., coll. « Références », 1982

Le Gouvernement de la France sous la Ve République
Dalloz, 1980, 3e éd. 1987

La Haute Fonction publique sous la Ve République
(en collab. avec Jean-Luc Bodiguel)
PUF, 1982

Les Politiques institutionnelles
in Traité de science politique, *t. IV*
(sous la dir. de Madeleine Grawitz et Jean Leca)
PUF, 1985

Les Régimes politiques occidentaux
Éd. du Seuil, coll. « Points Politique », 1986

L'Alternance au pouvoir
PUF, coll. « Que sais-je ? », 1989

Jean-Louis Quermonne

L'appareil administratif de l'État

Éditions du Seuil

EN COUVERTURE : dessin Sandrine Lescarmontier.

ISBN 2-02-012968-X.

L'État n'est plus l'incarnation d'une idée : il est un appareil, un ensemble de mécanismes techniques.

Georges Burdeau,
Traité de science politique, t. X

Ce livre n'aurait jamais vu le jour sans l'œil attentif d'Olivier Bétourné, qui a rendu accessible au lecteur non initié l'appréhension d'une dimension de l'État qu'un vocabulaire spécialisé tend trop souvent à occulter.

Introduction

« Il n'y a de France que grâce à l'État. La France ne peut se maintenir que par lui. Rien n'est capital que la légitimité, les institutions et le fonctionnement de l'État... Je suis sûr de trouver dans le Conseil d'État le concours qu'il a toujours fourni à la République et à la France[1]. »

En prononçant ces paroles le 28 janvier 1960, en pleine « crise des barrricades[2] », devant l'assemblée générale du Conseil d'État, le général de Gaulle considérait, à l'évidence, l'appareil administratif de l'État comme un soutien plus ferme à son action que la majorité parlementaire, reflet d'un précaire système de partis.

Et, cependant, moins de deux ans après, le 1er octobre 1962, le Conseil d'État émettait, à l'unanimité moins une voix, un avis défavorable à la révision constitutionnelle prescrivant l'élection du président de la République au suffrage universel et rendait, le 19 octobre, un arrêt annulant l'ordonnance prise sur habilitation référendaire par laquelle le général de Gaulle avait créé une juridiction d'exception chargée de juger les responsables de l'OAS.

1. Cité par André Passeron, in *De Gaulle parle*, Paris, Fayard, 1962, p. 71.

2. Il s'agit de la rébellion d'une fraction activiste de la population européenne d'Algérie, soutenue par un régiment de parachutistes, qui avait contraint le délégué général du gouvernement, Paul Delouvrier, et le général Challe, commandant en chef en Algérie, à quitter momentanément Alger, mettant ainsi en cause l'autorité de l'État.

Doit-on conclure que l'appareil administratif de l'État, loin d'être le bras séculier du pouvoir politique, peut constituer, dans certaines circonstances, un pouvoir administratif autonome, sinon un contre-pouvoir ? La thèse avancée en 1911 par Henri Chardon, maître des requêtes au Conseil d'État, n'avait retenu alors ni l'attention de la classe politique ni l'approbation de la doctrine [1]. Or, aujourd'hui, il n'est pas nécessaire de souscrire au mythe de l'« Énarchie » pour reconnaître l'influence déterminante exercée sur le gouvernement de la France par la haute fonction publique. Parallèlement, on pourrait citer maints témoignages d'hommes politiques britanniques attestant que, par sa valeur même, le Civil Service constitue, au Royaume-Uni, un État dans l'État [2]. De façon générale, les auteurs s'accordent à reconnaître que, dans les démocraties occidentales, la haute administration est l'un des principaux acteurs des politiques publiques [3].

Par conséquent, l'on ne s'étonnera pas que ce livre reprenne à son compte et confirme l'hypothèse, que nous avions formulée en 1982 avec Jean-Luc Bodiguel, selon laquelle la haute fonction publique occupe une place, peut-être singulière, mais à part entière, parmi les forces politiques [4].

Certes, le phénomène est davantage perceptible en France que chez nos principaux partenaires. Sans qu'il soit nécessaire de recourir ici à la notion de *Parteinstaat* [5], il est aisé d'observer que la plus grande consistance dont bénéficient les partis politiques en Grande-Bretagne, en

1. Henri Chardon, *Le Pouvoir administratif*, Paris, Perrin, 1911.

2. Claire Charlot, *L'Énarchie à l'anglaise*, Lille, Presses universitaires de Lille, 1989, notamment les citations rapportées au chapitre VI.

3. Joel D. Aberbach, Hans-Ulrich Derlien, Renate Mayntz, Bert A. Rockman, « Hauts fonctionnaires fédéraux américains et allemands : attitudes technocratiques et politiques », in *Acteurs des politiques publiques, Revue internationale des sciences sociales*, n° 123, févr. 1990.

4. Jean-Luc Bodiguel, Jean-Louis Quermonne, *La Haute Fonction publique sous la Ve République*, Paris, PUF, « Politique aujourd'hui », 1982.

5. Cette notion désigne les modes de gouvernement fondés sur le fonctionnement régulier des systèmes de partis.

République fédérale d'Allemagne et même en Italie, rend moins indispensable dans ces pays l'intervention de l'administration publique. Tandis que, aux États-Unis, les ressources qu'offre la société civile au pouvoir politique permettent à celui-ci de donner l'illusion de n'entretenir qu'un « État minimum »[1]. L'on sait que, sur cette base, Bertrand Badie et Pierre Birbaum ont essayé d'établir une distinction, devenue classique, entre « les sociétés où l'État tente de régenter le système social en se dotant d'une forte bureaucratie (type idéal : la France ; trajectoire voisine : la Prusse, l'Espagne, l'Italie) et celles où l'organisation de la société civile rend inutile l'apparition d'un État puissant (type idéal : la Grande-Bretagne ; trajectoire voisine : les États-Unis et les démocraties consociationnelles comme la Suisse)[2] ». Il n'en reste pas moins vrai que, même dans cette deuxième catégorie de pays, l'administration publique est appelée à jouer, désormais, un rôle essentiel.

Dans une perspective comparative, ce livre poursuivra, par conséquent, deux objectifs. D'une part, il cherchera à décrire et à analyser l'appareil administratif de l'État en France et dans les démocraties occidentales. En France, il ne saurait occuper la place laissée vacante par l'ouvrage fondamental de Francis de Baecque, dont l'absence de réédition constitue une perte irremplaçable pour la science administrative[3]. S'agissant des autres démocraties occidentales, il s'attachera surtout à établir un parallèle avec la Grande-Bretagne. Là comme ailleurs, il devra laisser de côté certains aspects de la vie administrative : l'administration des collectivités territoriales (qui n'appartiennent pas à l'appareil de l'État), mais aussi les services de

1. Voir, sur ce point, le débat opposant Luc Rouban à Marie-France Toinet dans le numéro 4 (vol. 39) d'août 1989 de la *Revue française de science politique* (*RFSP*) : « Le reaganisme à l'œuvre », ainsi que les deux ouvrages dirigés en 1989 par Marie-France Toinet : *L'État en Amérique*, Paris, Presses de la FNSP, et *Le Libéralisme à l'américaine*, Paris, Economica.

2. Bertrand Badie et Pierre Birnbaum, *Sociologie de l'État*, Paris, Grasset, 1979, p. 172.

3. Francis de Baecque, *L'Administration centrale de la France*, Paris, PUF, « U », 1973.

police (qui commencent à être sérieusement étudiés [1]), les services techniques (dont certains, comme les Ponts et Chaussées et les Télécommunications, ont donnné lieu à des travaux importants [2]), et les syndicats de fonctionnaires (dont le déclin n'est sans doute pas définitif [3]).

D'autre part, ce livre voudrait être un essai. Par-delà l'état de la question qu'il s'emploiera à dresser dans différents chapitres, il tentera de mesurer l'ampleur des problèmes que soulève, aujourd'hui, l'administration des sociétés complexes. Et il s'efforcera de les situer, dans une dernière partie, à la fois par rapport à la crise du Welfare State et de l'État-providence [4] et par rapport aux exigences de la rénovation du service public.

Ces considérations, dictées par l'actualité, ne sauraient, cependant, estomper la démarche générale de l'ouvrage qui vise à placer successivement l'administration publique sous l'éclairage de l'appareil bureaucratique et de l'appareil corporatif. Aussi, avant d'aborder respectivement leur étude dans la première et la deuxième partie, fera-t-elle un détour pour évoquer trois notions, qui lui serviront d'instrument d'analyse : les notions d'appareil, de bureaucratie et d'institution, sans lesquelles on ne saurait appréhender la dimension administrative de l'État.

1. On songe, en particulier, aux ouvrages de Jean-Jacques Gleizal (*La Police nationale*, Grenoble, Presses universitaires de Grenoble, 1974; Le Désordre policier, Paris, PUF, 1985), et de Claude Journès (dir., *Police et Politique*, Lyon, Presses universitaires de Lyon, 1988), et aux travaux de Jean-Louis Loubet del Bayle ainsi qu'aux livres de J. Aubert et R. Petit et de P. Demonque.

2. On renverra le lecteur, concernant les Ponts et Chaussées, aux ouvrages classiques de Jean-Claude Thoenig et de François Dupuy, et, s'agissant des Télécommunications, aux recherches de Thierry Vedel et au numéro spécial de la *Revue française d'administration publique*, n° 52, oct.-déc. 1989.

3. Jeanne Siwek-Pouydesseau, *Les Syndicats de fonctionnaires depuis 1948*, Paris, PUF, 1989.

4. S'agissant de l'État-providence, on se reportera au dernier ouvrage de Pierre Rosanvallon, *L'État en France, de 1789 à nos jours*, Paris, Éd. du Seuil, 1990.

1. La notion d'appareil

Dans l'acception que l'on retient ici, le terme d'« appareil » n'a partie liée ni avec la conception marxiste ni avec l'interprétation néo-libérale, dont il faut dire quelques mots.

1. La conception marxiste

L'analyse marxiste a eu souvent recours à la notion d'appareil pour fonder une conception instrumentaliste de l'État et de l'administration [1]. L'« appareil du pouvoir » que dénonce Karl Marx dans *Le 18 Brumaire de Louis Bonaparte* était, à ses yeux, formé parallèlement d'un agencement militaire et d'une « organisation bureaucratique ayant pour rôle d'être l'instrument de la classe dominante, quels que fussent d'ailleurs ses efforts pour se constituer en puissance indépendante [2] ». Et cet « effroyable corps parasite d'un demi-million d'hommes » ne trouvait aucune justification dans la gestion d'une société dont la complexité n'appelait pas encore le concours d'une administration professionnelle spécialisée. Aussi comprend-on que Marx ait applaudi, quelques années après dans *La Guerre civile en France*, à son démantèlement par la Commune de Paris.

On connaît le parti que les néo-marxistes, s'appuyant sur la distinction opérée par Lénine entre « les appareils particuliers et l'appareil général » de l'État, tireront de cette analyse, nécessairement polémique et circonstancielle, pour tenter de construire une théorie des appareils d'État. Parmi eux, Louis Althusser est, sans doute, celui qui a poussé le plus loin l'analyse de leur différenciation et de

1. Pierre Bauby, *Les Marxistes et l'État dans la France contemporaine, Contribution à la théorie de l'État-stratège*, thèse IEP, Paris, 1990.

2. Karl Marx, *Le 18 Brumaire de Louis Bonaparte*, Paris, Éditions sociales, 1978, p. 125.

leur rôle. Et la distinction qu'il a établie entre les appareils répressifs d'État (ARE) — tels que l'armée, la police, la justice et les prisons — et les appareils idéologiques d'État (AIE) — au nombre desquels il fait aussi bien figurer les écoles que les églises, les partis que ce qu'on appellerait aujourd'hui les médias — restera longtemps ancrée dans les mémoires [1].

Elle a, certes, suscité la critique, notamment celle de Robert Fossaert, pour qui le mélange des genres entre les institutions publiques et privées, voire entre les partis révolutionnaires et les autres, constitue une « redoutable simplification [2] ». Mais ni les efforts de Robert Fossaert pour proposer une autre théorie des appareils ni ceux de Nicos Poulantzas pour essayer de l'affiner [3] ne permettront de concilier le professionnalisme contemporain de l'administration et sa relative autonomie avec la finalité répressive que lui attribuait Karl Marx.

2. La conception néo-libérale

Le terme d'appareil est beaucoup moins utilisé par la pensée néo-libérale, même si l'idée imprègne ses tentatives pour dégager l'État des appareils qui l'entravent, tel « Gulliver enchaîné ». Mais, dans la voie ouverte par Hayek, la conception instrumentaliste de l'administration sous-tend les critiques du Welfare State entreprises aux États-Unis par John Rawls et Robert Nozick [4]. En France, cette même conception instrumentaliste préside au

1. Louis Althusser, *Positions*, Paris, Éditions sociales, 1978. L'ouvrage inclut l'article sur « Idéologies et appareils idéologiques d'État », publié en juin 1970 dans le numéro 151 de *La Pensée*.

2. Robert Fossaert, *La Société*, t. III, *Les Appareils*, Paris, Éd. du Seuil, 1978, p. 22.

3. Nicos Poulantzas, dir., *La Crise de l'État*, Paris, PUF, 1976, notamment l'étude de Jacques Sallois et de Michel Crétin sur le rôle social des hauts fonctionnaires.

4. Luc Rouban, « La fin du Welfare State aux États-Unis : le reaganisme et l'appareil d'État », *RFSP*, n° 4, vol. 39, 1989 ; du même auteur : « Innovation, complexité et crise de l'État moderne », *RFSP*, vol. 38, juin 1988.

courant de pensée qui, pour sauvegarder dans le domaine où s'exerce le pouvoir régalien l'existence d'un État fort et respecté, préconise une politique de privatisation et de dérégulation. Et elle inspire même un auteur, dont l'œuvre tout entière a montré que l'administration était autre chose qu'un simple instrument, quand il se laisse entraîner à assimiler « État moderne » à « État modeste » [1], sans pour autant préconiser le désengagement complet de celui-ci par rapport à la société.

3. La banalisation du terme

C'est naturellement en marge de toute conception dogmatique que s'inscrit l'usage de la terminologie que nous avons retenue. Certes, on ne saurait oublier qu'en insérant dans l'article 20 de la Constitution du 4 octobre 1958 la disposition selon laquelle le gouvernement « dispose de l'administration... », la Ve République a entendu, pour la première fois dans les annales républicaines de la France, souscrire explicitement à la conception occidentale de l'administration, selon laquelle celle-ci doit être séparée de la politique tout en étant subordonnée au gouvernement [2].

Mais cette pétition de principe instrumentaliste ne saurait occulter l'existence de « lieux de pouvoir » que la science politique et la sociologie des organisations ont, depuis longtemps, repérés au sein même de l'administration publique de l'État. C'est donc en écartant tout présupposé idéologique que l'on a cru pouvoir utiliser l'expression d'*appareil administratif de l'État*. Et, pour faire bref, on adoptera l'acception « banalisée » qu'en propose, en 1989, la dernière édition du Grand Larousse lorsqu'il définit l'appareil comme l'« ensemble des organes

1. Michel Crozier, *État modeste, État moderne*, Paris, Fayard, 1987 ; Paris, Éd. du Seuil, « Points », 1991.

2. Gérard Timsit, « Le modèle occidental d'administration », *Revue française d'administration publique* (*RFAP*), n° 23, juil.-sept. 1982.

directeurs, administratifs, etc., d'un parti, d'un syndicat, d'une institution, etc. ; l'ensemble des responsables d'une organisation », et qu'il donne pour exemple : « l'appareil administratif de l'État »[1]. Aussi bien l'usage s'étend-il aujourd'hui à la plupart des auteurs.

2. Le concept de bureaucratie

Plus chargé de signification sera, en revanche, l'emploi du terme de « bureaucratie ». Sans doute est-il, lui aussi, employé dans le langage courant. Et celui-ci l'assortit généralement d'une connotation péjorative, que, sur chaque rive de la Manche, Courteline et Dickens ont popularisée. Cependant, la notion reste au centre de l'analyse sociologique et, contrairement à celle d'appareil, conserve aujourd'hui valeur de concept.

1. L'idéal type wébérien

La conception, dégagée au début du siècle par Max Weber, repose sur la combinaison d'un mode légal et rationnel de contrôle social — qui s'oppose au mode charismatique et au mode patrimonial des sociétés traditionnelles — et d'un mode hiérarchique d'organisation. Et, dans cette acception, « la bureaucratie est le type d'organisation sociale et administrative qui se développe lorsque les fondements de l'autorité sont la rationalité et le respect de l'autorité[2] ».

Inspirée de la vision hégélienne de l'État, cette conception se caractérise, à la fois, par l'impersonnalisation des fonctions, des règles et des procédures, la spécialisation

1. Grand Larousse en 5 volumes, Paris, UGE, « 10/18 », 1963, t. I, p. 167.

2. Max Weber, *Le Savant et le Politique*, Paris, UGE, « 10/18 », 1963.

et la professionnalisation des agents, et l'existence d'un système de régulation hiérarchique. Comme « moyen le plus rationnel que l'on connaisse pour exercer un contrôle impératif des êtres humains », elle est applicable non seulement à l'administration publique, mais aussi à la gestion des grandes entreprises, des hôpitaux, des partis politiques et des églises. Bref, elle est liée à la montée en puissance des sociétés industrielles, tant l'efficacité des organisations dépend de leur capacité à démultiplier l'exercice rationnel du pouvoir.

2. Les critiques de la conception wébérienne

Nombreuses ont été les critiques apportées à la conception wébérienne du pouvoir, à laquelle on a reproché, notamment, son optimisme. Nous ne reviendrons pas ici sur la dénonciation marxiste du « parasitisme » bureaucratique. Nous nous bornerons à évoquer quelques critiques ultérieures qui, sans remettre en cause le caractère opératoire du concept de bureaucratie, tendent à en modifier la signification.

L'une des principales se réfère à la théorie des dysfonctions qui repose sur l'idée que les décisions prises dans une perspective rationnelle entraînent toujours des chaînes de conséquences secondaires, qui vont à l'encontre des buts poursuivis et provoquent des effets inattendus ou pervers. Ainsi, Robert K. Merton soulignera, dès 1936, que la discipline nécessaire pour obtenir, dans un cadre bureaucratique, le comportement standardisé jugé indispensable à la réalisation des objectifs recherchés entraîne chez les fonctionnaires un déplacement des buts, qui les amène à considérer comme une fin ce qui ne devrait être qu'un moyen et à adopter un comportement ritualiste et routinier [1]. D'où l'apparition d'un esprit de caste, source d'inefficacité, et d'un besoin de contrôle et de réglemen-

1. Robert K. Merton, *Éléments de théorie et de méthode sociologique*, trad. Henri Mendras, Paris, Plon, 2e éd. 1965.

tation qui, en appelant à son tour de nouvelles réglementations, tend à renforcer les tensions. Ainsi la vision optimiste de Max Weber fait-elle place à une vision quasi déterministe (et pessimiste) du phénomène bureaucratique, fondée sur la théorie du « cercle vicieux ».

Une autre conception, plus largement vulgarisée, a conduit à utiliser le concept de bureaucratie comme fondement d'un nouveau pouvoir dont l'avènement aurait pour source de légitimité la compétence et la technicité. Dans cet esprit, à travers une œuvre à succès : *The Managerial Revolution* [1], James Burnham a tenté de familiariser, à la veille de la Seconde Guerre mondiale, l'idée selon laquelle, sur les ruines du socialisme et du capitalisme, s'élèverait à l'Ouest comme à l'Est le pouvoir de la technocratie. Mais le caractère outrancier de cette thèse et sa récupération idéologique ont été heureusement dépassés par des analyses plus récentes qui situent le phénomène bureaucratique dans son contexte culturel.

3. A la recherche d'une conception culturelle

Au point de départ de cette recherche figure l'œuvre de Herbert Simon qui apparaît comme une critique de la théorie déterministe du *one best way*, selon laquelle, une fois le but fixé, il n'y aurait toujours qu'un seul meilleur moyen d'y parvenir [2]. Elle suscitera une conception relativiste de la bureaucratie, fondée sur le concept de « rationalité limitée », prenant en compte le fait que les bureaucraties sont toujours composées d'hommes et sont, par là même, source de diversité, de conflits et d'aspiration au pouvoir.

En France, cette recherche d'une conception culturelle

1. Traduit en français sous le titre *L'Ère des organisateurs*, 1947.

2. Herbert A. Simon, *Administrative Behavior : Study of Decision Making Process in Administrative Organisation*, New York, Mac Millan, 1945 ; voir, à ce sujet, Bernard Gournay, *Introduction à la science administrative*, Paris, Armand Colin, 3e éd. 1978.

a été principalement illustrée par Michel Crozier. Elle est poursuivie, à l'heure actuelle, par l'école de la sociologie des organisations. L'œuvre de Michel Crozier introduit, dans l'analyse du phénomène bureaucatique[1], le concept de pouvoir considéré comme la résultante de la relation stratégique des acteurs. La lutte pour le pouvoir domine le jeu des rapports humains au sein d'une organisation. Or, une organisation peut répondre à ce problème soit en figeant les rapports de pouvoir par des structures rigides, soit en trouvant le moyen de maintenir, à travers des équilibres fluides, le minimum de cohérence nécessaire.

La première hypothèse correspond aux formes d'organisation bureaucratique, ce qui conduit Michel Crozier à donner de la bureaucratie cette définition critique : « une organisation qui ne peut ni se corriger facilement en fonction de ses erreurs, ni innover ou s'adapter sans crise aux transformations de son environnement ». Sa seconde hypothèse exprime l'état idéal que pourraient atteindre les organisations si elles savaient combiner la souplesse et la stabilité.

Analysant le cas français, Crozier décèle une propension au type bureaucratique fondée sur différents facteurs : l'isolement des catégories et des individus ; la peur du « face à face » ; et une attitude ambivalente vis-à-vis de l'autorité, qui conduit les Français à s'en remettre à un système d'organisation impersonnel et centralisé.

Sans doute cette analyse est-elle marquée par le contexte dans lequel elle a été élaborée. Or, depuis trente ans, la société française a changé. Et, sans même attendre la décentralisation amorcée dans les années 1980, Jean-Claude Thoenig a montré qu'à la marge de l'État ses ser-

1. On ne peut citer ici toute l'œuvre de Michel Crozier. Rappelons sa thèse : *Le Phénomène bureaucratique*, Paris, Éd. du Seuil, 1963, ainsi que l'ouvrage théorique qu'il a écrit en collaboration avec E. Friedberg, *L'Acteur et le Système*, Paris, Éd. du Seuil, 1977. Et renvoyons le lecteur à la confrontation de ce livre avec les paradigmes de la science politique que proposent Jean Leca et Bruno Jobert sous le titre : « Le dépérissement de l'État. A propos de *L'Acteur et le Système* de Michel Crozier et Ehrard Friedberg », *RFSP*, n° 6, vol. 30, déc 1980.

vices avaient acquis depuis longtemps la capacité de s'adapter et maîtrisaient l'art de l'« arrangement ». « Plus on recherche la bureaucratie en actes, écrit-il, plus on rencontre... la souplesse, la dérogation, l'autonomie [1]. » De son côté, passant outre à la distinction juridique de la déconcentration et de la décentralisation, Pierre Grémion a mesuré la capacité de l'alliance formée par le corps préfectoral et les notables à constituer un *pouvoir périphérique* appelé à maîtriser le changement [2].

Le concept de bureaucratie et la critique à laquelle il a donné lieu continuent donc d'offrir à l'observation de l'appareil administratif de l'État un précieux instrument d'analyse. La référence à l'idée d'institution est, en revanche, moins fréquente, ce qui justifie qu'on lui consacre ici quelques brefs développements.

3. L'idée d'institution

Dans une première acception, héritée de Durkheim, « les institutions sont définies comme des phénomènes sociaux, impersonnels et collectifs, présentant permanence, continuité, stabilité ». De ce point de vue, les administrations peuvent être considérées comme formant un ensemble d'institutions.

Mais, dans une perspective nouvelle, « l'institution n'est plus considérée comme une donnée construite, mais comme un processus dialectique résultant de la tension permanente entre l'"institué" et l'"instituant" : les formes instituées sont sans cesse corrodées, subverties, déstructurées par la pression des forces instituantes — l'institutionnalisation traduisant le dépassement temporaire et précaire de la contradiction initiale [3] ». En ce sens égale-

1. François Dupuy, Jean-Claude Thoenig, *L'Administration en miettes*, Paris, Fayard, 1985, p. 284.
2. Pierre Grémion, *Le Pouvoir périphérique*, Paris, Éd. du Seuil, 1976.
3. Jacques Chevallier, « L'analyse institutionnelle », *in* Centre universitaire de recherche administrative d'Amiens, *L'Institution*, Paris, PUF, 1981.

ment, la notion d'institution éclaire le mouvement de déstructuration et de restructuration qui affecte l'appareil administratif de l'État.

1. Les institutions « inertes »

Ces deux tendances de la sociologie contemporaine étaient déjà présentes, à titre d'intuition, chez le juriste Maurice Haurion lorsqu'il opposait, au début du siècle, les institutions « vivantes » aux institutions « choses »[1]. A travers un vocabulaire qui lui était propre, le doyen de Toulouse considérait ces dernières, qu'il qualifiait aussi d'institutions « inertes », comme représentant des normes fixées à un moment donné pour établir le statut des personnes physiques ou morales et le régime juridique de leurs biens. Elles ne nous sont pas d'un grand secours pour rendre compte des administrations publiques et de leur activité, sauf en matière de réglementation.

2. Les institutions « vivantes »

En revanche, les institutions « vivantes » peuvent utilement nourrir notre réflexion. Par ce terme, Haurion désignait les institutions de nature corporative (d'où le nom également retenu par lui d'institutions « corps ») qui, une fois enfantées et devenues sujets de droit, forment des entités mouvantes reconnaissables à trois traits :

— elles expriment une idée d'œuvre, ou d'entreprise, présente à leur naissance, qui identifie l'objectif poursuivi par leur fondateur et qui en anime le fonctionnement : ainsi en a-t-il été de la création, en janvier 1946, par le général de Gaulle et Jean Monnet, du Commissariat au plan ;

— elles mettent au service de cet objectif un pouvoir

1. Lucien Sfez, *Essai sur la contribution du doyen Haurion au droit administratif français*, Paris, LGDJ, 1966.

organisé qui tend, par-delà la précarité des fondateurs, à en assurer la continuité sinon la pérennité ; on mesure la pesanteur administrative qui peut en résulter quand se maintiennent des institutions qui ont perdu leur raison d'être, mais que personne n'ose supprimer ;

— elles doivent susciter autour d'elles l'adhésion ou, à tout le moins, le consentement implicite des citoyens appelés à en bénéficier ; et elles impliquent le soutien des corps de fonctionnaires intéressés à leur succès.

Au regard de ces trois caractéristiques, les administrations apparaissent le plus souvent comme des institutions. Appliquée à leur observation, l'analyse institutionnelle permet, en effet, d'identifier leurs buts, d'appréhender leur organisation et d'évaluer les conditions de leur mise en œuvre, de leur transformation et de leur éventuel dépérissement.

A des titres différents, les trois notions d'appareil, de bureaucratie et d'institution nous serviront d'instrument d'analyse. Mais la *summa divisio* qui ordonnera le déroulement de ce livre distinguera, de façon plus simple et peut-être plus suggestive, entre les structures et les corps.

Ainsi, dans une première partie, intitulée « L'appareil bureaucratique », étudierons-nous les principales structures qui caractérisent, de nos jours, la diversité des administrations publiques en France et dans plusieurs pays occidentaux. Et nous verrons comment celles-ci, sans rompre le lien qui les unit à l'État, tendent à répondre, plus ou moins bien, aux sollicitations de la société civile.

Dans une deuxième partie, qui aura pour titre « L'appareil corporatif », on cherchera plutôt à examiner les groupes sociaux qui animent ces structures. Et l'on s'attachera à cerner les corps de fonctionnaires à qui revient de donner vie aux administrations et qui engendrent, à cette fin, des forces sociales capables de se transformer, dans certaines conjonctures, en forces politiques.

Mais ces deux démarches passeraient à côté de l'évolution contemporaine de l'appareil administratif si, à la faveur de la crise de l'État-providence, l'on omettait d'observer à quel point la société occidentale remet aujourd'hui l'« administration en question ». Tel sera, par conséquent, l'objet d'une troisième partie qui, de façon sélective, cherchera à la fois à déceler certains signes de la « maladministration » et à dégager certaines voies à travers lesquelles se dessine la modernisation du service public en France et dans les principales démocraties pluralistes.

1

L'appareil bureaucratique

« Singulière administration que celle dont il semble qu'on ne puisse parler avec pertinence qu'au pluriel [1] ! » Le constat dressé, voici dix ans, par Lucien Nizard reste plus valable aujourd'hui que jamais. Et sans pour autant admettre, avec François Dupuy et Jean-Claude Thoenig, que, à travers le labyrinthe de ses bureaux et de ses services, l'État soit devenu introuvable [2], force est de reconnaître que son administration se compose, aujourd'hui, d'une multitude d'appareils.

Certes, à la base de l'administration française, les quelque 450 sous-directions et les 2 000 bureaux des « centrales », la centaine de préfectures et les nombreux services extérieurs qui gravitent autour d'elles conservent l'apparence massive du palais de l'Escurial. Mais, en France comme dans la plupart des autres pays occidentaux, la diversification des appareils bureaucratiques est un trait caractéristique de leur évolution. Et, comme l'observe Sabino Cassese, la modernisation du service public, liée au progrès technologique nécessaire à la gestion de sociétés complexes, rendra de plus en plus néces-

1. Lucien Nizard, « Esquisse d'un modèle de l'administration comme acteur politique », *in* Francis de Baeque, Jean-Louis Quermonne, dir., *Administration et Politique sous la Ve République*, Paris, Presses de la FNSP, « Références », 1982, p. 306.

2. François Dupuy, Jean-Claude Thoenig, *L'Administration en miettes*, *op. cit.*

saires à l'avenir des types d'administration de plus en plus variés [1].

Déjà, en 1956, Edgard Pisani avait marqué la différence entre l'administration de gestion et l'administration de mission [2]. Sans renier cette distinction, il faut la compléter désormais par référence aux multiples rôles que s'est vu assigner l'administration publique au rythme de la montée en puissance de l'État-providence, puis de sa mise en question. Les divers qualificatifs dont elle est gratifiée aujourd'hui — de l'administration active à l'administration consultative, en passant par l'administration d'état-major et l'administration périphérique — témoignent de sa capacité à s'adapter aux besoins d'une société progressivement plus exigeante.

Une grande diversité d'éléments compose donc, de nos jours, l'appareil bureaucratique de l'État. Il serait vain de vouloir en dresser l'inventaire complet. On en étudiera quelques prototypes à la faveur d'une démarche qui privilégiera l'examen :

— des administrations d'état-major, qui se développent principalement au sommet de l'État ;

— des départements ministériels, qui forment la principale ossature des administrations centrales ;

— des éléments, plus sophistiqués, que constituent au même niveau les administrations de contrôle, d'expertise et de mission ;

— des administrations territoriales, où l'appareil administratif de l'État se trouve aujourd'hui en compétition avec celui des collectivités territoriales ou, le cas échéant, des États fédérés.

1. Sabino Cassese, « Les caractères originaires et l'évolution actuelle de l'administration publique italienne », *Annuaire européen d'administration publique*, vol. X, 1987.

2. Edgard Pisani, « Administration de gestion, administration de mission », *RFSP*, 6 (2), avr.-juin 1966, p. 315-330.

1

Les administrations d'état-major

Le terme d'« état-major » appartient au vocabulaire militaire. D'après la définition du Robert, il désigne « les ensembles d'officiers et de personnels attachés à un officier supérieur ou général comme agents d'élaboration et de transmission des ordres[1] ». S'inspirant de ce précédent, Max Weber écrit que « toute entreprise de domination qui réclame une continuité administrative [...] a besoin d'un état-major administratif[2] ».

On reconnaît l'administration d'état-major à trois traits :

1) On la rencontre au sommet de la pyramide administrative. A cette place, elle agit dans l'entourage des chefs d'État et de gouvernement, auxquels elle sert, à la fois, de *brain trust* et de logistique. Mais elle s'épanouit également auprès des principaux « décideurs » politiques et administratifs ; aussi s'incarne-t-elle depuis longtemps dans les cabinets ministériels. Elle prolifère, aujourd'hui, aux échelons les plus élevés de l'administration et des collectivités territoriales où elle gravite à la fois auprès des directeurs d'administration centrale et des préfets, des présidents de conseil général et régional et des maires des grandes villes.

1. *Dictionnaire alphabétique et analogique de la langue française*, t. II, 1963, p. 1 745.
2. Max Weber, *Le Savant et le Politique*, *op. cit.*, p. 104.

2) L'administration d'état-major est également « pluridisciplinaire ». Cumulant différentes fonctions (expertise, aide à la décision, exécution...) dans les domaines les plus variés, elle emploie des fonctionnaires de diverses origines et de diverses spécialités. Elle n'est donc jamais le monopole d'un seul corps ; ce qui confère aux décideurs qu'elle assiste le pouvoir de choisir librement leurs collaborateurs ; et elle a souvent pour corollaire le clientélisme.

3) Enfin, l'administration d'état-major prospère à l'articulation de l'administration et de la politique. Tantôt elle assiste un homme politique dans l'exercice de ses fonctions électives et sert de levier de transmission aux directives qu'il adresse à l'administration, tantôt elle entoure un haut fonctionnaire situé lui-même à proximité du pouvoir politique. Dans les deux cas, elle mène ses activités dans l'intervalle qui sépare l'administration de la politique ; et elle participe de son ambiguïté.

Toutes ces raisons conduisent, aujourd'hui, l'administration d'état-major à épouser la configuration du terrain résultant, dans chaque pays, des aspérités de son régime politique, de son système administratif et de son degré de centralisation.

Pour s'en tenir, ici, aux sommets de l'État, on distinguera, à la suite de Gérard Timsit [1], les systèmes monistes d'administration d'état-major, que l'on rencontre aussi bien aux États-Unis qu'en Grande-Bretagne ou en Allemagne fédérale, des systèmes dualistes tels que celui qui fonctionne en France, sous la Ve République. Cependant, sous le vocable d'« administration d'état-major », on ne traitera pas ici des « administrations de mission », qui constituent une catégorie administrative différente, même s'il arrive parfois à des auteurs de les confondre [2] ; il en sera question plus loin.

1. Gérard Timsit, *Administrations et États, Étude comparée*, Paris, PUF, « Politique aujourd'hui », 1987, notamment p. 61-75.

2. Jacques Rigaud, Xavier Delgros, *Les Institutions administratives françaises*, t. I, *Les Structures*, Paris, Presses de la FNSP, 1984, p. 179-219.

1. Les systèmes monistes

L'unité ou la pluralité des administrations d'état-major, au sommet de l'État, est généralement le corollaire de l'unité ou de la dualité du pouvoir exécutif. Or, si l'unité de celui-ci est consubstantielle au régime présidentiel, elle n'en existe pas moins, en réalité, dans les régimes parlementaires contemporains au profit du chef du gouvernement.

1. Les États-Unis

Manifestation de l'unité du pouvoir exécutif aux États-Unis, l'Executive Office forme, comme l'écrit Gérard Timsit, une « configuration unipolaire ». Mais, par son ampleur (il réunissait plus de 5 000 agents sous Richard Nixon) et la diversité de ses organes, il ressemble à un « holding » à l'intérieur duquel s'emboîteraient différentes instances, à la manière des « poupées russes ».

Alors que l'entourage du président ne comptait encore, au début du siècle, qu'une quinzaine de personnes [1], l'état-major présidentiel a pris son essor à la faveur du New Deal. Le rapport de la commission Brownlow, installée en 1936 par F.D. Roosevelt, proclamait : « *The president needs help...* » ; il a été très largement entendu. Aussi la Maison-Blanche dispose-t-elle aujourd'hui d'une vaste administration. Dans le cadre du plan de réorganisation adopté en 1939 par le Congrès, elle comprend différents organismes, parmi lesquels on se bornera à examiner les plus importants [2].

1. Marie-France Toinet, *Le Système politique des États-Unis*, Paris, PUF, 1987, p. 196.

2. Pour plus de précisions, on se reportera à l'ouvrage de Jacques Fournier, *Le Travail gouvernemental*, Paris, Presses de la FNSP-Dalloz, 1987, p. 175-184, et à la bibliographie mentionnée par Marie-France Toinet in *Le Système politique des États-Unis*, *op. cit.*, et in *L'État en Amérique* (dir.), Paris, Presses de la FNSP, 1989.

Le White-House Office ressemble à un « cabinet », au sens français du terme. Son effectif, qui varie selon les présidents, regroupe près de 600 personnes. Il réunit les diverses catégories de conseillers du président et attire dans sa mouvance différents comités. Il est le véritable état-major politique du chef de l'exécutif. Conformément à leur sensibilité respective, les présidents républicains l'organisent généralement sur la base d'une structure hiérarchique, tandis que les présidents démocrates le dotent d'une « organisation circulaire » plaçant les principaux conseillers en contact direct avec le président. Parfois, émerge un conseiller spécial dont le rôle peut devenir esssentiel. Tel fut le cas de Henry Kissinger, « conseiller pour les questions de sécurité » auprès du président Nixon, avant qu'il ne devienne secrétaire d'État [1].

L'Office of Management and Budget fut détaché en 1939 de l'administration du Trésor, où il avait été créé en 1921, pour être rattaché à l'Executive Office. Il a la charge de préparer et d'exécuter le budget fédéral, en liaison avec le Congrès ; mais il s'occupe aussi de problèmes de réglementation et surveille, avec l'Office of Personnel Management, la question des personnels de l'administration fédérale.

Créé en 1946, le Council of Economic Advisers est composé des trois conseillers économiques du président et de leurs services. Il suit la conjoncture économique, établit des prévisions et prépare les rapports destinés au Congrès.

Le National Security Council (NSC) a souvent joué un rôle important, renforcé à certaines époques par la personnalité du conseiller pour les questions de sécurité (Mc George Bundy, Kissinger, Brzezinski). Il est chargé d'assister le président dans la coordination des politiques extérieures et de défense et a, généralement, autorité sur la Central Intelligence Agency (CIA). Le NSC, qui n'a pas d'équivalent dans les autres démocraties occidentales [2], a

1. Cf., sur ce point, Henry Kissinger, *A la Maison-Blanche, 1968-1973*, Paris, Fayard, 1979.

2. Comme le souligne Samy Cohen dans son livre *Les Conseillers du président*, Paris, PUF, 1980, p. 9-23.

parfois joué le rôle d'un « État dans l'État ». Sous la présidence Reagan, il a constitué un foyer d'intrigues à la faveur duquel s'est développé le scandale de l'Irangate. Aussi son importance semble-t-elle devoir s'estomper.

L'Executive Office abrite, naturellement, de nombreux autres organismes. Citons simplement : l'Office of Policy Development, l'Office of Science and Technology, le Council on Environmental Quality et l'Office of the US Trade Representative. La gestion administrative de ce vaste ensemble appartient à l'Office of Administration of the Executive Office of the President.

L'ampleur même du système et la rivalité de certains de ses éléments avec l'administration fédérale, notamment avec les Départements d'État et de la défense, n'ont pas été sans poser des problèmes de coordination. Et sa complexité a parfois soulevé la question de savoir qui coordonne les coordinateurs. En outre, son mode de recrutement, fidèle au *spoils system*, n'a pas manqué de heurter la classe politique et l'opinion américaine ; aussi les commissions du Congrès n'ont-elles jamais hésité à protester au nom du respect de la déontologie. Si bien que la tendance est, aujourd'hui, à la réduction de l'importance de l'Executive Office, dont la croissance paraît historiquement liée à l'époque de la « présidence impériale ».

2. *La Grande-Bretagne et l'Allemagne fédérale*

Le dualisme théorique, qui caractérise l'exécutif en régime parlementaire, ne fait pas d'obstacle, en Grande-Bretagne comme en Allemagne fédérale, à l'unité réelle de commandement au profit du Premier ministre et du chancelier. Il n'est donc pas étonnant de rencontrer au sommet de l'État une administration d'état-major de style moniste [1].

En *Grande-Bretagne*, cette administration a vu le jour

1. Il en est de même en Italie depuis la loi du 23 août 1988 sur l'activité du gouvernement et l'organisation de la présidence du Conseil.

en 1916 à la faveur de la Grande Guerre. Sa structure reflète l'équilibre qui doit concilier le caractère collégial du « gouvernement de cabinet » avec la tendance plus récente à la présidentialisation du pouvoir [1]. Elle se partage, en fait, entre deux instances unifiées sous le même commandement.

Le Prime Minister's Office est, au sens français du terme, le cabinet du Premier ministre. Logé de façon exiguë au 10 Downing Street, il ne peut pas rassembler plus de soixante-dix à quatre-vingts personnes, personnel d'exécution compris. Il regroupe, néanmoins, quatre services distincts. Le secrétariat privé du Premier ministre est dirigé par un jeune haut fonctionnaire qui voit souvent s'ouvrir devant lui des « possibilités de promotion considérables [2] ». Assisté de quatre secrétaires privés chargés respectivement des affaires extérieures, des affaires économiques, des affaires parlementaires et des affaires intérieures, il lui est parfois reproché de jouer auprès du Premier ministre un rôle hors de proportion avec son rang et ses prérogatives. Le secrétariat privé est, cependant, doublé d'un secrétariat politique qui s'occupe des relations du chef du gouvernement avec sa circonscription (en tant que député) et avec le parti majoritaire (en tant que leader). Le rôle du secrétaire politique et de ses collaborateurs, qui sont officiellement rémunérés par le parti au pouvoir, varie selon les Premiers ministres. Le caractère excessif de leur influence, sous Harold Wilson, a tenu sans aucun doute à la personnalité de Marcia Williams, devenue en 1974 lady Falkender. Le secrétariat de presse a la responsabilité des relations entre le Premier ministre et les médias. Il est passé maître, sous Mme Thatcher, « dans l'art de présenter favorablement les actions du Premier ministre. On l'a même accusé de désinformation [3] ». Enfin, le Policy Unit, qui continue à réunir une dizaine

1. Jacques Leruez, *Gouvernement et Politique en Grande-Bretagne*, Paris, Presses de la FNSP-Dalloz, 1989, p. 139-143.
2. *Ibid.*, p. 122.
3. Selon Jacques Leruez (*ibid.*, p. 123), à qui nous empruntons l'essentiel des informations ici rapportées.

d'experts, notamment en matière économique, a été créé en 1974 par H. Wilson, renforcé par J. Callaghan et finalement maintenu par Margaret Thatcher. De simple cellule d'analyse empirique, la Dame de fer en a fait une instance beaucoup plus doctrinaire, sans pour autant se priver du concours de conseillers spéciaux placés hors hiérarchie, qui sont également installés au 10 Downing Street. L'ensemble de ces services reste, cependant, de dimension modeste. Et il est comparable, par sa taille, au cabinet du Premier ministre français.

Mis à la disposition à la fois du Premier ministre et des membres du Cabinet britannique, le Cabinet Office est un organisme de taille beaucoup plus vaste. Créé en 1916 par Lloyd George, son rôle correspond davantage à celui que joue en France le secrétariat général du gouvernement ; mais il regroupe l'ensemble des services rattachés au Premier ministre, dont l'effectif atteint environ 700 personnes et dont la compétence est exhaustive.

Installé près du 10 Downing Street, le Cabinet Office est dirigé, comme tout département ministériel, par un *permanent secretary*, qui est de ce fait le plus haut fonctionnaire britannique et qui jouit d'une très grande stabilité (six titulaires en soixante-dix ans !).

Le secrétariat du Cabinet est subdivisé en plusieurs sections (Affaires extérieures et Défense, Affaires européennes, Affaires économiques, Affaires intérieures, sociales et parlementaires...) qui ont chacune à leur tête un *deputy secretary*. Il assiste le Premier ministre dans la préparation de l'ordre du jour et des séances du Cabinet, dans la transmission de ses décisions et dans leur mise en œuvre. Il sert aussi de logistique à l'organisation et au fonctionnement des *standing committees* et des sous-comités, qui correspondent à nos comités et à nos réunions interministérielles à la différence près que certains d'entre eux sont présidés par des membres du Cabinet autres que le Premier ministre et que s'y prennent des décisions qui engagent le gouvernement tout entier.

A la suite de la suppression par Mme Thatcher du ministère de la Fonction publique en 1979 et de l'intégration, en 1981, du Management and Personnel Office aux services du Premier ministre, le secrétaire permanent du Cabinet Office est désormais le chef du Civil Service. Il dispose, en outre, du Bureau central des statistiques. Et c'est au Cabinet Office que sont rattachés d'une part la Cellule pour la recherche de l'efficience (Efficience Unit) créée en 1979 par Mme Thatcher et animée alors par sir Derek Rayner, venu de Marks and Spencer, et d'autre part les conseillers scientifiques du Premier ministre.

En 1971, Edward Heath adjoignit au Cabinet Office le Central Policy Review Staff (CPRS). Cet organe de réflexion (*think tank*), de proposition et d'évaluation des politiques publiques était appelé à jouer auprès du Premier ministre et du Cabinet un rôle d'aide à la décision. Toutefois, placé en porte à faux par rapport aux administrations centrales, et notamment à la Trésorerie, il fut concurrencé, à partir de 1974, par le Policy Unit intégré au Prime Minister Office. Aussi fut-il supprimé par Mme Thatcher en juillet 1983 [1].

C'est également une administration d'état-major de style moniste qui assiste le gouvernement de la *République fédérale d'Allemagne*. Certes, comme en Grande-Bretagne, le chancelier dispose d'un cabinet particulier. Mais l'ensemble des services qui lui servent de support administratif a été réuni, dès l'origine en 1949, au sein de la Chancellerie. Celle-ci est placée sous la direction tantôt d'un haut fonctionnaire (de 1953 à 1963, de 1966 à 1969, puis de 1974 à 1980), tantôt d'un membre du gouvernement fédéral (de 1969 à 1972 puis à partir de 1980). Et elle comprend six directions générales concernant : la législation et l'administration, les relations extérieures et intra-allemandes, les affaires intérieures, la politique économique et financière, les affaires sociales et politiques et les problèmes de communication, et enfin — dotés d'une certaine autono-

1. Sur le rôle du Cabinet Office, on consultera avec profit la contribution de sir Robert Armstrong publiée par l'IFSA in *Le Secrétariat général du gouvernement*, Paris, Economica, 1986, p. 90-96.

mie — les Services de renseignement. Chacune de ces directions est placée sous l'autorité de deux « fonctionnaires politiques », nommés discrétionnairement par le chancelier.

La Chancellerie assume des responsabilités largement analogues à celles du Cabinet Office et du secrétariat général du gouvernement français. Elle présente, cependant, certaines caractéristiques spécifiques. Outre l'organisation des comités interministériels, moins importants qu'au Royaume-Uni, son chef réunit chaque semaine les secrétaires d'État (ou secrétaires généraux) des différents ministères, afin de préparer avec eux l'ordre du jour du Conseil des ministres. Il assure, parallèlement, la collecte d'informations sur la préparation des projets gouvernementaux. Et l'entrée en mémoire, dans une banque de données informatisée, de quelque 2 000 projets met à la disposition du chancelier et des ministres une documentation fort utile, qui contribue, par-delà les changements de gouvernement, à assurer la continuité du pouvoir.

2. Les systèmes dualistes : la France

De tels systèmes reflètent, au niveau des administrations d'état-major, la structure dualiste du pouvoir exécutif. On ne s'étonnera pas, par conséquent, de les rencontrer dans les régimes semi-présidentiels et spécialement en *France*.

A dire vrai, cette situation n'existe, dans notre pays, que depuis la Ve République. Sous les Républiques précédentes, la « Maison civile » et la « Maison militaire » du président de la République ne comptaient qu'une dizaine de personnes. Et, encore aujourd'hui, le dualisme de l'administration d'état-major s'accompagne, au sommet de l'État, d'un réel déséquilibre au profit de l'hôtel Matignon.

Contrairement à la vocation exhaustive du Cabinet Office ou de la Chancellerie, qui regroupent l'ensemble des services du chef du gouvernement, les administrations d'état-major qui gravitent, en France, autour du Premier ministre sont largement diversifiées. Certaines apparaissent à dominante politique (le cabinet du Premier ministre), d'autres à dominante administrative (le secrétariat général du gouvernement) ; certaines sont orientées vers la politique intérieure, d'autres vers la défense (le secrétariat général de la Défense nationale) ou la politique extérieure (le secrétariat général du Comité interministériel pour la coopération économique internationale). S'y ajoutent enfin d'autres états-majors encore plus spécialisés.

C'est cet ensemble complexe qu'il conviendra de décrire ici, en s'en tenant, nécessairement, à une présentation très sommaire [1].

1. L'état-major présidentiel

Tel qu'il existe à l'heure actuelle, l'entourage du président de la République résulte d'un choix effectué par le général de Gaulle en 1959. Tenté, l'espace d'un instant, de regrouper auprès de la présidence de la République les principales « agences interministérielles » — ce qui l'eût obligé à transporter le siège de la présidence de l'Élysée au château de Vincennes —, le chef de l'État y renonça au profit du Premier ministre. C'est donc d'une structure administrative relativement légère que fut doté le palais de l'Élysée. Évoluant au gré de la personnalité des présidents successifs, elle connaît néanmoins un minimum de continuité. Et elle s'ordonne principalement autour de trois éléments.

Le *cabinet* du président de la République regroupe, autour d'un directeur et d'un directeur adjoint, une dizaine de collaborateurs. Chargés de l'organisation matérielle et financière du palais de l'Élysée, ils gèrent l'emploi du temps du président et assument la responsabilité de ses voyages et de sa sécurité. Initialement, le cabinet avait reçu du général de Gaulle la mission de s'occuper de ses « rapports avec la Nation ».

1. Pour une analyse plus complète, on renverra le lecteur au livre fondamental de Jacques Fournier, *Le Travail gouvernemental*, *op. cit.*, ainsi qu'à notre ouvrage, *Le Gouvernement de la France sous la Ve République*, Paris, Dalloz, 3e éd. 1983.

Le *secrétariat général* — qui absorbe la majorité des collaborateurs du président — avait, parallèlement, reçu pour tâche d'aménager ses « relations avec l'État ». Placé sous l'autorité d'un secrétaire général et d'un secrétaire général adjoint, il compte une trentaine de personnes. Outre quelques conseillers placés directement auprès du chef de l'État et qui constituent son entourage proprement dit, les conseillers techniques et les chargés de mission ont pour rôle d'informer en permanence le président de la République, sans nécessairement le rencontrer, de l'activité du gouvernement et du Parlement, et de tenir à jour les dossiers relatifs aux principales mesures proposées par le Premier ministre et les ministres. Sous la direction attentive du secrétaire général, ils sont appelés à suivre l'activité des différents départements ministériels ; et, sauf en période de « cohabitation », ils assistent aux réunions interministérielles les plus importantes qui se tiennent, à cet effet, à l'hôtel Matignon.

Hormis Pierre Bérégovoy, les secrétaires généraux de l'Élysée ont tous appartenu à un grand corps de l'État : corps diplomatique, Conseil d'État, Cour des comptes, Inspection des finances. A leur côté, est apparu, en 1981, un « conseiller spécial », membre du Conseil d'État, chargé notamment de la préparation des sommets internationaux.

On a prêté, parfois, à certains conseillers du chef de l'État une influence politique qu'il est, en définitive, difficile d'évaluer. Tel fut le cas, sous le général de Gaulle, de Jacques Foccart et, sous Georges Pompidou, de Pierre Juillet et de Marie-France Garraud [1]. En outre, trois secrétaires généraux de la présidence de la République sont devenus ministres en quittant leur fonction : Michel Jobert, Jean-François Poncet et Pierre Bérégovoy, et il en a été de même, récemment, d'un conseiller : Élisabeth Guigou. Ces faits ne suffisent cependant pas à fonder l'hypothèse selon laquelle l'entourage présidentiel formerait un « gouvernement parallèle ».

1. Cf., sur ce point, Samy Cohen, *Les Conseillers du président, op. cit.*, chap. VII et VIII.

L'*état-major particulier* du président de la République comprend, sous l'autorité d'un général d'armée, six officiers supérieurs qui assistent le chef de l'État dans ses fonctions de chef des Armées et assurent le secrétariat du Conseil de défense. Il est arrivé plusieurs fois que le chef de l'état-major particulier de la présidence quitte le palais de l'Élysée pour devenir chef d'état-major des Armées.

Le secrétariat général et l'état-major particulier assurent, chacun pour ce qui le concerne, en liaison avec le secrétariat général du gouvernement et le secrétariat général de la Défense nationale localisés à Matignon, l'organisation des conseils interministériels et des conseils restreints que le président de la République peut convoquer à l'Élysée. Sous le nom de « Comité des affaires algériennes », le général de Gaulle créa le premier en 1960 à la suite de l'« affaire des barricades ». Et le plus grand nombre d'entre eux fut réuni, de 1974 à 1976, par Valéry Giscard d'Estaing [1]. Depuis 1984, ce mode de gouvernement présidentiel est tombé en désuétude au profit de réunions moins formelles, sauf naturellement en ce qui concerne les Conseils de défense, dont le calendrier est tenu secret.

Aux trois composantes de l'état-major présidentiel que l'on vient de décrire, s'ajoutait, au début de la Ve République, le *secrétariat général pour les Affaires africaines et malgaches*. Il avait succédé, en 1960, au secrétariat général pour les Affaires de la communauté franco-africaine, disparu avec celle-ci. En fait, doublant l'activité du ministère de la Coopération, cette instance assurait, sous l'autorité directe du président de la République et l'impulsion de Jacques Foccart, la direction effective des relations entre la France et ses anciennes colonies d'Afrique noire. Et elle groupait, à cet effet, une soixantaine d'agents,

1. Dans la première édition de son ouvrage sur *La Présidence de la République en France* (Paris, La Documentation française, « Notes et études documentaires », 2e éd. 1985), Jean Massot a constaté que la fréquence de ces conseils était inversement proportionnelle à celle des comités tenus à l'hôtel Matignon.

jusqu'à ce que Valéry Giscard d'Estaing décide, en 1974, de la supprimer [1]. Toutefois, l'habitude a été conservée de maintenir entre l'Élysée et les chefs d'État africains un lien privilégié, assuré par un conseiller à la présidence de la République assisté de deux adjoints [2].

Réunissant environ 700 personnes — personnel d'exécution, chauffeurs et gardes compris —, la présidence de la République, en tant qu'organisation, apparaît aujourd'hui comme le résultat d'une construction empirique. Elle ne dispose pas de budget propre ; et elle emprunte la plus grande partie de son personnel à différentes administrations de l'État, en particulier au ministère de la Défense. Cette situation administrative aberrante a été sans conséquence, de 1986 à 1988, pendant la période de la « cohabitation ». Elle pourrait, cependant, soulever de réelles difficultés si l'expérience venait à se renouveler dans un climat plus tendu. Aussi mériterait-elle de recevoir une solution rationnelle, par un statut approprié [3].

2. Les états-majors du Premier ministre

Contrairement à la compétence exhaustive dévolue en Grande-Bretagne et en République fédérale d'Allemagne au Cabinet Office et à la Chancellerie, la Ve République française a réparti les fonctions d'état-major exercées auprès du Premier ministre et du gouvernement entre plusieurs organismes. Le vocable d'« hôtel Matignon » — siège du Premier ministre — recouvre, en fait, trois séries d'institution : un cabinet politique, des états-majors administratifs et divers services, ou « agences ».

1. Cf., sur ce point, Samy Cohen, *Les Conseillers du président, op cit.*, p. 147-169.

2. Qui est, à l'heure actuelle, le propre fils du président : Jean-Christophe Mitterrand.

3. Sur l'organisation administrative et financière de l'Élysée, on se reportera à l'ouvrage de Jean Massot, *La Présidence de la République en France*, *op. cit.*, p. 49-68, et à son livre *L'Arbitre et le Capitaine* Paris, Flammarion, « Champs », 1987, p. 113-148.

La complexité de cet ensemble résulte du processus évolutif qui a doté, à partir de la création en 1934 du secrétariat général du gouvernement [1], la présidence du Conseil du support administratif dont elle avait depuis longtemps besoin et qu'avait, notamment, réclamé Léon Blum [2]. Il est frappant d'observer que, dans un souci de continuité, la Ve République n'a pas, jusqu'à présent, bouleversé cet édifice et n'a pas tenté d'en remembrer les éléments dispersés [3].

1. Le cabinet du Premier ministre

Dépourvu de statut constitutionnel, le président du Conseil de la IIIe République cumulait généralement sa fonction avec la direction d'un ministère important. Aussi, le décret du 13 février 1912, qui fixait les effectifs des cabinets ministériels, ne lui octroyait-il généreusement que trois collaborateurs supplémentaires... Sous la IVe République, le décret du 28 juillet 1948 ne limitait pas le nombre de ses conseillers et de ses chargés de mission. Il en sera de même sous la Ve République. Aussi, de Michel Debré à Michel Rocard, ce nombre est-il passé d'une vingtaine à une cinquantaine, si l'on s'en tient aux membres dont la nomination figure au *Journal officiel*. Mais c'est en fait cent cinquante personnes qui gravitent autour du cabinet du Premier ministre, si l'on tient compte des personnels d'exécution.

L'ensemble est dirigé par un directeur de cabinet et un directeur adjoint, tous deux hauts fonctionnaires, le second étant généralement chargé des affaires économi-

1. Sur cette évolution historique, on se reportera à l'étude de Gérard Conac, « Le secrétariat général du gouvernement, cinquante ans d'histoire », *in* IFSA, *Le Secrétariat général du gouvernement, op. cit.*, p. 11-31, et à la thèse de Francesco Bonini, « L'histoire d'une institution coutumière ; le secrétariat général du gouvernement de la République française (1934-1986) », IEP, Paris, 1986.

2. Dans ses *Lettres sur la réforme gouvernementale*, Paris, Grasset, 1918.

3. L'ouvrage de base sur le sujet est celui de Jacques Fournier, *Le Travail gouvernemental, op. cit.*

ques et financières. Depuis Jacques Chaban-Delmas (il s'agissait alors de Jacques Delors et de Simon Nora...), un petit nombre de conseillers ayant directement accès au Premier ministre animent les différents secteurs d'activité du cabinet. Les autres membres, qu'ils aient le titre de conseiller technique ou de chargé de mission, travaillent selon les directives du directeur de cabinet et des différents « chefs de file ». Encore que, selon la personnalité du Premier ministre, la structure du cabinet varie entre le système hiérarchique ou le modèle « en râteau » [1].

Une cellule particulière est composée du chef de cabinet et du secrétariat particulier, auxquels est parfois rattaché le service de presse. Le chef de cabinet assure la gestion administrative et financière, y compris celle des fonds secrets. Dans certains cas, vient s'ajouter une « cellule politique », comme celle qui, sous le premier gouvernement de Jacques Chirac, fut composée de Pierre Juillet et de Marie-France Garraud [2].

Le mode de recrutement des membres du cabinet privilégie très largement les fonctionnaires, dont le nombre oscille entre 90 % (cabinet Raymond Barre) et 65 % (premier cabinet de Pierre Mauroy) de l'ensemble. Selon Bernard Gournay, le rôle du cabinet du Premier ministre se décompose en cinq tâches principales : l'information du Premier ministre et la tenue de ses dossiers ; la préparation de ses décisions, y compris l'organisation des comités et réunions interministériels ; l'élaboration des projets à moyen terme ; la notification des décisions et des arbitrages ; la surveillance et la coordination de l'action des ministres [3].

1. Marie-Christine Kessler, « Le cabinet civil du Premier ministre et le secrétariat général du gouvernement », *in* Francis de Baecque, Jean-Louis Quermonne, dir., *Administration et Politique sous la Ve République*, *op. cit.*, p. 69-104 ; Guy Thuillier, *Regards sur la haute administration en France*, Paris, Economica, 1979, p. 20-27.

2. Outre le « cabinet civil », le Premier ministre dispose également d'un cabinet militaire. Et pendant la période de « cohabitation », de 1986 à 1988, Jacques Chirac a créé une « cellule diplomatique », animée par MM. François Bujon de l'Estang et Jacques Foccart.

3. Bernard Gournay, *Science administrative*, cours IEP, Paris, 1979-1980 et 1981-1982, services de polycopie de la FNSP.

Le degré d'intensité que revêt ce contrôle reflète généralement le degré d'autorité qu'exerce le Premier ministre sur les autres membres du gouvernement à qui il laisse, sauf exceptions, une marge de liberté assez restreinte. Croyons-en ce témoignage d'un observateur qualifié, rapporté par Marie-Christine Kessler : « Il ne faut pas oublier qu'un ministre s'expose parfois à recevoir un démenti du Premier ministre ou de ses conseillers, s'il n'a pas — à l'avance pour telle déclaration, telle négociation — le feu vert de Matignon. Condition souvent ambiguë... Un ministre ne peut s'engager vis-à-vis des partenaires sociaux s'il n'a pas la couverture de Matignon et, ce qui est pis, les partenaires le savent bien, ne croient pas en ses promesses et vérifient eux-mêmes s'il a la permission de Matignon... La marge de manœuvre d'un ministre paraît donc singulièrement limitée [1]. »

2. Les états-majors administratifs

Le principal est, évidemment, le *secrétariat général du gouvernement* (SGG). Mais sa compétence ne s'étend ni aux affaires militaires ni aux affaires européennes, pour le traitement desquelles existent deux états-majors appropriés.

Autorisée par la loi de finances du 24 décembre 1934, la création du secrétariat général du gouvernement a été rendue effective par le décret du 31 janvier 1935 portant organisation des services de la présidence du Conseil. Mais, composé d'une quinzaine de chargés de mission, son rôle oscillera pendant quelques années entre celui d'un cabinet élargi et celui d'un secrétariat permanent.

Sous sa forme actuelle, le secrétariat général du gouvernement a commencé à fonctionner avec les débuts de

1. Outre les références déjà citées, on se reportera sur ce point à l'étude de Roselyne Py, *Le Secrétariat général du gouvernement*, Paris, La Documentation française, « Notes et études documentaires », 1985, ainsi qu'aux conférences données par Marceau Long et publiées par les Presses universitaires d'Aix-Marseille en 1981.

la IVe République. Depuis lors, tandis que le cabinet du Premier ministre disparaît avec celui-ci, le secrétariat général est permanent. Il n'a connu depuis 1946 que six secrétaires généraux [1], tandis que se sont succédé à l'hôtel Matignon trente-six chefs de gouvernement.

Institution très largement coutumière (le règlement intérieur des travaux du gouvernement date de 1947), le secrétariat général du gouvernement regroupe une centaine de personnes, dont une trentaine d'agents d'encadrement — parmi lesquels un conseiller pour les affaires économiques et huit chargés de mission qui se répartissent l'activité des différents départements ministériels. Il est dirigé par un secrétaire général assisté d'un cabinet et par un directeur, tous deux nommés en Conseil des ministres, parmi les membres du Conseil d'État. Il dispose d'un service législatif, confié à un magistrat, et d'un service des relations avec le Parlement.

Les fonctions du secrétariat général du gouvernement sont nombreuses et diverses. Il assure le secrétariat des délibérations gouvernementales : préparation de l'ordre du jour du Conseil des ministres, dont il établit (grâce à la présence muette du secrétaire général ou du directeur) le relevé de décisions et le projet de communiqué ; convocation et organisation des comités et des réunions interministériels, qui, selon l'état de la conjoncture, peuvent comporter plusieurs séances quotidiennes. Il veille à la préparation, à la signature et à la publication des textes officiels (environ 1 200 textes par an) ; à cet effet, le secrétaire général a la haute main sur le *Journal officiel*. Il sert de courroie de transmission entre les pouvoirs publics : non seulement il assure le soutien logistique de l'ensemble du gouvernement, mais il est le point de passage obligé par lequel transitent ses rapports avec le Parlement, ainsi que

1. Ce furent successivement : André Ségalat (1946-janvier 1958), Robert Belin (janvier 1958-1964), Jean Donnedieu de Vabres (1964-1974), Marceau Long (1974-mars 1982), Jacques Fournier (1982-1986) et Renaud Denoix de Saint-Marc (depuis mars 1986). Seule l'alternance de mars 1986 a provoqué un changement de secrétaire général du gouvernement.

les relations officielles entre l'hôtel Matignon et le palais de l'Élysée. Il veille à la consultation du Conseil économique et social, du Conseil d'État (ce n'est pas un hasard si les deux plus hauts responsables du SGG en sont membres) et du Conseil constitutionnel et prépare, en cas de besoin, les recours contentieux destinés à celui-ci. Il sert, en outre, d'intendant aux cabinets ministériels pour assurer la gestion de leur personnel, pour répartir entre eux les palais nationaux, le parc des voitures officielles et les avions du GLAM. Enfin, à l'égard des différentes composantes de la nébuleuse administrative qui gravite autour du Premier ministre, il joue le rôle autrefois dévolu à un secrétariat général de ministère ; et il gère les organismes que la rivalité des ministres ne permet pas de loger ailleurs, jusques et y compris le Conseil supérieur de l'équitation…

Parallèlement, le *secrétariat général du Comité interministériel pour la coopération économique internationale* (SGCI) tend à devenir, aujourd'hui, un SGG *bis* pour les affaires européennes. Né modestement, à la faveur du plan Marshall et de la création, en 1948, de l'OECE (transformée plus tard en OCDE), et rattaché, du fait de la concurrence opposant le ministère de l'Économie et des Finances et le ministère des Affaires étrangères, à l'hôtel Matignon, il est monté progressivement en puissance avec la création des Communautés européennes. Et, à l'heure actuelle, sous l'autorité du président de la République [1] et du Premier ministre, il sert à la fois de carrefour et de « tour de contrôle » à la circulation des dossiers entre Paris et Bruxelles.

La nomination, en 1981, d'un ministre des Affaires européennes a quelque peu perturbé le fonctionnement du SGCI. Mais son rattachement au Premier ministre a été confirmé à la faveur de la mise en œuvre de l'Acte unique européen, par une circulaire du 22 septembre 1988. Celle-ci

1. Si le SGCI est rattaché au Premier ministre, il arrive — et c'était le cas d'Élisabeth Guigou avant sa nomination en qualité de ministre délégué — que son secrétaire général cumule ses fonctions avec celles de conseiller technique à l'Élysée.

renforce l'autorité interministérielle du SGCI, qui peut procéder, entre les administrations centrales, aux conciliations et, si nécessaire, aux arbitrages préalables à l'établissement des instructions gouvernementales destinées à la représentation permanente de la France auprès de la Communauté européenne [1]. Or, ces conciliations et arbitrages interviennent au rythme de sept à huit réunions par jour organisées sous la responsabilité du secrétaire général du SGCI. Dans l'exercice de sa mission, celui-ci est assisté de deux adjoints et de services logistiques mobilisant cent vingt agents, eux-mêmes répartis entre douze secteurs correspondant aux principaux domaines d'activité de la Communauté. S'y ajoute un service juridique particulièrement performant. Cet appareil est d'autant plus nécessaire aujourd'hui que sa compétence a été étendue à la coopération économique et financière de la France avec l'Europe de l'Est.

Le secrétariat général de la Défense nationale (SGDN) constitue la troisième administration d'état-major rattachée au Premier ministre. Le général de Gaulle, qui y travailla en qualité de commandant de 1932 à 1937, hésita, en 1959, à le placer dans la mouvance de la présidence de la République. Mais il est finalement resté dans la dépendance du chef du gouvernement afin de permettre à ce dernier d'exercer les responsabilités que la Constitution lui reconnaît en matière de défense. Modifié à plusieurs reprises, le statut du SGDN a été fixé par un décret du 25 janvier 1978. Groupant environ 500 personnes, civiles et militaires, il est généralement placé sous l'autorité d'un officier général, assisté d'un diplomate. Il assume de nombreuses tâches, parmi lesquelles le secrétariat des Conseils de défense, la liaison permanente avec l'état-major des Armées placé auprès du ministre de la Défense nationale,

1. Dirigée par un ambassadeur, la représentation permanente de la République française auprès de la Communauté européenne constitue, à son tour, une administration d'état-major réunissant 60 personnes, dont 40 % de diplomates et 60 % de fonctionnaires détachés par différentes administrations centrales.

l'établissement d'études sur les conflits internationaux et les problèmes stratégiques, la coordination avec les organisations militaires internationales. Il a en outre la responsabilité de l'Institut des hautes études de défense nationale.

3. Les services du Premier ministre

Sous cette appellation très générale, figure un ensemble d'institutions hétérogène. Relevons, d'abord, l'existence de deux directions d'administration centrale. La *Direction générale de l'administration et de la fonction publique* (souvent placée sous l'autorité d'un ministre délégué ou d'un secrétaire d'État) assure la cohésion des statuts particuliers des différents corps de fonctionnaires, la gestion des corps interministériels (administrateurs civils) et la préparation des négociations salariales avec les syndicats de fonctionnaires (problème de la « grille »). La *Direction des services administratifs et financiers* sert de logistique à la « nébuleuse administrative » qui gravite autour du Premier ministre, et dépend directement, à ce titre, du secrétaire général du gouvernement.

Relève également des services du Premier ministre une série de secrétariats de comités interministériels permanents (tels que le Comité interministériel de l'informatique et de la bureautique dans l'administration ou le Comité interministériel à l'intégration), de missions interministérielles (telles que la Mission d'organisation des administrations centrales), d'organismes d'enquête (comme le Comité central d'enquête sur le coût et le rendement des services publics) ou de délégations (comme la Délégation aux fonctionnaires internationaux).

Sont rattachés traditionnellement au Premier ministre plusieurs services chargés de l'*information* et de la *communication gouvernementale*. Outre les directions des *Journaux officiels* et de la Documentation française, citons le Service juridique et technique de l'information, les centres interministériels de renseignements administratifs et, surtout, le Service d'information et de diffusion (SID) qui édite de nombreux documents administratifs, y compris la *Lettre de Matignon*, et à qui revient le soin d'animer des campagnes d'information et d'autoriser ou de commander des sondages.

S'inscrivent parfois dans ce kaléidoscope des autorités administratives indépendantes. Non pas qu'elles soient placées sous la tutelle de Matignon, ce qui leur ferait perdre leur indépendance ; mais dans le but d'éviter qu'un rattachement à un département ministériel déterminé n'offre à celui-ci l'occasion d'exercer sur un organisme encore fragile une influence trop forte. C'est le cas de la Commission d'accès aux documents administratifs (CADA).

Enfin, variant en fonction de la conjoncture interministérielle, la nébuleuse des services du Premier ministre peut s'étendre à un certain nombre d'*administrations de mission*. Ce fut le cas à l'origine — et pendant longtemps — du Commissariat général au plan, de la Délégation générale à la recherche scientifique et technique, de la Délégation à l'aménagement du territoire et de la Délégation à la formation professionnelle. Puis, ces différents organismes ont été rattachés ou intégrés à un département ministériel ou, plus simplement, placés sous l'autorité d'un ministre délégué. Rien n'interdit de penser que certains d'entre eux reviendront un jour dans l'orbite de Matignon. Pour l'instant, y figurent d'autres administrations de mission, peut-être moins prestigieuses, mais que la volonté du Premier ministre, ou l'habitude, place à portée de la main du chef de gouvernement [1]. Citons, parmi d'autres, la Délégation interministérielle à la ville et au développement social urbain, la Mission interministérielle de lutte contre la toxicomanie, le Commissariat général de la langue française, la Délégation interministérielle à l'économie sociale, la Mission du bicentenaire de la Révolution française et de la déclaration des droits de l'homme et du citoyen, la Délégation interministérielle aux Jeux olympiques d'hiver de 1992, la Mission des programmes intégrés

1. On en trouvera la liste, chaque année, dans le *Bottin administratif* et dans le *Répertoire de l'administration française*, publié par la Documentation française, facile d'accès aux étudiants.

méditerranéens... sans oublier certains grands organismes inclassables comme le Commissariat à l'énergie atomique.

Quoi qu'il en soit, l'ensemble complexe formé par ces différents éléments — il en a été recensé 53 en 1985 [1] — représente une fraction non négligeable de l'administration française. Réparti en 70 implantations différentes, regroupant plus de 5 000 agents — dont 2 000 gérés directement par le secrétariat général du gouvernement —, doté d'un budget s'élevant à 3 463 303 163 francs en 1990, cet ensemble pèse plus lourd que certains départements ministériels. Aussi s'est-on parfois demandé s'il ne devrait pas officiellement en constituer un.

La question fut soulevée lors du cinquantenaire du secrétariat général du gouvernement [2]. L'idée de créer un « Premier ministère » peut apparaître séduisante. A l'heure où l'autonomie des ministres est réduite par l'intervention sans cesse plus pointilleuse des « conseillers arbitres » de Matignon et où le Premier ministre apparaît comme le principal interlocuteur des partenaires sociaux, ne faut-il pas mettre le droit en harmonie avec la réalité ? Deux raisons, cependant, s'y sont jusqu'à présent opposées. D'une part, il manquerait à cet ensemble deux éléments pour constituer un véritable « Premier ministère » : la Direction du budget, actuellement partie intégrante du puissant ministère de l'Économie et des Finances ; et l'Administration préfectorale, traditionnellement rattachée au ministère de l'Intérieur. D'autre part, si le « noyau dur » des services du Premier ministre, sans atteindre le degré d'intégration du Cabinet Office britannique ou de la Chancellerie allemande, forme un tout cohérent, beaucoup d'organismes qui gravitent autour de lui ne sont que des protubérances. Il faudrait donc, à la fois, tailler et recoudre si l'on voulait transformer les services du Premier ministre en un « Premier ministère » opérationnel.

1. Roselyne Py, *Le Secrétariat général du gouvernement, op. cit.*, p. 115-118.

2. Jean-Louis Quermonne, « La coordination du travail gouvernemental », in *Le Secrétariat général du gouvernement*, *op. cit.*, p. 49-55.

Qu'une restructuration du complexe administratif de l'hôtel Matignon soit devenue indispensable, personne ne peut le nier. Un audit a même été réalisé en 1983 à cet effet. Mais la création d'un département ministériel à l'usage du Premier ministre n'en est pas nécessairement le corollaire. Comme en Grande-Bretagne [1], son existence risquerait d'alourdir la charge du chef du gouvernement et de restreindre sa capacité d'arbitrage en le rendant juge et partie, sans renforcer, pour autant, le degré d'efficacité de la logistique dont il doit pouvoir disposer. En effet, le rôle qui lui est dévolu est moins de gérer que de coordonner. Or, le meilleur moyen d'assurer la *coordination interministérielle* n'est pas nécessairement de recourir à une administration centrale, lourde et bureaucratique, mais d'impulser une administration d'état-major, capable d'associer la performance à la célérité. Ce sont des instances qui ne remplissent pas cette tâche dont le Premier ministre aurait davantage besoin de se délester.

Cette perception du rôle spécifique de l'administration d'état-major conduit à rappeler qu'elle ne se rencontre pas seulement au sommet de l'État. On l'a analysée à ce niveau, parce qu'elle y tient une place essentielle. Mais nous la rencontrerons, en cours de route, là où s'articule l'action du pouvoir politique et du pouvoir administratif — comme dans les cabinets ministériels —, et l'on ne s'étonnera pas, par conséquent, de la croiser partout où des hauts fonctionnaires sont appelés à décider.

1. Jacques Leruez, *Gouvernement et Politique en Grande-Bretagne*, *op. cit.*, p. 130.

2

Les départements ministériels

Dans son ouvrage classique sur l'administration centrale de la France, Francis de Baecque écrit : « A première vue, lorsqu'on parle de l'administration centrale, on pense aux services centraux des ministères, c'est-à-dire à ceux qui, situés au siège du gouvernement, s'occupent, sous l'autorité hiérarchique du ministre, des affaires de leur compétence pour l'ensemble du territoire. On oppose ainsi, dans l'ensemble des services de l'État, administration centrale à services extérieurs, mais aussi on écarte les services personnalisés ou établissements publics nationaux. » Et il ajoute : « il faut cependant aller un peu plus loin dans l'analyse » [1].

C'est à cette invitation que nous répondrons ici, en faisant suivre l'étude des départements ministériels (les « centrales », au sens étroit du terme) de l'examen, dans un chapitre suivant, de l'administration de contrôle (qui inclut et déborde l'inspection), de l'administration d'expertise et de l'administration de mission. S'agissant en effet de cette dernière, la tendance est, aujourd'hui en France, de la détacher de l'hôtel Matignon pour la rapprocher de certains départements ministériels.

Naturellement, cette démarche ne remet pas en cause

1. Francis de Baecque, *L'Administration centrale de la France*, *op. cit.*, p. 57.

la célèbre opposition établie en 1956 par Edgard Pisani entre administration de gestion et administration de mission [1]. Mais il faut admettre que cette distinction ne reste opératoire qu'à condition de reconnaître que les deux rôles sont souvent enchevêtrés. L'intégration réalisée depuis 1981 au sein du ministère de la Recherche de l'ancienne Délégation générale à la recherche scientifique et technique en offre un excellent exemple.

On s'attachera donc à étudier, dans ce chapitre, l'administration de gestion sous sa forme la plus classique : celle des départements ministériels. On en analysera, d'abord, la structure, avant d'opposer, pour mieux l'illustrer, deux types « verticaux » et « horizontaux » d'administrations centrales : celui du ministère de l'Éducation nationale et celui du ministère de l'Économie et des Finances.

1. La structure des départements ministériels

Contrairement à l'Union soviétique où l'on distinguait, jusqu'à un passé récent, les ministères à compétence sectorielle (les ministères proprement dits) des ministères à compétence intersectorielle (les Comités d'État), les démocraties occidentales n'établissent pas de classification systématique entre les deux types de départements ministériels [2]. Toutefois, en Grande-Bretagne, la commission Haldane avait dégagé, en 1918, une distinction entre principe fonctionnel et principe de clientèle. Et il est devenu habituel, en France, d'opposer comme on le verra plus loin les ministères verticaux (ou sectoriels) aux ministères horizontaux.

En fait, le système d'administration centrale en vigueur

1. Edgard Pisani, « Administration de gestion, administration de mission », art. cité, p. 315-330.

2. Gérard Timsit, *Administrations et États, Étude comparée*, *op. cit.*, p. 45. Les développements qui suivent sont, en partie, inspirés des réflexions de l'auteur.

dans les pays occidentaux est le fruit d'un processus de sédimentation qui tient davantage à des raisons historiques qu'à un effort de rationalisation. A l'origine, existe un « noyau dur » qui est à peu de choses près le même en Grande-Bretagne, en France et en Allemagne, et qui s'ordonne autour de cinq à six départements : la Justice, les Finances, la Guerre, les Affaires étrangères, la Marine et l'Intérieur (sous l'Ancien Régime : la Maison du Roi). A partir de la fin du XIXe siècle, ce système s'est démultiplié : soit qu'un mécanisme de différenciation ait joué à partir d'un ministère ayant servi de matrice [1], soit qu'un processus de spécialisation ait été mis en œuvre pour répondre aux besoins de l'État-providence ou, plus simplement, à la conjoncture politique intérieure ou internationale. Mais la nomination d'une nouvelle catégorie de ministres est plus aisée à mettre en œuvre que la création d'une nouvelle administration centrale.

Il en résulte à l'heure actuelle, dans la plupart des pays occidentaux (États-Unis exceptés), que les gouvernements sont généralement composés d'une quarantaine de membres, dont une vingtaine seulement dirigent des départements ministériels effectifs. Limité par le Congrès à treize, le nombre des départements américains n'est resté stable que grâce à l'inflation des instances administratives obtenue par la multiplication des *independant agencies* [2].

L'étude des départements ministériels appellera l'examen successif de leur segmentation et de leur organisation.

1. La segmentation des départements ministériels

Sauf dans les États fédéraux, où des compétences exclusives sont réservées aux États fédérés [3], rares sont les

1. Tel est le cas, aujourd'hui au Maroc, du ministère de l'Intérieur, comme le montre Michel Rousset in *Annuaire de l'Afrique du Nord*, 1968, p. 91-106.
2. Dont il sera traité dans le chapitre 10.
3. Ainsi au Canada et en République fédérale d'Allemagne, l'État fédéral ne dispose pas de ministère de l'Éducation.

Constitutions qui dressent la liste des départements ministériels. Rares sont même les États dans lesquels, comme aux États-Unis, la création ou la suppression d'un département ministériel relèvent du domaine de la loi. En France, les efforts entrepris en ce sens par le Parlement sous la IIIe République, qui avaient conduit au vote de la loi du 20 juin 1920, ont été sans effet [1]. Et en n'inscrivant pas cette matière dans le domaine de la loi, l'article 34 de la Constitution de 1958 l'a placée implicitement, en vertu de l'article 37, dans le domaine du règlement. Dès lors, la structure du gouvernement — sinon, toujours, celle des administrations centrales — dépend du bon vouloir du président de la République et du Premier ministre. Et elle résulte de la combinaison de quatre séries de texte :

— les *décrets de nomination* des membres du gouvernement fixent sa composition en application de l'article 8 de la Constitution. Ces textes sont signés par le président de la République et contresignés par le Premier ministre ;

— les *décrets d'attribution* définissent les compétences respectives des membres du gouvernement ; délibérés en Conseil des ministres (en vertu d'un décret du 22 janvier 1959), ils sont naturellement signés du président de la République et du Premier ministre ; toutefois, il n'est pas nécessaire qu'un décret intervienne lorsqu'un nouveau ministre reçoit les mêmes attributions que son prédécesseur ;

— les *décrets de délégation* de pouvoir ou de signature au profit des ministres délégués ou, éventuellement, des secrétaires d'État portent généralement la signature du président de la République et du Premier ministre.

— enfin, les *décrets d'organisation* des administrations centrales placées sous l'autorité d'un membre du gouvernement étaient des décrets simples, signés du Premier ministre et du ministre concerné, jusqu'à ce que le Conseil

1. Cette loi a nécessité l'autorisation législative donnée en 1935 à la création du secrétariat général du gouvernement. Mais elle a été abrogée par une loi du 24 novembre 1945, qui a mis en harmonie le fait avec le droit.

d'État — afin d'éviter que l'organisation des services soit soumise à l'humeur d'un ministre — demande qu'ils soient pris dorénavant après avis de la Haute Assemblée : ainsi un décret du 15 juin 1987 prévoit-il que l'organisation des ministères en directions générales, directions et services sera fixée désormais par décret en Conseil d'État [1].

Il est rare que la restructuration des administrations centrales résultant d'un changement ou d'un remaniement de gouvernement poursuive un but de rationalisation. Cela est arrivé, sous la Ve République, à la faveur de la composition du troisième gouvernement Pompidou, qui, du fait de l'élection présidentielle de 1965, avait pu être préparée à l'avance. Cette circonstance a permis le regroupement de plusieurs départements ministériels en un grand ministère de l'Équipement, confié à Edgard Pisani, et la formation d'un grand ministère des Affaires sociales dirigé par Jean-Marcel Jeanneney. Mais la volonté souvent exprimée par les présidents et les Premiers ministres de réduire (dans le souci d'obtenir une plus grande efficacité) le nombre des départements ministériels est généralement contrecarrée par les aléas de la politique politicienne [2]. Aussi la solution britannique, qui consiste à multiplier le nombre des membres du gouvernement, tout en maintenant dans des limites raisonnables celui des membres du Cabinet et sans remettre en cause, à chaque instant, la structure des administrations centrales, apparaît-elle exemplaire.

Heureusement, cette structure constitue souvent une donnée qui s'impose à la composition des équipes ministérielles. En fait, même lorsqu'ils changent de nom (les

1. Sur les aspects juridiques de l'organisation des départements ministériels, on consultera avec profit Benoît Jeanneau, *Les Grands Services publics*, Paris, Précis Dalloz, 2e éd. 1990.

2. Toutefois, le président de la République s'est demandé le 13 juillet 1990 « si certains ministères n'étaient pas désuets ». Et il a ajouté le lendemain : « Et puis, dans quelque temps, on verra bien s'il faut un peu redistribuer les cartes, non pas politiques, mais administratives » (*Le Monde*, 15-16 juillet et 17 juillet 1990).

Affaires étrangères devenant Affaires extérieures, ou vice versa), la plupart des grands départements ministériels ne voient pas leur champ d'intervention modifié. Il en est ainsi de la Défense, des Affaires étrangères (sous réserve de la Coopération et des Affaires européennes), de la Justice, de l'Agriculture ou de l'Intérieur. En revanche, de véritables « tremblements de terre » affectent périodiquement le champ d'attribution des ministères sociaux. Outre les remembrements parfois désastreux qui en résultent, la pratique consistant à placer un service à la disposition de plusieurs ministres et, davantage encore, celle qui revient à superposer leur autorité à l'égard des mêmes services sont une source d'instabilité et d'équivoque.

Avec raison, la Section du rapport et des études du Conseil d'État a sévèrement stigmatisé de tels errements [1]. Compte tenu, par ailleurs, des effets attendus de la décentralisation, le gouvernement a chargé une Mission d'organisation des administrations centrales, créée par un décret du 20 juillet 1983, d'étudier l'organisation de ces administrations et d'établir des propositions de réforme. Mais, dans les faits, cette Mission s'est heurtée à de nombreux obstacles.

Aussi le débat reste-t-il, le plus souvent, théorique. Il oppose généralement les auteurs qui, à la suite de Léon Blum [2], préconisent le regroupement des administrations centrales entre quelques grands ministères (le ministre pouvant être assisté de secrétaires d'État) à ceux qui estiment que la charge ministérielle ne permet pas à un même homme politique de diriger une administration trop vaste et prônent, par conséquent, la diversification.

En fait, hormis l'expérience des secrétariats d'État autonomes, entreprise en 1974, et celle des ministres délégués, engagée en 1981, la plupart des innovations ont consisté à démultiplier les titres portés par les membres du gou-

1. *Structures gouvernementales et Organisation administrative*, étude du Conseil d'État (Section du rapport et des études), Paris, La Documentation française, « Notes et études documentaires », n° 4818, 1986.
2. Léon Blum, *Lettres sur la réforme gouvernementale*, *op. cit.*

vernement (ministre d'État, ministre, ministre délégué, secrétaire d'État...) plutôt qu'à réformer les structures. Et, lorsque des restructurations sont intervenues, elles ont été davantage commandées par la conjoncture politique que par un souci de bonne administration. On n'en veut pour preuve que l'instabilité subie depuis 1974 par l'Administration centrale de l'enseignement supérieur, tantôt érigée en département ministériel autonome, tantôt rattachée à la Recherche scientifique, tantôt réintégrée à l'Éducation nationale, avec ou sans secrétariat d'État rattaché !

Moins souvent évoquée, la question de savoir si le Premier ministre doit cumuler sa charge avec celle d'un département ministériel ne s'est posée, sous la Ve République, que deux fois. Une première fois, en 1976, elle a conduit Raymond Barre à cumuler ses fonctions avec celles de ministre de l'Économie et des Finances. Une seconde fois, en 1988, elle a amené Michel Rocard à renoncer à l'idée de cumuler Matignon avec l'Éducation nationale.

Enfin, jamais, en France, on n'a songé à supprimer un ministère pour le remplacer par une administration d'un autre ordre. Certes, le ministère des Rapatriés ou le ministère de la Reconstruction (encore que celui-ci soit devenu le ministère du Logement...) n'ont pas survécu aux circonstances qui les ont vus naître. Et l'on peut espérer voir disparaître un jour le ministère des Anciens Combattants ! Mais, tandis qu'aux États-Unis certaines fonctions nationales sont remplies par des *independant agencies*, la pratique française des autorités administratives indépendantes n'a jamais conduit à supprimer les départements ministériels dont elles recoupent, en partie, l'activité. Et pourtant, il est deux domaines au moins où l'entreprise mériterait d'être engagée : celui de la culture et celui de l'enseignement supérieur. De l'évaluation de cette double expérience dépendrait l'extension de la formule à d'autres secteurs d'activité où la présence d'une administration centrale est plus une source d'inertie qu'un facteur d'innovation.

2. *L'organisation des départements ministériels*

Partie intégrante de l'État, les départements ministériels ne possèdent pas de personnalité juridique propre. Il en résulte que chaque ministre est le chef hiérarchique du département qu'il dirige, que toute décision prise dans le cadre de celui-ci lui est imputable et que, du moins en régime parlementaire, il en assume seul devant le Parlement la responsabilité politique.

Cependant, dans la pratique, à condition d'être habilités par un texte, les ministres sont amenés à déléguer parfois une part de leur compétence et, fréquemment, leur signature à leur directeur de cabinet ou, dans les matières relevant de leur attribution, à leurs directeurs d'administration centrale [1]. Et l'un des premiers soucis d'un ministre nouvellement nommé est de procéder rapidement à ces délégations, sans lesquelles son administration serait paralysée.

Il peut arriver également que le ministre soit assisté de ministres délégués ou de secrétaires d'État rattachés auxquels ont été consentis, dans certains domaines, des délégations de compétence. Mais, dans la mesure où le choix de ces derniers dépend moins du souci du ministre principal de se faire assister de collaborateurs en qui il placerait sa confiance que de la volonté du chef de l'État ou du chef du gouvernement d'opérer un dosage politique, il est logique que la pratique de ces délégations ait mené le plus souvent à l'échec. Ou bien les délégations ne portent que sur des matières mineures et ne déchargent pas, en fait, le titulaire du département ministériel, ou bien elles risquent d'être génératrices de tensions ou de conflits. Cette seconde hypothèse trouve son illustration dans les relations entretenues entre René Maunoury, ministre de l'Éducation nationale, et Alain Devaquet, ministre délégué chargé de la recherche et de l'enseignement supérieur, tout au long de la crise étudiante de décembre 1986 [2].

1. René Chapus, *Droit administratif général*, Paris, Montchrestien, 1985, t I, p. 712-715.
2. Alain Devaquet, *L'Amibe et l'Étudiant : université et recherche, l'état d'urgence*, Paris, Odile Jacob, 1988.

On comprend mieux, dès lors, l'enjeu que représentent, pour le ministre, responsable en dernier ressort vis-à-vis de Matignon et de l'Élysée, la composition de son cabinet et l'organigramme de ses services. D'où le souci exagéré qu'il peut avoir de les modifier.

1. Le cabinet du ministre

Un ministre n'est pas seulement le chef d'une administration centrale. Il est aussi membre d'un gouvernement, et souvent membre d'un parti (s'il n'en est pas l'un des dirigeants). Et, malgré l'incompatibilité des fonctions ministérielles avec le mandat parlementaire établie à l'article 23 de la Constitution, il doit aussi veiller sur sa circonscription. Par conséquent, ne pouvant personnellement consacrer à l'administration qu'une fraction de son emploi du temps, il a besoin d'être aidé. Si l'on ajoute à ces considérations le temps que passaient les ministres, sous les IIIe et IVe Républiques, au sein des hémicycles et dans les couloirs du Parlement, on comprendra les raisons, et par là même l'origine, de l'invention du cabinet ministériel.

D'autres pays savent s'en passer, et si l'ouverture du Civil Service à des non-fonctionnaires et l'existence en République fédérale d'Allemagne de « fonctionnaires politiques » *(politische Beamte)* semblent répondre partiellement au même besoin, ils sont loin de revêtir la même ampleur. Par conséquent, l'institution du cabinet reste encore, pour le moment, une singularité française, dont l'apparition sous la Restauration et la monarchie de Juillet a été suivie d'une extension que les Républiques successives — et notamment la Ve — ont largement consolidée[1].

En fait, les cabinets ministériels ont été la matrice des administrations d'état-major. Mais la pratique a varié

1. Sur les cabinets ministériels, on se reportera à l'ouvrage collectif dirigé par René Rémond, Aline Coutrot et Isabel Boussard, *Quarante Ans de cabinets ministériels*, Paris, Presses de la FNSP, 1982, et au « Que sais-je ? » de Guy Thuillier, *Les Cabinets ministériels*, Paris, PUF, 1982.

selon les époques et l'importance des départements ministériels. Et l'on ne pourra fournir, ici, que des indications générales concernant leur organisation et leur fonctionnement.

L'*organisation* des cabinets ministériels obéit davantage à des règles coutumières qu'à des textes précis. Certes, un décret du 28 juillet 1948, modifié plusieurs fois par la suite, tente d'en fixer la composition. Et des directives du Premier ministre limitent généralement le nombre de collaborateurs à dix pour les ministres, à sept pour les ministres délégués et à cinq pour les secrétaires d'État. Mais cette réglementation ne s'applique qu'aux membres officiels, dont la nomination est publiée au *JO de la République française*. Elle ne concerne pas les « officieux » ni, encore moins, les membres « occultes ». Si bien que les statistiques globales qui indiquent, d'Antoine Pinay en 1952 à Jacques Chirac en 1986, un accroissement du nombre des membres des cabinets ministériels de 268 à 369 [1] ne sont pas significatives.

A l'heure actuelle, les cabinets ministériels sont dirigés par un directeur de cabinet, assisté dans les grands ministères par un directeur adjoint. Celui-ci dirige une équipe de conseillers techniques et de chargés de mission entre lesquels il répartit les rôles. Toutefois, il existe parfois, auprès du ministre, un chargé de mission ou un conseiller spécial placé hors hiérarchie. Et le chef de cabinet, chargé de la gestion matérielle, de l'emploi du temps du ministre et de ses déplacements, forme souvent avec le secrétariat particulier, l'attaché de presse et l'attaché parlementaire une cellule autonome ayant directement accès au ministre. Au ministère de l'Économie et des Finances, certains conseillers techniques sont chargés des relations avec les grandes directions, dont ils émanent fréquemment.

Les *fonctions* d'un cabinet ministériel sont celles d'un état-major, « à dominante politique ». Il doit chercher à ménager le temps du ministre, à économiser ses moyens

1. Ces chiffres sont tirés de l'ouvrage de Jacques Fournier, *Le Travail gouvernemental, op. cit.*, p. 107.

et à assurer ses relations publiques. Il remplit un rôle déterminant d'aide à la décision en tenant à jour ses dossiers et en filtrant les interventions extérieures. Sous l'impulsion du directeur, il coordonne la marche des services et organise les réunions de directeurs d'administration centrale tenues à cet effet. Il veille aux conséquences politiques des décisions administratives et établit, par l'intermédiaire de l'« interministériel [1] », une liaison permanente avec les autres départements, les services du Premier ministre et, le cas échéant, le secrétariat général de l'Élysée. Le chef de cabinet, ou l'un de ses collaborateurs, est généralement chargé de suivre les affaires de la « circonscription » du ministre [2].

Les directeurs de cabinet sont souvent recrutés parmi les membres des grands corps (39 sur 84 dans les cabinets qui se sont succédé sous les deux derniers gouvernements Mauroy), et les chefs de cabinet parmi les sous-préfets. Depuis longtemps, les cabinets ministériels sont composés d'une majorité de fonctionnaires : 60 % de 1883 à 1917 [3]. Une vaste enquête menée sous la direction de René Rémond permet de savoir qu'ils étaient déjà 85 % sous Léon Blum en 1936 ; et la proportion a oscillé ensuite entre 65 % (gouvernement Mauroy en mars 1982) et 93 % (premier gouvernement Pompidou en 1962). Cette enquête établit surtout que, de 1936 à 1972 (les quatre ans du gouvernement de Vichy exceptés), la population totale des cabinets ministériels (Élysée et Matignon compris) a atteint 4 011 personnes pour 10 548 emplois. Ce chiffre, qui ne comptabilise naturellement que les membres officiels, est intéressant pour deux raisons : il montre d'abord que, malgré l'instabilité structurelle des cabinets, un nombre important de leurs membres ont participé à plusieurs for-

1. On désigne par là le réseau téléphonique qui relie l'Élysée, l'hôtel Matignon et les différents cabinets ministériels.

2. Enfin, un bureau du cabinet, relevant des services, assure la logistique administrative de celui-ci.

3. Jeanne Siwek-Pouydesseau, « Les cabinets ministériels », in *Les Superstructures des administrations centrales*, Paris, Cujas, 1973.

mations[1] ; mais aussi que, globalement, la population qu'ils composent est du même ordre de grandeur que celle du Parlement. Comme l'écrit René Rémond, « membres des cabinets et parlementaires constituent deux populations d'importance comparable. C'est une confirmation de l'étroitesse de notre "classe politique", entendue au sens large[2] ».

Si la pratique française des cabinets ministériels est originale, et sans doute inéluctable, son bilan apparaît-il, pour autant, positif ? A cette question, il est difficile de répondre. En effet, la justification donnée à l'existence des cabinets ministériels est double. Ils refléteraient la nécessité qu'éprouve tout homme de gouvernement d'être assisté d'un entourage de confiance ; et ils protégeraient les services contre les risques de pénétration de l'administration par la politique. En fait, surtout sous la Ve République, l'intervention des cabinets ministériels a débordé ces deux rôles. Et elle atteint, aujourd'hui, un degré d'intensité parfois difficilement supportable. En s'immisçant dans le fonctionnement quotidien des services et en court-circuitant même les directeurs d'administration centrale, elle perturbe le fonctionnement régulier de l'administration et elle déresponsabilise les fonctionnaires de rang intermédiaire. Plus gravement, en imposant son hégémonie, elle fait prévaloir les vues à court terme sur les perspectives à long terme et sur la continuité nécessaire à la mise en œuvre des politiques publiques. Aussi un sérieux rééquilibrage des cabinets ministériels devrait-il être l'un des objectifs de toute politique de rénovation du service public[3].

1. Avec humour, Guy Thuillier aime à distinguer parmi eux les « chats », plus attachés à un ministère déterminé, des « chiens », dont la fidélité se manifesterait en suivant le même ministre d'un département à l'autre.

2. René Rémond *et al.*, *Quarante Ans de cabinets ministériels, op. cit.*, p. 21.

3. Cf. les développements consacrés à ce sujet dans le chapitre 9.

2. Les services centraux

On comprend sous ce vocable les structures administratives permanentes qui constituent, à l'exception des cabinets, les administrations relevant des départements ministériels. En règle générale, elles siègent à Paris [1] et leur effectif tourne autour de 40 000 agents. Ce chiffre peut sembler faible par rapport aux 150 000 membres du Civil Service qui travaillent à Londres ; il témoigne de l'effort de déconcentration réalisé en France et de la montée en puissance, dans notre pays, des services extérieurs.

Contrairement, également, à ce qui se passe en Grande-Bretagne, les administrations centrales des départements ministériels français ne sont pas, ou plutôt ne sont plus (à l'exception du Quai d'Orsay), dirigées par un secrétaire général. Rétabli, à la demande du général de Gaulle, au ministère de l'Éducation nationale en 1963, le secrétariat général a été supprimé en 1969. Aujourd'hui, le rôle du secrétaire général est tenu, dans la plupart des ministères français, par le directeur de cabinet du ministre, dont le professionnalisme ne le cède en rien à celui des *permanent secretaries* britanniques. Il n'en reste pas moins vrai que le niveau hiérarchique le plus élevé des fonctionnaires affectés dans les services est, désormais, celui de directeur d'administration centrale.

Ces services sont structurés en directions, lesquelles regroupent, à leur tour, des sous-directions et des bureaux.

Les *directions*, qui peuvent revêtir différentes appellations, sont au nombre approximatif de 170. Elles réunissent l'ensemble des services placés sous l'autorité d'un haut fonctionnaire nommé en Conseil des ministres sur un emploi « à la discrétion du gouvernement ». On distingue les directeurs généraux des directeurs dans la mesure où les premiers sont appelés à coordonner plusieurs directions

1. Les ministères ont été regroupés, pendant longtemps, dans le VIIe arrondissement. Le déménagement du ministère de l'Économie et des Finances à Bercy et la déconcentration de quelques services en province font désormais exception à cette règle.

ou à disposer directement de services extérieurs. Mais les uns comme les autres sont nommés et révoqués discrétionnairement, même s'ils ont vocation, par opposition au cabinet, à incarner la permanence de l'administration. D'une moyenne de quatre ans sous la IVe République, leur longévité est tombée à trois années et demie de 1956 à 1966 [1], et à trois ans actuellement. En revanche, la proportion des non-fonctionnaires nommés à cette fonction reste constante ; elle est extrêmement basse, de l'ordre de 3 %.

Chaque direction comporte plusieurs *sous-directions*, certaines d'entre elles pouvant être regroupées en « services [2] ». Les postes de sous-directeurs ne sont pas des emplois discrétionnaires, mais des emplois fonctionnels pourvus, en majorité, par des administrateurs civils ou par des fonctionnaires des corps techniques ou des services extérieurs relevant du ministère concerné [3]. Ces instances constituent l'échelon où s'effectue le travail en profondeur de l'administration centrale, soit qu'il consiste à préparer les décisions du ministre, soit qu'il conduise à gérer directement certains services publics ou à en assurer la tutelle. Il existe environ 450 sous-directions (ou divisions).

Elles sont subdivisées, à leur tour, en près de 2 000 *bureaux*. Le bureau est la cellule de base de l'administration centrale. Dirigé généralement par un administrateur civil ou un attaché d'administration centrale, il peut être de dimension très variable, oscillant entre quatre ou cinq personnes dans les ministères sociaux et cent cinquante à la Direction du budget. Le nombre des bureaux a connu, au cours des trente dernières années, une inflation galopante (il a doublé de 1947 à 1975). La principale raison de cet accroissement tient à la préoccupation des administrations centrales d'attirer à elles de jeunes administra-

1. Jeanne Siwek-Pouydesseau, *Le Personnel de direction des ministères*, Paris, Armand Colin, « U », 1969.

2. Dirigés, comme leur nom l'indique, par un « chef de service », ces ensembles de sous-directions peuvent être soit placés sous l'autorité d'un directeur, soit directement rattachés au ministre.

3. L'étude de ces emplois relève de la deuxième partie de cet ouvrage.

teurs civils issus de l'ENA en leur offrant une apparence de responsabilité. Mais la faculté de les placer, dès leur première affectation, à la tête d'un bureau n'a pas enrayé leur évasion vers les administrations d'état-major que les directeurs d'administration centrale ont tendance également à constituer auprès d'eux [1].

Le rythme de travail des directions, sous-directions et bureaux est, en principe, marqué par le système de la *voie hiérarchique*. Celle-ci est dite « ascendante » lorsque les dossiers préparés par les bureaux remontent jusqu'au ministre, *via* les sous-directions, les directions et le cabinet ; « descendante » dans le sens inverse, lorsqu'ils reviennent revêtus de visas ou de signatures. Mais il arrive fréquemment que ce processus traditionnel soit court-circuité par le cabinet.

Il est d'usage d'opposer les directions « verticales » aux directions « horizontales ». Les premières traitent généralement d'un secteur de l'administration (on les dit également « sectorielles ») ; les secondes remplissent une fonction commune à plusieurs secteurs (gestion des ressources humaines, construction et entretien des équipements, gestion comptable et financière...).

Les personnels d'encadrement des services centraux occupent deux types d'emplois qu'il convient de distinguer. Les *emplois discrétionnaires* — ou, selon la terminologie exacte, « à la décision du gouvernement » — correspondent aux postes de secrétaire général, directeur général et directeur d'administration centrale ou assimilé. Rappelons que les premiers ne se rencontrent plus aujourd'hui qu'auprès du Premier ministre (secrétaire général du gouvernement) ou du ministre des Affaires étrangères. Les seconds confèrent à leurs titulaires la direction des services. Ces emplois supérieurs sont librement pourvus par décret du président de la République, pris en Conseil des ministres, et peuvent être occupés par des non-fonctionnaires. En effet, l'article 25 du statut général de

1. Jean-Luc Bodiguel, Jean-Louis Quermonne, *La Haute Fonction publique sous la Ve République*, *op. cit.*, p. 112-117.

la fonction publique d'État (loi du 11 janvier 1984) précise qu'« un décret en Conseil d'État détermine, pour chaque administration et service, les emplois supérieurs pour lesquels les nominations sont laissées à la décision du gouvernement. L'accès de non-fonctionnaires à ces emplois n'entraîne pas leur titularisation dans un corps de l'administration ou du service. Les nominations mentionnées à l'alinéa premier du présent article sont essentiellement révocables, qu'elles concernent des fonctionnaires ou des non-fonctionnaires ». Ainsi la réglementation française rapproche-t-elle ces emplois du statut de « fonctionnaire politique », tel que le connaît la République fédérale d'Allemagne.

A un niveau immédiatement inférieur, figurent les emplois improprement appelés *emplois de direction*. Ils concernent les fonctions de sous-directeur, de directeur adjoint et de chef de service. Ce sont, en réalité, des emplois fonctionnels. Il faut entendre par là tout emploi dont l'agent qui l'occupe est placé en position de détachement par rapport à son corps d'origine et à l'égard duquel aucun corps ne dispose de monopole absolu. Ils sont pourvus par arrêté conjoint du Premier ministre et du ministre intéressé après avis du ministre chargé de la fonction publique. Cette décision est considérée comme discrétionnaire, dans la mesure où elle est dispensée de la consultation préalable de la Commission consultative paritaire. Elle l'est aussi en ce sens que ses bénéficiaires peuvent faire l'objet, à tout moment, d'un retrait d'emploi dans l'intérêt du service. Ce qui, en vertu de la distinction du grade et de l'emploi propre à l'administration de carrière, n'a pas pour effet de priver les fonctionnaires qui en sont victimes du grade qu'ils détiennent dans leur corps, mais leur confère le droit d'obtenir un autre emploi.

On sait cependant que, sans bénéficier d'un monopole, les administrateurs civils ont prioritairement vocation à occuper les emplois de direction. Ils ne peuvent être régulièrement concurrencés que dans deux cas : lorsqu'il s'agit d'emploi présentant un caractère technique, par des membres des corps techniques supérieurs tels que les corps d'ingénieurs ; autrement, et dans la limite du quart des emplois considérés, par des fonctionnaires appartenant à des corps auxquels destine l'ENA (par exemple, le corps des inspecteurs des Finances au ministère de l'Économie et des Finances) ou à des corps des services extérieurs du ministère intéressé où ils sont affectés.

2. Ministères verticaux et ministères horizontaux

Il est habituel de distinguer, dans l'administration centrale de la France, les ministères dits « verticaux » des ministères dits « horizontaux » [1]. Les premiers ont un caractère sectoriel, en ce sens qu'ils correspondent à la gestion ou au contrôle d'un secteur déterminé de la société ; les seconds exercent une mission transversale qui concerne soit l'ensemble de la société, soit l'ensemble de l'État. Ne pouvant pas analyser ici la configuration des ministères de façon exhaustive, on se contentera de deux exemples : à titre de département ministériel vertical, le ministère de l'Éducation nationale ; à titre de département ministériel horizontal, le ministère de l'Économie et des Finances.

1. Le ministère de l'Éducation nationale

On a coutume de faire remonter à une ordonnance du 1er février 1828 la création du ministère de l'Instruction publique [2]. Succédant au Conseil de l'université napoléonien, cette création consacre la promotion au rang ministériel d'un secteur d'activité auquel la République donnera ses lettres de noblesse. Il en résultera, à terme, l'une des plus vastes entreprises du monde, dont l'un des responsa-

1. Francis de Baecque, *L'Administration centrale de la France*, *op. cit.*
2. Georges Amestoy, Gérard Conac, « L'évolution des structures et des superstructures de l'administration centrale du ministère de l'Éducation nationale », in *Les Superstructures des administrations centrales*, *op. cit.*

bles, Olivier Guichard, se plaira plus tard à comparer la dimension à celle de General Motors ou à celle de l'Armée rouge ! Quoi qu'il en soit, en employant plus d'un million d'agents, elle est le premier employeur de l'État en France.

En un siècle et demi, les structures du ministère de l'Éducation nationale ont considérablement évolué. Et l'intérêt de son étude tient au fait qu'il constitue le laboratoire où ont été expérimentés tous les modes possibles de gestion d'une administration centrale sans qu'aucun d'entre eux ait jamais donné pleine satisfaction. Pourtant, comme l'écrit l'un de ses anciens directeurs : « La machine tourne, et pas si mal. Elle a réussi à accueillir la vague démographique de 1960, à s'adapter, avec difficultés certes, à la nouvelle population scolaire, à fournir au pays les cadres et les équipes de recherche dont il a besoin [1]. » En 1988, elle « traitait » 1 150 000 agents et encadrait 13 millions d'élèves et 1 million d'étudiants !

1. Des structures verticales

Pendant longtemps, des origines jusqu'à la Seconde Guerre mondiale, l'administration centrale — qui a été dirigée de 1828 à nos jours par 163 ministres successifs — s'est contentée de structures verticales. Aux deux directions affectées aux enseignements primaire et secondaire, fut ajoutée en 1856 une Direction de l'enseignement supérieur. « Dans leur secteur, écrivent Georges Amestoy et Gérard Conac, [les directeurs] apparaissaient comme de véritables gouverneurs. Chacune des trois directions d'enseignement constituait en fait un ministère, gérant son personnel, bénéficiant de moyens propres, disposant de ses corps d'inspection, dont le rattachement de certains d'entre eux au ministre n'était plus qu'une fiction juridique [2]. » En outre,

1. Bernard Toulemonde, *Petite Histoire d'un grand ministère : l'Éducation nationale*, Paris, Albin Michel, 1988. Voir également les études publiées régulièrement depuis 1988, sous la direction de Claude Durand-Prinborgne, dans la revue *Savoir*, aux éditions Sirey.

2. Georges Amestoy, Gérard Conac, « L'évolution des structures... », art. cité.

chaque directeur s'appuyait sur une « administration consultative » auprès de laquelle il pouvait faire prévaloir son point de vue.

Cette structure conférait aux directeurs une grande autonomie, assez peu concurrencée par les cabinets ministériels. Aussi bien leur stabilité contrastait-elle avec l'instabilité des ministres, avec lesquels ils entretenaient généralement de bons rapports. Comme le rappellent Gérard Conac et Georges Amestoy, la désignation du ministre de l'Éducation nationale obéissait depuis Jules Ferry à une règle non écrite. Le titulaire du poste devait, par son passé et sa coloration politique, apparaître comme un garant de la laïcité. Cette conception était aussi celle des hauts fonctionnaires et des services du ministère. Elle a ainsi contribué à créer entre le personnel politique et le personnel administratif une communauté de pensée susceptible de favoriser l'élaboration et la mise en œuvre de la politique scolaire de la IIIe République.

2. Les besoins de la coordination

La contrepartie d'un tel système tenait à son cloisonnement. Or, la montée des effectifs et la complexité des problèmes devaient faire apparaître le besoin d'une plus grande ouverture et d'une meilleure coordination. Cette nécessité s'imposera au lendemain de la Libération. Aussi la réorganisation du ministère, entreprise en 1944 par René Capitant, entraînera-t-elle une diversification des services en même temps que le recours à des directions horizontales. Trois directions générales couvriront les Arts et les Lettres, l'Architecture ainsi que l'Éducation physique et les Sports. Une Direction de l'administration générale sera créée. Mais la réforme principale tiendra à l'institution d'une Direction générale de l'enseignement chargée de coordonner six directions sectorielles. Sans doute prématurée, l'expérience se soldera par un échec et la direction générale sera supprimée. Mais elle laissera en germe l'idée d'un remodelage qui donnera progressivement naissance à de nouvelles structures horizontales.

Ainsi seront créés, en 1960, sous l'impulsion d'André Boulloche, des services logistiques rattachés à une Direction générale de l'administration et des services communs, une Direction des bibliothèques de France et de la lecture publique, tandis que, dès 1956, sera mise en place une Direction de l'équipement scolaire et universitaire. Parallèlement, les Directions du personnel des enseignements primaire, secondaire et technique fusionneront. Enfin, une nouvelle Direction générale de l'organisation des programmes scolaires regroupera les trois directions de l'enseignement du premier degré, du second degré et de l'enseignement technique.

3. Un laboratoire d'expériences

Malheureusement, l'explosion scolaire et la diversification des tâches devaient vite avoir raison de ces innovations. Aussi, l'incapacité du ministère à maîtriser les problèmes auxquels il était sans cesse confronté conduisit le général de Gaulle à créer, sous l'autorité du ministre Christian Fouchet, un secrétariat général. Un décret de 1963 accorda à son titulaire, Pierre Laurent, de très larges pouvoirs qui furent encore renforcés en 1964. Cette institution, de type britannique, eut pour effet de réduire l'intervention du cabinet auprès des services, mais, en même temps, de limiter la liberté d'action des directions — sauf celle des Enseignements supérieurs qui, sous la responsabilité de Pierre Aigrain, reçut mission de créer les instituts universitaires de technologie. Mais les événements devancèrent les réformes de structure, et Mai 1968 mit fin à l'expérience.

La légende laisse entendre qu'Edgar Faure, devenu ministre, fit comprendre à Pierre Laurent que, celui-ci étant irremplaçable... il ne serait donc pas remplacé. En fait, le secrétaire général avait tenu « à bout de bras » la grande maison de la rue de Grenelle pendant les mois difficiles du printemps et de l'été 1968. Et il ne tenait pas à poursuivre sa tâche. Son départ devait laisser place, sous l'autorité de Michel Alliot, à une coordination des services réalisée directement par le cabinet.

Sous la présidence de Georges Pompidou, une nouvelle expérience fut entreprise, en 1970, par le ministre Olivier Guichard, sous l'impulsion de son directeur de cabinet, André Giraud. Ingénieur des Mines venu du Commissariat à l'énergie atomique, celui-ci désirait transposer à l'Éducation nationale un mode d'organisation qui avait fait ses preuves dans les entreprises. La réforme consistait principalement à restructurer l'administration centrale autour de deux types de directions : les directions d'objectifs et les directions de moyens. Entre elles, pas de hiérarchie. Mais leur rôle respectif s'éclaire « si l'on se réfère aux pratiques industrielles et commerciales ; dans ces secteurs d'activité, les unes ''passent des commandes'' et vérifient que les livraisons sont conformes à celles-ci, les autres ''produisent'' et organisent librement leur production ; il ne se crée pas, entre les unes et les autres, de subordination au sens de la Fonction publique ; il y a deux types de responsabilités, l'une et l'autre entières, mais la responsabilité de la ''production'' s'exerce sous les impératifs de la responsabilité de la ''commande'' ; par suite de la nature des choses, les moyens sont subordonnés aux objectifs [1] ».

La nature des choses — ou les routines — de l'Éducation nationale étant différente des pratiques industrielles et commerciales, ni les usagers, ni les chefs d'établissement, ni les fonctionnaires des services ne parvinrent à s'y reconnaître dans un système sophistiqué devenu vite un labyrinthe. Aussi, promu à son tour ministre de l'Éducation nationale en 1973, Joseph Fontanet eut tôt fait de mettre fin à la tentative infructueuse de son prédécesseur.

4. Démembrements et remembrements

L'arsenal des restructurations possibles ayant été épuisé, Valéry Giscard d'Estaing, en accédant en 1974 à la présidence de la République, eut recours à la chirurgie, en créant un secrétariat d'État autonome aux Universités.

1. *Ibid.*

Certes, ce n'était pas la première fois qu'on démembrait l'Éducation nationale. En 1959, avait été créé, au profit d'André Malraux, un ministère des Affaires culturelles ; et, à partir de 1956, furent institués des secrétariats d'État ou des ministères de la Jeunesse et des Sports. Mais l'innovation tenait au fait que l'on n'avait jamais détaché auparavant de la « matrice » originelle l'un des ordres d'enseignement.

La création du secrétariat d'État autonome — c'est-à-dire non rattaché à un ministère — apparaissait, aux yeux de son premier titulaire, Jean-Pierre Soisson, comme le corollaire au niveau de l'administration centrale de l'autonomie des universités proclamée par la loi de 1968. Aussi, en liaison avec la Conférence des présidents d'université, une vaste politique destinée à donner un contenu effectif à cette autonomie fut-elle amorcée. Le remplacement de Jean-Pierre Soisson, en janvier 1976, par Alice Saunier-Seité et la crise du deuxième cycle devaient mettre brutalement un terme à l'opération. Mais les idées développées par les présidents, sous l'impulsion du premier secrétaire d'État, notamment lors du colloque de Villard-de-Lans de février 1975, devaient ultérieurement cheminer. Et quelques-unes, telles que la politique de contractualisation des rapports entre l'État et les établissements d'enseignement supérieur, sont entrées en application aujourd'hui. En attendant, la centralisation reprit droit de cité et, en 1978, le secrétariat d'État aux Universités fut érigé en ministère.

L'alternance de 1981 fut l'occasion de remettre en cause ce démembrement, et le nouveau président de la République, François Mitterrand, rétablit, sous la pression de la Fédération de l'Éducation nationale, un « grand ministère ». Mais en 1986, dans le cadre du gouvernement Fabius, un nouveau secrétariat d'État aux Universités — rattaché cette fois-ci à l'Éducation nationale — fut institué ; l'expérience ne paraît pas avoir été concluante.

L'alternance de 1986 modifia quelque peu la formule en rattachant au ministre de l'Éducation nationale, René Monory, un ministre délégué chargé de la recherche et de l'enseignement supérieur. L'idée de regrouper ces deux secteurs d'activité était pertinente. Mais le rattachement du ministre délégué, Alain Devaquet, à un ministre à part entière était plein d'embûches. Et, l'influence exercée par le cabinet du Premier ministre y contribuant largement, la formule n'a pas résisté à la nouvelle crise universitaire de décembre 1986 ; la succession assurée ensuite par Jacques Valade ne fut qu'un intérim.

La troisième alternance de 1988 a restauré l'unité effective du ministère de l'Éducation nationale, en l'étendant même, sous l'autorité du ministre d'État Lionel Jospin, à la Recherche, à la Jeunesse et aux Sports. Mais la Recherche n'a pas longtemps supporté ce rattachement, ce qui a provoqué dès le second gouvernement Rocard du 28 juin 1988 la restauration d'un ministère autonome, tandis que la Jeunesse et les Sports ainsi que l'Enseignement technique faisaient l'objet de secrétariats d'État rattachés. Seul donc l'Enseignement supérieur paraît résister, pour l'instant, à la dissociation ; mais il est, en fait, administré par un conseiller spécial auprès du ministre qui joue le rôle d'un véritable secrétaire d'État.

Que conclure de cette longue évolution ? Toutes les formules ayant été expérimentées, et toutes les recettes ayant été épuisées, le constat devrait s'imposer aux pouvoirs publics de l'impossibilité de gérer en un ensemble unique une aussi vaste entreprise. Sans doute le mythe du « grand service public de l'Éducation nationale » est-il respectable ; et il a joué, en son temps, son rôle mobilisateur. Mais, désormais, une évidence domine : la diversification et la décentralisation sont le point de passage obligé de toute réforme d'envergure.

La diversification signifie la nécessité de recourir non pas seulement à un ministère de la Recherche et de l'Enseignement supérieur autonome par rapport à l'Éducation nationale, mais surtout à la transformation progressive des administrations centrales en administrations de mission. Ainsi leur compétence serait-elle limitée à l'impulsion, à la prévision et à la coordination. Et, s'agissant de l'enseignement supérieur, la formule d'une autorité administrative indépendante — du genre de l'University Grants Committee britannique —, distincte du Comité national d'évaluation, mériterait d'être expérimentée. Pour le reste, la gestion de l'Éducation nationale pourrait être aisément décentralisée, la répartition des compétences s'effectuant entre les différents niveaux de collectivités territoriales et diverses catégories d'établissements autonomes. Au vu de la longue histoire du ministère de l'Éducation nationale, la thérapeutique peut donc paraître assez simple. Encore faudrait-il pour l'appliquer qu'une volonté politique bien arrêtée, assortie d'un effort d'information et d'explication approprié, vienne à bout des improvisations et des tabous qui tendent sans cesse à en retarder la mise en œuvre.

2. Le ministère de l'Économie et des Finances

C'est un livre entier qu'il faudrait consacrer à l'histoire et à la sociologie du ministère de l'Économie et des Finances. Or, il n'en existe pas. Rares sont, malheureusement, les travaux consacrés à cette administration centrale dont le caractère horizontal prend une dimension d'autant plus importante qu'elle est, en fait, interministérielle. Aussi devra-t-on se contenter à son sujet de notations sommaires [1].

1. Une forteresse inexpugnable

Tel est le mythe qui est souvent entretenu à propos du ministère de l'Économie et des Finances. Il est extraordinaire, en effet, qu'il soit parvenu à surmonter les deux dangers qui le guettaient lorsque l'État s'est mis à diriger l'économie : l'apparition d'un ministère concurrent et l'absorption par le Premier ministre d'une part de ses prérogatives.

1. L'administration du Trésor a, cependant, fait l'objet d'un essai : Yves Mamou, *Une machine du pouvoir, la Direction du trésor*, Paris, Éd. La Découverte, 1988.

Le premier risque a été pris à la Libération, lorsque dans le premier cabinet de Gaulle, formé le 10 septembre 1944, Pierre Mendès France fut nommé ministre de l'Économie nationale, tandis qu'Aimé Lepercq puis René Pleven occupaient les Finances. Mais le conflit qui opposa les deux ministres se solda par la démission de Mendès France. Et elle sauva une première fois le ministère des Finances, dont René Pleven devait cumuler la direction, à partir du 6 avril 1945, avec celle de l'Économie nationale. La création, en janvier 1946, du Commissariat au plan pouvait faire craindre également l'apparition d'un concurrent. Mais cette crainte fut vite conjurée, elle aussi, par le caractère d'administration de mission que prit d'emblée le Commissariat au plan, sous l'influence de Jean Monnet. Et le rattachement ultérieur de cette institution à la Rue de Rivoli, pendant plusieurs années, écarta définitivement le danger.

Le second risque, plus grave en fait, qui pèse sur le ministère des Finances a pour précédent le rattachement à la présidence des États-Unis d'Amérique de l'Office du Budget, réalisé à la faveur du New Deal. Car il inspire, à intervalles réguliers, à de bons esprits en quête d'innovation l'idée d'affecter aux services du Premier ministre la Direction du budget. L'idée n'a, cependant, jamais fait son chemin. Tout au plus le Premier ministre Raymond Barre a-t-il cumulé à titre exceptionnel, du 25 août 1975 au 3 avril 1978, pour faire face à la crise, les fonctions de chef du gouvernement et de ministre de l'Économie et des Finances. Depuis lors, le ministre des Finances est souvent assisté — ou « affublé [1] » — d'un ministre délégué ou d'un ministre du Budget choisi parmi les familiers du président. Observons que l'intégration éventuelle de la Direction du budget à l'hôtel Matignon serait, pour le Premier ministre, un cadeau empoisonné si elle devait faire perdre au chef du gouvernement son autonomie lors des arbitrages budgétaires, en le faisant juge et partie.

Si bien que, depuis l'alternance en 1981, l'unicité de l'Éco-

1. On dit que c'est cette éventualité qui a empêché Jacques Delors d'accepter les fonctions de Premier ministre en 1983.

nomie et des Finances, assortie de ministres délégués et de secrétaires d'État rattachés, paraît constituer un dogme bien établi. En outre, sous un régime comme celui de la Ve République, elle permet au président de la République de « diviser pour régner » en arbitrant lui-même, si besoin est, les différends qui peuvent surgir entre le puissant titulaire du poste et le Premier ministre. Il en résulte entre l'ancienne Rue de Rivoli, installée désormais quai de Bercy, et les autres départements ministériels une différence de potentiel qui rend souvent fictive leur compétence sectorielle et qui confère au seul ministère chargé d'allouer aux autres leurs ressources une vocation interministérielle.

2. Une vocation interministérielle

En limitant à l'Élysée et à l'hôtel Matignon la description des organismes à vocation interministérielle, on risque de commettre un contresens. Car l'horizontalité du ministère de l'Économie et des Finances ne tient pas seulement à son champ d'attributions, comme ce peut être le cas de la fonction publique ou du Plan, mais essentiellement à sa puissance interministérielle.

Certes, il n'appartient pas au ministre de l'Économie et des Finances de se substituer au Premier ministre — même s'il lui arrive parfois de le court-circuiter [1] — ni, encore moins, au président de la République. Mais ses représentants encadrent systématiquement tous les processus de décision. Ils sont massivement présents à leur point de départ, dans tous les comités et réunions interministériels qui siègent à Matignon. Et, par l'intermédiaire des contrôleurs financiers et des contrôleurs d'État, ils veillent attentivement à leur point d'arrivée. En outre, dans la plupart des cas, une décision d'un ministre ou même du Premier ministre ne vaut qu'une fois que l'arrêté ou le décret qui l'officialise a été

1. On sait que l'une des raisons de la démission de Jacques Chirac des fonctions de Premier ministre, en 1976, tenait à ce que « la politique économique était faite en réalité directement par le chef de l'État et le ministre des Finances M. Fourcade » (*Le Monde*, 9-10 septembre 1979, p. 22).

contresigné par le ministre de l'Économie et des Finances ou son collègue du Budget.

Ne parlons pas de l'élaboration annuelle de ce document. Certes, les « lettres de cadrage » que reçoivent, chaque année, vers la fin du mois d'avril, les ministres « dépensiers » en vue de préparer le projet de budget du prochain exercice sont signées du Premier ministre et marquées de sa « griffe ». Mais elles ont été préalablement négociées par le ministre des Finances. Et la mise au point du projet, ministère par ministère et direction par direction, donne lieu à un rituel « parcours du combattant » à l'occasion duquel les hauts fonctionnaires des différents départements subissent avant l'été un véritable examen de la part de la Direction du budget. Ils constatent en cette occasion, à leurs dépens, que l'interlocuteur attitré d'un directeur d'administration centrale est, Quai de Bercy, un sous-directeur, et celui d'un sous-directeur un chef de bureau...

3. Une concentration de « matière grise »

Gardien des « grands équilibres », le ministère de l'Économie et des Finances se targue d'être le seul préposé « aux objectifs les plus généraux, prétendant, en outre, être l'unique département ministériel qui ne dépend pas des intérêts économiques particuliers ». Il estime mettre au service de cette tâche la plus haute les fonctionnaires les plus compétents. Et il légitime ainsi sa puissance [1].

En réalité, le ministère des Finances est un très vaste empire, dont les différents éléments n'ont sans doute pas la même valeur. Groupant, dans le cadre de l'administration centrale, plus de 8 000 agents (le double de l'Éducation nationale), il compte à l'heure actuelle, Budget compris, quinze directions. Au cœur de cet ensemble figurent, naturellement, les directions du Budget, du Trésor et de la Comptabilité publique, ainsi que la Direction générale des impôts. Et, contrairement à l'Éducation nationale où de perpétuels

1. François Bloch-Lainé, « L'affirmation d'une puissance », *Pouvoirs*, « Le ministère des Finances », 53-1990, p. 5.

bouleversements affectent la structure de la Centrale, les directions et les services du ministère de l'Économie et des Finances jouissent d'une très grande stabilité : c'est par adjonctions progressives que l'on a vu apparaître, au cours des dernières décennies, la Direction des relations économiques extérieures (rattachée parfois au ministère du Commerce extérieur), la Direction des assurances, la Direction générale de la concurrence (qui remplace celle du contrôle des prix) ou les directions chargées des études : Direction de la prévision et Direction générale de l'INSEE.

Pour François Bloch-Lainé, la force de cet empire tient au fait que, « recevant depuis quarante ans le plus grand nombre d'"énarques", parmi les mieux dotés, cette administration s'applique plus que les autres à leur donner une formation professionnelle initiale, qui n'est point acquise, parce qu'elle ne peut pas l'être, au sortir des écoles ». Et l'ancien directeur du Trésor, qui est expert en la matière, explique que « dans les grandes directions du ministère des Finances et du service de l'administration générale, tout commence par un apprentissage de l'analyse approfondie, du calcul précis, de la formation juste, de la prévision exacte, de l'opinion robuste ; en bref, du "dossier possédé". Qu'ils soient alors rédacteurs ou inspecteurs, les débutants apprennent de chefs exigeants ce qui leur servira toujours, ce dont ils se passeraient mal, ce dont d'autres se passent mal. Lorsque des administrateurs frais émoulus arrivent, par exemple, à la Culture ou aux Affaires sociales, ou auprès de techniciens dont ils doivent être les avocats ou les censeurs, il est rare qu'on leur enseigne notamment à combattre à armes égales avec ceux du Budget ou du Trésor [1] ». Et l'auteur de conclure : « Il y a, certes, aux Finances, tout autant de médiocres qu'alentour… Mais c'est moins dans la critique que dans la négociation que se manifestent des "imbattables". Il faudrait, pour que les exigences de la mise à parité entre ministères pour l'élaboration des solutions soient satisfaites, que l'on

1. *Ibid.*, p. 9.

apprît partout, et vraiment, à travailler dès le début de carrière [1]. »

Le second secret de la supériorité des Finances sur les « ministères dépensiers » nous est livré par l'analyse des relations entre ministres, cabinets et directeurs. On savait déjà qu'au sein du cabinet « chacune des grandes directions délègue... un conseiller technique sélectionné en fonction de son rang dans la hiérarchie, de son potentiel de carrière (après son passage au cabinet il retournera dans sa direction avec une promotion), de sa capacité à incarner sa culture ''maison'' et, accessoirement, de sa coloration politique [2] ». A cette singularité s'ajoute le fait que « le fauteuil du directeur de cabinet est en principe l'apanage des inspecteurs des Finances issus de préférence du Trésor ou du Budget. Lorsque, par quelque accident de l'histoire, le titulaire du poste déroge à la tradition, l'administration sait lui faire sentir le poids de son étrangeté. Double du ministre, dont il partage les vues et les préoccupations, le directeur de cabinet règne sur le bon fonctionnement de cette maison [3] ». Bref, il paraît ressembler comme un frère au *permanent secretary* de la Trésorerie britannique, à ceci près, qui est peut-être un avantage, qu'il n'est pas permanent sinon dans le département ministériel, du moins dans sa fonction !

On conçoit aisément que de telles conditions, qu'on ne retrouve nulle part ailleurs, facilitent grandement la coopération entre le ministre et les directions. « Au point d'ailleurs, écrivent deux observateurs informés, que se produit un phénomène fréquemment observé : les collègues du ministre des Finances, émus de cette efficacité, l'accusent d'être ''prisonnier'' de son administration et de perdre, ainsi, sa spécificité politique. Il arrive que ce discours agace un peu le ministre et complique ses relations avec les directeurs. Mais la pratique quotidienne des réalités, la qualité

1. *Ibid.*, p. 10.
2. Denis Mayrey, Patrick Peugeot, « Le ministre et les directeurs : qui commande ? », *Pouvoirs*, « Le ministère des Finances », 53-1990, p. 23.
3. *Ibid.*, p. 23-24.

des relations avec les directeurs — dont certains, dans cette dernière figure du quadrille, ont été nommés par lui — l'aident beaucoup à assumer cette situation avec la sérénité qui convient aux grands serviteurs de l'État. Quel ministre des Finances, en effet, n'est pas convaincu, au bout d'un temps raisonnable, de mériter ce titre [1] ? »

Cette conjoncture favorable n'est pas exceptionnelle. Nommé en juin 1947 directeur du Trésor, François Bloch-Lainé aime à témoigner des excellents rapports qu'il entretint avec la majorité des ministres. « Aux Finances, écrit-il, les principaux directeurs : Trésor, Finances extérieures, Budget, Impôts avaient les mêmes privilèges que le directeur du cabinet. C'est par courtoisie qu'ils traversaient, en passant, le bureau de ce dernier, attenant à celui du ministre, afin qu'il fût informé de leurs démarches. Paul Reynaud, qui connaissait bien la Maison, quand il revint en 1948, tint à me dire : ''Sachez que vous pouvez toujours entrer ici par cette petite porte-là...'' Il me montrait celle qui donne directement sur l'antichambre, à côté de la grande, réservée aux visiteurs. Cette invite — dont il eût été, à mon avis, de mauvais goût de profiter — marquait son souci de ne pas faire de son cabinet un écran [2]. »

Combien de directeurs d'administration centrale d'autres ministères pourraient en dire autant ? Sans doute, à travers cette esquisse, apparaît la différence entre le fonctionnement d'une grande Maison et ce qu'on appelle aujourd'hui la « maladministration ».

1. *Ibid.*, p. 25.

2. François Bloch-Lainé, *Profession : fonctionnaire*, Paris, Éd. du Seuil, 1976, p. 97-98. L'auteur signale, cependant, une exception : « Avec Giscard, écrit-il, les directeurs devaient, me dit-on, demander audience et les délais d'attente devaient être longs » Mais François Bloch-Lainé ne l'a pas lui-même vérifié.

3

Les administrations de contrôle, d'expertise et de mission

L'analyse des départements ministériels n'épuise pas, bien évidemment, l'étude des administrations centrales. Formant un ensemble complexe, celles-ci comprennent également des services et des organismes dont le rôle est de plus en plus diversifié. Le lien qui unit certains d'entre eux à l'appareil administratif de l'État peut même se trouver relâché lorsqu'ils revêtent le statut d'établissement public. Il ne sera pas possible, dans le cadre limité de ce livre, d'en épuiser l'inventaire. Et, plutôt que de prendre en considération leur statut, on s'attachera davantage à dégager leur fonction.

On privilégiera, par conséquent, l'examen des administrations de contrôle, d'expertise et de mission.

1. L'administration de contrôle

L'administration de contrôle occupe traditionnellement, en France, une place prestigieuse. Cela tient au fait qu'elle relève, notamment, des grands corps de l'État. Il sera traité dans la deuxième partie de ce livre de la spécificité de leur structure. On se contentera donc d'évoquer, ici, leur rôle. Mais, aujourd'hui, l'exercice du contrôle de l'administration n'est pas seulement leur fait. Il sera donc d'abord question de la fonction d'inspection, dont l'examen sommaire précédera celui du contrôle juridictionnel.

1. La fonction d'inspection

De nature administrative, la fonction d'inspection s'exerce, en France[1], à plusieurs niveaux. Mais, sauf exception, les corps d'inspection, bien que relevant d'une administration centrale, sont placés hors hiérarchie et donc rattachés directement à un ministre.

Au niveau supérieur, existent des inspections générales à caractère interministériel. « En réalité, écrit Gérard Marcou, l'Inspection générale des finances est la seule inspection générale vraiment interministérielle[2]. » Elle est, en effet, la seule à pouvoir effectuer, à la demande du ministre de l'Économie et des Finances ou directement, sur la base de compétences d'attribution, des contrôles sur des services ou organismes débordant les attributions de son administration de rattachement. Et elle jouit du prestige attaché à ses membres qui appartiennent à l'un des trois grands corps administratifs. Elle dispose donc d'un pouvoir d'investigation qui, sous la forme éventuelle du contrôle à l'improviste, peut s'étendre au-delà des comptables publics de l'État, aux agents comptables des collectivités territoriales, aux régisseurs d'avance ou de recettes des organismes publics et aux ordonnateurs secondaires de

1. La complexité du sujet et le particularisme des solutions apportées selon les pays rendent difficile toute étude comparative ; voir, cependant, Guy Braibant, *Institutions administratives comparées*, cours IEP, Paris, 1985-1986, t. III, *Les Contrôles*.

2. Gérard Marcou, dir., *Le Contrôle de l'administration par elle-même*, Paris, Éd. du CNRS, 1983. Pour une étude d'ensemble des services d'inspection, on se reportera à l'ouvrage de Jacques Meunier, *Les Inspections générales*, Paris, Berger-Levrault, 1988. Sur les inspections concernant l'activité d'un seul ministère, on consultera le livre de P. Milloz, *Les Inspections générales ministérielles*, Paris, Economica, 1983. Sur l'Inspection générale des finances, l'ouvrage de Pierre Lalumière (*L'Inspection des finances*, Paris, PUF, 1959) demeure la référence, mais il n'a pas été réédité.

toutes les administrations. Parallèlement, plusieurs textes reconnaissent à l'IGF un pouvoir de vérification sur les entreprises publiques, sur les sociétés d'économie mixte dans lesquelles l'État détient plus de la moitié du capital social, sur les organismes de sécurité sociale et sur de nombreux autres organismes de secteur public et coopératif.

Toutefois, deux autres corps d'inspection peuvent se voir confier des missions à caractère interministériel. Tel est le cas, d'une part, de l'Inspection générale de l'administration, d'autre part de l'Inspection générale des affaires sociales. Rattachée au ministère de l'Intérieur, la première a principalement vocation à contrôler l'activité des préfectures, des collectivités territoriales ou de la police nationale ; mais elle peut recevoir mission du Premier ministre ou du ministre de l'Intérieur et d'un ministre intéressé d'étendre son investigation à tel ou tel service ou organisme relevant d'un autre département ministériel. Rattachée au ministère des Affaires sociales, la seconde, produit du regroupement en 1967 de trois corps de contrôle, dispose d'un champ d'intervention extrêmement large puisqu'il peut s'étendre, au-delà des organismes qui participent à l'application des diverses législations de la Sécurité sociale, à des services relevant de divers ministères (Santé, Travail, Industrie, Commerce et Artisanat, Agriculture et Transports).

Notons, enfin, la vocation interministérielle de l'Inspection du travail. Mais, bien que placée sous l'autorité des ministres chargés respectivement du travail, de l'agriculture et des transports, elle a pour objet de veiller au respect et à l'application des dispositions législatives et réglementaires concernant le travail et l'emploi. Et elle a trait, par conséquent, à l'activité des entreprises industrielles et commerciales plus qu'à celle de l'administration.

La tentation de chaque ministre étant de posséder « son » inspection, le rôle des contrôles interministériels est limité par la multiplication des services d'inspection situés au niveau ministériel. Gérard Marcou en a décelé vingt et un portant la qualification d'« inspection générale ». Parmi eux, figurent des institutions de grande notoriété, comme le Contrôle général des armées. Au hasard de la conjoncture politique qui préside au démembrement et au remembrement des administrations centrales, certains peuvent être communs à plusieurs départements ministériels, comme l'Inspection générale de l'équipement et de l'environnement. En revanche, le ministère de l'Éducation nationale possède, à côté d'une importante Inspection générale de l'administration, une inspection pédagogique qui, sous le nom d'Inspection générale de l'instruction publique, a été longtemps considérée comme un corps de prestige, avant d'être l'objet de contestation. Appelée davantage, aujourd'hui, à évaluer et à conseiller plutôt qu'à sanctionner, elle a pris le nom d'Inspection générale de l'éducation.

La fragmentation des corps d'inspection a conduit à la création, à l'intérieur même de certains ministères, de services d'inspection ou assimilés auprès de directions d'administration centrale : au ministère de la Culture, par exemple, coexistent une Inspection générale des bibliothèques, une Inspection générale des archives, une Inspection générale des musées de France, et d'autres encore.

Il est aussi des inspections qui, sans en porter le nom, étendent en réalité leur contrôle à de très vastes secteurs de l'administration à travers l'activité de leur conseil général : tel est le cas du corps des Mines, auprès du ministère de l'Industrie, et du corps des Ponts et Chaussées, auprès du ministère de l'Équipement. Un tel rôle peut être décelé, au ministère de l'Agriculture, à travers l'intervention des ingénieurs du Génie rural et des Eaux et Forêts. Dans les trois cas, il s'agit d'une inspection à caractère technique.

Traditionnellement, la principale fonction de l'inspection était de s'assurer que, là où s'exerce son activité, l'administration respecte la législation et la réglementation en vigueur, et fait un bon usage des deniers publics. Et il lui appartenait, dès lors, non pas de sanctionner elle-même le mauvais fonctionnement de l'administration — si ce n'est dans certains cas par l'intermédiaire de la notation des fonctionnaires —, mais de signaler les erreurs, les fautes et les abus commis par les agents. Désormais, cette mission tend à céder le pas aussi bien au contrôle de gestion qu'aux études destinées à préparer des réformes. Certaines administrations ont même tendance à confier à leurs inspections générales des tâches d'évaluation. Mais, en privilégiant l'« auto-évaluation », une telle évolution risque d'en pervertir le sens. Aussi est-il préférable que, sans être tenus à l'écart de ce processus, les corps d'inspection assument principalement une mission d'« animation » et de conseil, qui concourt à la modernisation de l'administration [1].

La dispersion, la fragmentation des corps d'inspection a fréquemment été dénoncée. Elle a même suscité, en 1981, des propositions tendant à les regrouper en trois grands corps à caractère économique et financier, administratif et social. Mais le projet, qui risquait de porter atteinte à la spécificité de l'IGF, paraît avoir été aujourd'hui abandonné.

2. Le contrôle juridictionnel

Le contrôle juridictionnel de l'administration oppose traditionnellement les pays anglo-saxons, où l'application de la *common law* confère aux tribunaux ordinaires des pouvoirs d'investigation étendus, aux pays de l'Europe continentale, qui pratiquent généralement le système de la dualité de juridiction.

En France, la loi des 16-24 août 1790 ayant disposé que « les fonctions judiciaires sont distinctes et demeureront toujours séparées des fonctions administratives », la Constitution de l'an VIII institua un Conseil d'État chargé de « résoudre les difficultés qui s'élèvent en matière administrative ». A l'heure actuelle, la juridiction administrative comprend, outre le Conseil d'État statuant au contentieux, 5 cours administratives (créées en 1987) et 33 tribunaux administratifs régionaux (dont 7 situés outre-mer).

1. Le chapitre 11 sera consacré, dans la troisième partie, à l'étude de l'évaluation.

Mais, par rapport au siècle dernier, où la situation du Conseil d'État français « faisait figure, sinon d'exception isolée, du moins d'institution originale », l'opposition entre pays pratiquant l'unité de juridiction et pays pratiquant la dualité s'est aujourd'hui beaucoup estompée. Et, comme l'écrivent très justement Jean Massot et Jean Marimbert, « la vérité est que l'on constate qu'il y a, en cette fin du XXe siècle, un besoin universel de juridictions administratives spécialisées et que la seule distinction qui subsiste sépare les pays qui, sur le modèle anglo-américain, en font des juridictions intégrées dans l'ensemble du système judiciaire, les pays qui, sur le modèle allemand, en font des juridictions séparées mais sans attributions administratives, ceux qui connaissent la dualité de fonctions juridictionnelles et administratives sur le modèle français, tels de nombreux autres pays européens et du Proche-Orient, et enfin ceux qui vont jusqu'à confier au Conseil d'État un quadruple rôle, ajoutant encore aux fonctions de conseiller et de juge celles de bureau d'études et de vivier de hauts fonctionnaires : c'est sans doute uniquement sur ces derniers points que le Conseil d'État français peut encore prétendre à une véritable originalité [1] ».

Il ne peut être question d'examiner, ici, la structure et le fonctionnement de la juridiction administrative, même limitée à la France. D'une part, d'excellents ouvrages de droit administratif y pourvoient. D'autre part, du fait de son indépendance, constitutionnellement réaffirmée [2], la juridiction administrative ne saurait être assimilée à une simple composante de l'appareil administratif de l'État. On se contentera donc de rappeler quelques principes relatifs au contrôle juridictionnel, administratif et financier de l'administration.

1. Jean Massot, Jean Marimbert, *Le Conseil d'État*, Paris, La Documentation française, « Notes et études documentaires », n° 4869, 1988, p. 42.

2. Deux décisions du Conseil constitutionnel du 22 juillet 1980 et du 23 janvier 1987 ont admis que figure parmi les principes fondamentaux reconnus par les lois de la République le principe d'une juridiction administrative indépendante.

1. Le contentieux administratif

Chargés de faire respecter par l'administration l'État de droit, les tribunaux administratifs ne peuvent, cependant, adresser d'injonction à l'administration [1]. Ils disposent néanmoins, en toute indépendance, du pouvoir d'annuler ses actes irréguliers et de la condamner à indemniser les personnes envers qui elle a engagé sa responsabilité. Or, ces deux possibilités sont largement utilisées par les administrés puisque ceux-ci déposent auprès des juridictions administratives environ 60 000 requêtes par an.

Deux types principaux de recours sont ouverts aux citoyens ayant un intérêt pour agir :

— le *recours pour excès de pouvoir* dirigé, dans les deux mois de leur publication ou de leur notification, contre les actes administratifs réglementaires et individuels (qu'ils émanent d'un modeste maire de village ou du président de la République) ; un tel recours vise à obtenir l'annulation, avec effet absolu de la chose jugée, de tout acte administratif irrégulier — et il peut s'agir aussi bien d'un permis de construire délivré par un maire (ou du refus de celui-ci) que d'une ordonnance délibérée en Conseil des ministres et signée du chef de l'État ;

— le *recours de plein contentieux* qui se manifeste, dans la majorité des cas, à travers une demande d'indemnisation d'un dommage causé par la faute ou par le fait de l'administration, à l'occasion de l'exécution d'un travail public, de l'application d'un contrat ou de l'activité d'un service public.

Certes, il est des cas où le législateur a confié aux tribunaux judiciaires la réparation de certains dommages causés par l'administration (à la suite d'une expropriation ou d'un accident causé par un véhicule...). Et il serait trop compliqué de décrire, ici, la répartition des compétences

1. Sauf en application de la loi du 16 juillet 1980, qui leur concède le droit de prononcer des astreintes contre l'administration refusant d'exécuter une décision de justice.

entre les tribunaux de l'ordre judiciaire et de l'ordre administratif. Une juridiction spéciale, le Tribunal des conflits, a été créée en 1872 pour trancher leurs conflits de compétence. Contentons-nous d'indiquer que, en dépit de la longueur des délais qui font de la justice administrative une justice beaucoup trop lente, le système juridictionnel en vigueur assure une protection satisfaisante de l'administré.

C'est pour porter remède à cette lenteur qu'une loi du 31 décembre 1987 a intercalé entre le Conseil d'État, embouteillé par 25 000 affaires en souffrance, et les tribunaux administratifs régionaux, saisis de plus de 50 000 requêtes par an, cinq cours administratives d'appel. Si bien que la justice administrative dispose désormais en France, y compris la cassation, de trois degrés de juridiction.

En première instance, la compétence des tribunaux administratifs régionaux n'a pour limite que la compétence d'attribution du Conseil d'État, qui concerne principalement les recours dirigés contre les décrets réglementaires et individuels, les actes administratifs dont le champ d'application s'étend au-delà du ressort d'un seul tribunal et les actes des ministres à caractère réglementaire ou pris obligatoirement après avis du Conseil d'État, ainsi que les décisions prises par les organismes collégiaux à compétence nationale et les litiges relatifs à la situation individuelle des fonctionnaires nommés par décret du président de la République ou nés hors des territoires soumis à la juridiction des tribunaux administratifs [1].

Avant la réforme de 1987, le Conseil d'État était juge d'appel de droit commun des jugements des tribunaux administratifs et de diverses autres juridictions. Et, bien que le taux d'appel des jugements des tribunaux administratifs n'ait été que de 15 %, ces affaires représentaient plus de 83 % des affaires enregistrées à son rôle. La loi du 31 décembre 1987 a donné compétence aux cours admi-

1. S'y ajoutent les recours en interprétation et les recours en appréciation de légalité des actes dont le contentieux relève du Conseil d'État, ainsi que diverses compétences d'attribution établies par des lois récentes (cf. Jean Massot, Jean Marimbert, *Le Conseil d'État, op. cit.*, p. 113).

nistratives d'appel « pour statuer sur les appels formés contre les jugements administratifs, à l'exception de ceux portant sur les recours en appréciation de légalité, sur les litiges relatifs aux élections municipales et cantonales et sur les recours pour excès de pouvoir formés contre les actes réglementaires [1] ». Et un décret en Conseil d'État étendra ultérieurement leur compétence aux appels formés contre les jugements des tribunaux administratifs portant sur les recours pour excès de pouvoir dirigés contre les décisions administratives individuelles et sur les conclusions à fin d'indemnités connexes. Une telle réforme libère déjà le Conseil d'État de 40% des affaires qui lui étaient soumises.

Enfin, à un troisième niveau, le Conseil d'État cumule une compétence d'attribution en première instance et en appel avec une compétence de droit commun en cassation. Mais pour éviter que cette dernière ne crée, en fait, un troisième degré de juridiction et ne vienne à nouveau embouteiller la Haute Assemblée, le législateur a assorti la réforme de plusieurs innovations. Ainsi en est-il de la cassation sans renvoi, de la procédure restrictive d'admission des pourvois et du renvoi des questions de droit nouvelles au Conseil d'État par les tribunaux et les cours administratives [2]. Il n'est, cependant, pas certain que ces innovations suffisent à donner au contrôle juridictionnel de l'administration la fluidité nécessaire. Et, dans la mesure où elle fait une large place à la qualification du fait, la récente jurisprudence du Conseil d'État en tant que juge de cassation pourra le contraindre, un jour, à accepter la réforme à laquelle il s'est jusqu'à présent refusé : l'augmentation sensible du nombre de ses membres, qui risque d'altérer, à ses yeux, son prestige.

1. Bernard Stirn, « La situation des tribunaux administratifs », *Revue française de droit administratif*, mai-juin 1987.

2. Jean Massot, Jean Marimbert, *Le Conseil d'État, op. cit.*, p. 258-261.

2. Le contentieux financier

S'il appartient aux tribunaux administratifs de connaître du contentieux fiscal, le contentieux juridictionnel de l'activité financière de l'État relève d'une juridiction principale, dont l'origine remonte à l'Ancien Régime : la Cour des comptes, qui juge les comptes des comptables publics (assistée au niveau des collectivités territoriales, depuis 1962, de chambres régionales), et d'une juridiction annexe chargée de sanctionner les irrégularités éventuelles des ordonnateurs : la Cour de discipline budgétaire et financière.

Composée de magistrats, la Cour des comptes juge, selon la formule traditionnelle, les comptes des comptables publics, mais non pas les comptables. Et elle exerce, ce faisant, une activité juridictionnelle relevant, par voie de cassation, du Conseil d'État. Cette activité porte sur les comptes des administrations et établissements publics de l'État, de la Sécurité sociale et des entreprises publiques tenus par des comptables publics. A l'issue d'une investigation qui tend à vérifier la régularité des dépenses et des recettes, la formation compétente de la Cour est amenée à rendre, si le compte est régulier, un arrêt de débet (qui ouvre un délai de deux mois au cours duquel le comptable est appelé à se justifier ou à régulariser sa situation). Une fois ce délai expiré, la Cour rend soit un arrêt de décharge, soit un arrêt définitif de débet. Et il appartient, alors, au ministre compétent d'ouvrir, le cas échéant, une procédure disciplinaire à l'encontre du comptable concerné [1].

Parallèlement, la Cour des comptes exerce un contrôle administratif sur la gestion de tous les organismes soumis aux règles de la comptabilité publique ou bénéficiant du concours financier de la puissance publique. Elle assiste le Parlement et le gouvernement dans le contrôle de l'exé-

1. Sur la Cour des comptes, on se reportera à l'ouvrage publié en 1984 sous l'égide de la Cour aux éditions du CNRS et au livre de J. Raynaud, *La Cour des comptes*, Paris, PUF, « Que sais-je ? », 1988.

cution de la loi de finances ; et elle adresse au président de la République et au Parlement un rapport annuel qui bénéficie d'une large publicité. En outre, elle tend de plus en plus à développer un contrôle de gestion qui se manifeste à travers différentes procédures : référés que le premier président de la Cour adresse au Premier ministre et aux ministres, notes du Parquet, lettres du procureur général à une autorité administrative, lettre d'un président de chambre à une collectivité ou à un organisme contrôlé en vue d'obtenir un complément d'information. Et, par-delà ces différentes tâches, à l'imitation du General Accounting Office américain [1], certains membres de la Cour caressent l'ambition de la voir dépasser le contrôle de conformité et jouer à l'avenir un rôle dans l'évaluation des politiques publiques.

Enfin, placés dans son orbite, trois organismes importants complètent l'activité de la Cour des comptes. Créée en 1948, la Cour de discipline budgétaire sanctionne les irrégularités commises par les ordonnateurs, sauf celles qui seraient imputables à des ministres ou à des administrateurs élus. Instituées par la loi du 2 mars 1982, les vingt-quatre chambres régionales des Comptes jouent à l'égard des collectivités territoriales de plus de 2 000 habitants le rôle dévolu à la Cour avant la mise en œuvre de la politique de décentralisation. Et, préfigurant l'évaluation, le Comité central d'enquête sur le coût et le rendement des services publics procède, comme son nom l'indique, à des études et à des enquêtes sur l'efficacité de l'administration. C'est sur la base de ses travaux que fut entreprise, par exemple, l'harmonisation des circonscriptions administratives régionales réalisée par les décrets de 1959 et de 1960.

1. Luc Rouban, *Le General Accounting Office, Recherche sur l'évaluation des politiques publiques aux États-Unis*, thèse d'État (droit), Paris-I, 1983.

3. La fonction de médiation

Plus récemment apparue, la fonction de médiation est venue compléter, en France, dans les années 1970, la fonction d'inspection et de contrôle juridictionnel de l'administration. Inspirée de la célèbre expérience de l'Ombudsman suédois, elle a donné naissance au médiateur de la République, ainsi qu'à diverses autorités collégiales indépendantes, situées hors hiérarchie administrative.

1. Le médiateur de la République

Régi par une législation complexe [1], le médiateur de la République n'est pas placé, comme dans les pays nordiques, sous l'autorité et la protection du Parlement. Toutefois, il ne peut être saisi par un administré que par l'intermédiaire d'un député ou d'un sénateur. Nommé pour six ans par décret en Conseil des ministres, il jouit de garanties effectives, qui assurent son indépendance. Et, si ses trois premiers titulaires furent d'anciens parlementaires : Antoine Pinay, Aimé Paquet et Robert Fabre, le quatrième : Paul Legatte, est un conseiller d'État, nommé à sa sortie du Conseil constitutionnel.

N'ayant pas vocation à trancher juridiquement les litiges, le médiateur a pour mission de rapprocher l'administrateur de l'administré en facilitant le règlement des différends qui opposent celui-ci à celui-là, y compris en équité, et en cherchant à remédier aux maux causés par la « maladministration ». Il lui revient de corriger la démarche parfois trop bureaucratique de l'administration en recourant à des considérations plus humaines. Et, à l'action ponctuelle qu'il lui appartient de mener à propos

1. Cette législation résulte de la combinaison de trois lois (du 3 janvier 1973, du 24 décembre 1976 et du 13 janvier 1989), la dernière conférant au médiateur le titre de médiateur de la République et le qualifiant d'autorité indépendante, en contradiction avec la jurisprudence antérieure du Conseil d'État qui reconnaisssait son caractère administratif.

de chaque dossier, il lui revient d'ajouter des propositions de réforme inscrites dans le rapport annuel qu'il adresse au président de la République. Certaines de ces propositions ont été reprises dans plusieurs lois incluant diverses mesures administratives et sociales.

Exerçant, selon la formule de Françoise Dreyfus et de François d'Arcy [1], une « magistrature morale », le médiateur est une autorité indépendante dont l'efficacité tient davantage à sa force de conviction qu'à sa capacité d'injonction. Il dispose, cependant, de ce moyen ultime pour vaincre l'inertie de l'administration lorsqu'elle se refuse à exécuter les décisions de justice.

2. Les autorités collégiales indépendantes

Parmi les autorités administratives indépendantes — dont il sera traité dans la troisième partie de ce livre —, il en est quelques-unes dont la mission s'apparente à celle du médiateur, dans des domaines déterminés.

C'est ainsi que la loi du 6 janvier 1978, dite « Informatique et libertés », a créé une *Commission nationale de l'informatique et des libertés* (CNIL) chargée, notamment, d'opérer la régulation des rapports entre les administrés et les administrations appelées, de plus en plus fréquemment, à établir des fichiers permettant le traitement automatique de données nominatives et à en disposer. Outre le contrôle de la constitution de ces fichiers, la CNIL a reçu pour mission de veiller au respect du droit reconnu aux particuliers par la loi, d'accéder aux informations les concernant personnellement.

Composée de dix-sept membres associant des parlementaires à des ressortissants des grands corps de l'État et à des personnalités qualifiées, la CNIL cherche à régler à l'amiable les difficultés pouvant surgir entre les administrés et les administrations. Mais elle dispose d'un pouvoir d'avis qui doit s'exercer avant toute création d'un

1. Françoise Dreyfus, François d'Arcy, *Les Institutions politiques et administratives de la France*, Paris, Economica, 3e éd. 1989, p. 259.

fichier public. Et son avis défavorable ne peut être surmonté que par décret rendu sur avis conforme du Conseil d'État.

Créée par la loi du 17 juillet 1978, la *Commission d'accès aux documents administratifs* joue un rôle analogue en ce qui concerne le droit d'accès des administrés aux documents administratifs. Sans doute ne dispose-t-elle que d'un pouvoir consultatif. Mais, lorsque son avis n'est pas suivi par une administration, le particulier qui l'a saisie peut se pourvoir devant la juridiction administrative [1].

2. L'administration d'expertise

Il n'existe pas de cloison étanche entre le contrôle et l'expertise. Et, tel le Conseil d'État, certains corps en cumulent l'exercice. Le droit judiciaire définit l'expertise comme toute mesure d'instruction qui consiste à charger des personnes compétentes de faire des constatations exigeant des connaissances techniques et de rapporter au juge le résultat de l'examen. Or, en dehors de tout contentieux, l'État a de plus en plus besoin de recourir à l'expertise. En France, le Parlement lui-même en a ressenti la nécessité en créant l'Office parlementaire d'évaluation des choix scientifiques et technologiques.

De leur côté, le gouvernement et l'administration font un usage de plus en plus fréquent de l'expertise. Sa forme la plus traditionnelle est l'expertise juridique. Mais, à travers le développement de l'administration consultative, elle s'est étendue à la plupart des problèmes de société.

1. Sur ces problèmes, on consultera utilement Bruno Lassere, Noëlle Lenoir, Bernard Stirn, *La Transparence administrative*, Paris, PUF, 1987 ; Curapp, *Information et Transparence administratives*, Paris, PUF, 1988.

1. L'expertise juridique

Outre la collaboration quotidienne du secrétariat général du gouvernement, l'expertise juridique officielle relève, en France depuis l'an VIII, de la compétence consultative du Conseil d'État. Celle-ci s'exerce par l'intermédiaire de ses formations administratives : d'une part, les trois sections de l'Intérieur, des Finances, des Travaux publics, et la Section sociale ; d'autre part, l'Assemblée générale, plénière et ordinaire, et, en cas d'urgence, la Commission permanente [1].

La saisine du Conseil par le gourvernement porte sur divers textes et différentes questions. En vertu de la Constitution, le Conseil d'État doit être obligatoirement saisi des projets de lois (art. 39), des projets d'ordonnances (art. 38) et des projets de décrets modifiant des textes législatifs intervenus en matière réglementaire (art. 37, al. 2). S'y ajoutent les projets de décrets dont le législateur prescrit l'élaboration en Conseil d'État et ceux à propos desquels le gouvernement sollicite l'expertise du Conseil sans y être tenu.

S'agissant des cas de saisine obligatoire, les hypothèses d'avis conforme sont rares et n'interviennent qu'à l'occasion d'actes individuels tels que la reconnaissance légale ou la dissolution des congrégations, l'informatisation d'un fichier lorsque l'avis de la CNIL a été défavorable ou la prise de possession immédiate de parcelles nécessaires à la construction d'une route nationale. Autrement, l'obligation faite à l'exécutif de consulter le Conseil d'État le contraint à opter, une fois la position du Conseil exprimée, entre son projet initial et ce projet totalement ou partiellement modifié dans le sens des observations du Conseil. Sinon, le Conseil d'État jugera qu'il n'a pas été consulté. En revanche, lorsque le gouvernement sollicite à son initiative l'avis du Conseil d'État sur une question soulevant une difficulté juridique, il est naturellement libre d'en tenir ou de n'en pas tenir compte.

1. Jean Massot, Jean Marimbert, *Le Conseil d'État, op. cit.*, p. 55-69.

Le secret qui continue à entourer les positions exprimées et les avis rendus par le Conseil d'État malgré la loi du 17 juillet 1978 accordant aux administrés un droit d'accès aux documents administratifs prive de publicité l'importante activité du Conseil en matière administrative. Cependant, certaines fuites, intervenues notamment à l'occasion de sa consultation sur des projets de loi référendaires, ont fait de cet avis un enjeu politique [1]. Or, l'institution par la Constitution du 4 octobre 1958 d'un contrôle de la constitutionnalité des lois au profit du Conseil constitutionnel confère désormais à l'avis du Conseil d'État émis sur les projets de loi une portée renforcée en le transformant en contrôle, certes toujours consultatif, mais préventif de la constitutionnalité des lois d'initiative gouvernementale [2]. Aussi, avec l'accord des ministres concernés, la revue du Conseil d'État, *Études et Documents*, publie-t-elle désormais chaque année un certain nombre de positions et d'avis émis par la Haute Assemblée dans le cadre de ses formations administratives.

On ne saurait, par conséquent, se contenter de mesurer l'influence de l'expertise juridique ainsi rendue par le Conseil d'État aux effets qu'elle ne manque pas de produire sur les décisions, de nature juridictionnelle, prises en aval par la Section du contentieux. D'une part, l'ampleur de l'activité des formations administratives témoigne de l'importance du travail effectué en amont : pour s'en tenir à l'année 1987, 1 078 affaires ont retenu l'attention de la Section de l'intérieur ; 351, la Section des finances ; 301, la Section des travaux publics ; 134, la Section sociale ; et 88 textes, l'Assemblée générale. D'autre part, d'un point de vue qualitatif, l'expertise juridique effectuée par le Conseil d'État constitue le meilleur garant de l'unité et de la continuité du droit public en

1. Jean-Louis Quermonne, « Les décisions du Conseil constitutionnel, les arrêts et avis du Conseil d'État : enjeu politique », *in* Claude Goyard, dir., *Conseil constitutionnel et Conseil d'État*, colloque des 21 et 22 janvier 1988, Paris-II, LGDJ-Montchrestien, 1988, p. 399-402.

2. Cf., in *ibid.* (p. 29-31), l'avant-propos de Robert Badinter et de Marceau Long.

France. Toutefois, la rapidité avec laquelle le Conseil doit souvent rendre ses avis ne lui permet pas toujours d'innover. Et il lui est parfois reproché de cautionner, au nom de la cohérence qu'il entend faire prévaloir, un certain conservatisme juridique qui renforce le penchant naturel de l'administration centrale en faveur de l'uniformité des solutions juridiques et de la centralisation des procédures.

Par-delà l'expertise juridique, le Conseil d'État est également amené à se prononcer, sur certains dossiers, en opportunité [1]. D'ailleurs, en beaucoup de domaines, légalité et opportunité sont étroitement mêlées. Ainsi en a-t-il été en 1982 à propos des projets de textes relatifs à la décentralisation ou, plus récemment, lorsque le Conseil d'État a été consulté par le ministre de l'Éducation nationale sur le port des insignes religieux dans les écoles [2]. En ces matières, il n'est pas possible de dissocier les problèmes juridiques des problèmes de société.

2. *L'expertise sociétale*

Voilà bien longtemps déjà que des *commissions royales* ou ministérielles sont saisies, en Grande-Bretagne, non seulement de problèmes relatifs à l'administration, mais de questions concernant les mutations de la société. Certaines sont demeurées célèbres, comme la commission Fulton sur le Civil Service [3]. D'autres ont pu entraîner quelques déconvenues pour le gouvernement qui les a créées, comme la commission Peacock chargée d'étudier, en 1983, le financement de la télévision. D'autres encore ont un rôle permanent, comme les deux *Law Commissions*

1. Francis de Baecque, « Le Conseil d'État, conseil du gouvernement », in *Administration et Politique, op. cit.*, p. 129-138.

2. Jean-Claude William, « Le Conseil d'État et la laïcité », *RFSP*, vol. 41, n° 5, octobre 1990.

3. Bien que n'ayant pas reçu le statut de commission royale, parce que instituée par une décision du Premier ministre Harold Wilson, la commission Fulton a exercé une influence profonde sur l'évolution du Civil Service dans les années 1970.

instituées en 1965 pour faire des propositions au gouvernement en vue de l'examen et de la révision de la loi, lorsqu'elle est inadaptée aux besoins modernes, obscure ou, d'une manière ou d'une autre, inadéquate. En Suisse également, sous le nom d'« administration de milice », les commissions consultatives jouent un rôle d'autant plus prépondérant auprès du Conseil fédéral que l'administration fédérale n'est pas très développée [1].

En France, l'expertise relative aux problèmes de société a donné lieu au développement de l'*administration consultative*. En fait, celle-ci répond à plusieurs ambitions : elle vise, en particulier, à assurer la participation des fonctionnaires et des usagers au processus de décision des administrations centrales en les associant à une large consultation préalable qui donne souvent naissance à des conseils appelés à les représenter. Citons, parmi les plus connus, le Conseil supérieur de l'instruction publique (devenu, depuis lors, Conseil supérieur de l'éducation nationale), inauguré le 31 mai 1880 par Jules Ferry, et, à l'échelon interministériel, le Conseil supérieur de la fonction publique, mis en place en 1946 en même temps que le premier statut général des fonctionnaires.

Chaque ministère dispose d'un ou de plusieurs conseils de ce genre, plus ou moins ouverts, selon les cas, à la participation des principaux responsables des instances déconcentrées ou décentralisées, ou des principales catégories d'usagers [2]. Et la pratique a été étendue, par exemple, au Commissariat général au plan, où Jean Monnet a installé, dès 1946, des commissions de modernisation et d'équipement, mais aussi à différents niveaux régionaux, départementaux ou locaux, où elle a donné lieu à une véritable inflation.

Il convient de dégager de cet ensemble les *commissions de réforme*, créées au plan national pour étudier un pro-

1. Raimund E. Germann, dir., *Experts et Commissions de la Confédération*, Lausanne, Presses polytechniques romandes, 1985.

2. Georges Langrod, dir., *La Consultation dans l'administration contemporaine*, Paris, Cujas, 1972.

blème et présenter aux pouvoirs publics des solutions pour le résoudre. Tel fut le cas, en 1964, de la Commission nationale d'aménagement du territoire présidée par Philippe Lamour, puis d'une série de commissions chargées d'examiner les difficultés relatives à l'enseignement supérieur, l'aide à la construction ou la réforme de l'entreprise. Plus récemment, rappelons l'institution en 1981, dans la foulée de l'alternance, de la Commission du bilan, présidée par François Bloch-Lainé, à qui il fut confié le soin d'évaluer la politique menée au cours du septennat de Valéry Giscard d'Estaing, et, en 1987, de la commission présidée par Marceau Long et chargée de réfléchir à une éventuelle réforme du Code de la nationalité. Ces « commissions royales » à la française ont donné lieu à un débat sur le rôle que peuvent utilement jouer les « sages » devant l'incapacité de la classe politique ou des pouvoirs publics à résoudre certains problèmes de société particulièrement sensibles. Tel est celui que pose, à l'heure actuelle, l'intégration des populations immigrées ayant choisi de rester en France, qui vient de donner lieu à la création, le 19 décembre 1989, d'un Haut Conseil (permanent) à l'intégration.

A la vérité, de telles instances sont efficaces lorsqu'il leur est demandé d'instruire objectivement et de dépassionner une question. Mais, si l'on veut aller plus loin, il faut soit que, sur la base de leur étude et de leurs propositions, le gouvernement et le Parlement s'emparent à leur tour du problème avec la volonté de le faire aboutir, soit qu'une instance permanente restreinte, tels les neuf sages du Conseil supérieur de la recherche scientifique et technique créé en 1958 [1], voire une autorité administrative indépendante prennent vigoureusement le relais.

Une solution alternative a consisté à promouvoir, au sein du Conseil d'État, une instance permanente d'étude

1. Sur l'expertise scientifique, on se reportera à l'ouvrage de Luc Rouban, *L'État et la Science*, Paris, Éd. du CNRS, 1989, et à l'étude de Christiane Restier-Melleray, « Experts et expertise scientifique, le cas de la France », *RFSP*, vol. 40, n° 4, août 1990.

qui vient ainsi s'ajouter aux fonctions consultatives et juridictionnelles dévolues à la Haute Assemblée. C'est ainsi que, par décret du 24 janvier 1985, a été créé une *Section du rapport et des études*[1] qui, outre le suivi des décisions de justice administrative, a pour tâche d'entreprendre des investigations, à la demande du gouvernement ou du vice-président du Conseil d'État, sur des problèmes administratifs d'actualité ou sur des problèmes de société ayant des incidences administratives.

Dès 1970, la Commission du rapport avait publié une recherche sur les établissements publics qui est restée célèbre. Récemment, sous l'impulsion du président Guy Braibant, la Commission puis la Section du rapport et des études ont mené à bien plusieurs travaux portant, notamment, sur la structure des administrations centrales, les autorités administratives indépendantes, la pratique des circulaires ministérielles, l'effet des nouvelles technologies de l'information sur les procédures administratives, la situation des créanciers de l'administration et la pénétration du droit communautaire en droit français.

Sous le titre « De l'éthique au droit », la Section du rapport et des études vient d'apporter une contribution particulièrement intéressante à l'examen des problèmes juridiques soulevés par les nouvelles méthodes d'intervention sur l'être humain et la procréation.

Naturellement, le gouvernement n'est pas juridiquement tenu de donner une suite favorable aux propositions contenues dans ces études, publiées, selon les cas, dans la revue *Études et Documents* ou dans les « Notes et études documentaires » de la Documentation française. Mais étant issues du « sérail », elles doivent pouvoir connaître un meilleur sort que les recommandations figurant en conclusion des rapports des commissions de réforme extérieures à l'administration. Ainsi, plusieurs lois et décrets relatifs à la motivation des actes administratifs, à l'urbanisme ou

1. Cette section avait été précédée, en 1963, d'une Commission du rapport, devenue en 1975 Commission du rapport et des études. Cf. Jean Massot, Jean Marimbert, *Le Conseil d'État, op. cit.*, p. 265-274.

à l'organisation des administrations centrales ont déjà été inspirés par les réflexions de la Section du rapport et des études du Conseil d'État.

3. L'administration de mission

L'administration de mission doit ses lettres de noblesse à un précédent célèbre (l'expérience américaine réalisée par la Tennessee Valley Authority pendant le New Deal) et à un concepteur de talent (Edgard Pisani, qui prit le risque d'en définir le principe en 1956 [1]). L'auteur l'opposait alors à l'administration de gestion, qu'il jugeait « formaliste, peu évolutive, repliée sur elle-même » ; il la parait, par contraste, d'un grand nombre d'attraits : « l'administration de mission, écrivait-il, est adaptée à un problème, à un temps, à un lieu ; elle est localisée, elle est spécialisée ; elle doit s'éteindre le jour où le problème posé se trouve résolu. Elle exige des programmes développés sur de nombreuses années, l'unité de commandement et l'unité de budget. Elle est légère, elle a le goût de faire faire, elle est réaliste, mouvante, elle va vers l'événement, elle est mêlée à la vie ; elle n'attend pas l'initiative, elle la sollicite... » [2].

A l'époque, la France n'en connaissait guère qu'un exemple, à l'échelon national mais combien prestigieux : le Commissariat général au plan, créé par le général de Gaulle le 3 janvier 1946, quelques jours avant de quitter le pouvoir. Depuis lors, on a vu se succéder trois générations d'administrations de mission, avant que la formule ne s'essouffle pour s'intégrer, en partie, dans l'administration de gestion et, en partie, dans l'administration d'état-major.

1. Edgard Pisani, « Administration de gestion, administration de mission », art. cité, p. 315-330.
2. *Ibid.*, p. 325.

1. La première génération

La première génération a eu, naturellement, pour modèle le Commissariat au plan. Inspiré et dirigé, en un premier temps, par Jean Monnet, il opéra la synthèse de trois éléments : un commissaire général, délégué permanent du chef du gouvernement, capable d'en appeler à son autorité ; une équipe de quelques chargés de mission, recrutés en fonction de leur compétence et de leur enthousiasme sans considération de hiérarchie ; un petit nombre de commissions de modernisation et d'équipement de composition tripartite, associant à la préparation du Plan des représentants de l'administration, des affaires et des syndicats, et appelées à devenir le creuset de ce qu'on appellera par la suite l'« économie concertée ».

Appareil léger et efficace, rattaché à l'hôtel Matignon, le Commissariat au plan répondra, jusqu'à 1962, aux exigences de l'administration de mission [1]. Après avoir mis en œuvre une planification sectorielle, il développera ensuite son activité de manière plus « horizontale », s'attachant à maîtriser les problèmes du financement des investissements, de l'emploi et de l'aménagement du territoire. Et il cherchera à promouvoir le relais des régions, jusqu'à ce qu'elles soient en mesure de conclure avec lui des « contrats de plan ».

Mais après que le général de Gaulle aura exalté son action, qualifiée pour la circonstance d'« ardente obligation », l'institution du Plan déclinera. L'européanisation et, surtout, la mondialisation de l'économie, conjuguées avec la restauration du néo-libéralisme, le conduiront à jouer davantage un rôle de régulation [2]. En outre, l'aug-

1. Sur les premières années d'expérience, on lira Pierre Bauchet, *Le Plan dans l'économie française*, Paris, Presses de la FNSP-Economica, 1986 ; IEP de Grenoble, *La Planification comme processus de décision*, Paris, Armand Colin, 1965 ; Pierre Corbel, *Le Parlement français et la Planification*, Paris, Cujas, 1969.

2. Sur la fonction régulatrice du Plan, on se reportera aux travaux fondamentaux de Lucien Nizard, dir., *Planification et Société*, Grenoble, Presses universitaires de Grenoble, 1974 ; « Administration et société : planification et régulation bureaucratique », *RFSP*, vol. 23, n° 2, avril 1973.

mentation du nombre de ses chargés de mission, l'inflation des commissions et des groupes de travail (dont le nombre des membres dépassera 3 000 à l'occasion du VIe Plan), le détachement du Commissariat des services du Premier ministre ainsi que, paradoxalement, la formalisation de la procédure d'élaboration du Plan devant le Parlement en alourdiront la démarche sans en accroître l'efficacité. De telle sorte que, malgré l'alternance politique de 1981 et l'effort entrepris par Michel Rocard par la loi du 22 juillet 1982 pour lui donner un nouveau souffle, la planification française adoptera désormais, selon l'expression de Pierre Bauchet, un « profil bas ».

A l'heure actuelle, placé sous l'autorité d'un secrétaire d'État rattaché au Premier ministre, le Commissariat au plan regroupe environ 200 personnes, dont un peu moins de la moitié sont des chargés de mission. La préparation du Xe Plan et le développement du rôle des contrats de plan lui ont apporté une nouvelle vigueur. Cependant, il continue de s'interroger sur sa véritable mission. Et s'il n'est plus question, comme entre 1986 et 1988, de le supprimer ou de l'amputer de certains de ses attributs, le principal problème qu'il pose est de savoir quel rôle il pourra jouer en matière d'évaluation des politiques publiques. Sans devoir nécessairement constituer le « pôle indépendant » proposé par le rapport Viveret remis au Premier ministre en 1989, le fait qu'il soit appelé à assurer le secrétariat général du Comité interministériel de l'évaluation montre, s'il en était besoin, la relation nouvelle qui doit pouvoir s'établir, en France, entre la planification et l'évaluation. C'est afin de mieux assurer cette nouvelle tâche que le Commissariat a créé en son sein une mission d'évaluation [1].

La deuxième administration de mission de la première génération, qui a été supprimée en 1982, résulte de la création, en 1958, peu après le retour au pouvoir du général

1. Cf., sur ce point, le chapitre 11, qui traitera de l'évaluation des politiques publiques et des structures mises en place à cette fin, en application du rapport Viveret.

de Gaulle, de la *Délégation générale à la recherche scientifique et technique* (DGRST). Autour d'un délégué général choisi dans la communauté scientifique, elle réunissait une équipe pluridisciplinaire d'une vingtaine de chargés de mission. Ayant pour tâche de stimuler la recherche fondamentale et appliquée ainsi que de coordonner l'action en ce sens des administrations centrales, il lui revint de gérer au niveau interministériel l'« enveloppe recherche » et de lancer certaines opérations telles que des « recherches coopératives sur programme » et des « allocations de recherche » destinées à encourager la formation de jeunes chercheurs.

Initialement rattachée au Premier ministre, la DGRST a subi les vicissitudes de bouleversements successifs. Placée sous la tutelle de l'Industrie, elle a réintégré ensuite les services du Premier ministre par l'intermédiaire d'un secrétaire d'État qui n'était autre que son ancien délégué général. Jusqu'à ce qu'un décret du 29 juin 1982 intègre la DGRST au ministère de la Recherche et la transforme en direction d'administration centrale. Toutefois, une mission de synthèse et de planification subsiste à l'intérieur de ce ministère.

Enfin, une troisième administration de mission d'envergure nationale a illustré cette époque. Il s'agit de la *Délégation à l'aménagement du territoire et à l'action régionale* (DATAR), créée en 1963. Placée, elle aussi, auprès du Premier ministre, elle fut à l'origine animée par un « politique » en la personne d'Olivier Guichard, membre du cabinet du chef du gouvernement. Formée d'une forte équipe d'une cinquantaine de chargés de mission, elle a joué un rôle important dans la conception et la mise en œuvre de la politique d'aménagement du territoire, notamment par l'institution des « métropoles d'équilibre » destinées à pondérer le développement de la région parisienne confié à une autre administration de mission, le District de la région parisienne, et par une série de mesures tendant à assurer une meilleure harmonie entre la France de l'Ouest, à prépondérance agricole et démographiquement déficitaire, et la France de l'Est et du Sud-Est, plus industrielle et mieux en prise avec le Marché commun européen. En outre, elle a contribué à promouvoir la régionalisation [1].

L'une des spécificités de la DATAR a été de gérer un fonds d'investissement interministériel, le FIAT, et de piloter la politique des aides à la décentralisation ; et elle a joué un rôle dans la mise en œuvre des contrats de plan. Rattachée actuellement au ministère de l'Industrie, après avoir connu différents soubresauts, la DATAR est, elle aussi, à la recherche d'un nouveau souffle, même si la présence à sa tête d'un ministre délégué lui confère, par rapport à son administration de rattachement, une assez grande liberté. Mal synchronisée, depuis 1983, avec la politique de décentralisation, son action n'est pas parvenue à trouver, en relation avec les collectivités territoriales, le nouvel équilibre qu'elle cherche à établir avec elles.

Ces trois exemples, auxquels on pourrait ajouter ceux du District de la région parisienne et de la Délégation à la formation professionnelle, illustrent la crise que traversent désormais les administrations de mission à dimension interministérielle. Ils expliquent, peut-être, à l'échelon national, le tarissement de l'institution.

2. *La deuxième génération*

Elle a été marquée par la mise en place d'administrations de mission à vocation territoriale. Ainsi, quatre missions interministérielles ont été successivement installées pour assurer la conservation et promouvoir l'aménagement du littoral. Il s'agit de la Mission interministérielle pour

1. Sur l'action de la DATAR dans les années 1960 : Bernard Pouyet, *La Délégation à l'aménagement du territoire*, Paris, Cujas, 1968 ; sur la période plus récente : Marie-Françoise Souchon-Zahn, « Les motivations de la politique de l'aménagement du territoire entre 1960 et 1980 », *Loisirs et Société*, vol. 8, n° 1, Presses de l'université du Québec, 1985 ; *Les Chargés de mission à la DATAR entre 1963 et 1980*, dact.

l'aménagement du Languedoc-Roussillon [1], animée par Pierre Racine, qui avait pour ambition de doter le littoral méditerranéen d'une seconde « Côte d'Azur » ; de la Mission interministérielle pour l'aménagement de la côte aquitaine ; de la Mission interministérielle pour la protection et l'aménagement de l'espace naturel méditerranéen ; et de la Mission interministérielle pour l'aménagement de la Corse.

Cinq autres missions, de structure plus légère, ont eu pour objet l'aménagement de la montagne, et concernent le Massif central, les Pyrénées, les Alpes du Nord, les Alpes du Sud, les Vosges et le Jura.

Enfin, la réforme de 1964 relative à l'administration préfectorale a eu pour effet de doter chaque préfecture de région d'une « mission régionale » appelée à servir d'antenne à la DATAR auprès de chaque circonscription. Mais, transformé par les préfets de région en administrations d'état-major, le potentiel de ces missions a été redistribué en 1982 entre les secrétariats généraux des préfectures de région et les cabinets des présidents de région.

3. La troisième génération

Émergeant sous le septennat de Valéry Giscard d'Estaing, la troisième génération des administrations de mission a été composée d'instances hétéroclites et à durée limitée.

Ainsi a-t-on pu recenser, à l'échelon interministériel, la Délégation à l'information et la Délégation à la condition féminine ; et, à divers échelons ministériels, plusieurs délégations concernant l'énergie, les énergies nouvelles, la recherche industrielle ou l'action extérieure de la télévision couleur, rattachées à l'Industrie ; la Délégation aux

1. Appelée à prolonger l'action menée, depuis 1955, par la CNABRL Marie-Françoise Souchon, *La Compagnie nationale d'aménagement de la région du Bas-Rhône-Languedoc*, Paris, Cujas, 1968.

industries agricoles et alimentaires, rattachée à l'Agriculture. En outre, il fut un temps où la mode était de désigner une personnalité politique ou un haut fonctionnaire pour les saisir d'un problème d'actualité : ainsi sont apparus MM. « Prostitution » et « Antiviolence », puis Mme « Antidrogue ». Aujourd'hui encore, le rôle assigné à Mme Georgina Dufoix auprès du président de la République et du Premier ministre, en tant que déléguée générale à la lutte contre la drogue, illustre cette tendance à personnaliser l'administration de mission.

Toutefois, l'évolution subie depuis une trentaine d'années par ce type d'institution conduit surtout à en repérer le développement à l'intérieur des structures ministérielles. Les administrations de mission y côtoient alors les directions d'administration centrale, lorsqu'elles n'en constituent pas un succédané. Tel est le cas de la Délégation pour l'emploi, créée par décret du 25 juin 1976 auprès du ministère du Travail et qui figure toujours aujourd'hui dans son organigramme, ou de la Délégation à la mer, créée par le décret du 2 août 1973 à l'échelon interministériel et qui subsiste également sous forme de « mission interministérielle » à l'intérieur du ministère établi dans le même but [1].

En se rapprochant de l'administration de gestion, l'administration de mission a exercé sur elle un incontestable effet d'entraînement. Elle n'en a pas moins perdu une part de son originalité.

1. A tel point que l'on qualifie quelquefois certains ministères de création récente de « ministères de mission ».

4

L'administration territoriale

Deux grands systèmes apportent des solutions opposées au besoin d'administration territoriale que ressentent les démocraties occidentales. Le premier, fondé sur la tradition britannique du *self-government*, a depuis longtemps conforté l'existence de collectivités territoriales décentralisées. Le second, imputé à l'idéologie jacobine et napoléonienne, a donné lieu à la théorie de la déconcentration et s'est illustré à travers le système préfectoral français.

Dans le premier cas, outre l'exercice autonome du « pouvoir local [1] », l'exécution des politiques élaborées par les instances politiques et administratives centrales de l'État est confiée par celles-ci aux collectivités territoriales. Ainsi en est-il en République fédérale d'Allemagne où l'article 83 de la Constitution pose en principe que « sauf disposition contraire prévue ou admise par la présente loi gouvernementale, les Länder exécutent les lois fédérales à titre de compétences propres [2] ».

Dans le second cas, hormis les compétences reconnues par la Constitution ou par la loi aux autorités administratives décentralisées, les politiques publiques initiées par

1. Sylvie Biarez, *Le Pouvoir local*, préface de François d'Arcy, Paris, Economica, 1989.

2. Dans un contexte fort différent, il en va généralement ainsi aux États-Unis — ce qui suscita l'étonnement d'Alexis de Tocqueville découvrant le gouvernement local en même temps que la démocratie en Amérique.

l'État sont appliquées directement par ses services extérieurs, implantés au niveau d'une ou de plusieurs circonscriptions territoriales. Un tel système d'administration directe a donné naissance, en France, à l'échelon départemental et, plus récemment, à l'échelon régional. Et, bien qu'on le rencontre aussi en Grande-Bretagne pour l'administration de l'Écosse, du pays de Galles et de l'Irlande du Nord, il répond communément à l'appellation de « système préfectoral ».

Naturellement, seul ce second système, qui conduit l'appareil administratif de l'État à s'implanter au plan territorial, nous retiendra ici. Et il ne sera fait sommairement allusion à l'administration des collectivités territoriales que dans la troisième partie de ce livre[1]. Sous le nom d'« administration territoriale », ne seront étudiées, par conséquent, que les *administrations déconcentrées* au sens français du terme. On considérera donc, à la suite de René Chapus, qu'« il y a déconcentration lorsqu'au sein d'une même institution le pouvoir de décision détenu par les autorités les plus élevées est transféré à des autorités moins élevées dans la hiérarchie interne de l'institution[2] ». Et dans la mesure où, à l'échelon territorial, les décisions prises par les autorités déconcentrées sont imputées au même État que celles édictées par les administrations centrales, on lui empruntera la formule adoptée depuis longtemps par la doctrine : « C'est le même marteau qui frappe, mais on en a raccourci le manche. »

Toutefois, si en théorie la distinction entre décentralisation et déconcentration ne souffre pas d'ambiguïté, dans la pratique les deux systèmes sont fréquemment associés. Et il en résulte, parfois, un enchevêtrement difficile à démêler. Aussi, avant d'examiner les deux principaux problèmes que soulève l'administration territoriale déconcentrée — celui de son implantation à différents paliers et celui de la coordination de ses services —, devra-t-on d'abord

1. Dans le chapitre 12, où sera évoquée la montée en puissance des collectivités territoriales et surtout de la Communauté européenne.
2. René Chapus, *Droit administratif général*, *op. cit.*, p. 265.

décrire les systèmes mixtes qui combinent en réalité la déconcentration et la décentralisation.

1. L'essor des systèmes mixtes

Trois formules de mixité peuvent, en effet, être observées en Europe occidentale. On évoquera rapidement celles que pratiquent aujourd'hui la Grande-Bretagne et l'Allemagne fédérale, avant de s'arrêter plus longuement sur l'expérience française qui a donné naissance au concept de « pouvoir périphérique ».

1. La coexistence de la déconcentration et du « local government » en Grande-Bretagne

On s'étonnera peut-être de trouver la Grande-Bretagne au premier rang de cette rubrique. Patrie du gouvernement local, qui continue à s'exercer au niveau des districts et des comtés, elle n'en pratique pas moins l'administration directe pour la gestion de l'Angleterre et la déconcentration administrative auprès des « petites nations » qui forment avec elle le Royaume-Uni.

1. Le gouvernement des « petites nations »

Sous ce titre, Jacques Leruez montre clairement que, en dehors de la parenthèse qui permit à l'Irlande du Nord d'être gouvernée pendant quarante ans par le parlement de Stermont, l'administration de l'Écosse, du pays de Galles et, actuellement, de l'Irlande du Nord est exercée, selon les matières concernées, soit directement de Whitehall, soit sur place par des services extérieurs (le Scottisch Office, le Welsh Office et le Northern Ireland Office) soumis à l'autorité d'un secrétaire d'État britannique [1].

1. Jacques Leruez, *Gouvernement et Politique en Grande-Bretagne*, *op. cit.*, chap. IX.

Certes, en 1978, le gouvernement travailliste fit adopter par le parlement de Westminster, sur rapport d'une commission royale, le principe de la dévolution à l'Écosse et au pays de Galles de la plupart des compétences déconcentrées à Édimbourg et à Cardiff. Mais les deux lois prévoyaient que pour devenir définitives elles devraient être approuvées par 40 % des populations concernées à l'occasion de référendums. Or, cette condition n'ayant pas été remplie (et le *non* l'ayant, par ailleurs, emporté au pays de Galles), le *Wales Act* ne fut pas appliqué et le *Scotland* fut abrogé en 1979 par le Parlement à la demande de Mme Thatcher. Aussi le gouvernement des « petites nations » reste-t-il, aujourd'hui, déconcentré.

2. Les limitations apportées au « local government »

En revanche, au niveau des districts et des comtés, la pratique du *self-government* se maintient. Mais elle fonctionne de manière de plus en plus limitée. En effet, les lois de 1972 pour l'Angleterre et le pays de Galles, et de 1973 pour l'Écosse, qui ont procédé à un remembrement des collectivités territoriales, ne reconnaissent pas à celles-ci de compétence générale et fixent limitativement leurs attributions. En outre, en 1985, à l'initiative de Mme Thatcher, le Conseil du Grand Londres a été supprimé. Parallèlement, l'institution, en 1988, d'une sorte de capitation à taux unique payable par tous les résidents adultes d'une même localité, la *poll-tax*, a été accompagnée de sévères mesures d'encadrement des dépenses des collectivités locales ainsi que par une réduction de leurs attributions en matière d'enseignement. Cela fait dire à certains auteurs britanniques que, par rapport à l'évolution que semble amorcer la France, la Grande-Bretagne est devenue l'un des États les plus unitaires et les plus centralisés du monde.

2. Le « fédéralisme coopératif » en République fédérale d'Allemagne

Le cloisonnement établi en 1949 par la Loi fondamentale entre les compétences exclusives respectives de l'État fédéral et des Länder ayant engendré une trop grande rigidité, celui-ci a fait progressivement place au développement de compétences concurrentes. Il en est résulté, du fait de la multiplication des interventions du pouvoir central, un rétrécissement des attributions des Länder insuffisamment compensé par l'extension du droit de veto absolu du Bundesrat à 50 % des lois fédérales.

Ce type nouveau de répartition des compétences, nécessitant une coopération accrue entre les deux niveaux, s'est d'abord pratiqué en marge de la Loi fondamentale. Mais, sous la pression croissante de la centralisation, il a donné naissance à une nouvelle forme de fédéralisme, appelée « fédéralisme coopératif », bientôt enregistrée par la révision constitutionnelle de 1979. Ainsi, sous la dénomination de « tâches communes », ont été reclassées la plupart des matières qui étaient demeurées de la compétence des Länder [1].

L'autonomie des Länder tient moins, aujourd'hui, à leurs attributions exclusives qu'au quasi-monopole dont ils disposent pour exécuter les politiques publiques établies à l'échelon fédéral, ainsi qu'au droit de veto reconnu au Bundesrat où sont représentés leurs gouvernements.

L'originalité de ce système mixte consiste donc dans l'association du Bund et des Länder en vue d'élaborer et d'assurer la mise en œuvre de projets communs dotés d'un « financement croisé », en matière d'économie, d'éducation et de recherche. Toutefois, dans la pratique, cette coopération jouit d'une certaine souplesse. Si, dans certains domaines comme la construction des bâtiments universitaires, elle est obligatoire, dans d'autres, politiquement

1. Constance Greywe-Leymarie, *Le Fédéralisme coopératif en République fédérale d'Allemagne*, Paris, Economica, 1981.

plus sensibles comme celui de l'éducation, elle n'est que facultative.

Un tel exemple n'est d'ailleurs pas isolé, et il inspire actuellement, dans le cadre de la Communauté européenne, la mise en place des rapports entre les politiques communes et les politiques nationales. Comme l'écrit très justement Guy Braibant : « Une troisième voie se développe actuellement entre un centralisme qui tend à la bureaucratie et une autogestion qui pourrait conduire à l'anarchie : c'est celle de la coopération entre les différents niveaux ; elle est la plus riche d'avenir parce qu'elle est la mieux adaptée aux exigences de notre temps [1]. »

3. L'émergence, en France, du « pouvoir périphérique »

Ce mélange de décentralisation et de déconcentration a donné naissance, en France, avant 1982, à un troisième type de système mixte : celui que Pierre Grémion a désigné sous l'expression de « pouvoir périphérique ».

1. Le département : collectivité territoriale inachevée

Si la commune dispose en France, depuis 1884, d'un pouvoir délibérant et d'un exécutif propre, le département, en revanche, n'a reçu en partage, de 1871 à 1982, qu'un seul organe décentralisé : le conseil général. Aussi a-t-il représenté, pendant plus d'un siècle, ce que Bruno Rémond et Jacques Blanc appellent, à juste titre, une « collectivité territoriale inachevée [2] ». Dans un récent essai, Didier Migaud et Jean-Jacques Gleizal en ont ainsi brossé l'analyse : « A la fois collectivité décentralisée et circonscription étatique, le département apparaît d'un certain

1. Guy Braibant, *Institutions administratives comparées, Les Structures, op. cit.*, p. 124.
2. Bruno Rémond, Jacques Blanc, *Les Collectivités locales*, Paris, Presses de la FNSP-Dalloz, 1989, p. 71.

point de vue comme une curiosité juridique. Qu'est-ce qui l'emporte en lui, se demandent les juristes ? Pendant près de deux siècles le poids de l'institution préfectorale donnera au département l'image d'un rouage étatique. Pourtant les éléments de décentralisation sont aussi présents. Comment rendre compte de cette contradiction ? Les sociologues sauront répondre à partir de l'hypothèse selon laquelle le département constitue un système d'action qui fonctionne dans des relations de pouvoir à la fois internes et externes. Au centre du système s'établissent des relations entre le préfet et ses notables, mais aussi entre le préfet et ses chefs de service extérieurs. Le préfet fait le lien avec Paris tandis que les notables en phase avec les communes et la population maintiennent des rapports avec la base. » Et les deux auteurs posent, alors, la question essentielle : « Dans ces conditions, le département ne serait-il pas [quelque chose] de plus que le département pour constituer un lieu privilégié de relation entre le centre et la périphérie ? Beaucoup d'observateurs le pensent jusqu'à qualifier l'administration française d'administration préfectorale. Le département, flanqué du préfet, serait une institution charnière, l'institution centrale d'un État décentralisé »[1].

Sans doute faut-il chercher là la clef de sa longévité, de l'inapplication des dispositions de la Constitution de la IVe République visant à transférer au président du conseil général l'exécution de ses délibérations, et la raison de sa survie, jusqu'en 1982, voire de sa suprématie sur la région, qui n'aura connu un rôle analogue que l'espace d'une décennie : de 1972 à 1982, avec le statut diminué d'établissement public territorial.

2. La prise de conscience de l'existence d'un « pouvoir périphérique »

Ce département, riche en contradictions, constituera donc, pendant toute la période des « Trente Glorieu-

1. Didier Migaud, Jean-Jacques Gleizal, *Le Département en toutes libertés, Essai sur l'avenir du conseil général*, Grenoble, Presses universitaires de Grenoble, 1968, p. 29.

ses [1] », le terrain fertile dont se nourrira l'expansion du « pouvoir périphérique ».

Déjà, dans un article célèbre publié en 1966, Jean-Pierre Worms avait décelé, à travers les relations du préfet et de ses notables, l'émergence d'un pouvoir politique effectif, rendu possible par l'imbrication au niveau du département de la déconcentration et de la décentralisation [2]. Dix ans plus tard, Pierre Grémion forgera sur cette relation le concept capable d'expliquer ce que les observateurs étrangers avaient intuitivement appelé le « système préfectoral », dont la réforme administrative de 1964 marquera l'apogée [3].

Ce système n'assure pas la domination unilatérale du pouvoir central sur les collectivités locales, comme une interprétation réductrice du jacobinisme pouvait le laisser penser. En démontrant qu'il se fonde sur l'interdépendance de l'administration préfectorale et des notables, Pierre Grémion réintègre, en quelque sorte, la prise en considération du système administratif dans une vision élargie du système politique, devenu système politico-administratif. « Influence réciproque et relation de dépendance, écrit Albert Mabileau, sont les mécanismes clefs de son fonctionnement. L'influence réciproque ressortit aux relations d'échange entre les administrations de l'État (le préfet) et les responsables locaux (les notables) — le préfet accorde des privilèges administratifs aux notables ; ceux-ci donnent une légitimité politique à son action dans le département ; c'est le couple "d'un préfet et des notables". Des relations de dépendance s'inscrivent entre chacun des partenaires appartenant à la filière administrative (l'administration étatique) et à la filière politique (les élus) de telle sorte qu'aucune décision n'est prise par un acteur unique, administrateur ou responsable poli-

1. Selon le titre du célèbre ouvrage de Jean Fourastié, *Les Trente Glorieuses ou la Révolution invisible*, Paris, Fayard, 1979.

2. Jean-Pierre Worms, « Le préfet et ses notables », *Sociologie du travail*, 3, 1966, p. 249-275.

3. Pierre Grémion, *Le Pouvoir périphérique*, *op. cit*.

tique. Dépendance aussi à l'égard du pouvoir central qui s'exprime par la volonté commune de résister à l'influence parisienne et de préserver l'autonomie du "pouvoir périphérique". Tel est le "modèle d'administration territoriale républicaine" qui permet une intégration parfaitement équilibrée de l'administration et de la politique au niveau local, où fonctionnaires et élus concourent à la régulation et à la stabilisation du système [1]. »

Que ce système ne s'identifie plus aujourd'hui à l'administration territoriale de la France, comme le laisse lui-même entendre Albert Mabileau [2] et comme en convient maintenant l'école de sociologie des organisations [3], la rupture opérée par la réforme de 1981 en fournit la principale explication. Mais, outre le fait que le concept de « pouvoir périphérique » aura éclairé la compréhension du système français pendant plus d'un demi-siècle, sa survivance dans les esprits et, parfois même, certaines de ses séquelles dans la vie quotidienne justifiaient qu'on en traite dans ce livre.

Il n'en demeure pas moins que la « révolution décentralisatrice » entamée par la gauche en 1982 y a mis un terme. Cette révolution renforce singulièrement le cloisonnement établi désormais entre les collectivités territoriales et le nouveau couple constitué par l'administration préfectorale et les services extérieurs. C'est le divorce de ce couple qui devra, par conséquent, nous retenir maintenant en étudiant les deux problèmes qu'il soulève : celui de l'implantation des administrations territoriales de l'État et celui de leur coordination.

1. Albert Mabileau, « Les institutions locales et les relations centre-périphérie », *in* Madeleine Grawitz, Jean Leca, *Traité de science politique*, t. II, *Les Régimes politiques contemporains*, Paris, PUF, 1985.
2. Albert Mabileau, dir., *Les Pouvoirs locaux à l'épreuve de la décentralisation*, Paris, Pedone, 1983.
3. Jacques Rondin, *Le Sacre des notables*, Paris, Fayard, 1985.

2. L'implantation des services extérieurs de l'État

On entend par « services extérieurs de l'État » les différentes administrations de l'État implantées sur le territoire national, voire à l'étranger, pour prolonger l'action des administrations centrales. Concrètement, il s'agit, en France, des préfectures, des échelons départementaux et régionaux des départements ministériels, et, à l'étranger, des ambassades et des consulats accrédités auprès d'environ cent cinquante États.

Globalement, en dehors même des militaires et des enseignants, les services extérieurs de l'État mobilisent la majorité de ses agents (800 000 personnes environ, contre 40 000 au siège des administrations centrales). La plus grande partie d'entre eux sont implantés aux chefs-lieux de département et d'arrondissement, encore que les circonscriptions régionales commencent à drainer des effectifs non négligeables et que certains services, comme les subdivisions de l'Équipement [1], entretiennent des antennes qui quadrillent au plus près les bourgs et les campagnes.

Du fait de son extension et de sa diversification, ce réseau a donné lieu, au cours de ces dernières années, à deux séries de politiques institutionnelles visant respectivement à améliorer sa rationalisation et à accroître son intégration.

1. De l'harmonisation des circonscriptions d'action régionale au régionalisme fonctionnel

Malgré l'effet de polarisation exercé sur les services extérieurs de l'État par l'implantation séculaire des préfec-

1. François Dupuy et Jean-Claude Thoenig en dénombrent 1 400, in *Sociologie de l'administration*, Paris, Armand Colin, 1983, p. 64.

tures et des sous-préfectures, l'existence de services régionaux a largement anticipé celle de la région. Depuis longtemps, l'administration de l'Éducation nationale avait installé ses services rectoraux au niveau académique [1]. Plus tard, d'autres administrations ont également privilégié l'échelon interdépartemental. Il en est résulté, sous la IVe République, une prolifération des services extérieurs entraînant un enchevêtrement géographique inextricable. A tel point qu'un Premier ministre aussi peu décentralisateur que Michel Debré a cru devoir y remédier, au début de la Ve République. C'est ainsi que, sur un rapport du Comité d'enquête sur le rendement et le coût des services publics, et à défaut de pouvoir créer les 47 grands départements dont il avait rêvé, il choisit, en 1959, le cadre encore incertain des 21 régions de programme pour promouvoir le remembrement qui s'imposait [2].

Dès lors, fut mise en œuvre une *politique d'harmonisation*, tendant à obtenir, sauf en ce qui concerne les services judiciaires, que chaque circonscription administrative épouse la configuration de chaque région ou, du moins, n'en chevauche pas les limites [3]. Ainsi se sont progressivement établis au chef-lieu de région, outre le trésorier-payeur général de région qui, comme le préfet, cumule sa fonction avec celle de TPG du département chef-lieu, la Direction régionale des affaires sanitaires et sociales, la Direction régionale du travail et de l'emploi, la Direction

1. Les circonscriptions académiques coïncident avec les régions, sauf en Ile-de-France où l'on en dénombre 3 (Paris, Créteil et Versailles), en Rhône-Alpes et en Provence-Côte d'Azur où il en existe 2 (respectivement : Grenoble et Lyon, Aix-Marseille et Nice).

2. De 22 à l'origine (en attendant la fusion des régions Rhône-Loire et Alpes), le nombre des circonscriptions d'action régionale est revenu à ce chiffre, en 1975, du fait de la séparation opérée entre la Provence-Côte d'Azur et la Corse.

3. Cela explique que, selon la nature des services, certaines circonscriptions débordent le cadre régional et s'étendent à plusieurs régions (la Haute et la Basse-Normandie, par exemple, en ce qui concerne les PTT), tandis que d'autres, bien que interdépartementales, ne couvrent qu'une fraction des départements d'une même région (ainsi, des académies de Grenoble et de Lyon dans la région Rhône-Alpes).

régionale des impôts, la Délégation régionale à la formation professionnelle, la Direction des antiquités préhistoriques et historiques, et bien d'autres [1].

Mais la déconcentration des services de l'État au niveau de la région a davantage été marquée par l'évolution qui, en quelques années, a conduit à l'implantation des *préfectures de région*. D'abord présidée par le préfet du département siège de sa réunion, la conférence interdépartementale chargée de préparer, dans le cadre de la nouvelle régionalisation du Plan, les mesures nécessaires au financement des investissements collectifs, le sera à partir de 1959 par le préfet coordinateur, préfet du département chef-lieu. Il n'est encore, par rapport à ses collègues, qu'un *primus inter pares*, mais il dispose déjà du concours d'un sous-préfet chargé des affaires économiques. Et, en 1961, chaque conférence interdépartementale sera flanquée d'un Comité régional d'expansion économique appelé à exprimer, auprès d'elle, l'avis des milieux socioprofessionnels.

Inscrit de la sorte dans le cadre de la planification, ce *régionalisme fonctionnel* peut alors se développer en marge des collectivités territoriales. « Fruit de la géographie volontaire et des nouvelles sciences sociales, il tend à définir au niveau régional un certain nombre de tâches principalement destinées à coordonner, voire à synchroniser les interventions de l'État. D'où sa plus grande aptitude à définir une politique de déconcentration progressive qu'à s'associer à une décentralisation effective. Pour elle, il éprouve encore une certaine allergie car elle semble toujours inquiéter ses ''parrains''. D'où son triple caractère objectif, prospectif et opérationnel [2]. »

Né de la coopération entre le Commissariat au plan et le corps préfectoral, ce *régionalisme fonctionnel* s'est forgé

1. Selon les ministères, certaines directions régionales ont pour tâche de coordonner les directions départementales, tandis que d'autres constituent l'unique siège des services extérieurs pour toute la région.

2. Jean-Louis Quermonne, « Vers un régionalisme ''fonctionnel'' », *RFSP*, vol. 13, n° 4, déc. 1963 ; voir également le cahier publié par l'IEP de Grenoble, *Administration traditionnelle et Planification régionale*, Paris, Armand Colin, 1965.

au rythme de la prise de conscience d'un nécessaire aménagement du territoire. Et c'est dans cette ambiance feutrée, à dominante techno-bureaucratique, privilégiant la concertation avec les milieux socioprofessionnels, qu'il trouvera l'occasion de s'institutionnaliser à la faveur de la réforme administrative de 1964. Dans ce cadre dépolitisé, le préfet coordinateur devient alors officiellement préfet de la région, la Conférence interdépartementale est érigée en Conférence administrative régionale, et deux organes nouveaux sont créés : une Mission régionale chargée d'assister le préfet et de relayer sur place le Commissariat au plan et la DATAR, et une Commission de développement économique régional (CODER), composée pour moitié de représentants des milieux socioprofessionnels et des syndicats, pour un quart de conseillers généraux et de maires et pour le reste de personnalités qualifiées nommées par le Premier ministre. Dans l'esprit de ses promoteurs, la CODER doit tenir lieu d'instance de consultation. En fait, elle ne parviendra pas longtemps à endiguer le besoin d'un conseil électif, qui s'imposera après mai 1968 et ouvrira la voie à la décentralisation.

2. Le remembrement des services extérieurs départementaux

Paradoxalement, la régionalisation maintiendra en l'état les départements existants. Ceux-ci s'accroîtront même de quelques unités du fait du découpage de la région parisienne en huit départements (dont Paris, ville-département) et de la séparation effectuée entre la Haute-Corse et la Corse-du-Sud. Mais la promesse d'un département du Pays basque, contenue en 1981 dans les 110 propositions du candidat socialiste à la présidence de la République, ne sera pas tenue [1].

Cependant, la prolifération, au niveau départemental,

1. Ainsi existe-t-il, à l'heure actuelle, 100 départements (dont 4 outremer), auxquels ils convient d'ajouter Paris, ville-département.

des antennes des ministères, voire des grandes directions d'administration centrale, nécessitera un remodelage des services extérieurs. Ainsi naîtront, du regroupement de la Direction de la population et de la Direction de la santé, la Direction départementale de l'action sanitaire et sociale (DDASS) ; de la réunion de huit services relevant du ministère de l'Agriculture, la Direction départementale de l'agriculture (DDA) ; et de la fusion des services des Ponts et Chaussées, de la Construction et de l'Architecture, la Direction départementale de l'équipement (DDE).

Les autres services extérieurs de l'État implantés à l'échelon du département seront principalement : la Direction départementale du travail et de l'emploi, la Trésorerie générale, la Direction départementale des services fiscaux, la Direction départementale des services de l'éducation (ex-Inspection académique), la Direction départementale des postes et télécommunications et le service extérieur de l'Office national des anciens combattants et victimes de guerre.

Le résultat de ce remembrement survivra aux vicissitudes des découpages effectués au niveau des administrations centrales à la faveur des remaniements ministériels. Et il restera en place jusqu'à la réalisation des transferts de compétence opérés à partir de 1982, dans le cadre de la politique de décentralisation.

3. La coordination des services extérieurs de l'État

Pendant longtemps, l'administration territoriale de la France aura ainsi engendré un système vertical dans le cadre duquel chaque bureau et chaque service, implanté au niveau du département ou d'une circonscription interdépartementale, relevait principalement d'une administration centrale ayant son siège à Paris. Il en est résulté, sur place, un cloisonnement tel que des administrations distantes de quelques dizaines de mètres seulement pouvaient totalement s'ignorer. Au début des années 1960, le préfet de l'Isère n'eut connaissance de la construction d'un lycée aux environs de la ville de Vienne que parce que celui-ci fut construit, en partie, sur le territoire d'un département voisin : l'inspecteur d'académie n'avait pas jugé bon de l'en informer.

1. La réforme administrative de 1964

Il était donc devenu indispensable de rééquilibrer cette stucture verticale par une structure horizontale dont l'administration préfectorale serait le pivot. Plusieurs tentatives ayant échoué, malgré l'accroissement ponctuel des attributions des préfets [1], le gouvernement Pompidou décida d'investir officiellement ses représentants à la tête des départements et des circonscriptions d'action régionales d'un pouvoir de coordination effectif. La préparation de la réforme donna d'abord lieu à une minutieuse négociation, conduite par Louis Joxe, ministre d'État chargé de la réforme administrative, entre les ministères intéressés et la DATAR, puis à l'expérimentation dans cinq départements pilotes des différentes formules envisagées pour le remodelage des préfectures [2]. Après quelques hésitations, notamment sur le point de savoir si ces dernières répondraient au modèle de l'administration centrale ou de l'administration d'état-major, et l'arbitrage final du général de Gaulle, la réforme donna lieu à deux décrets du 14 mars 1964, l'un relatif au rôle du préfet de département, l'autre précisant les compétences du préfet de région.

En vertu du premier de ces textes, le préfet est reconnu comme dépositaire exclusif, dans le département, de l'autorité de l'État. Il sera désormais à la fois le délégué

1. Elles sont passées de 112 en 1852 à 2 453 en 1951.

2. L'étude scientifique de cette négociation a été menée par Catherine Grémion dans son livre *Profession : décideurs*, Paris, Gauthier-Villars, 1979.

du gouvernement et le représentant de chacun des ministres. A ce titre, il animera et coordonnera les services départementaux des administrations civiles de l'État. Et, à l'exclusion de quelques domaines relatifs à l'éducation, à la fiscalité et à l'Inspection du travail, les attributions des chefs de service départementaux lui seront transférées.

Cumulant ses fonctions avec celles de préfet du département chef-lieu, le préfet de région (titre préféré à celui de préfet-coordonnateur) reçoit, de son côté, la mission de mettre en œuvre la politique du gouvernement en matière de développement économique et d'aménagement du territoire. Il animera et contrôlera l'activité des préfets des départements de la région ainsi que celle des chefs de services dont l'action s'étend sur plusieurs départements de la circonscription, et qui n'ont pas un caractère national.

Nouveau souffle donné à l'action du corps préfectoral, la réforme sera diversement appliquée. Si elle consacre incontestablement la mutation du rôle du préfet — la mission d'assurer le maintien de l'ordre passant au deuxième plan derrière le développement économique —, elle parviendra difficilement à assurer sa suprématie sur les chefs des services extérieurs. Là, en effet, les rivalités de corps resurgissent et les solidarités liant les chefs de services extérieurs à leurs collègues des administrations centrales (avec qui ils restent en contact téléphonique permanent) ralentissent le passage de l'administration verticale à l'administration horizontale. Tel avait été pourtant l'objet de la réforme !

2. Les conséquences de la décentralisation entreprise en 1982

Il faudra donc attendre la décentralisation réalisée entre 1982 et 1984 pour que, en compensation du transfert aux présidents de conseil général et de conseil régional des compétences ressortissant à l'exécutif départemental et régional, le corps préfectoral reçoive du gouvernement un mandat non équivoque, non plus seulement pour coordonner, mais pour diriger les services extérieurs de l'État. Ainsi, devenu commissaire de la République [1] et installé dans les fonctions exclusives de représentant de l'État, le préfet tient du législateur lui-même [2] la charge de diriger l'ensemble des administrations non transférées au département ou à la région. Ce fait entraîne désormais, à son profit, une subordination hiérarchique des chefs des services extérieurs [3]. A ce titre, il lui appartient de les noter annuellement. En outre, il préside de droit toutes les commissions administratives, ne peut déléguer aux chefs de service ou à ses collaborateurs que sa signature (mais non pas sa compétence, ce qui rend cette délégation à tout instant révocable), et devient l'unique ordonnateur secondaire des crédits d'investissement et de fonctionnement de l'État [4].

Il reste que cette nouvelle affirmation du corps préfectoral, qui vise à équilibrer la perte de pouvoir consécutive à l'autonomie reconnue au département et à la région en tant que collectivités territoriales, s'inscrit dans le cadre de la déconcentration. La compétence qui s'y attache s'exerce donc sous l'autorité du Premier ministre et des ministres, qui conservent le pouvoir de nommer, et de noter en dernier ressort, les chefs de services extérieurs. En outre, elle est limitée aux services civils de l'État, ce qui exclut les administrations militaires. Et, parmi les services civils, continuent d'échapper à l'autorité du préfet, pour une partie de leur activité, les services académiques, les services fiscaux et domaniaux, ainsi que l'Inspection du travail.

1. Il reprendra son titre de préfet en vertu d'un décret du 29 février 1988 signé par Jacques Chirac.

2. Loi du 2 mars 1982, notamment l'article 34. Cf. également les deux décrets du 10 mai 1982, relatifs aux pouvoirs des préfets.

3. Bruno Rémond, Jacques Blanc, *Les Collectivités locales, op. cit.*, p. 338.

4. Parallèlement, la loi du 11 octobre 1985 transfère à l'État les équipements qui lui ont été affectés lors du partage des biens immobiliers et mobiliers effectué en 1982, ainsi que les charges afférentes.

Les réformes de 1964 et de 1982 entraîneront également un nouveau remodelage des services extérieurs de l'État. Au terme d'un compromis réalisé entre les modèles respectifs de l'administration centrale et de l'administration d'état-major, les préfectures sont réorganisées autour de trois grandes directions : une Direction de la réglementation, une Direction des affaires décentralisées et une Direction des actions de l'État (qui regroupe, notamment, les affaires d'ordre économique). Sous l'autorité du préfet, ces directions restent coordonnées par un secrétaire général de la préfecture, membre du corps préfectoral. En outre, chaque préfet dispose d'un cabinet ; et, lorsqu'il cumule sa fonction de préfet de département avec celle de préfet de région, il est assisté d'un secrétariat général pour les affaires régionales.

S'agissant des services extérieurs « sectoriels », le transfert des compétences réalisé, à partir de 1982, au profit de la région et du département n'entraîne pas les bouleversements que l'on aurait pu en attendre.

Outre le principe général de la mise à disposition des collectivités territoriales des services techniques de l'État, posé par la loi du 2 mars 1982, la partition des services extérieurs ne concerne, au niveau de la région, que la Délégation régionale à la formation professionnelle. Et la faiblesse en effectif des personnels transférés oblige les régions à prélever sur leurs ressources propres pour assumer leurs nouvelles responsabilités.

A l'échelon départemental, la partition est plus importante. Elle concerne principalement la Direction départementale de l'action sanitaire et sociale à laquelle sont substituées deux directions distinctes. En revanche, la résistance en grande partie victorieuse du corps des Ponts et Chaussées réussit à maintenir, pour l'essentiel, l'intégrité de la Direction départementale de l'équipement. Elle limite le transfert d'une partie des services. Et, outre la gestion commune (selon des règles très compliquées) du parc des Ponts et Chaussées, l'important réseau des subdivisions territoriales demeure de la responsabilité de l'État, sous réserve de sa mise à disposition éventuelle du département.

Comme l'avaient prévu les projets britanniques de dévolution des compétences à l'Écosse et au pays de Galles, les transferts de compétences réalisés en France au profit de la région et du département ont principalement porté sur des matières qui avaient déjà fait l'objet de mesures de déconcentration. Si bien que, loin d'avoir dépouillé de leurs attributions les administrations centrales, ils ont essentiellement affecté des domaines relevant avant 1982 de la compétence des services extérieurs de l'État et des préfets. En d'autres termes, les échanges ont été circonscrits au sein du « pouvoir périphérique » et ils n'ont pas, globalement, enrichi celui-ci [1]. Il n'est donc pas étonnant que le corps préfectoral ait durement ressenti cette « ponction », qui a incité certains de ses membres à solliciter leur détachement auprès des collectivités territoriales. D'où les tentatives de ce corps non pas pour revenir en arrière — la décentralisation fait désormais l'objet d'un consensus entre la majorité et l'opposition —, mais pour élargir son champ d'intervention en empiétant à la fois sur le domaine des services extérieurs qui lui échappent encore [2] et sur celui des administrations centrales.

A cet égard, on sait de quelle résistance sont capables le ministère de l'Économie et des Finances, mais aussi certains ministères techniques. En témoigne l'expérience de la Mission d'organisation des administrations centrales (MODAC), dont l'un des objets est précisément d'ajuster les tâches de ces administrations aux conséquences de la décentralisation [3]. Il faudra donc, pour que la déconcentration progresse à nouveau, que s'exprime avec force la volonté politique du gouvernement. C'est ce qu'a compris le ministre de l'Intérieur, Pierre Joxe, en préparant un nou-

1. Un premier bilan des réformes a été entrepris sous la direction d'Albert Mabileau in *Les Pouvoirs locaux à l'épreuve de la décentralisation, op. cit.*

2. L'un de ces domaines est celui des constructions universitaires où le préfet de région le dispute au recteur d'académie.

3. Ainsi la MODAC a-t-elle constaté que, sur 300 mesures de déconcentration prises par le Comité interministériel d'aménagement des structures territoriales, seules 12% ont été appliquées en 1987.

veau projet de loi relatif à l'administration territoriale de la République, qui tend à faire aller du même pas le développement de la décentralisation et celui de la déconcentration. Cette démarche a reçu l'appui du président de la République, qui, profitant de la célébration du bicentenaire du département, à déclaré le 22 mars 1990 à Moulins : « Il va bien falloir que les administrations centrales se résignent à limiter leurs activités aux missions qui leur sont propres — missions de réglementation, de conception, de coordination — et qu'elles abandonnent ou qu'elles délèguent, une fois pour toutes, la volonté et le pouvoir de régler les dossiers à des services extérieurs renforcés, regroupés sous l'autorité du représentant du gouvernement. »

S'il devait en être ainsi et si, en particulier, le préfet de région devait se voir reconnaître, dans le champ des attributions de l'État, une compétence générale (qui se substituerait alors à sa compétence d'attribution), la déconcentration qui en résulterait, s'ajoutant à la décentralisation, aurait finalement pour effet d'accroître le poids du « pouvoir périphérique ». Et, dans la mesure où la force d'entraînement de celui-ci est désormais celle des élus, on peut penser que la déconcentration contribuerait sinon à l'avènement d'un « État modeste [1] », du moins à alléger enfin la pesanteur bureaucratique que l'administration centrale a longtemps fait régner. On verra, dans la troisième partie de ce livre, que la « montée en puissance » respective des collectivités territoriales et de la Communauté européenne pourrait, à terme, mettre fin, en France, à la domination séculaire d'une administration parisienne dont l'hégémonie n'a pas connu d'équivalent dans les pays occidentaux de même dimension.

1. Michel Crozier, *État moderne, État modeste*, *op. cit.*

2

L'appareil corporatif

Formé d'une pluralité de bureaucraties, dont on a cherché à dégager les principaux prototypes, l'appareil administratif de l'État est également composé d'instances corporatives qu'il nous appartient maintenant de repérer.

Or, la structuration de l'administration publique en corps de fonctionnaires ne s'est pas développée partout avec la même rapidité ni la même intensité. On ne la rencontre que rarement là où domine, comme aux États-Unis, une fonction publique répondant au « système de l'emploi ». Et si la Grande-Bretagne, avec le Civil Service, reste la patrie de l'« administration de carrière », c'est en France que le corporatisme administratif a, sans aucun doute, atteint son paroxisme.

Certes, le modèle néo-corporatiste, que retient la littérature contemporaine, répond davantage à la structure des sociétés où la social-démocratie s'est implantée et se caractérise par une certaine osmose entre les organisations syndicales de salariés et le principal parti de gouvernement [1]. Et, de ce point de vue, la France n'est pas un État social-démocrate. Mais la relation qui unit certains secteurs de l'administration — et surtout certains corps de fonctionnaires — avec leur milieu d'inter-

1. Alain Bergounioux, Bernard Manin, *Le Régime social-démocrate*, Paris, PUF, 1989.

vention[1] s'inscrit plutôt dans le cadre d'une société dont Bruno Jobert a montré qu'elle se caractérisait par la pratique du « corporatisme sectoriel[2] ».

On entendra, par conséquent, par « corporatisme administratif » la capacité dont fait preuve l'administration de carrière à former une structure pyramidale intégrant dans une relation hiérarchique des corps de fonctionnaires capables d'entretenir avec d'autres, ainsi qu'avec la classe politique et les différents secteurs de la société civile, des rapports de coopération permanents.

Pendant longtemps, en France, ce corporatisme ne s'est manifesté qu'au sommet de la pyramide. Et il a été le monopole des grands corps de l'État, dont l'existence coutumière a transcendé non seulement les alternances au pouvoir mais les changements de régime et la Révolution française elle-même. Cependant, le mimétisme auquel leur action a donné lieu a tendu à généraliser, au nom de la démocratisation de l'administration, leur structure corporative à l'ensemble de la fonction publique, à la faveur du premier statut général de 1946, confirmé en 1959 et 1983.

Il est malaisé d'inventorier, aujourd'hui, les corps qui composent l'ensemble de cette structure. On a longtemps cru que leur nombre était de l'ordre de 900, jusqu'à ce qu'une plus ample investigation, demandée à la Direction générale de l'administration et de la fonction publique par les ministres Anicet Le Pors et Hervé de Charette, établisse qu'il se rapprochait davantage de 1 300 et, même, de 1 800[3]. Mais, pour être plus largement développé ici

1. Sur cette relation, on se reportera à l'analyse proposée par Lucien Nizard, « Esquisse d'un modèle de l'administration comme acteur politique », art. cité, p. 313-314.

2. Bruno Jobert, Pierre Muller, *L'État en action*, Paris, PUF, 1987, notamment le chapitre VII, « Le corporatisme à la française » ; Bruno Jobert, « La version française du corporatisme », *in* Dominique Colas, dir., *L'État et les Corporatismes*, Paris, PUF, 1988.

3. Selon le témoignage aimablement apporté à l'auteur par M. Serge Salon, que confirme son rapport sur « Le général de Gaulle et la fonction publique », présenté dans le cadre de la célébration du centenaire du général de Gaulle.

qu'ailleurs, le phénomène corporatif n'est pas spécifique à la France. Il est le corollaire de l'« administration de carrière ». Et il contribue à présenter l'administration publique, dans les pays qui l'ont adoptée, sous les traits d'un système de corps ou, si l'on préfère, d'un vaste appareil corporatif.

C'est donc sous ce titre que l'on entamera la deuxième démarche de ce livre. D'esprit comparatiste, elle n'en sera pas moins marquée par le fait que le « corporatisme administratif » atteint son maximum d'intensité en France. Par conséquent, chacun des quatre chapitres s'en ressentira, qu'il s'agisse de traiter de la fonction publique comme système, et plus particulièrement de la haute fonction publique (dont le type idéal demeure le Civil Service), de la situation singulière des grands corps et du rôle des écoles d'administration et des centres de formation administrative.

5

La fonction publique comme système

Il est difficile de cerner les effectifs de la fonction publique, pays par pays. Et il est encore plus aléatoire de les comparer.

En France, le nombre global des agents de l'État oscille depuis quelques années autour de 2 650 000. Ce chiffre inclut 315 000 militaires de carrière, plus de 1 million d'enseignants et d'agents de l'Éducation nationale, et un peu moins de 500 000 employés des Postes et Télécommunications. Il ne comprend ni les agents des collectivités territoriales, ni les personnels hospitaliers, ni les magistrats de l'ordre judiciaire. Tel quel, il représente 17 % environ de la population active. Totalisé avec les effectifs de ces trois catégories, il passerait le seuil des 5 millions, pour représenter 23 % de la population au travail [1].

Par rapport aux pays occidentaux de niveau comparable, ce chiffre n'est pas aussi élevé que certaines campagnes démagogiques le laissent croire. La difficulté qui frappe toute comparaison entre pays différents tient à la proportion plus ou moins grande d'agents de l'État par rapport à ceux des collectivités locales ainsi qu'au fait que, selon les États considérés, les enseignants et les postiers sont ou non recensés parmi les fonctionnaires. Une statistique raisonnable résulte des réponses apportées par les

1. Il s'agit des effectifs réels. Supérieurs, par conséquent, aux effectifs budgétaires. Cf. le rapport annuel publié par la Documentation française, sous le titre *La Fonction publique de l'État en...*

gouvernements au questionnaire du Bureau international du travail. Faute d'une analyse plus précise, on retiendra les chiffres qu'elle propose et on les reproduira, ci-dessous, sous forme de tableaux [1].

Personnels des administrations publiques

Pays	*% des effectifs totaux dans la population occupée*		
	1970	*1977*	*1984*
RFA	11,2	14,5	15,9
France	12,9	15,1	17,3
Italie	12	15	16
Pays-Bas	12,1	14,4	16,1
Belgique	13,9	16,7	19,8
Royaume-Uni	18,3	21,3	21,9
Danemark	16,8	24,8	30,7
Portugal	—	8,6	10,1

Sources : Eurostat, Comptes et statistiques des administrations publiques, 1970-1984. Comptes nationaux SEC, 1970-1984.

Part de l'administration dans l'emploi total dans certains pays industrialisés, 1986

Pays	*%*
Suède	36
Danemark	32,1
Finlande	27
Norvège	23,3
France	23,2
Royaume-Uni	22,1
RFA	18,3
Autriche	17,2
États-Unis	15,2
Italie	14,9
Portugal	10,8
Suisse	10,3
Japon	6,7

Données et sources : Réponses des gouvernements au questionnaire du BIT et diverses sources nationales et sources du BIT.

1. On pourra également se reporter à Jean-François Kesler, *Sociologie des fonctionnaires*, Paris, PUF, « Que sais-je ? », 1980.

Cependant, même limitées aux personnels de l'État, entendu *stricto sensu*, les fonctions publiques d'État constituent une masse d'agents qui pèse d'un poids important dans la population globale et sur le budget de chaque pays. Et l'image qu'elle renvoie contribue, à tort ou à raison, à entretenir dans l'opinion publique le mythe de la bureaucratie.

Dans la réalité, cependant, cette masse mérite d'être décomposée. Car elle inclut, en France, un nombre élevé d'agents qui, loin d'assurer le service de l'État, remplissent des rôles actifs — tels les instituteurs, les professeurs, les postiers et les techniciens des communications, dont la fonction doit être, d'une façon ou d'une autre, assumée par la société. Il en va de même du métier militaire. Si bien que si l'on mesure, par soustraction, l'effectif réel des fonctionnaires civils chargés des tâches d'autorité et de gestion, celui-ci apparaît beaucoup plus réduit : de l'ordre de 730 000 agents, répartis entre un peu plus de 40 000 personnes dans les administrations centrales et moins de 700 000 dans les services extérieurs de l'État.

Sans doute conviendrait-il, si l'on voulait faire l'inventaire de l'État-providence, de prendre en compte également les agents des collectivités territoriales, ceux des services hospitaliers et ceux des entreprises publiques industrielles et commerciales. Mais, du point de vue qui nous occupe ici, ces différentes catégories n'appartiennent pas, à proprement parler, à l'appareil administratif de l'État. Dès lors, en regard des 594 000 fonctionnaires britanniques (ils étaient encore 704 000 en 1980), dont 76 % travaillent en dehors de Londres [1], les chiffres qu'aligne la France n'apparaissent pas excessifs.

C'est, en tout cas, sur cette base que l'on essaiera de mieux cerner la « forteresse » que représente, dans les

1. Les chiffres relatifs à la Grande-Bretagne sont tirés de l'ouvrage de Jacques Leruez, *Gouvernement et Politique en Grande-Bretagne*, *op. cit.*, p. 156. A noter que, pour le Royaume-Uni, le nombre des agents des collectivités locales compense, pour une part importante, celui des enseignants et des postiers en France.

nations occidentales, la fonction publique. Et, après avoir examiné les deux grands systèmes qui opposent les États-Unis à l'Europe, on analysera le régime statutaire qui s'applique de façon singulière à la France ; enfin, on s'efforcera, de manière comparative, de déceler la fragmentation qui démultiplie les fonctions publiques en un nombre variable de corps.

1. Les grands systèmes de la fonction publique

Il est frappant que les deux grandes puissances mondiales, les États-Unis et l'Union soviétique (avant la *perestroïka*), malgré l'opposition de leurs systèmes politiques et économiques, aient mis en œuvre, l'une comme l'autre, des modes de gestion de la fonction publique peu différenciés de ceux des entreprises industrielles ou commerciales.

« Les pays socialistes, écrit Guy Braibant, ont marqué leur préférence théorique pour un droit du travail uniforme, exempt de privilèges et de particularismes. » Mais l'auteur ajoute aussitôt qu'« aucun n'a pu s'en tenir à cette doctrine. Les particularités fonctionnelles et financières des agents de l'administration ont conduit ces pays à adopter des dispositions dérogeant au droit commun, de façon très partielle comme en Union soviétique, ou systématique » [1].

Quant aux États-Unis, même s'ils ont été conduits à recourir en 1978 à la constitution d'un Senior Executive Service relevant de l'administration de carrière, ils restent, dans l'ensemble, fidèles au système de l'emploi qui permet de fixer les conditions de travail et de rémunération des employés de l'administration par contrat ou par voie de conventions collectives.

1. Guy Braibant, *Cours d'institutions administratives comparées*, *op. cit.*, p. 209.

1. Le système de l'emploi

En vertu du système de l'emploi, l'agent public est, en effet, recruté pour occuper un poste déterminé auquel il restera, en principe, affecté aussi longtemps qu'il sera en service dans l'administration [1].

En fait, ce système s'est imposé aux États-Unis dans la mesure où, ne liant pas son bénéficiaire à la puissance publique pour la durée de sa vie professionnelle, il facilite la pratique du *spoils system*.

Le système de l'emploi implique une analyse du poste de travail, des tâches à accomplir et des responsabilités de l'agent. Ainsi la qualification requise doit-elle répondre à ce que les Américains appellent une *job description*. Cette analyse est faite par le chef de service, sous le contrôle de l'Office of Personnel Management. Mais la complexité des administrations a aussi rendu nécessaire le regroupement des emplois en classes qui sont elles-mêmes réunies en séries. Elles n'aboutissent pas à la formation de corps de fonctionnaires, mais simplement au remembrement des classifications, chaque classe ou chaque série étant affectée d'un coefficient de rémunération, chaque emploi une fois classé correspondant à une rémunération déterminée. Ces échelles de traitement sont élaborées par l'Office of Personnel Management. Et elles sont adoptées par le Congrès, par référence aux emplois comparables du secteur privé.

« On voit les différences avec le système de carrière, observe Guy Braibant. Nous avons là un simple tableau de classification des emplois et non pas un tableau d'organisation des carrières. Dans un système de carrière, s'applique le principe de la séparation du grade et de l'emploi. En France, un administrateur civil de classe exceptionnelle,

1. Louis Fougère, *La Fonction publique*, Bruxelles, Institut international de sciences administratives, « Études et choix de textes commentés », 1988.

qui correspond à un certain corps et à un certain grade, peut exercer des fonctions de sous-directeur mais il peut aussi ne pas occuper un tel emploi. Il peut être chef de service ou directeur ou simplement être affecté dans un bureau. S'il est nommé sous-directeur, il conserve son grade d'administrateur civil de classe exceptionnelle et il occupe un emploi de sous-directeur. Ensuite, on peut lui retirer cet emploi, mais non lui retirer son grade. Il continue donc à faire carrière indépendamment des emplois qu'il occupe. Dans un système d'emploi, au contraire, les deux sont confondus. Il n'y a pas de grades, mais seulement des emplois et on est nommé dans un emploi. On a le traitement afférent à cet emploi ; et, si on cesse de l'occuper, on perd du même coup le traitement et la qualité de fonctionnaire attachée à l'emploi [1]. »

Calqué sur le mode de gestion des personnels des entreprises, le système de l'emploi — bien qu'il ait été appliqué en France au XIXe siècle et qu'il régisse encore aujourd'hui le recrutement et la rémunération des contractuels — s'oppose à la tradition républicaine française en matière de fonction publique. On conçoit donc qu'il ait été présenté, en 1983, comme un « repoussoir » par le ministre communiste de la Fonction publique, Anicet Le Pors, lorsqu'il présenta à l'Assemblée nationale le nouveau projet de statut général des fonctionnaires de l'État et des collectivités territoriales. « Le système dit "de l'emploi", déclarait alors le ministre, est marqué par son caractère discrétionnaire et sa précarité. Il trouve principalement son illustration aux États-Unis, où la fonction publique est conçue comme un métier ordinaire. On pourvoit le plus souvent aux emplois en recourant à des techniciens et à des spécialistes pour la durée nécessaire, sans garantie particulière de formation et de recrutement. L'avancement n'est pas organisé et, partant, on ne fait pas carrière au service de la collectivité publique. Enfin,

1. Guy Braibant, *Cours d'institutions administratives, op. cit.*, p. 228.

le lien qui unit l'État à ses agents reste dominé par la notion de contrat [1]. »

En fait, la distance n'est pas aussi grande entre le système de l'emploi et celui de la carrière. La spécialisation des tâches n'empêche pas toujours, surtout au niveau des hauts fonctionnaires, le passage d'un emploi à un autre. Et, aux États-Unis, un tel décloisonnement se trouve favorisé par le préjugé favorable dont jouit la mobilité. En outre, la réforme de 1978 instituant le Senior Executive Service a introduit dans la fonction publique américaine un facteur d'évolution [2].

Il n'en reste pas moins que la cohérence respective des deux systèmes continue à opposer deux modes de référence auxquels s'ordonnent généralement les politiques institutionnelles en matière de fonction publique. En témoigne l'attachement que portent au système de la carrière, malgré certaines dérives conduisant à politiser l'administration, les États d'Europe occidentale.

2. Le système de la carrière

A l'opposé du précédent, le système de la carrière est celui dans lequel l'agent public, une fois recruté, devient membre d'un corps ou d'un grade hiérarchisé et a vocation à occuper des emplois successifs de niveau différent où il passera toute sa vie professionnelle, en franchissant divers grades et en occupant divers postes [3].

Selon Anicet Le Pors, dans un tel système, propre à la conception française, « servir l'État n'est pas un métier comme les autres. C'est une fonction sociale qui s'appa-

1. Anicet Le Pors, « Discours de présentation du projet de statut général des fonctionnaires de l'État et des collectivités territoriales », Assemblée nationale, 3 mai 1983.

2. Nicole Gain, « La réforme de la haute fonction publique aux États-Unis », *Revue de droit public* , 6-1981, p. 1 589 ; Luc Rouban, « La politique de la haute fonction publique aux États-Unis : grandeur et décadence du Senior Executive Service », *RFAP*, n° 38, avril-juin 1986.

3. Louis Fougère, *La Fonction publique, op. cit.*

rente aussi bien à la magistrature, au sens donné à ce mot dans l'ancienne Rome, qu'au service public moderne dans toute la gamme des technicités requises pour la mise en œuvre des fonctions collectives d'une société développée telle que la société française. C'est une fonction publique qui se développe et qui s'apprécie sur une longue période aménagée à cet effet en carrière ». Et, dans un autre discours prononcé le 9 mai à l'Assemblée nationale, le ministre communiste n'hésitera pas à la comparer à un « sacerdoce ».

Cette conception républicaine n'est pas éloignée de celle que partageait le général de Gaulle lui-même lorsqu'il déclarait le 9 janvier 1963 à l'École nationale d'administration : « Si le service de l'État est foncièrement honorable, c'est tout d'abord parce qu'il fait participer ceux qui y appartiennent aux responsabilités les plus élevées qui soient au monde, celles de la puissance publique, mais c'est également parce que, à travers l'État, on sert de manière directe et, à tout prendre, désintéressée la collectivité humaine et nationale. » Certes, ce discours n'a pas toujours été tenu en France, notamment de 1986 à 1988, par le personnel politique se référant à la conception néolibérale. Mais en juillet 1986, alors que dominait cette tendance, le ministre de la Fonction publique de Jacques Chirac, Hervé de Charette, conviendra que « L'État ne peut pas recruter ses agents comme le fait une entreprise privée. Le recrutement, l'avancement et les sanctions doivent répondre à des règles objectives. Sinon la porte serait ouverte tantôt au favoritisme, tantôt à l'arbitraire ». Ainsi, d'un bout à l'autre de l'éventail politique, le consensus est frappant.

De fait, le système de la carrière implique que le fonctionnaire soit recruté en fonction d'un certain nombre de qualités spécifiques : avoir un minimum de vocation, passer un concours et posséder une formation adaptée (encore que le système de l'emploi ait été réconcilié aux États-Unis avec le *merit system*), avoir le sens de l'intérêt général. Il est conçu de telle sorte que l'agent public y consacre toute sa vie professionnelle ; et il a pour corollaire la distinction, introduite en France en 1946, du grade et de l'emploi. En outre, il doit apporter au fonctionnaire un minimum de garanties quant à la stabilité de l'emploi et aux possibilités d'avancement ; par conséquent il doit entraîner sinon une moindre spécialisation des tâches, du moins une plus grande polyvalence des agents.

Il est habituel de critiquer le système de la carrière en lui imputant, du fait de l'avancement à l'ancienneté qu'il est censé favoriser, la sclérose de l'administration et sa dérive bureaucratique. Et, à travers la rigidité statutaire et la lourdeur engendrée par la grille des rémunérations, il n'est pas rare que certains hommes politiques lui fassent endosser la responsabilité des retards apportés à la modernisation du service public. Or, cette critique porte d'autant plus que la rigidité s'applique à une masse de fonctionnaires élevée, dont l'uniformité du régime juridique fait obstacle à tout traitement différencié [1].

On conçoit dans ces conditions que les pouvoirs publics succombent à la tentation de recruter, parallèlement à la fonction publique proprement dite, des personnels contractuels correspondant tantôt au prix d'un meilleur niveau de rémunération, à un besoin de spécialistes qualifiés (tels les ingénieurs informaticiens ou les experts en télécommunications), tantôt à un niveau de salaire inférieur, à la nécessité de faire appel à des personnels hors statut (tels les maîtres auxiliaires) pour pallier l'insuffisance des recrutements par concours. Or, les politiques de titularisation destinées à résorber, de temps à autre, le stock de ces personnels contractuels n'ont jamais été pleinement couronnées de succès [2].

Parallèlement, il s'est trouvé des hommes politiques

1. Sur ce point, on lira, dans la *RFSP* d'août 1987 (vol. 37, n° 4), le débat opposant Jean-Luc Bodiguel et Luc Rouban (« La dysfonction publique ou la crise du corporatisme ») à Jean-Claude Thoenig (« Pour une approche analytique de la modernisation administrative »).

2. Claire Bernard-Steindecker, *Les Agents non titulaires, acteurs et enjeux de la fonction publique*, thèse IEP, Paris, 1988 ; « Le demi-échec de la réforme des agents non titulaires de la fonction publique en France », *RFSP*, vol. 40, n° 2, avr. 1990.

pour proposer la constitution progressive d'une fonction publique à deux vitesses qui conduirait à réserver le système de la carrière aux agents publics en charge des missions régaliennes (défense, diplomatie, justice, finances...) et à développer le système de l'emploi en direction d'agents appelés à faire fonctionner, dans le cadre d'agences décentralisées, les diverses activités de l'État-providence. Le rapport présenté en 1979 sur le projet de loi de finances pour 1980 par le député Gérard Longuet restera longtemps caractéristique de ces propositions. Sa mise en œuvre aurait conduit, en effet, à distinguer un groupe d'environ 400 000 fonctionnaires régis par le statut, chargés des missions de souveraineté, d'un peu plus de 1 600 000 employés appelés à intervenir dans le domaine économique et social, soumis à des conventions collectives. Un tel rapport s'inspirait d'ailleurs de la pratique suivie en République fédérale d'Allemagne, où coexistent des « fonctionnaires à vie » (c'est-à-dire de carrière) avec des agents publics de différentes conditions (« fonctionnaires à temps » et « fonctionnaires stagiaires ») — parmi lesquels figure une masse d'agents contractuels de droit privé qui constituent actuellement la moitié des effectifs au niveau fédéral.

Cette distinction entre « fonctionnaires régaliens », chargés de faire fonctionner les principales administrations publiques (défense, diplomatie, justice, police, fiscalité...), et les autres est d'ailleurs reprise aujourd'hui par la Communauté européenne, non pas pour servir de base à la différenciation des statuts respectifs, mais pour délimiter le champ dans lequel pourra s'exercer le droit d'établissement — et donc de recrutement — des ressortissants des pays membres de la Communauté dans les administrations publiques respectives des États [1].

En réaction contre le rapport Longuet, la politique menée en France, de 1982 à 1984, par Anicet Le Pors a cherché à étendre, au contraire, le système de la carrière aux agents des collectivités locales, aux personnels hospi-

1. Julien Currall, « La Communauté et les fonctions publiques nationales », *RFAP*, n° 48, oct.-déc. 1988, p. 57.

taliers et aux chercheurs et techniciens des grands organismes de recherche [1]. Tempérée, depuis 1985, cette politique fait place, à l'heure actuelle, à une interrogation sur la meilleure manière de concilier l'appartenance à la fonction publique et la diversification des statuts. La séparation établie entre l'administration des Postes et celle des Télécommunications semble devoir servir de banc d'essai à cette démarche. Et la réforme de la grille des traitements de la fonction publique s'inscrit également dans le cadre de cette réflexion. Sous la pression conjuguée de la régionalisation et du développement du droit communautaire, il n'est pas impossible que la conception uniforme et rigide qui a présidé, en France, depuis 1946, aux politiques successives de la fonction publique soit amenée dans l'avenir à marquer le pas.

Aussi bien, on a vu que l'application du système de la carrière a toujours dû composer avec l'existence d'un nombre important de personnels hors statut. A côté des fonctionnaires, définis comme les agents titularisés dans un grade de la fonction publique et qui occupent un emploi permanent comportant la garantie de l'emploi, ces personnels contractuels ou auxiliaires répondent aux besoins incompressibles de l'administration de recruter des agents temporaires ou hautement spécialisés. Et l'expérience montre que les mesures prises périodiquement pour assurer la résorption de ces personnels ne sont jamais complètement respectées.

2. La spécificité française du régime statutaire

La soumission de la totalité des fonctionnaires à un statut général est donc la principale spécificité du système français. L'uniformité juridique qui en résulte est, cependant, atténuée par l'existence de statuts particuliers qui, dans certains cas, présentent un caractère dérogatoire par rapport au statut général.

1. Béatrice Sabatier-Bono, *L'État et ses fonctionnaires dans la politique du Parti communiste français (1971-1985)*, thèse IEP, Paris, 1990.

1. L'hégémonie du statut général

La soumission de l'ensemble des fonctionnaires à un statut général a été l'œuvre progressive de la République. Elle est, en réalité, la synthèse de la jurisprudence patiente du Conseil d'État et de l'effort de codification entrepris par le législateur.

1. La portée symbolique du statut de 1946

Sous la IIIe République, le Parlement n'avait accompli, s'agissant des fonctionnaires civils [1], qu'une œuvre législative partielle. Il s'était, en effet, contenté de réglementer le régime des retraites, le droit des fonctionnaires à obtenir, en cas de poursuite disciplinaire, la communication de leur dossier et les modalités de leur détachement. Aussi, les droits et obligations des fonctionnaires relevaient de leurs statuts particuliers, élaborés par décret, et surtout de la jurisprudence du Conseil d'État qui s'était érigé, à leur égard, en véritable garant et en protecteur contre les ingérences du pouvoir politique.

De leur côté, les associations de fonctionnaires (les syndicats de fonctionnaires demeuraient interdits) étaient hostiles à toute perspective de statut général. Car la plupart des projets déposés par des hommes politiques présentaient un caractère répressif, visant à interdire officiellement le syndicalisme et la grève. Ainsi en sera-t-il, d'ailleurs, du statut établi par le gouvernement de Vichy à la faveur de la loi du 14 septembre 1941 [2].

Il fallut donc un concours de circonstances exceptionnel pour qu'un statut général soit élaboré en concertation

1. Une loi du 19 mai 1834 régissait, en revanche, l'état des officiers des armées de terre et de mer.

2. Sur l'ambiguïté du concept et du rôle du statut général, on se reportera à la réflexion stimulante d'Evelyne Pisier et de Pierre Bouretz dans *Le Paradoxe du fonctionnaire*, Fondation Saint-Simon, Paris, Calmann-Lévy, 1988.

entre l'État et les syndicats de fonctionnaires. Cette condition fut réunie lorsque, au lendemain de la libération du territoire, le ministre d'État Maurice Thorez, nommé par le général de Gaulle, fut chargé de préparer un tel statut avec l'assistance d'une commission syndicale créée par un décret du 9 octobre 1945, pris en application de l'ordonnance de même date, qui est à l'origine de l'École nationale d'administration et du corps des administrateurs civils.

Poursuivie après que le général de Gaulle a quitté une première fois le pouvoir, l'œuvre entreprise sous la direction de Maurice Thorez aboutit à la loi du 19 octobre 1946, votée à l'unanimité par la deuxième Assemblée nationale constituante peu avant qu'elle se sépare. Reconnaissant, enfin, le droit syndical aux fonctionnaires et leur offrant la possibilité de participer, par l'intermédiaire d'instances paritaires, à la gestion de leur carrière, elle constitue le premier statut démocratique de la fonction publique. A ce titre, elle conserve une valeur symbolique à laquelle se référera le ministre Anicet Le Pors [1].

2. L'extension ultérieure du régime statutaire

Depuis 1946, le statut législatif de la fonction publique a cependant été modifié deux fois. Il a d'abord été remplacé, à l'initiative de Michel Debré, par une ordonnance du 9 octobre 1959 qui fait application du principe constitutionnel selon lequel seules relèvent du domaine de la loi les règles fixant les garanties fondamentales accordées aux fonctionnaires civils et militaires de l'État, les autres dispositions étant désormais du domaine réglementaire. Il a été, plus récemment, modifié — dans l'esprit, cette fois, des principes qui ont guidé son fondateur — par une série de lois élaborées de 1982 à 1984 par le gouvernement d'union de la gauche, sous l'impulsion

1. Sur l'histoire du statut général de 1946, on consultera notamment le témoignage de René Bidouze publié à la *RFAP*, n° 25, janv.-mars 1983, p. 9-30.

du ministre communiste de la Fonction publique, Anicet Le Pors :

— la loi du 13 juillet 1983 portant droits et obligations des fonctionnaires ;

— la loi du 11 janvier 1984 portant dispositions statutaires relatives à la fonction publique de l'État ;

— la loi du 25 janvier 1984 portant dispositions statutaires relatives à la fonction publique territoriale ;

— et la loi du 9 janvier 1986 portant statut de la fonction publique hospitalière.

Comme on peut l'observer, ces deux dernières mesures législatives ont eu pour but d'étendre aux agents des collectivités territoriales et aux personnels hospitaliers le régime statutaire établi en 1946 pour la fonction publique d'État, et de généraliser ainsi à l'ensemble de la fonction publique française le système de l'administration de carrière.

2. Les statuts autonomes, dérogatoires et spéciaux

Malgré son extension, l'application du statut général rencontre néanmoins des limites. D'une part, certaines catégories d'agents de l'État sont régies par des *statuts autonomes*. Il s'agit des magistrats de l'ordre judiciaire (dont le statut relève de la loi organique), des militaires de carrière, des fonctionnaires de la Direction générale de la sécurité extérieure et des fonctionnaires des services des assemblées parlementaires.

D'autre part, l'existence d'un statut général ne fait pas obstacle à l'élaboration, par voie réglementaire ou législative, de *statuts particuliers* qui, dans le respect du statut général, s'appliquent à près de 1 800 corps ou catégories d'emplois. Parmi eux figurent des *statuts dérogatoires* qui, en vertu de l'article 10 de la loi du 11 janvier 1984, peuvent déroger, après avis du Conseil supérieur de la fonction publique d'État, à certaines dispositions du statut général. Ils concernent les corps recrutés par la voie de l'École nationale d'administration, les corps enseignants et de recherche ainsi que les corps présentant un caractère technique.

Il existe enfin des *statuts spéciaux*, ayant pour raison d'être le retrait du droit de grève imposé aux membres de certains corps de fonctionnaires. Ils visent en particulier les personnels de l'administration pénitentiaire, les personnels de transmission du ministère de l'Intérieur et les personnels du contrôle de la circulation et de la sécurité aérienne. De tels statuts ne peuvent évidemment être établis que par la loi.

La prolifération des exceptions ainsi apportées au statut général témoigne, en tout cas, du particularisme de certains corps. Elle reflète davantage encore le fait que la segmentation de la fonction publique en une multiplicité de corps constitue la principale caractéristique de sa structure.

3. La segmentation en corps de la fonction publique

Pendant longtemps, la notion de corps n'a été appliquée, en France, qu'aux grands corps de l'État. Mais le mot était néanmoins employé dans le langage courant pour désigner certains groupes de fonctionnaires de niveau hiérarchique élevé, par exemple dans les expressions : « le corps des officiers », « le corps préfectoral » ou « les corps constitués ». Mais il était sans portée juridique. Et, pour qualifier les différents types d'emplois que certaines catégories de fonctionnaires avaient vocation à occuper, le terme utilisé était celui de « cadre ». On le rencontre encore à l'article 25 du statut général de 1946, où il est écrit que « l'ensemble des emplois qui sont réservés [...] à des agents soumis aux mêmes conditions de recrutement et de carrière constitue un cadre ». Mais le mot visait déjà, en fait, les corps de fonctionnaires.

Aussi l'ordonnance du 9 octobre 1959 a-t-elle étendu la notion de corps à l'ensemble de la fonction publique française en en démocratisant ainsi l'usage. Et, sans faire référence aux emplois, la loi du 11 janvier 1984 a ordonné toute la structure de la fonction publique autour de cette notion, en son article 29 : « Les fonctionnaires appartiennent à des corps qui [...] sont classés, selon leur niveau de recrutement, en catégories [...]. Les corps groupent les fonctionnaires soumis au même statut particulier et ayant vocation aux mêmes grades. »

1. La prolifération des corps

On évalue, a-t-on dit, à 1 800 environ le nombre des corps entre lesquels se répartit la fonction publique d'État en France[1]. Mais leur extension à la fonction publique territoriale, prévue par la loi du 26 janvier 1984, a été écartée à la suite de l'alternance de 1986 par la loi du 13 juillet 1987, au profit de la création de « cadres d'emploi[2] ». En Grande-Bretagne, le rapport Fulton de 1968 est à l'origine du remplacement des quelque 1 400 corps ministériels par une répartition des membres du Civil Service en une douzaine de catégories interministérielles correspondant chacune à un type de fonction (administration générale, sciences, technologie, conseil juridique, secrétariat, police, etc.). Cependant, chaque catégorie peut être subdivisée en « groupes professionnels », et surtout en grades[3]. En République fédérale d'Allemagne, les quatre catégories de fonctionnaires, définies en fonction de leur niveau, sont également réparties en corps selon le type de fonctions assurées.

Bien qu'il soit prévu, depuis longtemps, de fusionner les deux dernières, quatre catégories existent aussi en France, où elles reflètent la structure hiérarchique de la

1. Cf. *supra*, p. 118, en particulier n. 1.

2. En fait, la création de corps de catégorie supérieure dans la fonction publique territoriale se heurte à la concurrence et à la résistance des corps de la fonction publique d'État de niveau correspondant.

3. Jean-Michel de Forges, *Droit de la fonction publique*, Paris, PUF, 1986.

fonction publique. Et c'est à l'intérieur de chacune d'entre elles que sont répartis les différents corps.

La catégorie A correspond aux fonctions de « direction et conception ». Elle regroupe les corps auxquels préparent l'École nationale d'administration et l'École polytechnique, mais aussi les corps enseignants et divers corps d'administration active — parmi lesquels le corps des attachés d'administration centrale et ceux des attachés des services extérieurs, dont l'accès est ouvert aux candidats possédant un diplôme d'enseignement supérieur. Elle réunit environ 27 % des fonctionnaires de l'État.

La catégorie B correspond aux fonctions d'« application ». Elle regroupe les secrétaires d'administration, les contrôleurs des impôts et du Trésor et divers corps de techniciens. Elle compte parmi ses membres environ 35 % des fonctionnaires de l'État, recrutés, en principe, au niveau du baccalauréat.

Les catégories C et D correspondent aux fonctions d'« exécution ». Elles concernent les personnels de secrétariat, les corps de conducteurs d'automobile et les corps d'agents de service. Elles groupent respectivement 35 et 6 % des fonctionnaires de l'État, soit un total d'environ 40 %. Étant donné ses faibles effectifs — et son faible niveau de rémunération —, la catégorie D doit être prochainement supprimée.

A l'intérieur de ces catégories, les quelque 1 800 corps qui structurent la fonction publique sont d'inégale importance, non seulement par référence à leur niveau hiérarchique, mais aussi par le nombre de fonctionnaires qui en relèvent. C'est ainsi que 16 corps recèlent respectivement plus de 20 000 agents (soit 69 % des fonctionnaires de l'État), tandis que d'autres ne mobilisent qu'un nombre restreint d'individus.

A noter, enfin, que chaque corps peut comporter un seul ou plusieurs grades, mais toujours plusieurs échelons, l'avancement de grade s'effectuant au choix et l'avancement d'échelon à l'ancienneté [1].

1. En outre, à l'intérieur de certains grades, la structure propre à différents corps peut comporter plusieurs classes, l'avancement de classe s'effectuant également au choix.

2. *L'esprit de corps*

D'un point de vue juridique, la segmentation de la fonction publique en corps a pour principal effet de rendre possible la *distinction du grade et de l'emploi*. Le grade est le titre qui confère à ses bénéficiaires vocation à occuper l'un des emplois qui leur est réservé. Mais tous les emplois ne sont pas réservés aux titulaires d'un même grade. Ainsi, les emplois discrétionnaires (c'est-à-dire librement pourvus par le gouvernement en Conseil des ministres) peuvent être théoriquement occupés par tout citoyen français. Et les emplois « fonctionnels » peuvent être confiés à des agents originaires de corps différents, placés en position de détachement.

Cette distinction, essentielle, du grade et de l'emploi fait dire à René Chapus que « le grade appartient au fonctionnaire », ce qui est une façon de reconnaître qu'il en est titulaire ; et que « l'emploi est à la disposition de l'autorité administrative », ce qui signifie qu'elle détient une liberté étendue en matière d'affectation des agents aux emplois de la fonction publique [1]. Il en résulte, à la fois, plus de facilité pour promouvoir la mobilité des fonctionnaires, mais aussi plus de liberté pour chacun d'entre eux dans la mesure où leur avancement n'est pas exclusivement tributaire d'un changement d'emploi.

L'effet psychologique qu'entraîne la distinction du grade et de l'emploi est de susciter, dans l'esprit du fonctionnaire, un attachement plus grand pour son corps d'origine qu'à l'égard de l'emploi qu'il occupe de façon précaire. D'où l'*esprit de corps*, qui unit et oppose à la fois les agents d'un même corps pris dans un réseau de relations fondé sur des sentiments réciproques de solidarité et de compétition. Comme l'écrit Jacques Chevallier, l'esprit de corps doit être « entendu à la fois comme principe de différenciation avec l'extérieur et principe de cohésion interne : c'est d'abord la conscience d'appartenir à

1. René Chapus, *Droit administratif général, op. cit.*, p. 110.

un groupe spécifique ; c'est ensuite le sentiment d'être solidaire de ce groupe ; c'est enfin la tendance à adhérer aux objectifs qu'il poursuit, à s'identifier à lui [1] ». Et l'auteur précise que, dans la fonction publique, l'esprit de corps se dédouble : « Il y a d'une part la conscience d'être fonctionnaire et de ce fait différent du commun des mortels ; il y a d'autre part la solidarité des agents appartenant à un même sous-ensemble, à un même corps [2]. »

Ce qui conduit Marie-Christine Kessler à proposer cette définition de la notion de corps, définition que nous reprenons volontiers à notre compte : « Un ensemble dont l'unité et la cohérence sont assurées par la contrainte diffuse que représentent les traditions et les solidarités nées de l'exercice d'une même fonction et de l'appartenance à une même institution [...], un groupe fortement uni par l'appartenance à une même communauté privilégiée et par un ensemble de traditions et d'images collectives [3]. »

Certes, l'esprit de corps est d'autant plus développé qu'on s'élève dans la hiérarchie administrative. Ce qui incite le même auteur à écrire, à propos des membres des grands corps, qu'« ils bénéficient de privilèges qui les différencient du milieu ambiant, et font naître entre eux un sentiment collectif d'autosatisfaction [4] ». Cela n'a pas que des effets positifs, car l'intérêt général peut alors s'effacer derrière le souci de défendre et de développer la puissance du corps auquel le fonctionnaire appartient. Cependant, la forte segmentation en corps de l'appareil administratif de l'État corrige incontestablement la raideur abstraite que recèle sa structure bureaucratique. Elle offre de l'administration publique — en tout cas de la haute administration — une autre image fondée sur l'existence d'une constellation de communautés à visage humain, présentant à la fois les qualités et les défauts que

1. Jacques Chevallier, *Science administrative*, Paris, PUF, 1986, p. 324.
2. *Ibid.*, p. 325.
3. Marie-Christine Kessler, *Le Conseil d'État*, Paris, Presses de la FNSP, 1968, p. 16 et 226.
4. *Ibid.*, p. 16.

l'on rencontre d'habitude chez ces communautés. Et elle nous a fait dire, de concert avec Jean-Luc Bodiguel, que la haute fonction publique se présentait comme un ensemble de forces sociales qui, comme les forces de même nature, pouvaient se muer, en certaines circonstances, en forces politiques [1].

1. Jean-Luc Bodiguel, Jean-Louis Quermonne, *La Haute Fonction publique sous la Ve République, op. cit.*, p. 213-254.

6

La haute fonction publique

Une grande ambiguïté pèse sur la notion de haut fonctionnaire. D'un côté, l'analyse des politiques publiques montre qu'ils en sont, pour une large part, les acteurs [1]. Et, sur la base de ce constat, une extrapolation tendancieuse entretient la légende du pouvoir technocratique [2]. De l'autre, l'ombre portée de la Révolution française, en persistant à imposer la distinction des représentants et des agents, a tendance à les classer parmi ces derniers, conformément à l'article 2, section 2, chapitre IV, titre III de la Constitution du 3 septembre 1791, selon lequel : « Les administrateurs n'ont aucun caractère de représentation. Ils sont des agents élus par le peuple pour exercer, sous la surveillance et l'autorité du Roi, les fonctions administratives. »

On sait quel parti les juristes français de la IIIᵉ République ont tiré de ce texte. Pour le plus illustre d'entre eux, en effet, « le simple fonctionnaire [...] se borne à vérifier la volonté nationale [...]. Il n'a donc plus une puissance primordiale, mais conditionnée et secondaire [3] ».

1. Yves Meny, Jean-Claude Thoenig, *Politiques publiques*, Paris, PUF, « Thémis », 1989, p. 82-83 ; Pierre Muller, *Les Politiques publiques*, Paris, PUF, « Que sais-je ? », 1990.

2. Malgré une évaluation attentive, cette légende ne sera jamais complètement extirpée. Cf., sur ce point, Bernard Gournay, « L'influence de la haute administration sur l'action gouvernementale », in *Administration et Politique sous la Vᵉ République*, *op. cit.*, p. 225.

3. Raymond Carré de Malberg, *Contribution à la théorie générale de l'État*, Paris, CNRS, 1962, p. 244.

Cette conception a été longtemps confortée par une lecture biaisée de Max Weber opposant « une nouvelle sorte d'hommes politiques professionnels... vivant de la politique » à « la fonction publique moderne qui exige de nos jours un corps de travailleurs intellectuels spécialisés, hautement qualifiés, préparés à leur tâche professionnelle par une formation de plusieurs années et animés par un honneur corporatif très développé sur le chapitre de l'intégrité »[1]. Or, tandis que le sociologue allemand visait à démontrer le nouveau professionnalisme de l'homme politique, son propos a été le plus souvent interprété comme s'il tendait à souligner la position subordonnée du fonctionnaire. Il est vrai que, pour l'auteur, « l'honneur du fonctionnaire consiste dans son habileté à exécuter consciencieusement un ordre sous la responsabilité supérieure même si — au mépris de son propre avis — elle s'obstine à suivre une voie fausse ».

Sans doute ne s'agit-il, ici, que d'exalter, à la manière d'Alfred de Vigny, la grandeur et la servitude du fonctionnaire, plutôt que de le positionner par rapport au politique. Mais, à la suite de Weber et à la faveur des analyses fonctionnelle et systémique, plusieurs études de décision tendront à cantonner le premier dans l'accomplissement de tâches de préparation et d'exécution afin de réserver au second l'acte noble, mais souvent introuvable, de la décision[2]. Et, à nouveau, le fonctionnaire, considéré comme un simple instrument, sera opposé au politique, jugé seul digne d'être acteur.

Comme il arrive assez souvent, l'excès commis en ce sens au nom de la rationalité provoquera un excès inverse qui conduira certains observateurs à passer sans transition du profil bas du « grand commis » à la toute-puissance de l'« énarque ». Et, sous l'effet des thèses technocratiques,

1. Max Weber, *Le Savant et le Politique*, *op. cit.*, p. 117 ; cf. également *Économie et Société* (1922), trad. fr. des chapitres I à VI, Paris, Plon, 1971.

2. Pour une critique pertinente de ces thèses : Lucien Sfez, *Critique de la décision*, Paris, Presses de la FNSP, « Références », 3e éd. 1981.

les médias amplifieront le mouvement pour convaincre l'opinion que derrière l'apparence du pouvoir politique se profile la réalité du pouvoir administratif.

Aussi n'est-il pas facile de trouver l'équilibre. Et il faut rendre hommage aux travaux scientifiques qui, hors des sentiers battus et des modes, offrent aujourd'hui de la haute fonction publique une connaissance et une compréhension sans lesquelles il deviendrait impossible d'en traiter de manière objective [1]. Tributaire de ces travaux, on s'emploiera d'abord à situer les hauts fonctionnaires parmi les élites ; on analysera, ensuite, les conditions dans lesquelles le Civil Service britannique apparaît comme leur idéal type.

1. A la recherche d'une élite

On ne rouvrira pas, ici, le débat qui opposa autrefois Raymond Aron à Jean Meynaud sur le point de savoir s'il existe, dans les sociétés occidentales, une élite ou des élites. La question qui nous préoccupe est de situer la haute fonction publique parmi ces élites et d'en dégager la singularité ; et il serait illusoire de se demander si elle forme l'élite de l'élite.

1. L'introuvable définition

C'est Jean-Luc Bodiguel qui a sans doute poussé le plus loin le souci de cerner la notion de haut fonctionnaire. Et la rigueur de son analyse conduit à en mesurer la difficulté [2].

1. Parmi les travaux qui ont inspiré ce chapitre, citons notamment les thèses de Jean-Luc Bodiguel, Dominique Chagnollaud, Claire Charlot, Marie-Christine Kessler, Catherine Grémion, Philippe Keraudren, Pierre Muller, Luc Rouban et Véronique Raudin.

2. Jean-Luc Bodiguel, Jean-Louis Quermonne, *La Haute Fonction publique sous la Vᵉ République*, *op. cit.* On se reportera au chapitre I, « L'hérédité et la mobilité », dans lequel Jean-Luc Bodiguel expose son analyse en détail.

Passant en revue une série de critères, et les appliquant à la situation française, l'auteur en élimine, tout d'abord, quelques-uns, comme le niveau hiérarchique (appartenance à la catégorie A ou positionnement sur des emplois de direction), le niveau de traitement (rémunération sur la base des échelles-lettres) ou le pourcentage de la prime par rapport au traitement. Dans tous les cas de figure, l'application de ces critères conduirait à repérer un nombre trop élevé de hauts fonctionnaires.

Puis Jean-Luc Bodiguel s'interroge sur l'identification possible du haut fonctionnaire par l'appartenance à un grand corps. Et il observe, pour rejeter l'hypothèse, que « la qualification de haut fonctionnaire peut s'appliquer autant à la quasi-totalité des effectifs d'un corps qu'à une proportion beaucoup plus réduite ». Dès lors, il évalue la pertinence de l'indicateur objectif que pourrait constituer l'affectation à un emploi discrétionnaire. Mais la nomination en Conseil des ministres lui paraît concerner une frange à la fois trop étroite (elle n'inclut pas les membres des cabinets ministériels) et trop large (elle comprend les responsables d'entreprises nationales) de la fonction publique.

A la vérité, il n'est pas facile de circonscrire une catégorie sociologique sans être guidé par une définition juridique. Or, en l'espèce, celle-ci n'existe pas. D'où la tentation de repérer le groupe des hauts fonctionnaires en remontant à ses origines et de recourir au critère de sa formation par une grande école, que ce soit l'ENA ou Polytechnique. Il fut un temps où Ezra Suleiman lui-même privilégiait cette approche [1]. Mais, pour avoir réussi à distinguer parmi les anciens élèves de l'École nationale d'administration les dirigeants des gestionnaires, Jean-Luc Bodiguel ne peut souscrire à cette proposition. De même écarte-t-il la classification quadripartite que retient Bernard Gournay en établissant une hiérarchie entre les fonctionnaires principaux, les fonctionnaires supérieurs, les

1. Ezra N. Suleiman, *Les Hauts Fonctionnaires et la Politique*, Paris, Éd. du Seuil, 1976.

hauts fonctionnaires et les grands fonctionnaires — même si cette dernière catégorie mérite une particulière attention [1].

Enfin, non sans prendre en considération le facteur psychologique qui incite tout fonctionnaire responsable à s'identifier à l'État dont il assure le service en même temps qu'à l'intérêt général qu'il veut faire prévaloir, Jean-Luc Bodiguel privilégie, en dernière analyse, le critère que Pierre Lalumière avait précédemment dégagé en incluant dans la haute fonction publique « le personnel des cabinets ministériels et des grandes directions des administrations centrales de l'État qui sont en contact direct et constant avec les ministres [2] ». Ce critère n'est autre que celui de la proximité à l'égard du politique. Mettant ainsi l'accent sur la position du haut fonctionnaire à la charnière de l'administration et de la politique, Bodiguel le définit en dernière analyse comme « celui qui remplit une fonction de conversion entre le pouvoir politique et l'administration d'exécution [3] ».

2. Le « milieu décisionnel central »

De l'observation attentive de deux processus de décision — la réforme départementale et régionale de 1964 et la réforme du financement de l'aide au logement, entreprise dans les années 1974-1978 — Catherine Grémion dégage une autre approche de la question. « Si l'on tente d'aborder le problème de la relation entre politique et administration sous l'angle de la prise de décision, écrit-elle, il apparaît tout d'abord que plus l'observation avance dans cette direction, plus la distinction entre administration et politique apparaît hasardeuse et arbitraire. On se

1. Bernard Gournay *et al.*, *Administration publique*, Paris, PUF, « Thémis », 1967, p. 241.
2. Pierre Lalumière, *Les Hauts Fonctionnaires*, Paris, Recueil Dalloz, « Chroniques », 1969, p. 241.
3. Jean-Luc Bodiguel, Jean-Louis Quermonne, *La Haute Fonction publique sous la Ve République, op. cit.*, p. 23.

trouve, en effet, face à un milieu au sein duquel se prennent les décisions, et où l'administratif et le politique sont indissociablement confondus, milieu que l'on pourrait appeler le "milieu décisionnel central"[1] ».

Et, poursuivant cette analyse, elle repère deux types d'acteurs administratifs dont l'un présente une propension à l'innovation, qui lui semble reliée à un faisceau de caractéristiques qu'elle qualifie de « hors machine ». Or, ce profil moderniste, qu'elle oppose à un type de comportement plus gestionnaire et plus traditionnel, ne peut être cerné à partir d'un seul critère, qu'il s'agisse de l'appartenance à un corps, à une administration ou à un niveau hiérarchique. Il résulte d'une combinaison d'indicateurs caractérisant un type de carrière et un mode d'expérience « hors machine ».

Les acteurs administratifs traditionnels, explique Catherine Grémion, « ont été formés uniquement dans une discipline ; ils ont poursuivi leur carrière avec le minimum de mobilité nécessaire selon leur corps, sans passage hors du territoire métropolitain, ni dans les structures d'études, ni dans les cabinets ministériels, et surtout pas hors de leur propre administration ». Tandis que les hauts fonctionnaires « hors machine » accumulent mobilité et diversité des expériences : « ayant poursuivi des études, pour la plupart dans plusieurs disciplines, ils ont eu une carrière à la fois mobile géographiquement (passages à l'étranger, dans les départements d'outre-mer) et institutionnellement : postes dans les structures du type administration de mission, et surtout cabinets ministériels, notamment hors de leur maison de rattachement[2] ». Et, se fondant sur ce faisceau de critères, l'auteur est conduite à conclure, au vu des données disponibles sur la composition de la haute fonction publique en France, que le profil « hors

1. Catherine Grémion, « Le milieu décisionnel central », in *Administration et Politique*, *op. cit.*, p. 205. Voir également, du même auteur, *Profession : décideurs. Pouvoir des hauts fonctionnaires et réforme de l'État, op. cit.*

2. Catherine Grémion, « Le milieu décisionnel central », art. cité, p. 221-222.

machine » alimente une large part du milieu décisionnel central si l'on sait que « 40 % des directeurs ont fait acte de mobilité à l'âge étudiant, 30 % des directeurs, 30 % des préfets, 50 % des membres des cabinets ministériels ont cumulé plusieurs disciplines ; 30 % des "hauts fonctionnaires" ont séjourné outre-mer, et près de 20 % à l'étranger ; la moitié du corps préfectoral, du Conseil d'État et de l'Inspection des finances, la moitié des directeurs et 30 % des membres de la Cour des comptes ont collaboré à un cabinet ministériel ; de même que 25 % des fonctionnaires issus des classes supérieures et près de 20 % de ceux issus des classes moyennes. Plus d'un tiers des hauts fonctionnaires, enfin, sont en position de mobilité statutaire [1] ».

C'est, en effet, un phénomène massif. Dès lors, ne doit-on pas se demander si le profil « hors machine » n'exprime pas, dans une perspective fonctionnelle, la véritable nature de la haute fonction publique ? Considérons en tout cas, avant de progresser dans l'analyse, qu'il éclaire d'un jour décisif le rôle du haut fonctionnaire en tant que collaborateur du pouvoir politique et acteur à part entière des politiques publiques.

3. *Le « fonctionnaire de choc »*

C'est moins par référence à des critères sociologiques que par rapport à des considérations d'ordre déontologique que s'inscrit le témoignage de François Bloch-Lainé. Ayant été, pendant de nombreuses années, la « conscience » des hauts fonctionnaires français, l'ancien directeur du Trésor, de la Caisse des dépôts et du Crédit lyonnais identifie la carrière du haut fonctionnaire avec la trajectoire qui doit le conduire à assumer des responsabilités effectives. Certes, comme les hommes de sa génération, il rejettera toujours le mélange des genres et refusera, par deux fois, la proposition que lui fit le géné-

1. *Ibid.*, p. 223-224.

ral de Gaulle de devenir ministre. Sa conviction est que « l'État, dans sa permanence, doit faire agir, jusque sur les sommets, des hommes qui ne sont pas obligés d'avoir une appartenance politique ou qui peuvent avoir, indépendamment de leurs fonctions, les appartenances qu'ils veulent [1] ». Mais cette attitude restrictive à l'égard de la politisation de l'administration ne le conduira pas pour autant à concevoir un haut fonctionnaire au profil bas.

Au contraire, écrit François Bloch-Lainé, « l'administration ne peut se passer de ''fonctionnaires de choc''. Si tous ceux qui ont envie de ce genre de rôle croient qu'il n'est plus possible désormais de le jouer que dans la politique ou dans les affaires, nous aurons une administration terne, un peu comme l'italienne ou l'allemande ». Et l'auteur de conclure : « Est-ce cela que nous voulons ? L'administration américaine, elle-même, n'en est plus là. Et l'anglaise, pour autant qu'on distingue bien ses qualités, aujourd'hui, dans le laisser-aller général, a toujours eu comme la nôtre des leaders libres et vigoureux » [2].

Il n'est donc pas étonnant que François Bloch-Lainé, tout en écartant résolument la tentation d'ériger la haute administration en contre-pouvoir, préconise dans certains domaines le renforcement de son autonomie, sinon de son indépendance. Ainsi suggère-t-il la constitution de « magistratures administratives ». « Je ne suis pas sûr, écrit-il, que le terme de ''magistrature'' soit celui qui convient le mieux pour définir la position d'indépendance dans laquelle l'État doit placer, vis-à-vis de lui-même, des personnages qui ne sont pas élus mais nommés et dont l'autorité doit cependant peser, pour l'accomplissement de leur mission propre, d'un poids presque égal à celui de l'exécutif dont ils procèdent. Je n'ai pas trouvé d'autre terme dans la littérature de droit public pour qualifier ce type de position, de situation. Un type que la démocratie a développé, mais dont les tyrans ont éprouvé aussi le besoin, pour tempérer eux-mêmes leur omnipotence ou reconnaître à des for-

1. François Bloch-Lainé, *Profession : fonctionnaire*, *op. cit.*, p. 231.
2. *Ibid.*, p. 233.

ces morales une sorte de pouvoir compensateur, dont aucun pouvoir absolu ne peut, non plus, se passer s'il veut bénéficier d'un suffisant consensus. Cela allait du fou du roi aux églises et aux parlements, en passant par les sorciers, les devins et les prophètes. Certains moyens de gouvernement doivent être ainsi mis sous double clé, être soumis à la règle de la double signature, pour des raisons de sécurité [1]. »

Et l'auteur d'en tirer les conséquences : « Un magistrat (dans cette acception, qui n'est pas celle du dictionnaire ni celle de l'usage courant et qui, par conséquent, est assez impropre), un magistrat, pour mon propos, qu'il soit chargé de juger, de veiller, de conseiller solennellement, ou d'exercer une fonction active délicate, facilement abusive, est un personnage nommé par le pouvoir pour un temps déterminé. Durant ce temps, on attend de lui une attitude constante de totale indépendance, un courage manifeste, indifférent aux menaces. Sa mission ne peut être interrompue en cours de mandat, sauf s'il devient physiquement incapable ou est convaincu de forfaiture. Mieux vaut qu'elle ne soit pas renouvelable à terme, pour qu'il ne soit pas tenté de donner des gages à ceux dont dépend le renouvellement. » Après avoir rendu hommage au Conseil d'État, qui est, selon lui, « le plus bel exemple de magistrature en France », François Bloch-Lainé propose que « d'autres positions plus solitaires, qui n'ont pas le même passé ni les mêmes protections naturelles », soient érigées en magistratures administratives. Il donne cinq exemples : « le gouverneur de la Banque de France, le ou les responsables de la radio-télévision, le responsable de la statistique, le Conseil supérieur de l'enseignement supérieur, le responsable de la recherche et son conseil » [2]. Que n'a-t-il été entendu !

Dans une certaine mesure, cette préoccupation éthique recoupe la notion sociologique de « grand fonctionnaire » dégagée par Bernard Gournay. Confronté à l'utilisation

1. *Ibid.*, p. 237.
2. *Ibid.*, p. 238.

extensive de la qualification de haut fonctionnaire, l'auteur ressent, en effet, le besoin de discerner, au sein de l'élite administrative, l'élite de l'élite. Et il réserve « le terme de "grand fonctionnaire" à la petite minorité d'hommes qui, en relation directe avec le personnel gouvernemental, traite les grandes affaires de la nation [1] ». Mais, énumérant une série de critères, il admet, à son tour, que ce groupe comporte des frontières imprécises.

Reprenant l'examen critique de ces analyses — et d'autres encore que les limites de cet ouvrage ne permettent pas de mentionner —, Dominique Chagnollaud démontre dans une thèse récente [2] la grande difficulté que rencontre tout chercheur à vouloir cerner la notion de haut fonctionnaire. Et il établit un parallèle éclairant avec l'effort mené par Luc Boltanski [3] pour définir, dans le domaine voisin de l'entreprise industrielle et commerciale, la notion de cadre. Mais, ne s'arrêtant pas en chemin, l'auteur poursuit sa recherche en la confrontant aux exigences méthodologiques de la sociologie historique. Et il lui revient de montrer que l'« invention des hauts fonctionnaires » est, en réalité, un produit de l'histoire qui, en favorisant dans les démocraties occidentales européennes la formation d'un groupe social spécifique, a progressivement imposé aux États la reconnaissance d'une institution coutumière, dont le Civil Service en Grande-Bretagne et les grands corps de l'État en France sont peut-être les plus beaux fleurons, et qui s'apparente à la notion d'ordre.

« Noblesse d'État », écrira un peu plus tard Pierre Bourdieu au fronton d'un livre dont le contenu reprend principalement ses analyses, désormais classiques, sur le thème des héritiers [4]. Peut-être. Mais, avant de se demander si

1. Bernard Gournay, « L'influence de la haute administration sur l'action gouvernementale », art. cité, p. 227.

2. Dominique Chagnollaud, *L'Invention des hauts fonctionnaires* (1989), thèse IEP, Paris, à paraître en 1991 aux éditions Fayard.

3. Luc Boltanski, *Les Cadres. La formation d'un groupe social*, Paris, Éd. de Minuit, 1982.

4. Pierre Bourdieu, *La Noblesse d'État. Grandes écoles et esprit de corps*, Paris, Éd. de Minuit, 1989.

la haute fonction publique s'ordonne davantage à un « ordre » qu'à une « classe » ou, plus simplement, à une « catégorie socioprofessionnelle », encore conviendra-t-il d'examiner, sous cet angle, ce que recouvrent dans nos sociétés l'idéal type du Civil Service et la réalité des grands corps.

2. Le Civil Service comme idéal type

On entend ici par Civil Service l'ensemble des fonctionnaires permanents appelés à gérer l'administration publique d'État en Grande-Bretagne, notamment dans le cadre des départements ministériels.

Si l'on peut faire remonter son apparition au milieu du XIXe siècle, à la suite du célèbre rapport Northcote-Trevelyan de 1853, la réflexion dont il a été l'objet et la théorisation qu'il a suscitée ont été beaucoup plus tardives. Et sa tentative de transposition en France n'est intervenue que près d'un siècle après, avec l'ordonnance du 9 octobre 1945 créant le corps des administrateurs civils.

1. Le modèle britannique

La Grande-Bretagne n'ayant jamais élaboré, contrairement à la France, de statut général de la fonction publique, il n'existe pas de définition juridique des *civil servants*. La plus célèbre est celle que la commission Tomlin a proposée en 1931, selon laquelle le Civil Service inclut « les Serviteurs de la Couronne autres que les titulaires de postes politiques ou judiciaires, employés à titre civil et rémunérés entièrement et directement avec des fonds votés par le Parlement [1] ».

1. Yvonne Fortin, « Hauts fonctionnaires et superstructures des administrations centrales en Grande-Bretagne », *Revue du droit public*, 1979, p. 1091 ; Danièle Lochak, *La Fonction publique en Grande-Bretagne*, Paris, PUF, 1972.

1. Un ensemble homogène

Traditionnellement, le *civil servant*, même haut placé dans la hiérarchie, est considéré comme ayant un rôle purement administratif et non politique. Et, comme l'écrit Jacques Leruez, « on lui attribue trois caractéristiques principales : la permanence, ce qui veut dire non seulement qu'il n'y a pas de *spoils system*, comme aux États-Unis ou ailleurs, mais aussi qu'il est à peu près impossible pour un ministre de changer un "secrétaire permanent" avec lequel il ne s'entend pas ; la neutralité politique, ce qui signifie qu'il n'a pas en principe droit à une activité partisane (mais cette restriction vaut surtout pour les hauts fonctionnaires) ; l'anonymité, ce qui veut dire que les fonctionnaires ne peuvent être identifiés à des décisions précises, leurs relations avec les ministres et surtout les avis qu'ils donnent étant confidentiels [1] ».

La distinction du Home Civil Service et du Foreign Office mise à part, les réformes entreprises à partir de 1968, à la suite du rapport Fulton, ont conduit à la création, dans les ministères, d'une structure hiérarchique unifiée que couronne un groupe supérieur. Ce groupe, qui forme une « structure ouverte », réunit les fonctionnaires du rang le plus élevé, originaires de l'ancienne *administrative class* mais aussi des classes supérieures de caractère scientifique et technique. Et, comme l'observe Claire Charlot, il est « rapidement devenu synonyme de "haute fonction publique" dans la mesure où cette structure regroupe les quatre échelons essentiels de secrétaires généraux, secrétaires généraux adjoints, directeurs et sous-directeurs [2] », soit 670 hauts fonctionnaires environ, formant l'élite du Civil Service.

La force d'un tel groupe tient au fait qu'il a un chef

1. Jacques Leruez, *Gouvernement et Politique en Grande-Bretagne*, *op. cit.*, p. 158.

2. Claire Charlot, *L'Énarchie britannique*, Lille, Presses universitaires de Lille, 1989, p. 37.

— aujourd'hui le secrétaire du Cabinet Office, placé à la tête du réseau d'ensemble des *permanent secretaries* des départements ministériels [1] — et qu'il contrôle, à travers le Senior Appointments Selection Committee, son propre recrutement.

Cette situation est, en fait, l'aboutissement d'une évolution qui manifeste l'existence, au sommet de la hiérarchie administrative, de l'équivalent d'un grand corps unifié de hauts fonctionaires, homogène et prestigieux, chargé au nom de la Couronne d'assurer l'encadrement de l'administration centrale du Royaume-Uni. Et c'est l'image de ce grand corps que les réformateurs français de 1945 avaient en vue lorsqu'ils voulurent remédier à l'insuffisance de la gestion des départements ministériels telle qu'elle avait été exercée avant guerre. Michel Debré en témoigne lorsque, évoquant les créations de l'École nationale d'administration et du corps des administrateurs civils, il écrit que l'exemple de la vieille Angleterre lui donna alors à réfléchir [2].

2. Un modèle contesté

A la tête des services de son département ministériel, le secrétaire permanent porte bien son nom. « En cent quatre-vingt-trois ans, observe Claire Charlot, seize secrétaires généraux de ministère et soixante et un ministres se sont succédé au ministère de l'Intérieur. En trente-six ans de service, sir Frank Newsam, prestigieux secrétaire général de ce ministère, a connu quatorze ministres. Depuis 1945, le rythme des remaniements ministériels s'est accéléré, renforçant l'instabilité des ministres. Même s'il s'agit de simples mutations, d'un ministère à l'autre, le résultat est un manque de continuité politique à la tête des minis-

1. Depuis 1983, le secrétaire du Cabinet Office (sir Robert Armstrong, qui a pris sa retraite et a été remplacé le 1er janvier 1988 par sir Robin Butler) cumule cette fonction avec celle de chef du Civil Service.

2. Michel Debré, « Une grande réforme en 1945 », préface à l'ouvrage de Marie-Christine Kessler, *La Politique de la haute fonction publique*, Paris, Presses de la FNSP, 1978, p. XXVI.

tères. Richard Crossman est l'un des premiers à se plaindre de cette situation. Lorsqu'il arrive au ministère du Logement et des Collectivités locales, il est le sixième ministre que doit servir Dame Evelyn. Or Dame Evelyn n'est secrétaire générale du ministère que depuis dix ans. Ce qui veut dire que chaque ministre n'est resté à son poste que dix-huit mois en moyenne. Le résultat, selon Crossman, est que la secrétaire générale considère le ministère comme son propre ''domaine'' et les ministres comme des ''intrus'' [1] ». Si l'on ajoute à cette permanence le plein temps et l'expérience professionnelle dont les *civil servants* bénéficient, on conçoit que les hauts fonctionnaires britanniques apparaissent aux yeux des « amateurs » que sont les membres du personnel politique comme un « État dans l'État ».

Dès lors, il n'est pas étonnant que se soient élevées des critiques contre le Civil Service. Dans les années 1960 et 1970, elles apparaîtront du côté travailliste. Trois reproches lui seront alors principalement adressés : il cherche à supplanter le pouvoir démocratique du Parlement, il refuse le changement, il est foncièrement centriste. L'attaque est lancée, en particulier, par Richard Crossman, ministre de 1964 à 1966 puis de 1966 à 1970, qui fera publier après sa mort un Journal par lequel il entend dévoiler le processus de décision gouvernemental [2]. Et elle sera poursuivie, en 1976-1977, par Brian Sedgmore dans le rapport de la commission parlementaire créée à cet effet, puis dans le cadre de l'Institut royal d'administration publique. Mais ces critiques ne seront pas reprises à leur compte par les Premiers ministres, et, hormis la création en 1974 par Harold Wilson du Policy Unit — cellule d'experts chargés de l'analyse des politiques publiques — et le recours à des conseillers politiques et économiques extérieurs à la hiérarchie administrative, aucune mesure visant à limiter le rôle des hauts fonctionnaires n'accompagnera.

1. Claire Charlot, *L'Énarchie britannique*, *op. cit.*, p. 212.
2. Richard Crossman, *Diairies*, vol. I, II et III, Londres, Hamish Hamilton and Jonathan Cape.

sous les gouvernements travaillistes, la mise en œuvre du rapport Fulton.

C'est donc du côté conservateur que viendront les réformes. Et l'on conçoit que « l'arrivée au gouvernement de Margaret Thatcher dans les couloirs de Whitehall en mai 1979 ait été de mémoire d'homme la secousse la plus forte qu'ait jamais connue la fonction publique [1] ». En outre, déjà sensibilisée, depuis février 1980, au problème des relations entre la classe politique et l'élite administrative par le feuilleton télévisé *Yes Minister*, l'opinion publique sera directement saisie du malaise que ressent le Civil Service lors de l'« affaire Ponting [2] ».

Mais, plutôt que de donner lieu, à la manière française, à une réforme administrative, la reprise en main de la fonction publique par le Premier ministre et le souci que manifeste Mme Thatcher de la soumettre à la logique du rendement aboutiront à une série de mesures ponctuelles dont l'échelonnement sur plusieurs années masquera la cohérence. On se bornera à en citer quelques-unes [3].

La plus spectaculaire, peut-être, consiste dans le recours accentué à la collaboration de personnalités extérieures à la hiérarchie administrative. L'exemple le plus connu concerne la création, au sein du Cabinet Office, d'une Cellule de recherche d'efficience (*Efficiency Unit*) confiée à sir Derek Rayner, dirigeant de la célèbre firme Marks and Spencer — dont les 133 enquêtes réalisées de 1979 à 1983 auraient permis d'identifier des économies potentielles de 400 millions de livres et de réaliser des réformes aux effets plus modestes. La deuxième série de mesures a trait à la désignation des secrétaires permanents et de leurs collaborateurs immédiats. Depuis 1968, la nomination des

1. Hugh Stephenson, *Mrs. Thatcher's First Year*, Londres, Jill Norman Ltd., 1980, p. 29.

2. Claire Charlot, « Hauts fonctionnaires et fuites en Grande-Bretagne : l'affaire Ponting », *RFSP*, 35 (6), déc. 1985.

3. On se reportera, sur ce point, à Yvonne Fortin, « La fin du Civil Service apolitique et fermé ? », *Pouvoirs*, n° 37, 1986, p. 75 ; ainsi qu'à la thèse, en cours d'achèvement, de Philippe Keraudren sur la politique de Mme Thatcher à l'égard de la fonction publique.

hauts fonctionnaires relève d'un comité de sélection qui comprend, sous la présidence du directeur général de la fonction publique (actuellement le secrétaire du Cabinet Office), six secrétaires permanents et quelques spécialistes. Or, une fois le choix opéré et le consentement du ministre concerné obtenu, il était de tradition que la recommandation proposée au Premier ministre ne puisse se heurter qu'à son veto. Par opposition à cette tradition, Margaret Thatcher a fait valoir qu'elle participerait plus activement à la sélection des secrétaires généraux qui gouvernent les grands ministères de Whitehall. Et cette nouvelle pratique trouvera l'occasion de s'appliquer fin 1982-début 1983 à la faveur du renouvellement de neuf secrétaires permanents. La nomination, en 1984, de Peter Middleton à la tête de l'administration du Trésor apparaîtra comme le résultat d'un choix personnel du Premier ministre. Certes, comme en France lorsqu'il s'agit de pourvoir aux « emplois discrétionnaires », celui-ci s'inscrit à l'intérieur de la structure ouverte du Civil Service. Et l'on demeure très éloigné des propositions tendant à offrir l'ensemble des échelons supérieurs de l'administration centrale à la compétition extérieure. Mais, par rapport aux habitudes, cette nomination fait figure de précédent et conduit à évoquer la politisation du Civil Service. Enfin, la troisième série de mesures qu'il convient de relever est la suppression par Mme Thatcher du ministère spécifique de la Fonction publique créé par Harold Wilson en 1969 ; le transfert de ses tâches, en 1981, à la Trésorerie et au Cabinet Office ; et la désignation, en 1983, du secrétaire du Cabinet, sir Robert Armstrong, comme chef du Civil Service, conférant au Premier ministre la possibilité d'exercer un contrôle plus direct sur l'administration.

L'ensemble de ces dispositions, accompagnées d'un discours tendant à valoriser l'exemple du secteur privé, a contribué à ébranler la foi de l'opinion publique dans l'infaillibilité de la haute fonction publique. Pourtant le mythe est parvenu à résister aux attaques. Et la réalité du pouvoir administratif — malgré le recours de plus en plus fréquent à des conseillers recrutés en fonction de leurs opinions monétaristes ou du succès qui leur est imputé dans les entreprises — reste entre les mains de l'administration de carrière. On doit faire observer, à cet égard, que la pratique britannique est demeurée en deçà de l'expérience française des cabinets ministériels et du recrutement « au tour extérieur », dont l'usage a montré qu'il n'était pas à l'abri du clientélisme politique.

2. La version française : les administrateurs civils

Façonné en Grande-Bretagne, l'idéal type du Civil Service devait nécessairement fasciner les observateurs en quête de réforme. Aussi n'est-il pas étonnant que, en 1945, préoccupé d'assurer aux administrations centrales françaises un meilleur encadrement, Michel Debré ait proposé la création d'un corps correspondant aux échelons les plus élevés de l'*administrative class* britannique.

Le projet initial avait pour but, en effet, de doter l'administration française d'un quatrième grand corps administratif, à caractère interministériel, ayant vocation privilégiée à occuper les emplois de direction (sous-directeur, chef de service et directeur adjoint) et les emplois de directeur et de directeur général, qualifiés aujourd'hui d'emplois discrétionnaires. Recruté principalement à la sortie de la nouvelle École nationale d'administration, ce corps devait entrer en compétition avec les trois grands corps traditionnels de l'État. Or, sa création, réalisée par l'ordonnance du 9 octobre 1945, n'a pas répondu pleinement à l'attente de ses promoteurs.

1. Les raisons d'une dérive administrative

Composé, quarante ans après sa création, d'environ 3 000 membres, le corps des administrateurs civils n'est pas parvenu à rivaliser avec les grands corps administratifs de l'État ni à constituer l'équivalent français du Civil Service. On peut en trouver trois explications.

D'une part, au lieu de former une élite de 250 à 300 membres, le corps des administrateurs civils a intégré très tôt, sous la pression des organisations syndicales, les anciens rédacteurs des départements ministériels de l'avant-guerre que la réforme entendait, précisément, remplacer. Puis, la décolonisation a conduit le nouveau corps à servir de structure d'accueil au rapatriement des contrôleurs civils du Maroc et de Tunisie et des administrateurs de la France d'outre-mer qui ne trouvaient plus place dans des pays nouvellement indépendants. Si bien que, pendant de longues années, les anciens élèves de l'École nationale d'administration s'y trouveront minoritaires (77,5 % de non-énarques en 1965), cette situation n'incitant pas les énarques à s'y engager allégrement à l'issue du concours de sortie. Ce n'est qu'en 1979, c'est-à-dire trente-quatre ans après l'institution du corps, que les anciens élèves de l'ENA deviendront majoritaires (ils représenteront 57 % des administrateurs civils en 1982). Compte tenu du tour extérieur établi en 1972, l'équilibre de croisière du corps devrait s'établir désormais à 56 % d'énarques contre 44 % de non-énarques.

D'autre part, au lieu d'accéder rapidement aux postes de responsabilité des administrations centrales, les administrateurs civils énarques ont dû patienter assez longtemps aux niveaux inférieurs, au point qu'ont été démultipliées pour eux les fonctions de chef de bureau (ainsi, le nombre des bureaux a doublé dans l'administration française de 1947 à 1975) et qu'ont été créées, auprès des directeurs, des fonctions de chargé de mission [1]. Parallèlement, les emplois de directeur et de directeur général pourvus discrétionnairement par le gouvernement ont continué à être occupés par des membres des grands corps administratifs et techniques placés en position de détachement, au détriment des administrateurs civils. Et sauf au ministère des Affaires étrangères où il subsiste et à l'Éducation natio-

1. Si le nombre des bureaux n'a augmenté que de 27 % pendant cette période au ministère de l'Économie et des Finances, il a triplé au ministère de l'Intérieur et quadruplé dans les ministères sociaux.

nale où il a été rétabli de 1963 à 1968, l'emploi de secrétaire général de ministère — équivalent français du *permanent secretary* — a été progressivement supprimé, sous prétexte qu'il était un legs du gouvernement de Vichy. Or, cette mesure, favorisant la montée en puissance des cabinets ministériels, a porté atteinte au prestige de l'encadrement des services, auquel les administrateurs civils avaient principalement vocation.

Enfin, de redoutables incertitudes ont pesé sur le statut des administrateurs civils. Conçu, à l'origine, comme un corps à vocation interministérielle, il n'a été géré comme tel que vingt ans après, en 1964. Pendant ces vingt années, la gestion de ses membres par les directions des personnels des différents départements ministériels a contribué à cloisonner le corps et à opposer, notamment, les administrateurs des Finances, mieux considérés et mieux traités, aux administrateurs des ministères sociaux, recrutés parmi les énarques les moins bien classés et parmi les bénéficiaires du tour extérieur. L'inégalité de traitement des administrateurs civils vis-à-vis des membres des grands corps a fait le reste. Les deux tiers d'entre eux (dont l'indice terminal est inférieur à celui des conseillers d'État, des conseillers maîtres à la Cour des comptes et des inspecteurs des Finances), parvenus à la hors-classe, représentent en effet la moitié de l'effectif du corps. Et le niveau des primes que touchent les administrateurs civils est de moitié inférieur à celui dont bénéficient leurs collègues des grands corps.

Si l'on ajoute à cela le fait que la gestion du corps n'associe d'aucune sorte les intéressés, on conçoit aisément que le corps des administrateurs civils n'ait pas répondu pleinement à l'ambition qui avait été placée en eux. Et l'on comprend aisément la revendication (jamais satisfaite), présentée régulièrement par leurs associations, d'obtenir, faute d'une revalorisation du corps tout entier, la création d'un corps supérieur d'administrateur d'État ou, à défaut, d'un grade correspondant, ouvrant l'accès à des indices de traitement plus élevés.

2. La promotion d'une élite au sein du corps

La relation pessimiste de quarante ans d'histoire des administrateurs civils ne doit pas, cependant, cacher les progrès réalisés. D'une part, sans parvenir à constituer l'équivalent français du Civil Service, le corps des administrateurs civils a permis d'assurer un encadrement satisfaisant des administrations centrales formées par les départements ministériels autres que ceux de la Justice, des Affaires étrangères et des Postes et Télécommunications. Dans certains ministères, comme celui de l'Économie et des Finances, les administrateurs civils rivalisent aujourd'hui avec succès avec leurs collègues de l'Inspection générale des finances. D'autre part, au sein de ce corps pléthorique de 3 000 membres (dont près des deux tiers en activité), une élite s'est progressivement dégagée, qui occupe non seulement la très grande majorité des emplois de direction, mais également un nombre non négligeable de postes et de fonctions de haute responsabilité.

On sait, en effet, que, bien que constituant des emplois fonctionnels (ce qui conduit leurs titulaires à être placés en position de détachement), les emplois de direction des administrations centrales de l'État (sous-directeur, chef de service et directeur adjoint) sont réservés, en priorité, aux administrateurs civils. Ne peuvent entrer en compétition avec eux, dans des conditions tenant au caractère technique de l'emploi, que des membres des corps techniques supérieurs et, dans une proportion qui ne peut excéder 25 % pour les autres emplois, que des fonctionnaires appartenant à des corps auxquels destine l'ENA, ou à des corps des services extérieurs relevant du ministère intéressé. En conséquence, les administrateurs civils occupent à l'heure actuelle plus de 70 % des emplois de sous-directeur et de directeur adjoint, et plus de 60 % des emplois de chef de service. Ce qui, à ce niveau intermédiaire de l'encadrement des principaux départements ministériels, est incontestablement un succès.

Au niveau supérieur des emplois discrétionnaires pourvus en Conseil des ministres (directeurs généraux, directeurs et emplois équivalents), la compétition reste ouverte. Et les administrateurs civils ne jouissent d'aucun privilège. Si bien que, pendant longtemps, le domaine est demeuré chasse gardée des grands corps. Cependant, les années 1970 ont vu se réaliser la percée des administrateurs civils, et les années 1980 ont consacré sa consolidation. On ne s'étonnera pas d'observer qu'une telle promotion se rencontre principalement au ministère de l'Économie et des Finances, vers lequel se dirigent les administrateurs civils les mieux classés à la sortie de l'ENA. Alors qu'un seul occupait encore un poste de directeur en 1962, ce nombre s'est élevé à trois en 1967 pour atteindre huit emplois sur quatorze en 1984. Pour l'ensemble des ministères, cette proportion dépassait 20 % en 1980 pour atteindre près de 24 % en 1983. Depuis, elle oscille autour de 20 % [1]. Et, parmi les directions attribuées à des administrateurs civils, figurent de prestigieuses : la Direction du budget à Guy Vidal de 1979 à 1982, la Direction du trésor à Michel Camdessus en 1982, la Direction générale des impôts à Robert Baconnier en 1986.

La conquête s'étendra, d'ailleurs, aux administrations de mission et d'état-major. En 1981, Hubert Prévot est le premier commissaire au Plan issu du corps des administrateurs civils. Et en 1982, Jean-Claude Prével, administrateur civil des Finances, est nommé à la tête du secrétariat général du Comité interministériel pour la coopération économique européenne (SGCI). Il sera suivi, en 1985, par Élisabeth Guigou, qui cumulait ces fonctions avec celles de conseiller à l'Élysée, avant de devenir ministre.

Enfin, dans le cadre des cabinets ministériels, la montée en puissance des administrateurs civils se manifeste également ; et elle a été favorisée en 1981 par l'alternance

1. Véronique Raudin, *Les Administrateurs civils en France*, thèse IEP, Paris, 1988 ; Marc Lemay, *Rôle et Contrôle politique des hauts fonctionnaires. Le cas des directeurs d'administration centrale*, mémoire DEA, IEP, Paris.

socialiste. Ainsi, sous le second gouvernement Mauroy, dix-sept administrateurs civils occupaient des fonctions de directeur de cabinet.

Par-delà même les fonctions administratives, les administrateurs civils bénéficient, aux côtés de leurs camarades des grands corps, du vaste mouvement qui conduit à la fonctionnarisation du personnel politique. Certains sont devenus députés, d'autres même ministres — tels, dans le gouvernement Chirac de 1986, François Léotard, Gérard Longuet et Robert Pandraud.

Il n'en reste pas moins vrai que cette élite provient principalement du groupe constitué par les administrateurs civils du ministère de l'Économie et des Finances, qui représentait en 1982 28,3 % de l'ensemble des membres du corps en activité. Aujourd'hui, seule cette minorité possède de réelles chances de l'emporter dans la compétition qui l'oppose aux membres des grands corps de l'État. En reprenant à notre compte la distinction, désormais classique, établie en 1978 par Jean-Luc Bodiguel parmi les anciens élèves de l'ENA entre dirigeants et gestionnaires [1], il faut bien convenir que la grande majorité des administrateurs civils continue à relever de la seconde catégorie. De ce point de vue, la version française du Civil Service reste, du fait de la concurrence des grands corps, une version tronquée.

1. Jean-Luc Bodiguel, *Les Anciens Élèves de l'ENA*, Paris, Presses de la FNSP, 1978, p. 198.

7
Les grands corps de l'État

Par opposition au modèle du Civil Service, qui tend à promouvoir un grand corps unifié de hauts fonctionnaires, la France a adopté au cours de son histoire un système fondé sur la pluralité des grands corps de l'État. En outre, loin d'avoir pour principale mission d'encadrer les administrations centrales et d'être le centre d'impulsion de l'administration active, les grands corps sont appelés à exercer des fonctions multiples parmi lesquelles prédomine le contrôle de l'appareil administratif de l'État. Ce n'est que de façon accidentelle, par la voie du détachement ou de la mise à disposition, qu'un nombre appréciable d'entre eux est conduit, en occupant des emplois discrétionnaires ou fonctionnels, à prendre les commandes des administrations centrales ou à exercer auprès des ministres la direction de leur cabinet.

Étendu, sous l'influence napoléonienne, à l'Italie et à l'Espagne, le système des grands corps n'y a jamais joué le même rôle qu'en France [1]. Il apparaît donc comme un cas singulier, propre à notre pays. Et il est difficile de sui-

1. Le Conseil d'État et la Cour des comptes d'Italie sont, sans doute, les institutions les plus proches des grands corps de l'État français. Cf. Sabino Cassese, « The Higher Civil Service in Italy », *in* Ezra Suleiman, *Bureaucrats and Policy Making, A Comparative Overview*, New York, Holmes and Meier, 1984 ; du même auteur : « L'administration publique italienne », *Annuaire européen d'administration publique*, vol. X, 1987.

vre Luc Rouban lorsqu'il perçoit, à travers la réforme des *administrative law judges*, entreprise en 1980 aux États-Unis, le processus de formation d'un grand corps [1].

Institution coutumière, dépourvue plus encore que le Civil Service de tout statut constitutionnel écrit, l'existence et la pérennité des grands corps constituent un défi dans une République où, depuis deux siècles, la Révolution a supprimé les « ordres ». Perceptible dès le XIVe siècle, leur enracinement dans notre histoire est contemporain de celui de l'État. Et c'est le lien organique qui les unit à lui qui fait que, depuis lors, les grands corps n'ont jamais cessé d'exister.

Cette identification des grands corps à l'État justifie qu'un chapitre leur soit, ici, consacré. Par contraste avec l'étude du Civil Service, il nous faudra d'abord procéder à leur inventaire. Nous nous interrogerons ensuite sur leur nature, avant de comparer leurs missions explicites et leurs fonctions latentes.

1. L'inventaire des grands corps

Il n'existe pas de définition juridique des grands corps [2]. Et, comme l'écrit Marie-Christine Kessler, « loin d'être des facteurs d'éclaircissement, les textes juridiques peuvent être une source d'obscurité supplémentaire. Ainsi, si l'on s'en tient à la lettre des textes (décrets du 14 mars 1964), il n'existe pas de corps préfectoral unique, mais un corps de préfets et un corps de sous-préfets. De même,

1. Luc Rouban, « La réforme des *administrative law judges* aux États-Unis, vers la constitution d'un grand corps », *Revue de droit public*, 4-1985, p. 1 075.

2. Marie-Christine Kessler, *Les Grands Corps de l'État*, Paris, Presses de la FNSP, 1986. Avant la publication de cet ouvrage fondamental, deux ouvrages seulement avaient abordé le sujet : Pierre Escoube, *Les Grands Corps de l'État*, Paris, PUF, « Que sais-je ? », 1976 ; Ezra Suleiman, *Les Élites en France : grands corps et grandes écoles*, Paris, Éd. du Seuil, 1979.

aux termes de l'article 1 du décret du 6 mars 1969, le personnel diplomatique et consulaire comprend, outre les ambassadeurs, sept corps [...]. Une vision plus restrictive et élitiste du corps diplomatique basée notamment sur les niveaux de recrutement aboutit néanmoins à un triptyque : conseillers et secrétaires des Affaires étrangères, ministres plénipotentiaires et ambassadeurs [1] ».

Dès lors, seules la tradition et la coutume nous permettront de procéder à l'inventaire des grands corps. De ce point de vue, la commune renommée admet l'existence d'un « noyau dur » incontesté. Mais, au-delà de ce noyau, il apparaît beaucoup plus difficile de tracer un cercle élargi.

1. Un « noyau dur » incontesté

Figurent dans ce « noyau dur » trois grands corps administratifs et deux grands corps techniques.

1. Les grands corps administratifs

Trois grands corps administratifs se voient reconnaître unanimement la qualification de grands corps. Ce sont le Conseil d'État, l'Inspection générale des finances et la Cour des comptes. Qui en douterait devrait se reporter au choix prioritaire opéré en faveur de ces corps par les élèves de l'École nationale d'administration à l'issue du concours de sortie.

Il ne saurait être question ici de décrire, même sommairement, ces trois corps. On rappellera plus loin leurs titres historiques et leur participation au contrôle administratif, financier et juridictionnel de l'administration. Et l'on mesurera surtout l'impact de leur présence à la tête de celle-ci par référence à l'action de leurs membres aux postes de direction des administrations centrales, au sein des administrations d'état-major, ainsi qu'à la présidence de nombreuses commissions d'expertise.

1. Marie-Christine Kessler, *Les Grands Corps de l'État*, *op. cit.*, p. 13.

2. Les grands corps techniques

« La pérennité des grands corps techniques est plus saisissante encore que celle des grands corps civils, car leurs traits se sont maintenus inchangés depuis l'Ancien Régime [1]. » Le constat dressé, à leur sujet, par Marie-Christine Kessler porte, à l'évidence, sur les deux corps d'ingénieurs que forment le corps des Ponts et Chaussées et le corps des Mines. Constitués régulièrement des élèves sortis dans la « botte » de l'École polytechnique, ils dotent notre pays d'une administration d'expertise qui, sous le contrôle de leur conseil général respectif, ne dédaigne pas de déléguer ses membres aux postes stratégiques de l'administration active et, à travers la pratique du « pantouflage », aux fonctions de responsabilité des entreprises industrielles et commerciales des secteurs public et privé.

2. La difficulté de tracer un cercle élargi

Au-delà de ces cinq grands corps incontestables, il devient plus difficile de poursuivre l'inventaire et de repérer les corps susceptibles de faire partie d'un cercle élargi. Certes, même s'ils ne disposent pas d'un statut juridique approprié, il est deux grands corps que Marie-Christine Kessler assimile avec raison aux cinq premiers : le corps préfectoral et le corps diplomatique.

Issus principalement de l'École nationale d'administration, ils ont pour point commun de regrouper les représentants patentés de l'État sur le territoire national et à l'étranger. Leur professionnalisation progressive et leur caractère interministériel renforcé contribuent à situer leurs membres parmi les habitués des emplois discrétionnaires, même lorsque ces emplois ne correspondent pas exactement à la mission pour laquelle ils ont été formés. Et, comme les conseillers d'État et les conseillers maîtres à la

1. *Ibid.*, p. 27.

Cour des comptes, les ambassadeurs et les préfets sont nommés, en vertu de l'article 13 de la Constitution, en Conseil des ministres.

Mais, par-delà les sept corps que l'on retient ainsi, il devient beaucoup plus aléatoire d'élargir davantage le cercle. Sans doute faut-il exclure en bloc le corps des administrateurs civils et celui des professeurs d'université. Le premier, pour les raisons que l'on a développées au chapitre précédent, en dépit de brillantes exceptions. Le second, parce que sa mission première, qui associe l'enseignement à la recherche, ne le place pas naturellement, à quelques exceptions près[1], parmi les hommes d'action. Mais la question se pose pour les principaux corps d'inspection : l'Inspection générale de l'administration rattachée au ministère de l'Intérieur et l'Inspection générale des affaires sociales en particulier. Pourquoi alors ne pas étendre la liste à l'ensemble des corps recrutés par la voie de l'École nationale d'administration ? Jean-Luc Bodiguel a raison de souligner qu'un ensemble de hauts fonctionnaires a d'autant plus tendance à former un grand corps que ses membres « s'identifient avec une institution avec laquelle ils font corps[2] ». Or, cette coïncidence existe rarement.

Plus ouvert paraît l'accès aux grands corps techniques. Ainsi peut-on observer la montée en puissance du corps des ingénieurs des Télécommunications[3]. Quant à celui des ingénieurs de l'Armement, essentiellement formé de polytechniciens, n'est-il pas déjà un grand corps ? En revanche, malgré l'effort entrepris par Edgard Pisani pour les fondre en un seul, les corps des ingénieurs du Génie rural et des ingénieurs des Eaux et Forêts ne semblent pas encore en mesure de prétendre à cet honneur[4]. De même

1. Ces exceptions concernent, notamment, les recteurs d'académie, dont la nomination requiert le grade de docteur.

2. Jean-Luc Bodiguel, Jean-Louis Quermonne, *La Haute Fonction publique sous la Ve République, op. cit.*, p. 86.

3. Thierry Vedel, « Les ingénieurs des Télécommunications, formation d'un grand corps », *Culture technique*, mars 1984.

4. Pierre Muller, *Le Technocrate et le Paysan, Économie et humanisme*, Paris, Les Éditions ouvrières, 1984.

en est-il du corps des administrateurs de l'Institut national de la statistique et des études économiques, malgré le rôle prestigieux dévolu à quelques-uns de ses membres. Mais, comme de telles appréciations relèvent nécessairement d'une évaluation subjective, plutôt que de poursuivre plus longtemps cet exercice, il paraîtra plus fructueux de s'interroger sur la nature des grands corps et d'essayer de dégager les critères d'appartenance.

2. La nature des grands corps

On sait que, depuis son extension à l'ensemble de la fonction publique, la notion de corps a obtenu, en France, droit de cité. Et c'est dans cet esprit que l'article 29 de la loi du 11 janvier 1984 déclare que « ces corps groupent les fonctionnaires soumis au même statut particulier et ayant vocation aux mêmes grades ». Mais ce texte ne définit pas la notion de grand corps.

Dès lors, il convient de rechercher s'il existe entre eux un nombre suffisant de traits communs définissant leur spécificité. Une telle démarche ne nécessitera pas moins de cinq investigations.

1. L'enracinement historique

La première caractéristique des grands corps est leur épaisseur historique. Sans doute apparaît-elle quelquefois un peu mythique : ainsi en est-il de la référence à l'ordonnance de 1320, dite « de Sucy-en-Brie », qu'aime à faire valoir la Cour des comptes. Mais la quête d'identité à laquelle se livrent volontiers les autres corps est tout aussi révélatrice de la source de légitimité qu'ils recherchent. Ainsi en est-il des ingénieurs des Ponts et Chaussées, dont l'existence est mentionnée dès les débuts du XVIe siècle (un arrêt du 3 octobre 1682 utilise pour la première fois le terme d'« ingénieur ordinaire ») ; du corps des Mines, qui se rattache à un édit du 14 janvier 1744 ; et du Conseil d'État, qui fixe l'origine de ses maîtres de requêtes dans le service du Conseil du roi.

Comme l'écrit Marie-Christine Kessler, l'institution du grand corps « est associée à l'État, à son développement qu'elle a nourri et dont elle a bénéficié en retour. Elle tire des textes anciens, qui ont défini ses tâches, une légitimité qui s'ancre dans l'histoire : elle plonge généralement ses racines dans l'Ancien Régime et a reçu un nouvel acte de baptême sous le Consulat ou l'Empire ». Dominique Chagnollaud ajoute avec finesse que la République, à son tour, ne manquera pas de lui apporter sa consécration. Elle s'y emploiera à deux reprises, en effet, dans les années 1870-1880 et, en 1945, à la Libération [1]. Et, chaque fois que des tensions révolutionnaires conduiront à remettre en cause l'existence des grands corps, ou qu'une alternance politique cherchera à réduire leurs prérogatives, le poids de la tradition sera le plus fort et, finalement, l'emportera.

Ainsi, dans le pays de Descartes — où la nuit du 4 août a supprimé les trois ordres —, la Révolution française et l'avènement du suffrage universel réussiront à sauvegarder la seule noblesse que tolère la République, celle que Bourdieu appelle joliment la « noblesse d'État ».

2. La fonction de contrôle et/ou la représentation de l'État

On assimile souvent les grands corps de l'État à des corps de contrôle. Il est vrai que les cinq grands corps que nous avons rangé parmi ceux qui revêtent un caractère incontestable exercent principalement des fonctions de contrôle. C'est le cas, à des titres divers, de l'Inspection générale des finances, du Conseil d'État et de la Cour des comptes, mais aussi, à travers l'activité de leurs conseils généraux, du corps des Mines et du corps des Ponts. Il

1. Dominique Chagnollaud, *L'Invention des hauts fonctionnaires*, *op. cit.*

n'empêche, d'une part, que cette observation s'applique davantage aux institutions qu'à leurs membres — qui, par la voie du détachement ou de la mise à disposition, exercent souvent des fonctions d'autorité ou d'expertise —, et, d'autre part, que tous les corps de contrôle — il existe vingt et une inspections générales — ne sont pas des grands corps.

En outre, si l'on assimile aux grands corps le corps préfectoral et le corps diplomatique, on est contraint d'admettre que leur mission est de l'ordre non pas du contrôle, mais de l'action. Cependant, comme celui des précédents, le prestige qui s'attache à leur tâche tient à ce qu'ils incarnent l'État. Cette identification des membres des grands corps de l'État apparaît, en effet, comme l'une de leurs principales caractéristiques. Elle est, sans doute, la justification essentielle du complexe de supériorité qui frappe tant les observateurs étrangers lorsqu'ils scrutent le profil des membres des grands corps [1]. Elle est, en tout cas, le fondement de la déontologie qui les unit et qui repose sur la poursuite de l'intérêt général et sur le sens de l'État, même lorsque, à travers la pratique du « pantouflage », ils s'en éloignent quelque peu [2].

3. L'autonomie de gestion et la limitation de l'effectif

Une troisième caractéristique est souvent avancée pour définir les grands corps : ils bénéficieraient du privilège de se gérer eux-mêmes.

Notons d'abord que, au sein de l'administration, la sécurité dont jouissent les membres des grands corps est relativement grande par rapport à la latitude d'action qui

1. Ezra N. Suleiman, *Bureaucrats and Policy Making*, *op. cit.*, p. 128-162.

2. François Bloch-Lainé, *Profession : fonctionnaire*, *op. cit.*, p. 234-235 ; Jacques Chevallier, « Un nouveau sens de l'État et du service public », *Administration et Politique*, *op. cit.*, p. 163-204.

leur est reconnue. Certes, tous ne sont pas inamovibles comme le sont par privilège les membres de la Cour des comptes, qui partagent sur ce point la condition des magistrats. Mais, en contrepartie de l'obligation de réserve qui leur est imposée, tous disposent d'une réelle liberté. Ainsi l'avancement à l'ancienneté pratiqué au Conseil d'État offre-t-il à ses membres de suffisantes garanties [1]. Et la puissance tutélaire du conseil général des Ponts et Chaussées et du conseil général des Mines apporte aux ingénieurs qui en relèvent un sentiment de protection proche de la sérénité.

Au-delà de la gestion des carrières individuelles, l'autonomie des corps réside dans la capacité de leurs dirigeants à orienter leur avenir collectif, voire à en fixer la stratégie. Jean-Claude Thoenig a montré comment, naguère, le corps des Ponts s'est annexé l'urbanisme [2]. On pourrait, de la même façon, mesurer l'influence que le Conseil d'État a exercée sur la récente création des cours d'appel administratives [3]. En évitant l'augmentation significative du nombre de ses membres, il a réussi à sauvegarder son prestige, qui, pour un grand corps de l'État, est tributaire d'un effectif qui ne doit pas dépasser 300 membres.

Il n'est pour s'en convaincre que de comparer cette situation à celle du corps des administrateurs civils : pour n'avoir jamais pu s'autogérer ni pratiquer le contrôle de ses recrutements, celui-ci a connu l'inflation génératrice de dévaluation. En outre, une simple comparaison entre la situation des membres des grands corps et celle des autres fonctionnaires appelés à quitter un emploi discrétionnaire permet de mesurer l'avantage dont bénéficient

1. Depuis 1945, un seul membre du Conseil d'État, M. Jacomet, a fait l'objet d'une mesure de révocation. Il était en position de détachement en Algérie. Le Conseil d'État, statuant au contentieux, l'a réintégré après un long délai.

2. Jean-Claude Thoenig, *L'Ère des technocrates, le cas des Ponts et Chaussées*, Paris, Les Éditions d'organisation, 1973.

3. Ces cours ont été créées par la loi du 31 décembre 1987, après que d'autres projets de réforme, moins favorables au Conseil d'État, eurent été écartés.

les premiers. Tandis qu'il suffit à ceux-ci de rejoindre plus ou moins allégrement leur corps d'origine, ceux-là doivent péniblement attendre de pouvoir occuper un poste équivalent ou un « emploi de débouché ». Car, appliquée aux administrateurs civils, la distinction du grade et de l'emploi ne présente qu'une faible garantie : on imagine mal qu'un administrateur quittant une direction ou une sous-direction d'administration centrale soit appelé à occuper, en conservant le bénéfice de son grade, les fonctions de chef de bureau !

4. Le privilège de la mobilité et la faculté du « pantouflage »

La dimension réduite des effectifs des grands corps l'est encore davantage si l'on observe la proportion de leurs membres mis en disponibilité, placés en position de détachement ou mis à la disposition d'une administration d'état-major. Sans doute, à l'intérieur de l'administration, une telle mobilité est-elle une nécessité. Mais, tandis qu'elle a dû être imposée par voie réglementaire aux administrateurs civils avant de pouvoir s'appliquer [1], elle a toujours bénéficié aux membres des grands corps, leur permettant d'occuper les points stratégiques de l'administration et, dans certains cas, d'essaimer dans le monde des entreprises publiques et privées.

Ainsi, sur l'effectif budgétaire actuel du Conseil d'État, qui s'établit à 298 membres, 112 exercent-ils une fonction en dehors de lui — dont 34 dans une administration, 18 dans des cabinets ministériels, 31 dans le secteur privé et 16 dans un établissement public, alors que 10 remplissent un mandat parlementaire. Et, si l'on passe du Conseil d'État à l'Inspection des finances, on constate que la proportion des inspecteurs qui n'exercent pas « dans les cadres » s'étend généralement aux deux tiers de l'effectif.

Cette fluidité, qui transforme ainsi les grands corps en

1. Cette exigence de mobilité constitue, désormais, pour eux une condition préalable à leur nomination dans un emploi de direction.

vivier du pouvoir politique, fait faire à la puissance publique l'économie d'un corps interministériel d'administrateurs d'État. Et la pratique du « pantouflage » qui en prolonge les effets institue entre l'État et le monde des affaires un processus de migration dont bénéficie la société.

Cependant, le premier avantage a pour contrepartie le blocage des carrières des administrateurs civils. Et le second apparaît incomplet, dans la mesure où il est sans réciprocité. En outre, l'accroissement du rythme que connaît, à l'heure actuelle, le « pantouflage » et le fait que les départs de l'administration se produisent plus tôt que naguère à la sortie de l'ENA provoquent la crainte d'un *brain drain* dont se font l'écho les responsables des grands corps administratifs. Car ces départs prématurés fragilisent la base des auditeurs ou des jeunes inspecteurs, et ils rendent les retours éventuels vers l'administration improbables. Si bien que le dernier numéro des *Cahiers de la fonction publique* envisage amèrement l'avenir de la haute administration en écrivant : « Prenons garde qu'il ne reste un jour qu'un service public modernisé mais dépourvu des élites qu'autrefois on nous enviait [1]. »

5. *L'interministérialité*

Reste une dernière caractéristique qui nous a toujours paru marquer la physionomie des grands corps : l'interministérialité. Elle oppose le système français des grands corps au Civil Service, si l'on veut bien admettre qu'au plan individuel le *civil servant* aura plus de chances de faire une grande partie de sa carrière dans le même département ministériel que son collègue français détaché temporairement d'un grand corps. Mais elle le distingue aussi du modèle britannique dans la mesure où le pluralisme des grands corps le différencie d'une haute fonction publique

1. *Les Cahiers de la fonction publique et de l'administration*, juin 1990 ; sur le « pantouflage » en général, on se reportera au chapitre 9 de ce livre.

fondée sur un grand corps unique, dont les membres ne peuvent naturellement pas posséder un profil aussi diversifié.

Certes, l'appartenance d'un haut fonctionnaire à la Cour des comptes ou à la Section du contentieux du Conseil d'État ne lui donne pas automatiquement la capacité d'administrer. Et, si l'on fait abstraction de la formation qu'il a reçue à l'École nationale d'administration ou à l'École polytechnique, il n'est pas certain qu'un membre d'un grand corps ait acquis, en manipulant des liasses à la Cour des comptes ou en analysant des dossiers au Conseil d'État, une réelle polyvalence. Mais, en fait, le va-et-vient qui rythme les allers-retours entre l'administration active et les grands corps de l'État conjure largement le risque d'inadaptation. Et le retour au corps d'origine est souvent, pour le haut fonctionnaire, l'occasion d'une prise de recul et d'un effort de réflexion que les promoteurs du management public cherchent artificiellement à faire acquérir à l'aide de séminaires et de colloques.

Par conséquent, il est difficile de comparer ici les mérites respectifs du système britannique et du système français. Produits de deux histoires et de deux cultures administratives différentes, ils correspondent aussi à des besoins diversifiés et constituent, finalement, deux versions d'une administration de carrière qui, dans les deux cas, aura besoin de se transformer pour donner une réponse pertinente aux problèmes posés par la gestion et la mutation de sociétés complexes.

3. Fonctions explicites et fonctions latentes

Il n'entre pas dans l'objet de ce livre de décrire les attributions respectives des grands corps de l'État. Il existe, en effet, de nombreux ouvrages de droit administratif traitant des institutions administratives et des grands services publics. On cherchera plutôt ici à mesurer le décalage que révèle l'analyse des rapports existant entre les fonctions explicites exercées par les grands corps de l'État, en vertu des missions qui leur sont officiellement confiées, et les fonctions latentes qu'ils assument en fait dans l'État et dans la société.

1. Les fonctions explicites

On entend par « fonctions explicites » le rôle joué par les grands corps en vertu des compétences qui leur sont dévolues par la loi et les règlements. Celles-ci varient naturellement d'un corps à l'autre. Et il ne saurait être question de les décrire, même sommairement. On se bornera donc à distinguer les grands corps qui s'identifient avec une institution, et dont les fonctions se caractérisent par la polyvalence, de ceux qui sont simplement rattachés à un département ministériel.

1. Les grands corps incarnés dans une institution

L'exemple type est le Conseil d'État. Formant à la fois une haute instance administrative et un grand corps de l'État, le Conseil d'État a toujours assumé deux fonctions explicites, auxquelles s'ajoute désormais une troisième. A travers ses formations administratives — sections de l'Intérieur, des Finances, des Travaux publics, et sociale —, il est le conseiller juridique officiel du gouvernement. Et si, sauf exception, ses avis ne lient pas celui-ci, l'obligation de le consulter faite au pouvoir exécutif détermine les limites dans lesquelles ses projets de loi et de règlement peuvent être mis en œuvre sans contrevenir à la Constitution et à la législation. A travers la Section du contentieux, le Conseil d'État constitue la plus haute juridiction administrative, cumulant une compétence d'attribution en première instance et en appel avec une compétence générale en matière de cassation. Enfin, depuis 1963, à travers la Commission puis la Section du rapport, le Conseil d'État est devenu une administration d'expertise. A ce titre, il peut être saisi ou se saisir de problèmes concernant le fonctionnement général de l'État ainsi que les rapports de celui-ci avec la société [1].

Cette polyvalence, tout à fait remarquable, contribue à faire du Conseil d'État le premier des grands corps — ce que confirme et illustre le rôle prééminent dont jouit son vice-président, chargé protocolairement chaque année de présenter les vœux de l'administration au président de la République. Cette polyvalence se vérifie également, bien qu'à un moindre degré, lorsqu'on analyse les attributions de la Cour des comptes. Grand corps s'identifiant aussi à une institution, elle est d'abord une juridiction, ce qui vaut à ses membres le statut de magistrat et leur confère l'inamovibilité ; à ce titre, elle juge les comptes des comptables de l'État, tandis que, par l'intermédiaire de la Cour de discipline budgétaire, elle sanctionne les ordonnateurs. Mais la Cour des comptes est, parallèlement, une instance administrative qui, par des procédures diverses, exerce un contrôle financier et comptable sur le fonctionnement de l'administration en attendant, peut-être, de contribuer un jour à l'évaluation des politiques publiques [2].

Le seul autre grand corps assimilable, de ce point de vue, aux deux premiers était le corps préfectoral avant la réforme de 1982. D'un côté, la polyvalence du préfet résultait du fait qu'il cumulait les fonctions de délégué du gouvernement dans les départements et les régions avec celles d'agent exécutif des assemblées départementales et régionales. De l'autre, son identification à l'institution départementale faisait de lui un personnage singulier. Mais, depuis la mise en œuvre de la décentralisation, la perte du pouvoir exécutif départemental limite son rôle à une seule mission : il est le représentant permanent du gouvernement et le chef des services extérieurs de l'État.

1. De plus amples précisions ont été fournies, sur ce point, dans le chapitre 3 de ce livre, aux sections 1 et 2 respectivement consacrées aux administrations de contrôle et d'expertise.

2. De plus amples précisions ont été fournies, sur ce point, dans le chapitre 3 de ce livre, aux sections 1 et 2 respectivement consacrées aux administrations de contrôle et d'expertise, et le seront au chapitre 11, sur l'évaluation des services et des politiques publics.

Ce qui réduit la palette de ses interventions et détache son image de celle du département.

2. Les grands corps rattachés à un département ministériel

Tel est le cas, par conséquent, du corps préfectoral aujourd'hui, mais aussi des autres grands corps. S'agissant du corps préfectoral, sa gestion par le ministère de l'Intérieur, et plus précisément par le Bureau des préfets, confère à ce département ministériel le rôle de « structure d'accueil » d'un corps qui lui fournit une part importante de son personnel de direction. Mais l'instance dans laquelle le corps préfectoral se retrouve est la traditionnelle « Association des membres du corps préfectoral », qui, en l'absence de syndicat, assure la représentation et la défense des intérêts de carrière, collectifs et individuels, de ses adhérents.

Le corps diplomatique — ou plus précisément les divers corps qui le composent — trouve naturellement son port d'attache au Quai d'Orsay. Mais la situation de ses membres, qui ne font pas l'objet d'une affectation, n'est pas toujours enviable. Car les avantages en nature attachés à l'exercice de la fonction compensent d'ordinaire largement le niveau de traitement ; et ils ne sont attribués qu'aux diplomates en poste. A tel point qu'il est arrivé à un ambassadeur, qui était resté pendant plusieurs mois sans affectation, de se suicider. Par rapport à cette situation, les préfets hors cadre se trouvent dans une condition qui n'est guère plus enviable [1]. C'est ici qu'on mesure le privilège dont jouissent les membres du Conseil d'État ou de la Cour des comptes, lorsqu'ils quittent un emploi discrétionnaire, de pouvoir rejoindre sans un trop long délai leur corps d'origine. Il en est de même, d'ailleurs, sur ce point, des professeurs d'université.

1. Cette position ne doit pas être confondue avec le « congé spécial » dont bénéficient parfois certains hauts fonctionnaires en attendant de pouvoir faire valoir leurs droits à la retraite, et qui est beaucoup plus avantageux.

Quant à l'Inspection générale des finances, elle constitue un cas à part. Si elle n'est juridiquement qu'un service du ministère de l'Économie et des Finances, ce service est, en réalité, géré par le corps lui-même. Et ses membres détiennent, Quai de Bercy, la moitié des directions. Plus qu'un port d'attache, le ministère de l'Économie et des Finances joue, par conséquent, pour elle, le rôle de corps d'origine. Mais, en fait, il est rare qu'au-delà d'un certain nombre d'années de service les inspecteurs des Finances éprouvent le besoin d'y retourner, tant il est vrai que la plupart d'entre eux occupent dans la haute administration, ou dans les entreprises, des positions inexpugnables. Il est arrivé, cependant, qu'avec dignité quelques inspecteurs généraux reviennent à leur port d'attache. Tel fut le cas, en 1974, de François Bloch-Lainé, lorsqu'il dut quitter la présidence du Crédit lyonnais à la suite de l'élection à la présidence de la République de Valéry Giscard d'Estaing.

2. Les fonctions latentes

Celles-ci ayant été déjà traitées ou devant l'être dans le chapitre IX, relatif aux nouveaux rapports des hauts fonctionnaires avec le monde politique et le monde des affaires, on se contentera ici de les mentionner brièvement.

1. Un vivier pour le pouvoir politique

Rappelons d'abord que les grands corps constituent un vivier dans lequel le président de la République et le gouvernement peuvent librement puiser afin de pourvoir les emplois discrétionnaires de la fonction publique. Ainsi, en 1988, 27 % des postes de directeur d'administration centrale étaient occupés par des membres des cinq grands corps administratifs (contre moins de 20 % par des administrateurs civils) [1].

1. Marc Lemay, *Rôle et Contrôles politiques des hauts fonctionnaires, Le cas des directeurs d'administration centrale*, mémoire pour le DEA d'études politiques, IEP, Paris, 1989, p. 93.

Ils forment également une réserve pour le recrutement des directeurs ou des membres les plus importants des cabinets ministériels. En 1990, par exemple, dix-huit membres du Conseil d'État exerçaient de telles fonctions. Enfin, sans quitter leur corps d'origine, la plupart des membres des grands corps assurent, parallèlement à leur fonction principale, des missions d'expertise ou participent à des commissions administratives dont ils se voient généralement confier la présidence.

2. Le « pantouflage » politique et économique

Au titre des « fonctions latentes », les membres des grands corps essaiment aussi en dehors de l'administration et pénètrent dans le monde de la politique et des affaires. Depuis trente ans, ils ont fourni à la France un président de la République, huit Premiers ministres et des dizaines de ministres, ainsi qu'une proportion importante de dirigeants de ses plus grandes entreprises.

On n'insistera pas davantage ici sur les effets de ce « pantouflage » politique et économique, les relations de l'administration avec le monde politique et celui des affaires devant être traitées dans la dernière partie de cet ouvrage. On se contentera de rappeler que, dès 1977, Pierre Birnbaum observait que « 12 %, par exemple, des patrons des cent premières entreprises françaises sont passés par l'Inspection des finances ou la Cour des comptes, 17 % d'entre eux ayant été dans des cabinets ministériels avant d'occuper leur emploi dans ces grandes entreprises. De plus, 43 % des patrons des cent premières entreprises françaises ont appartenu, d'une manière ou d'une autre, au champ administratif et 45 % d'entre eux, souvent les mêmes que les précédents, sont passés par le champ politique ». Il ajoutait que « 54,2 % des membres du Conseil d'État qui quittent, pour une durée plus ou moins longue, ce grand corps se dirigent vers les entreprises privées ; il en est de même pour 58,1 % de ceux qui s'éloignent de l'Inspection des finances ou pour

33,5 % de ceux qui sortent de la Cour des comptes ou enfin pour 32,5 % de ceux qui proviennent du corps préfectoral »[1].

L'exercice de ces fonctions latentes, qui, par-delà l'appareil administratif de l'État, conduisent les membres des grands corps à occuper des postes de haute responsabilité dans le monde politique ou la société civile, montre à quel point ils font partie non pas seulement de l'élite administrative mais de la classe dirigeante du pays.

1. Pierre Birnbaum, *Les Sommets de l'État*, Paris, Éd. du Seuil, 1977, p. 143-144. De plus amples précisions seront fournies, à cet égard, dans le chapitre 9 de ce livre.

8
Les écoles d'administration et la formation d'une élite administrative

« Je n'eus pas la pédanterie de faire un long discours au général de Gaulle. J'exposai simplement le motif le plus simple : l'État, qui prenait grand soin de la formation de ses officiers et de ses ingénieurs, avait négligé celle de ses administrateurs [1]. »

Rappelant l'origine de l'École nationale d'administration, Michel Debré livre en une phrase sa justification. Elle s'inscrit dans la tradition multiséculaire de la Monarchie, de l'Empire et de la République, qui a conduit à la création d'une série de grandes écoles destinées à la formation des corps d'officiers, d'ingénieurs et d'enseignants. Cette tradition s'incarne, aujourd'hui encore, en France, dans l'École polytechnique, l'École des mines ou l'École normale supérieure. Mais, pendant longtemps, sous prétexte de ne pas faire concurrence aux facultés de droit, l'institution d'une école d'administration fut ajournée [2]. A la Libération, l'essor des sciences économiques, politiques et sociales rendait, cependant, cette création possible. Michel Debré, qui était chargé au cabinet du général de Gaulle de la réforme administrative, saisit l'occasion de reprendre l'ensemble du projet. Ainsi, l'ordonnance du

1. Michel Debré, préface à l'ouvrage de Marie-Christine Kessler, *La Politique de la haute fonction publique*, *op. cit.*, p. XIII.
2. Guy Thuillier, *L'ENA avant l'ENA*, Paris, PUF, « Histoires », 1983.

9 octobre 1945 donne naissance à la fois à la Fondation nationale des sciences politiques, aux instituts d'études politiques et à l'École nationale d'administration.

Bornant notre examen à cette dernière — et délaissant, par conséquent, la formation des fonctionnaires techniques —, nous observerons une fois de plus que le système français s'oppose à la tradition britannique. Nous constaterons, cependant, que l'un comme l'autre aboutissent par des voies différentes à un résultat identique : la formation d'une élite.

1. Deux systèmes de formation différents

Il serait trop simple de dire que le système français, fondé sur les grandes écoles, se distingue du système britannique, fondé sur les universités. Il se différencie également de celui-ci du fait qu'il accorde une moins grande place à la « formation sur le tas » et à la formation continue. L'un et l'autre relèvent surtout de cultures différentes.

1. Le modèle britannique

« Bien que recrutant par concours les administrateurs stagiaires, la haute administration britannique n'a jamais beaucoup cru à la formation de ses nouvelles recrues. » Claire Charlot appelle, à l'appui de cette observation, le témoignage de sir Stanley Leathes, qui, parvenu en 1923 au grade de secrétaire adjoint de ministère, confiera : « Je n'ai moi-même jamais été formé comme haut fonctionnaire, hormis une courte période de six semaines. J'abandonnai mon moniteur dès que je le pus et appris le travail en le faisant [1]... »

Cette tradition, fondée sur le culte d'une vaste culture générale acquise dans les *public schools* et à l'université,

1. Claire Charlot, *L'Énarchie à l'anglaise*, *op. cit.*, p. 82.

est empreinte de scepticisme à l'égard de la formation professionnelle. Elle contribue à expliquer que la Grande-Bretagne ait tardé à doter sa haute administration d'un instrument spécifique de formation. C'est peut-être, une fois n'est pas coutume, le précédent français qui en précipitera la création.

Il faudra cependant attendre la succession de plusieurs rapports, dont celui de la commission Plowden, pour assister à la fondation, en 1963, d'un Centre d'études administratives (Center for Administrative Studies) destiné à donner aux jeunes recrues du Civil Service une formation complémentaire de celle des universités, notamment en économie, statistiques et gestion. Mais Claire Charlot constate que « par comparaison à l'École nationale d'administration française, le Centre d'études administratives britannique est une institution relativement modeste qui se limite à donner aux hauts fonctionnaires une formation de base dans un domaine réduit de spécialités. [...] D'aucuns rêveront, ajoute-t-elle, d'élargir ses capacités. Dès 1965, par exemple, le rapport de la commission Hayworth sur les études sociales suggère d'inclure au programme du Centre "toutes les sciences sociales qui ont une contribution à apporter à l'Administration" — c'est-à-dire, au-delà de la seule économie, la psychologie sociale, la science politique et la sociologie. Le programme des enseignements, de fait, se différenciera et s'enrichira avec les années. Mais le Centre d'études administratives s'en tiendra toujours à l'idée d'une formation modeste, d'une sorte de teinture professionnelle des amateurs éclairés de la haute administration, dans la grande tradition britannique. Si bien que les références au modèle français continueront de s'exprimer, du côté des critiques [1] ».

Il faudra donc attendre que s'exerce l'influence de la commission Fulton, réunie en 1968 par Harold Wilson — qui cherche alors à professionnaliser la haute fonction publique britannique —, pour que soit créé en 1970 le Collège d'administration. Réparti à l'origine sur trois sites

1. *Ibid.*, p. 92.

(Sunningdale Park, dans le Berkshire, Londres et Édimbourg — ce dernier ayant été supprimé dans un souci d'économies en 1981), il vise à associer l'enseignement et la recherche. Mais surtout, à l'opposé de l'ENA française, il n'entend pas constituer une institution élitiste et reste dominé par le souci d'assurer au personnel du Civil Service une éducation permanente [1].

Appelé à répondre aux besoins en formation continue des personnels des différents ministères et, à partir de 1986, financé par eux, le Collège d'administration dépendra de plus en plus de leurs exigences. « Depuis le début des années 1980, note Claire Charlot, son champ d'action s'est considérablement élargi et le Collège organise quelque 350 séminaires et cours par an, certains enseignements étant répétés plusieurs fois dans l'année afin de donner à chacun la possibilité de les suivre. Pour la formation initiale des administrateurs stagiaires, le Collège consacre la majeure partie de ses activités à la formation permanente. Le nombre de journées de formation n'a cessé de croître depuis 1981, tout comme le nombre de participants [2]. » De 16 000 en 1981-1982, celui-ci est passé en effet à 24 000 en 1984-1985.

Par conséquent, les programmes organisés et mis en œuvre par le Collège d'administration britannique ont peu de choses à voir avec la scolarité rigide de l'École nationale d'administration française. Certes, dans le cadre de ce collège, l'administrateur stagiaire reçoit, comme l'élève de l'ENA, une formation professionnelle conçue sous la forme d'un agencement de modules, et il doit y consacrer seize semaines étalées sur ses années d'apprentissage. Mais un tel échelonnement, dépourvu de « concours de sortie » et donc de classement, participe davantage de la formation continue que de l'esprit d'une grande école. En outre,

1. Tel sera le cas, également, en République fédérale d'Allemagne, tant à l'Académie fédérale d'administration publique qu'à l'École supérieure d'administration de Spire. Cf. Alain Legendre, « Débats et réformes en Allemagne », *Projet*, déc. 1989, p. 45-48.

2. Claire Charlot, *L'Énarchie à l'anglaise*, *op. cit.*, p. 100.

la mission du Collège d'administration s'étend à des fonctionnaires de différents niveaux. A côté de cycles de formation destinés à des personnels subalternes, on a mis en place des stages à l'intention des hauts fonctionnaires qui intègrent la structure ouverte supérieure. Mais, au rythme de quatre sessions de six semaines par an depuis 1986, le « Top Management Programme » ressemble plus à une série de séminaires où les participants viennent échanger leurs expériences qu'à un système de formation fondé sur une scolarité effective. Il fait davantage songer à l'École de guerre, ou au Centre des hautes études administratives que Michel Debré avait voulu mettre en place en 1945, à côté de l'ENA, mais qui fut malheureusement supprimé en 1964 [1].

En tout cas, le modèle britannique de formation, qui accompagne les différentes étapes de la carrière du haut fonctionnaire, semble maintenant avoir trouvé son rythme. « Il élargit les horizons des secrétaires administratifs, il permet aux administrateurs stagiaires de se recycler lorsqu'ils changent de fonctions, il réunit les élites administratives de la "structure ouverte" pour les faire réfléchir avec d'autres sur les questions d'actualité [2] ».

2. Le système français

Le système français est antérieur de quinze ans au modèle britannique. Et la dérive qu'il a subie, au lieu d'en assouplir le rôle, en a renforcé la spécificité.

Loin d'être la copie conforme, dans le domaine de l'administration générale, de l'École polytechnique, la création de l'École nationale d'administration répondait, dans l'esprit de son fondateur, Michel Debré, à un souci

1. Cependant, depuis 1981, à l'initiative de son directeur adjoint, Jean-François Kesler, l'ENA organise des stages de formation continue pour différentes catégories de fonctionnaires : administrateurs civils recrutés au tour extérieur, membres des cabinets ministériels, commissaires de police...

2. Claire Charlot, *L'Énarchie à l'anglaise*, *op. cit.*, p. 110.

d'ouverture. Et elle avait pour mission d'introduire plus de démocratie dans la fonction publique. D'une part, elle devait recruter parallèlement, et rassembler sur les mêmes bancs, des étudiants dotés de trois années de formation universitaire et des jeunes fonctionnaires déjà expérimentés. En outre, au lieu de sortir du moule uniforme des classes préparatoires des lycées, ces étudiants devaient avoir bénéficié d'une formation pluridisciplinaire : l'ordonnance du 9 octobre 1945 qui instituait l'ENA créait à cet effet la Fondation nationale des sciences politiques et les instituts d'études politiques. D'autre part, l'ENA se présentait sous les traits d'une école d'application où la formation professionnelle serait équilibrée par une formation humaine associant la pratique du sport à celle des stages dans la vie active. « Pour couronner l'ensemble, écrit Michel Debré, je pensais à l'utilité d'une grande formation civique et morale qui était représentée à mes yeux — comme les républicains l'avaient toujours rêvée — par un enseignement de l'histoire à la Plutarque et à la Michelet, par un enseignement portant sur la vertu des responsabilités acceptées, grandeurs et servitudes du métier d'État [1]. »

En fait, telle qu'elle a évolué depuis bientôt près de cinquante ans, l'École nationale d'administration marque une certaine dérive par rapport à cette ambition initiale. Et elle a suivi la pente que constituait, de façon quasi inévitable, l'attraction exercée par le modèle classique des grandes écoles. Il en a été ainsi aux trois niveaux auxquels se place ce modèle : la préparation et le recrutement des élèves, leur scolarité et leur classement de sortie [2].

1. Michel Debré, préface à *La Politique de la haute fonction publique*, *op. cit.*, p. XVIII.

2. La meilleure analyse descriptive de l'École nationale d'administration, telle qu'elle résulte des réformes récentes, est donnée par Jean-Michel de Forges, *L'École nationale d'administration*, Paris, PUF, « Que sais-je ? », 1989.

1. La préparation et le recrutement

Sans doute l'ENA continue-t-elle à recruter parallèlement des étudiants et des fonctionnaires. Et un décret du 13 octobre 1986 a même prévu que la répartition des places ouverte aux deux concours doit s'opérer à égalité. En revanche, au lieu de faire preuve d'originalité, les deux modes de recrutement ont subi, l'un et l'autre, une évolution qui les éloigne de l'esprit original d'ouverture.

Certes, le « concours étudiants » reste juridiquement ouvert à tout candidat pourvu d'une licence, d'un diplôme d'un Institut d'études politiques ou d'un titre équivalent. Mais, en fait, il est commandé par la possession du diplôme délivré au titre de la section « service public », par l'Institut d'études politiques de Paris. On ne saurait faire reproche à cet établissement de son succès. Mais on doit regretter que les pouvoirs publics, en mesurant pendant longtemps l'attribution de leurs moyens aux autres IEP, aient laissé une habitude devenir une coutume. Et il convient de déplorer le glissement qui a inévitablement conduit la Rue Saint-Guillaume à calquer les programmes de la section « service public » sur ceux du concours d'entrée à l'ENA, au détriment d'une connaissance pluridisciplinaire des sciences politiques, économiques et sociales, que l'ordonnance de 1945 avait tenté de promouvoir. On doit, enfin, dénoncer la prolifération, à un prix trop souvent prohibitif, de préparations officieuses et privées à l'examen d'accès à l'année préparatoire de l'Institut d'études politiques de Paris. Le remède apporté à ce dévoiement par l'Éducation nationale consiste à ouvrir dans les meilleurs lycées des « classes préparatoires à Sciences-Po ». Il en résulte, à l'opposé de ce que le projet initial avait voulu éviter, l'alignement du mode de recrutement de l'ENA sur celui des grandes écoles, fondé sur la pratique des classes préparatoires où l'accumulation des connaissances remplace trop souvent la culture, et l'esprit de compétition l'ouverture à la recherche.

Une dérive symétrique a affecté le recrutement opéré

par la voie du « concours fonctionnaires ». Pendant plusieurs années, grâce notamment aux facilités de préparation ouvertes dans les instituts d'études politiques de Bordeaux et de Grenoble ainsi qu'au ministère des Finances, celui-ci a contribué de manière incontestable à la démocratisation de l'administration. Mais un épuisement des candidatures et le manque d'attrait exercé sur ses bénéficiaires — qui, après avoir franchi la porte de l'ENA, parviennent rarement à intégrer les grands corps — ont produit un certain désenchantement. Il en est, d'ailleurs, résulté un effet pervers au terme duquel ce concours a servi de « deuxième chance » à des étudiants camouflés à l'aide d'un bref passage dans l'administration, y compris à des normaliens et à des enseignants désireux d'abandonner la servitude des collèges ou des lycées pour entreprendre une seconde carrière. Les mesures qui ont été prises pour pallier ce détournement ne sont pas parvenues, jusqu'à présent, à redonner au « deuxième concours » le rôle de promotion interne qu'il n'aurait jamais dû perdre.

En vue de démocratiser le recrutement de l'ENA, il est donc apparu nécessaire de créer, en 1983, un « troisième concours » réservé à des candidats de 41 ans au plus justifiant, sans condition de diplôme, de huit ans d'exercice de certaines fonctions électives dans une collectivité locale, un syndicat, une association reconnue d'utilité publique ou un organisme mutualiste, le nombre total des places réservées à ce concours pouvant atteindre 20 % de celles attribuées aux concours traditionnels. Entreprise à la suite de l'alternance de 1981, cette innovation a été supprimée par celle de 1986. Mais le troisième concours a été rétabli sous une nouvelle forme par la loi du 2 janvier 1990. Il s'adresse maintenant « aux personnes justifiant de l'exercice, durant huit années au total, d'une ou plusieurs activités professionnelles ou d'un ou plusieurs mandats de membre d'une assemblée élue d'une collectivité territoriale ». Il est trop tôt pour évaluer l'intérêt que suscitera cette ouverture de l'administration en direction de la société civile. Sans doute son succès dépendra-t-il du degré d'efficacité des facilités de préparation prévues par la loi elle-même à l'intention des futurs candidats et de leur capacité à figurer en bon rang dans le classement de sortie de l'École.

2. La scolarité à l'École

Réduite à deux ans et demi, puis à deux ans, la scolarité à l'École se partage entre stages et études. Et, depuis la suppression des sections, elle vise à assurer la formation d'administrateurs généralistes. Elle a fait l'objet de nombreuses critiques. Tantôt on lui reproche d'être conçue à l'intention de futurs Premiers ministres et d'être un « super-Sciences-Po », dont le programme doublerait la formation initiale reçue par les élèves issus du « concours étudiants ». Tantôt on l'accuse de se rapprocher des écoles de gestion et d'encourager les élèves à la pratique du « pantouflage ». Il est assurément difficile de concevoir le cursus d'une école d'application pour généralistes, placés en situation de compétition permanente au regard du concours de sortie, surtout si l'on veut adapter ce programme aux besoins respectifs et contradictoires de candidats étudiants et de candidats fonctionnaires.

En fait, les stages occupent près de la moitié de la scolarité des élèves, et l'on assiste depuis quelques années à un effort de diversification. Le traditionnel stage de préfecture, qui avait l'avantage de parachuter le jeune énarque au cœur de l'administration mais l'inconvénient de lui donner l'illusion d'être promu d'emblée haut fonctionnaire, a été remplacé par une série d'autres stages destinés à mettre l'élève en situation de responsabilité — en préfecture, auprès d'une ambassade ou d'une mairie. Ce type de stage se caractérise par le fait que le stagiaire est placé auprès d'une personne de rang élevé ; il se conclut par un compte rendu qui contribue à en déterminer la note. Des stages en entreprise, en France ou à l'étranger, permettent également aux élèves de se trouver « du côté de l'administré ». Et l'ensemble des notes de stage compte désormais pour 20 % dans le classement de sortie.

La scolarité proprement dite, passée à l'intérieur de

l'École, tend de plus en plus à éviter la duplication des enseignements que le futur candidat a pu suivre au cours de sa préparation. En dehors des cours et conférences de mise à niveau, nécessaires pour combler les lacunes de certains élèves, le travail proposé consiste principalement dans des études de dossier. Le point fort semble être devenu le séminaire dans le cadre duquel chaque groupe d'élèves est appelé à rédiger un rapport collectif sur un problème d'actualité, à l'imitation de ceux qui sont réalisés par les commissions administratives. En outre, les élèves sont invités à suivre des enseignements destinés à les familiariser aux techniques quantitatives, notamment informatiques, et à les perfectionner en langues étrangères.

Pour encadrer chaque promotion, le directeur de l'École est assisté d'un directeur des stages et d'un directeur des études — et ceux-ci, à leur tour, de directeurs adjoints. Mais, contrairement au Collège d'administration britannique, l'ENA ne dispose pas de corps enseignant permanent. Aussi est-il particulièrement difficile au directeur adjoint, chargé de la formation continue et de la recherche, de développer cette dernière. Mais heureusement il existe, en France, d'autres organismes ayant vocation à promouvoir la recherche administrative [1].

Ajoutons que l'ENA reçoit souvent des groupes de stagiaires étrangers et que son expérience, vieille maintenant de près de cinquante ans, fait l'objet sinon de l'admiration, du moins de la curiosité et de l'estime de nombreux gouvernants et hauts fonctionnaires des quatre continents.

3. Le classement de sortie

Le parti pris de la polyvalence des élèves, qui a eu pour corollaire la suppression des sections, confère naturelle-

1. Outre les centres de recherche de la FNSP (CRA), des IEP de Bordeaux (CERVEL) et de Grenoble (CERAT) associés au CNRS, du CURAP de l'université d'Amiens, du CRA d'Aix-Marseille et d'autres centres universitaires, citons l'Institut français de science administrative qui joue, en matière d'administration publique, un rôle de « société savante ».

ment un rôle décisif au classement de sortie. Et, ne serait-ce que sur ce point, le modèle de l'ENA diffère fondamentalement du Collège d'administration britannique. On doit même regretter que la formule retenue à l'ENA ait conduit à exacerber le système en vigueur dans les autres grandes écoles, compte tenu de l'enjeu qu'il représente pour les élèves. En effet, du rang qui leur sera attribué dépendra leur accès éventuel aux grands corps, au corps préfectoral ou au corps des administrateurs civils.

On conçoit par conséquent que les principaux mouvements de contestation des élèves, notamment en 1968, se soient focalisés sur les méthodes de classement. Après plusieurs expériences et bien des tâtonnements, l'ENA est parvenue à réaliser un compromis qui associe le contrôle continu et le concours de sortie. Les notes de travaux à l'École et les notes de stages étant affectées respectivement de 20 % des coefficients, les notes d'épreuves écrites et orales du concours représentent désormais 60 % de l'ensemble. Mais il est prévu que les examinateurs du concours doivent être choisis en dehors des formateurs qui ont connu les élèves au cours de la scolarité. En outre, toutes les épreuves écrites portent sur l'analyse de dossiers ou l'étude de cas ; et les épreuves orales ont pour point de départ les travaux effectués par les élèves. Enfin, toutes les épreuves sont anonymes.

Malgré ces différentes précautions [1], le moment où les élèves prennent connaissance de leur rang de classement constitue toujours pour eux un choc psychologique. « En principe, écrit Jean-Michel de Forges, la procédure de choix des carrières est très simple. Six mois au moins avant la fin de la scolarité d'une promotion, le Premier ministre publie le nombre des emplois qui lui seront offerts dans chaque corps ; lorsque le classement est communiqué aux élèves, ceux-ci choisissent parmi ces emplois lors d'un "amphi-garnison" où chacun est appelé nominalement dans l'ordre du classement... L'intégration dans une car-

1. Et beaucoup d'autres encore qu'expose Jean-Michel de Forges, *L'École nationale d'administration*, *op. cit.*, p. 80-87.

rière est subordonnée à l'engagement de servir dans un corps auquel l'ENA donne accès pendant dix ans au moins. A défaut de choix à l'appel de son nom, ou en cas de refus de signer cet engagement, l'élève est réputé démissionnaire ; il doit alors rembourser les traitements et indemnités perçus pendant la scolarité. Les démissions avaient pratiquement disparu pendant la crise économique ; elles se rencontrent de nouveau parfois depuis 1981 de la part d'élèves qui "pantouflent" immédiatement dans le secteur privé [1]. »

Écoutons une dernière fois Jean-Michel de Forges évoquer le choix des carrières effectué par les élèves. « Sauf situation très exceptionnelle (comme pour la promotion "Charles de Gaulle" en 1972), les premiers classés choisissent le Conseil d'État ou l'Inspection des finances, selon leurs goûts. Les suivants choisissent la Cour des comptes puis le ministère des Finances. Ces usages sont parfois perturbés par le choix du corps diplomatique (le quatrième grand corps d'autrefois), un des rares qui corresponde encore à une vocation spécifique. Depuis les lois de décentralisation de 1982, le corps préfectoral est un peu moins prisé, tandis que les juridictions administratives et financières régionales semblent attirer de plus en plus les élèves classés dans un rang moyen. Parmi les ministères techniques, la "hiérarchie" est très fluctuante, mais, depuis la suppression des sections, les ministères sociaux sont toujours les moins recherchés ; c'est d'ailleurs pourquoi, en 1970, on avait imposé une "année sociale" dans l'une de ces administrations à la sortie de l'École (expérience sans lendemain, qui s'est plutôt traduite pour la majorité des intéressés par une année sabbatique). Le ministère de l'Éducation nationale est souvent le moins recherché de tous, alors que, selon certaines enquêtes, la majorité des élèves qui regrettent d'avoir suivi la voie de l'ENA choisirait l'enseignement "si c'était à refaire" [2]. »

1. *Ibid.*, p. 85. On se souvient qu'un groupe d'élèves publia dans *Le Monde*, voici quelques années, une petite annonce destinée à les « vendre » aux entreprises qui seraient disposées à les « acheter » !

2. Jean-Michel de Forges, *L'École nationale d'administration*, *op. cit.*, p. 87.

Nous n'ajouterons à cela qu'une remarque, à savoir que la réduction, depuis l'alternance de 1986, du nombre de places mises au concours et, partant, du nombre de débouchés dans le corps des administrateurs civils est susceptible de perturber cette évaluation. Mais il est encore trop tôt pour le dire. En revanche, les conséquences de cette réduction sont déjà perceptibles dans le choix que les élèves de l'Institut d'études politiques de Paris effectuent entre la section « service public » et les autres sections, au détriment de la première ; d'où les réformes entreprises à l'IEP de Paris pour « professionnaliser » davantage ces autres sections.

2. Des élites de même nature

Il ne peut être question ici de rouvrir le débat sur la place et le rôle des élites en démocratie — ni d'adopter ou de rejeter, par conséquent, la thèse de Schumpeter sur l'« élitisme démocratique », reprise par Jean-Pierre Chevènement sous le nom d'« élitisme républicain ». On ne relancera pas davantage la querelle qui oppose les tenants de la démocratisation par l'école — et donc aujourd'hui par l'accès à l'enseignement supérieur — à la thèse, bien connue, des « héritiers ». Comme celles de ses détracteurs, les idées développées par Pierre Bourdieu sont trop connues pour qu'on les rappelle ici.

On s'en tiendra donc à deux questions concernant directement la formation des hauts fonctionnaires et le « produit » qui en résulte. La première soulève le problème de l'existence d'une sorte de « loi d'airain » de l'élitisme ; elle part du constat d'un parallélisme saisissant entre la situation de la Grande-Bretagne et celle de la France. La seconde est plus spécifique à la France : elle a trait à la destinée des anciens élèves de l'ENA, selon qu'ils deviennent gestionnaires ou dirigeants ; et elle retient l'hypothèse d'un élitisme « à deux vitesses ».

1. Un élitisme inéluctable ?

Cette première interpellation nous est inspirée par le rapprochement des observations effectuées en Grande-Bretagne et en France. Malgré la succession de réformes introduites d'un côté par l'application du rapport Fulton, de l'autre par la création de l'ENA et par les réformes qui l'ont suivie, ne doit-on pas convenir que la démocratisation de la haute fonction publique se heurte à des obstacles insurmontables ? Le parallélisme, en tout cas, est frappant entre les conclusions tirées par Claire Charlot des travaux des spécialistes britanniques et celles que dégage Jean-Luc Bodiguel de ses propres recherches.

1. Le constat

Pour Claire Charlot, l'ouverture sociale recherchée à la suite du rapport Fulton « n'est pas facile à vérifier du point de vue de l'origine sociale des nouveaux hauts fonctionnaires. Dans la période 1957-1963, comparée à la période 1948-1956, la proportion des admis de père de catégorie sociale supérieure était passée de 38 à 46 % tandis que celle des fils d'ouvriers manuels tombait de 22 à 15 %. En 1966-1967, 23 % des admis par le concours II [1], 31 % des admis par le concours I sont de père ouvrier manuel ou petit employé ; quant aux fils d'ouvriers qualifiés ou semi-qualifiés admis dans l'élite de l'administration, ils ne représentent que 3 % des admis du concours I, 5 % du concours II. [...] Quant au biais "Oxbridge", il demeure. En 1949-1952, démentant l'idée que les procédures nouvelles les pousseraient au changement, le concours II — avec 74,6 % d'admis venus d'Oxbridge — s'avère plus conservateur de ce point de vue que le concours I (71 %). Tout au plus peut-on relever que le nouveau concours

1. Dont la nature des épreuves tend à réduire l'aspect « académique » par rapport à celles du concours I, plus calqué sur les programmes universitaires.

favorise un peu plus les anciens étudiants d'Oxford au sein d'Oxbridge et, parmi les autres universités, ceux de Londres, tandis que le concours I a davantage d'admis sortis de Cambridge et d'Écosse[1] ».

Du côté français, après avoir vérifié qu'une réelle démocratisation a été obtenue grâce à l'ENA au lendemain de sa création, sous l'influence des recrutements issus de la résistance et du rôle novateur du « concours fonctionnaires », Jean-Luc Bodiguel écrit en 1978 : « Les anciens élèves de l'ENA confirment ainsi la constatation selon laquelle plus l'étudiant est issu d'une catégorie socioprofessionnelle élevée, plus il est diplômé : ne sont pas licenciés 1 % des membres de la classe supérieure, 6 % de la classe moyenne supérieure, 9 % de la moyenne inférieure et 14 % des membres de la classe inférieure. Parallèlement, le nombre de docteurs, agrégés, diplômés d'études supérieures passe de 27 % à 33 % lorsqu'on s'élève dans la hiérarchie sociale. Ceux qui ont trois diplômes et plus passent de 3,4 % pour la classe inférieure à 9 % pour la classe supérieure. [...] Dans cette inégalité des chances, l'origine géographique renforce l'origine sociale : 35,5 % des élèves de l'ENA nés dans une commune de moins de 2 000 habitants sont diplômés de l'IEP de Paris, de Polytechnique ou de l'École normale supérieure, 48,5 % des provinciaux, 72,2 % des élèves nés à Paris *intra muros*, plus de 80 % des élèves enfants de hauts fonctionnaires nés à Paris même. »

Et Jean-Luc Bodiguel de conclure : « Le fait que les candidats réussissent mieux s'ils sont originaires ou résidents de la région parisienne, s'ils sont diplômés de l'IEP de Paris et issus de catégories sociales supérieures prouve que le profil sociologique du candidat joue un rôle certain dans la probabilité d'entrer dans la haute fonction publique »[2]. Malheureusement, ces conclusions ne sont pas démenties aujourd'hui.

1. Claire Charlot, *L'Énarchie à l'anglaise*, *op. cit.*, p. 60-61.
2. Jean-Luc Bodiguel, *Les Anciens Élèves de l'ENA*, *op. cit.*, p. 47-49.

2. L'évaluation du constat

Sur la base de ce constat, un procès a été intenté à l'ENA. Un mythe a été construit selon lequel l'école de la rue de l'Université serait le creuset d'une élite administrative fortunée, parisienne et surdiplômée ! Dans son ouvrage consacré à l'ENA, Jean-François Kesler s'emploie à en restreindre la portée, en se fondant sur une série d'interviews d'anciens élèves dont la condition confirme son hypothèse [1]. Et il montre au coup par coup que beaucoup d'énarques occupant des responsabilités importantes sont issus de milieux modestes. Il n'en reste pas moins que, statistiquement, l'ouverture de l'ENA a davantage profité aux classes moyennes supérieures qu'aux milieux défavorisés. Essayons d'en rappeler les causes et d'en évaluer les effets.

Reconnaissons d'abord que, s'il doit y avoir procès, c'est moins contre l'ENA que contre l'Éducation nationale que celui-ci doit être engagé. Car la faible démocratisation de l'École — comme celle de l'enseignement supérieur — est le reflet des inégalités que ne parviennent pas à réduire, en amont, ni l'enseignement secondaire ni l'enseignement primaire. S'y ajoutent, sans aucun doute, les conditions particulières aux grandes écoles dont le recrutement par concours est commandé par le « sas » sélectif des classes préparatoires des lycées. Certes, à l'opposé de Polytechnique, l'ENA aurait dû pouvoir s'en affranchir. On a dit précédemment pour quelles raisons elle n'y a pas réussi.

S'agissant de l'origine géographique des candidats — qui est un autre aspect de la démocratisation —, reconnaissons que la présence, à l'IEP de Paris, d'un contingent non négligeable de « provinciaux » [2] tend à équilibrer le poids plus lourd des « franciliens ». Mais est-il signifi-

1. Jean-François Kesler, *L'ENA, la Société, l'État*, Paris, Berger-Levrault, 1985.

2. Dont une part importante provient du libre accès accordé, en année préparatoire, aux bacheliers titulaires de la mention *très bien*.

catif de retenir comme critère le lieu de naissance des élèves quand la socialisation qui résulte de la formation qui leur est dispensée leur confère un profil uniforme ? Dans le cadre de la section « service public » de la Rue Saint-Guillaume, les étudiants acquièrent en effet les mêmes réflexes. Ceux-ci trouvent leur origine dans une pédagogie due à l'osmose des élèves et d'un corps enseignant dominé par les hauts fonctionnaires. Et il n'est pas sûr que la réforme des programmes, entreprise récemment, puisse y changer grand-chose.

La valeur pratique d'un tel enseignement n'est pas en cause. Mais celui-ci contraste avec la volonté de renouvellement manifestée par le législateur de 1945, qui entendait rompre avec les facilités de l'École libre des sciences politiques en offrant aux futurs énarques une formation en profondeur issue de la confrontation des sciences politiques, économiques et sociales que la Fondation nationale des sciences politiques avait reçu mission de développer. Or, face à un « IEPP » promu au rang de grand établissement, le manque d'ambition de la Fondation doit être déploré. Outre le fait qu'elle n'apporte aux autres IEP qu'un appui apprécié, mais limité [1], il se traduit par la tolérance qu'elle accorde aux tendances autarciques résultant de l'influence excessive exercée par ses anciens élèves sur l'Institut d'études politiques de Paris. Or, comme tout groupe de pression de ce genre, celui-ci recherche moins l'innovation que la reproduction, l'ouverture que la continuité. Il faudrait donc que, à la faveur d'un retour aux sources, la Fondation nationale des sciences politiques se préoccupe davantage, à l'avenir, de définir une politique nationale qui, tout en respectant le caractère propre de chaque établissement, restaure l'enseignement des disciplines fondamentales, veille à l'équili-

1. La coopération apportée en 1967 par la Fondation nationale des sciences politiques aux IEP de Bordeaux et de Grenoble, érigés en « instituts d'équilibre » avec l'appui de la DATAR, a largement contribué à leur développement. Mais, stabilisée depuis plusieurs années au même niveau, cette aide n'a pas été étendue de façon permanente à d'autres établissements.

bre de la formation professionnelle et culturelle et réalise un meilleur aménagement du territoire[1]. A faire preuve de timidité à cet égard, et à force de privilégier son rôle de gestionnaire de l'IEP de Paris et des centres de recherche de grande qualité qui gravitent autour de lui, la Fondation nationale des sciences politiques risquerait non seulement de faillir à sa mission, mais de creuser un vide qui pourrait être rapidement et malencontreusement comblé.

Mais le remède à la dérive de l'ENA ne doit pas s'arrêter en amont. Répondant aux nouvelles exigences d'une société complexe — qui n'est plus celle des Trente Glorieuses que décrivait Jean Fourastié —, une école d'administration se doit d'associer au mode de formation traditionnel des énarques la *formation par la recherche*. Ce qui est indispensable aujourd'hui à la formation d'une partie des ingénieurs vaut aussi pour une partie des administrateurs. Il ne s'agit pas, bien entendu, de transformer l'école de la rue de l'Université en un vaste centre de recherche ! Nous proposons simplement soit la création d'un « quatrième concours » de recrutement qui serait réservé à des candidats déclarés aptes à la recherche, soit, de façon plus réaliste, l'adjonction à la liste des candidats autorisés à se présenter au titre du « troisième concours » d'une catégorie composée des titulaires d'un DEA ou, de préférence, d'un doctorat. La pénétration à l'École de tels candidats contribuerait à y introduire des hommes et des femmes formés à l'observation et à l'écoute de la nature et de leurs semblables et à développer, au sein des promotions, le sens de l'innovation.

Reste à savoir comment démocratiser l'ENA. La question ne se limite pas à celle de son recrutement. Elle concerne aussi le comportement des énarques. Le mérite d'avoir attiré, depuis longtemps, l'attention sur ce point fondamental revient à un chercheur américain bien connu, Ezra N. Suleiman. Concluant son livre sur les élites en

1. D'ores et déjà, la création de deux nouveaux IEP est prévue à Lille et à Rennes.

France, l'auteur observe que « les discussions et les critiques [...] se sont toujours concentrées sur la question de l'égalitarisme. Les grandes écoles forment les meilleurs cerveaux de la société : tout le monde, même les plus sévères critiques, s'accorde pour leur reconnaître ce mérite. La seule objection qui leur soit faite, c'est d'être "non démocratiques" ». Et l'auteur poursuit : « Que veut-on dire par la "démocratisation" d'institutions telles que les grandes écoles ou les grands corps ? Pour les chercheurs comme pour les hommes politiques, cela veut en général dire que ces institutions devraient recruter davantage d'enfants des classes les plus défavorisées... Or, adopter cette définition, c'est laisser entièrement de côté les principaux éléments de l'élitisme tel que nous l'avons caractérisé. Admettre quelques fils d'ouvrier de plus à l'ENA ou même à l'Inspection des finances, qui n'a jusqu'à présent guère ouvert ses portes à des gens d'origine modeste, n'apporterait pas grand-chose à la classe ouvrière et ne transformerait pas ces institutions de façon significative. Cela renforcerait surtout leur légitimité et servirait à écarter les critiques. »

Et Suleiman de conclure : « L'élitisme de ces institutions provient donc non pas tant de la représentation disproportionnée qu'y détient la bourgeoisie, mais bien du fait qu'elles accordent pour toute une vie la certitude de faire partie de l'élite. Elles ont aussi une importante fonction négative : celle d'empêcher l'ouverture d'autres moyens d'accès à l'élite. En interdisant à d'autres institutions d'acquérir une légitimité suffisante, elles parviennent à monopoliser la fonction d'authentification de l'élite et sa légitimation » [1]. En bref, la démocratisation réelle passe par le pluralisme. Mais comment l'atteindre puisqu'on sait que l'ENA produit chez ses élèves, en raison du climat de compétition excessif qui y règne, un tempérament « sûr de lui et dominateur », paradoxalement plus accentué quand il se développe chez les candidats d'origine

1. Ezra N. Suleiman, *Les Élites en France, Grands corps et grandes écoles*, Paris, Éd. du Seuil, 1979, p. 277-278.

modeste [1] ? Comment remédier à la suffisance que Suleiman stigmatise quand on se résigne à la considérer comme la contrepartie de l'autorité, de la compétence et de l'intégrité de hauts fonctionnaires que l'Europe, au moins, pour quelque temps encore, nous envie, sinon en réduisant la rudesse de la compétition et en diversifiant les voies d'accès ?

Faut-il donc, pour former des fonctionnaires modestes, à l'instar de l'État proposé par Crozier, supprimer l'ENA et, avec elle, les grands corps ? Cette tentation s'est parfois manifestée à l'extrême droite et à l'extrême gauche. François Bloch-Lainé lui-même ne peut s'empêcher de maugréer contre la « mousse » d'un nombre croissant d'anciens élèves qui « se détournent de ce qui fait l'orgueil de leurs anciens, pour n'être plus soucieux que de plaire à la Cour [2] ». Mais, la colère passée, l'ancien directeur du Trésor « pense qu'il vaut mieux valoriser vite ce qui est en puissance de valorisation que d'accélérer par des mauvais coups une dévalorisation fatale des lieux vénérables. Pourquoi casser ce qui reste de bon dans les grands corps avant d'avoir façonné de l'égal ou du meilleur dans les voies neuves et exaltantes de l'administration active ? » [3]. Pour Bloch-Lainé comme pour Suleiman, le remède doit plutôt être recherché dans la voie du pluralisme. Or, l'idée d'un accès valorisant la formation par la recherche comme celle de la création d'un corps d'administrateurs d'État ouvert aux administrateurs civils vont dans cette direction.

1. Le même phénomène se vérifie en Grande-Bretagne où Kenneth Robinson observait, dès 1955, que les « hauts fonctionnaires issus de couches sociales inférieures sont tout aussi susceptibles d'imputer l'échec dans l'ascension sociale, non pas à un défaut d'organisation de la société, mais aux insuffisances de ceux qui échouent » (cité par Claire Charlot, *L'Énarchie à l'anglaise*, *op. cit.*, p. 63).

2. François Bloch-Lainé, *Profession : fonctionnaire*, *op. cit.*, p. 232-236.

3. *Ibid.*, p. 236.

2. *Un élitisme à deux vitesses ?*

Si le problème de la démocratisation des élites se pose avec plus ou moins d'acuité dans toutes les administrations de carrière, celui de l'« apartheid » qui coupe en deux la haute fonction publique apparaît spécifique à la France. Avec raison, Jean-Luc Bodiguel le place au centre de ses préoccupations lorsqu'il écrit : « L'École nationale d'administration assure ainsi deux fonctions : l'encadrement des administrations centrales et la reproduction d'une fraction de la classe dirigeante. Elle les assume en recrutant et en formant deux types de fonctionnaires qui se côtoient, s'interpénètrent peu et restent étrangers l'un à l'autre. Ce n'est pas, en effet, parce que, à l'intérieur de l'administration, certains élèves de l'ENA accèdent à certaines fonctions qu'ils se mettent à faire partie de la classe dirigeante ; mais c'est parce qu'ils font déjà partie de cette classe dirigeante qu'ils font des carrières différentes et supérieures à celles de leurs anciens condisciples [1]. »

Un tel clivage nous conduit, par conséquent, à formuler l'hypothèse de l'existence, au sein de la haute fonction publique française, d'une élite à deux vitesses : d'un côté les gestionnaires, pour la plupart desquels le couronnement de carrière consiste à occuper un emploi de sous-directeur d'administration centrale, voire à accéder à un corps d'inspection générale ; de l'autre, les dirigeants, versés directement à la sortie de l'École dans l'un des grands corps, dans l'attente d'occuper des fonctions d'état-major au sommet de l'État ou des entreprises industrielles et commerciales.

1. Les gestionnaires

Comme l'écrit encore Bodiguel, « la lumière trop crue braquée sur les quelques ENA qui, dans les administrations, la politique ou le monde des affaires, font figure

1. Jean-Luc Bodiguel, *Les Anciens Élèves de l'ENA*, Paris, Presses de la FNSP, 1978, p. 198.

d'exemples à suivre pour leurs cadets ne doit pas faire oublier les quelque deux mille anciens qui font (avec d'autres) marcher l'administration. Nombre d'entre eux n'ont jamais été dans un cabinet, n'ont occupé aucune fonction d'encadrement et encore moins d'emplois discrétionnaires. Ce sont des fonctionnaires, même s'il s'agit d'un maître des requêtes dans les cadres, d'un conseiller d'ambassade ou d'un sous-préfet en poste. Fonctionnaires toujours, mais qui constituent le personnel d'encadrement : les chefs de bureau et les sous-directeurs ou directeurs adjoints [1]... ».

Où passe, alors, la frontière entre eux et les « dirigeants » ? Au niveau du chef de service ? C'est, du moins, ce que laisse entendre l'auteur lorsqu'il considère que « le chef de service possède le profil du haut fonctionnaire ». Et il conclut : « Le monde de l'administration finit avec le sous-directorat. Celui qui franchit ce palier entre dans un autre monde. » Tel n'est pas exactement notre avis ; car nous aurions tendance à placer la barre à un palier plus haut. Certes, le chef de service, lorsqu'il ne relève pas d'un directeur et qu'il est, par conséquent, rattaché directement à un ministre, se trouve situé à la charnière de l'administration et de la politique. Mais, s'il ne progresse pas en direction d'un emploi discrétionnaire ou d'un cabinet, il risque de retomber dans l'anonymat de l'administration. Et il perd toute chance d'atteindre la sphère des « dirigeants ».

Pour qui les a vus au travail, les gestionnaires ne peuvent susciter qu'estime et considération. Maîtrisant leurs dossiers, possédant — jeunes encore — le goût du changement, ils ne le perdront progressivement que pour n'avoir pas eu la chance de l'exercer, soumis à l'autorité hiérarchique de leur directeur ou court-circuités par l'action intempestive des conseillers techniques et des chargés de mission d'un cabinet. Grandeur et servitude de l'administration ! Car si l'idéal type de Max Weber ne rend plus compte de l'administration d'état-major, il demeure

1. *Ibid.*, p. 181.

un lieu où il survit : les bureaux, les sous-directions et les services, qui assurent la logistique sans laquelle la haute administration désarmée ne serait que la « mousse » dénoncée par Bloch-Lainé [1].

2. Les dirigeants

Sous ce vocable, Jean-Luc Bodiguel vise les énarques ayant franchi le seuil qui les sépare du « milieu décisionnel central », soit qu'ils aient accédé aux emplois discrétionnaires ou aux cabinets ministériels, soit qu'ils aient déjà pénétré en politique ou dans les affaires. Naturellement, les mieux placés pour opérer cette mutation sont les membres des grands corps, auxquels se joignent aujourd'hui quelques administrateurs civils des Finances parmi les mieux classés au concours de sortie de l'ENA.

Ce sont eux que visait Suleiman lorsque, rendant compte de son enquête et de ses interviews, il en peignait un portrait sévère fondé sur des normes antidémocratiques. Il serait facile, en accumulant les traits de caractère et en rappelant l'origine sociale et géographique de l'énarchie, de repérer à notre tour la nouvelle noblesse que dénonce Bourdieu et qui s'apparente davantage à un « ordre » qu'à une « classe ». Ce que démontre Chagnollaud. Mais la critique serait-elle juste ? Car cette élite de l'élite, capable de faire obstacle à la démocratisation comme à la décentralisation, est sans rivale quand il s'agit de préparer et d'appliquer une politique publique, pourvu qu'elle soit voulue et décidée au sommet de l'État. Et, s'il est irritant d'observer qu'« elle s'estime mieux équipée que quiconque pour dire dans quelle direction la société devrait aller, parce qu'elle seule est capable de percevoir les vrais intérêts de la société [2] », il est réconfortant de constater que, lorsque le pouvoir politique trace fermement la voie, elle n'a pas d'égal pour s'y engager et pour le servir, sachant mieux obéir que quiconque à condition qu'il ne

1. François Bloch-Lainé, *Profession : fonctionnaire*, *op. cit.*, p. 232.
2. Ezra N. Suleiman, *Les Élites en France*, *op. cit.*, p. 161.

lui soit pas demandé de « faire faire », mais d'agir par elle-même [1].

Ainsi, plutôt que de développer une polémique sur la technocratie, il nous semble préférable de distinguer, au sein de la catégorie des « dirigeants », deux profils d'énarques, selon qu'ils répondent davantage au portrait du « grand fonctionnaire » dessiné par Bernard Gournay ou à celui du « transfuge » que le passage en politique ou le « pantouflage » permettent de dessiner.

Le premier a toujours paru légitime à la déontologie administrative. De Chardon à Bloch-Lainé, il s'est incarné dans les « fonctionnaires de choc » que, chacune à sa manière, la IVe République et la Ve République gaullienne ont réussi à façonner. Figure de proue de la haute fonction publique, il a pris successivement le visage d'un Pierre Laroque, d'un Roger Grégoire, d'un Paul Delouvrier, d'un Pierre Racine, d'un Pierre Laurent ou d'un François Bloch-Lainé. De tels hommes préexistaient, sans doute, à l'ENA. Mais l'ENA les a immédiatement reconnus, et la France avec elle.

A l'aune des mêmes repères, le second profil a souvent fait figure d'« enfant perdu ». François Bloch-Lainé, qui a payé de sa personne en refusant deux fois au général de Gaulle d'être ministre, n'a pas de mots assez sévères pour le fustiger. « Les énarques devenus ministres, écrit-il, ont, pour la plupart, toujours désiré l'être ; et dès leur entrée dans l'Administration, ils ont pensé à faire ce qu'il fallait pour cela. Ils ont, plus ou moins expressément, considéré l'Administration comme un tremplin [2]... » La suite du propos est moins amène encore. Que dire, alors, des hauts fonctionnaires pour qui l'ENA et les grands corps ne sont qu'un lieu de passage de plus en plus bref avant de « pantoufler » !

1. Ainsi en a-t-il été, en 1981 et en 1986, de la Direction du trésor, à l'occasion des politiques successives de nationalisation et de privatisation. Cf., sur ce point, l'étude de Denise Mairey et Patrick Peugeot, « Le ministre et les directeurs : qui commande ? », publiée dans le numéro 53 de la revue *Pouvoirs* consacré au ministère des Finances, p. 17.

2. François Bloch-Lainé, *Profession : fonctionnaire*, *op. cit.*, p. 232.

De cette nouvelle race de dirigeants qui répond à un nouveau style de rapports entre l'État et la société civile, on ne traitera pas ici. Ils relèvent de l'analyse des relations entre l'administration, la politique et les affaires, qui ouvrira notre troisième partie.

3

L'administration publique en question

Le temps n'est plus où les Français croyaient posséder une administration publique que le reste du monde leur enviait. Seuls quelques hauts fonctionnaires parisiens — et leurs homologues londoniens — refusent d'avoir quelque état d'âme à l'égard d'un appareil administratif que beaucoup d'observateurs jugent obsolète. Et, si les critiques portées à son encontre sont parfois excessives, l'option prise par la Commission du Xe Plan en vue de le réformer est suffisamment radicale pour s'intituler *Le Pari de la responsabilité*[1].

En fait, dénoncée de tous côtés, la « maladministration » procède aujourd'hui de multiples causes. Elle tient, naturellement, en France au maintien de la centralisation que les réformes de 1982 n'ont pas réussi à endiguer, dans la mesure où les transferts de compétence au bénéfice des collectivités territoriales ont davantage prélevé sur les attributions des autorités déconcentrées que sur celles des administrations centrales. L'application à leur encontre du principe de subsidiarité, décidée par le président de la République, parviendra-t-elle à restreindre leur emprise aux tâches de conception, de coordination et de contrôle qu'elles n'auraient jamais dû déborder ? Comme l'art de

1. Rapport pour le Xe Plan, *Le Pari de la responsabilité*, commission sur l'efficacité de l'État présidée par François de Closets, Paris, La Documentation française, 1989.

la guerre, la mise en œuvre d'un tel principe dépendra de la continuité et de la détermination dont fera preuve le gouvernement pour en assurer l'exécution.

Mais la « maladministration » est aussi un phénomène de société dont le citoyen découvre chaque jour l'ampleur en mesurant sa condition d'administré. Et les efforts entrepris pour rendre l'administration plus transparente sont demeurés jusqu'à présent limités. Dans ce domaine, la décentralisation n'a rien amélioré.

Les dysfonctions dont souffrent les administrations publiques dans les pays occidentaux sont également liées à la crise de l'État-providence [1]. Au lieu de la maîtriser, la vague de néo-libéralisme dont le reflux est amorcé a contribué à l'exacerber. Les difficultés que traversent la Grande-Bretagne et les États-Unis en témoignent. « En France, en tout cas, écrit Luc Rouban, la remise en cause du Welfare n'est assurément pas un abandon de ses principes fondateurs (assurance sociale, redistribution fiscale) mais elle porte bien plus sur les moyens de l'organiser autrement avec la boîte à outils conceptuels qu'offre, notamment, la réforme administrative [2]. »

La politique de rénovation du service public qu'entreprend actuellement le gouvernement français s'inscrit dans cette démarche [3]. Et ses différentes manifestations, telles que la réforme de la grille des traitements, la séparation des Postes et des Télécommunications, l'évaluation des politiques publiques et le développement chez les fonctionnaires du sens des responsabilités illustrent la préférence marquée par les pouvoirs publics en faveur d'une série d'actions ponctuelles dont l'ensemble n'exprime pas encore un projet clairement formulé.

1. On renverra principalement le lecteur, sur ce point, au récent ouvrage de Pierre Rosanvallon, *L'État en France, de 1789 à nos jours*, Paris, Éd. du Seuil, « L'Univers historique », 1990.

2. Luc Rouban, « La modernisation de l'État et la fin de la spécificité française », *RFSP*, vol. 40, n° 43, 1990.

3. Voir notamment, sur ce point, le numéro spécial de la revue *Projet*, « Réinventer le service public », ainsi que les travaux publiés par l'association Services publics.

On étudiera ici quatre mises en question caractéristiques de l'administration. La première concerne les nouveaux rapports de la haute fonction publique avec le monde politique et le monde des affaires. La deuxième traite de l'apparition des autorités administratives indépendantes. La troisième analyse le dispositif mis en place pour l'évaluation des services et des politiques publics. Et la quatrième tente de mesurer l'impact de la Communauté européenne sur le rôle des administrations publiques dans les États membres.

9

Les nouveaux rapports de la haute fonction publique avec le monde politique et le monde des affaires

La vision webérienne de la haute administration a rendu compte pendant près d'un siècle du rôle joué par l'administration de carrière au sommet de l'État. Et elle a fourni, à travers le modèle établi par le sociologue allemand, un remarquable outil d'analyse. Ainsi a-t-elle contribué à dessiner, en France, le profil que Bernard Gournay a contribué à fixer, sous le nom de « grand fonctionnaire », et que François Bloch-Lainé a illustré en recourant à l'image du « fonctionnaire de choc ». Ce type de haute fonction publique — auquel correspondait en Grande-Bretagne la tradition du Civil Service — a eu ses heures de gloire [1] et a obéi à une déontologie. Mais, comme le montre Jean Rivero, celle-ci a parfois conduit, aux échelons subalternes, à faire prévaloir le « ''primat de l'intérêt du service'' et la ''défiance à l'égard du particulier'' sur le respect de l'environnement et des droits de l'administré [2] ».

Aussi, cette conception de la haute administration,

1. Comme en témoigne, par exemple, l'ouvrage collectif publié par l'institut Charles-de-Gaulle sous le titre *De Gaulle et le Service de l'État*, Paris, Plon, « Espoir », 1977.

2. Jean Rivero, « Une déontologie de la fonction publique », *Projet*, n° 220, déc. 1989, p. 32-36.

alliant la servitude et la grandeur, est aujourd'hui mise en question. Certes, il ne faut pas confondre la modernisation du service public et le laisser-aller. Les critiques adressées successivement au Civil Service par certains éléments du Parti travailliste et par l'entourage de Margaret Thatcher ne sont pas toutes fondées [1]. Et les alternances politiques qui se sont succédé en France depuis 1981 ont encore accentué une politisation de l'administration dont il est légitime de condamner les excès [2]. Il n'en est pas moins vrai que, depuis deux ou trois décennies, l'évolution des rapports entre la haute fonction publique d'une part, le monde politique et le monde des affaires d'autre part témoigne d'une mutation profonde. A tel point que Georges Burdeau, dans l'un de ses derniers écrits, a pu relever que « dans l'État fonctionnel, le fondement du pouvoir met certainement en cause l'administration [...]. Elle est appelée à s'affranchir de la subordination juridique où la confinait la distinction classique entre le politique, activité inconditionnée, et l'administratif, activité dérivée [3] ».

En tout cas, franchissant la frontière qui séparait traditionnellement l'administration de la politique et de la société, les hauts fonctionnaires ont entrepris, dans certains pays d'Europe occidentale dont la France, une migration qui, en prolongeant la politisation dont ils sont l'objet, conduit à une véritable « fonctionnarisation » de la classe politique et, sous la dénomination de « pantouflage », à une pénétration effective de leurs avant-gardes dans les entreprises publiques et dans le monde des affaires.

Ce sont les deux aspects de cette migration que l'on exa-

1. Comme le montrera, sur ce point, nous l'espérons, la thèse de doctorat de science politique en cours d'achèvement de Philippe Keraudren.

2. En témoigne l'appel lancé par François Bloch-Lainé et Bernard Tricot en faveur de l'apolitisme avant l'alternance de mars 1986, dans *Le Monde* du 6 février 1986.

3. Georges Burdeau, *Traité de science politique*, t. III, vol. 2, *La Dialectique de l'ordre et du mouvement*, Paris, LGDJ, 1981, p. 324.

minera successivement dans ce chapitre, non sans avoir étudié, préalablement, la politisation de l'administration qui lui est liée.

1. La politisation de la haute administration

En fait, une interpénétration limitée, mais effective, a toujours marqué les rapports de l'administration et de la politique. Et la séparation des deux systèmes n'avait été acquise par les hautes fonctions publiques occidentales, à la fin du siècle dernier, qu'en réaction contre le mélange des genres et le clientélisme. Mais la séparation de l'administration et de la politique était devenue, sauf aux États-Unis où continue à sévir le *spoils system*, une telle habitude qu'elle paraissait constituer le corollaire de l'État libéral et qu'elle semblait être devenue partie intégrante de l'État de droit. Aussi n'est-il pas étonnant que l'on ait d'abord considéré ses violations comme des atteintes exceptionnelles apportées à l'ordre établi, avant de s'interroger de façon plus approfondie sur les raisons de leur multiplication, qui varient, aujourd'hui, selon les pays et selon les époques.

1. La variation selon les pays

Il était devenu habituel, en effet, d'opposer le *spoils system* américain à la stabilité de la haute fonction publique qui régnait en Europe. Mais, des deux côtés de l'Atlantique, la situation était déjà depuis longtemps diversifiée.

1. L'évolution du « spoils system » américain

Présenté, parfois avec excès, comme le *turn over* des fonctionnaires américains rythmé, depuis Jefferson mais surtout depuis Jackson, par l'alternance au pouvoir des hôtes de la Maison-Blanche, le *spoils system* américain apparaît, aujourd'hui, plus limité dans son application au niveau fédéral [1]. Certes, l'objectif poursuivi par le président Carter, en créant un Senior Civil Service, d'accroître sensiblement le nombre des fonctionnaires de carrière au sein des 7 000 postes de direction situés immédiatement au-dessous de l'Executive Schedule n'a pas été atteint. Et Washington connaît toujours, à l'avènement d'un président issu du parti opposé à celui de son prédécesseur, le phénomène dénoncé par Hugh Heclo dans son célèbre ouvrage intitulé *A Government of Strangers* [2]. Mais cette « invasion » est néanmoins circonscrite. « Car, comme l'indique Yves Mény, le président, en dépit de son pouvoir théorique de nomination, est bien incapable de connaître les 5 à 6 000 personnes qui peuvent prétendre aux postes de *plum book* (littéralement, le "livre des prunes", version américaine de nos "fromages"). Les nominations donnent lieu à des consultations frénétiques, des pressions multiples (du Congrès, des parlementaires du parti au pouvoir, des groupes d'intérêt, etc.) qu'on a pu qualifier de "mêlée sociopolitique". Et bien souvent le tout s'achève… par la nomination d'un petit cercle d'initiés : on consulte les *policy activists* qui ont, dans la capitale, la réputation d'être experts du domaine concerné, et comme ceux-ci finissent toujours par se recommander les uns des autres, ce sont eux qui bénéficient principalement de l'opération [3] ! » En simplifiant volontairement le trait, Stanley Hoffmann expliquait un jour à mes étudiants que ces quelque 2 000 à 3 000 postes sont attribués principalement aux cadres d'entreprise, aux journalistes, aux universitaires et surtout aux avocats (qu'il comparait, pour les besoins de la cause, aux « énarques ») que leur sensibilité politique rapproche, au lendemain de l'élection présidentielle, du parti victorieux.

1. En revanche, le *spoils system* continue à fonctionner à plein au niveau des États et au niveau local.

2. Hugh Heclo, *A Government of Strangers, Executive Politics in Washington*, The Brookings Institution, 1977.

3. Yves Mény, « A la jonction du politique et de l'administratif : les hauts fonctionnaires », *Pouvoirs*, n° 40, 1987, p. 17-18.

2. Les autres formes de politisation

Différentes formules ont été expérimentées dans les pays européens pour limiter les effets de la séparation entre l'administration et la politique. L'espace ainsi dégagé entre les deux concerne principalement les modes de recrutement et de révocation des hauts fonctionnaires.

A la charnière de l'administration et de la politique, la République fédérale d'Allemagne a institué une catégorie de fonctionnaires politiques (*politische Beamte*). Recrutés parmi les hauts fonctionnaires sur critères politiques, ceux-ci sont appelés à occuper des emplois stratégiques à la tête des principaux services de la Chancellerie et des ministères. Révocables par le gouvernement, notamment à la suite d'une alternance au pouvoir, ils bénéficient d'une procédure de mise en disponibilité qui leur assure, pendant cinq ans, le versement de 75 % de leur traitement. Parallèlement, l'ensemble des fonctionnaires est soumis au respect de l'ordre constitutionnel établi par la Loi fondamentale. Cette exigence de loyalisme a été rappelée, à deux reprises, par la Cour constitutionnelle pour justifier la mise à l'écart de fonctionnaires appartenant à des partis ou à des groupes extrémistes. Mais la pratique des « interdictions professionnelles » (*Berufsverbot*) ne semble pas avoir atteint, au cours de la lutte contre le terrorisme menée pendant les années 1970, plus d'un millier de personnes sur les 700 000 fonctionnaires fédéraux. En revanche, à la faveur des alternances au pouvoir de 1969 et de 1982, le système des « fonctionnaires politiques » a permis d'assurer sans heurt la relève d'un nombre relativement important de secrétaires d'État et de directeurs de ministère (11 Staat-Sekretäre, 8 directeurs et 70 autres hauts fonctionnaires, notamment en octobre-novembre 1969) [1].

Un autre mode d'assouplissement de la séparation entre l'administration et la politique est pratiqué dans les pays

1. *Ibid.*, p. 19.

où l'appartenance linguistique ou même partisane constitue une ligne de clivage pénétrant profondément la société civile. Ainsi, en Belgique et en Autriche, un système de partage, inspiré de la représentation proportionnelle, assure à chaque communauté linguistique ou à chaque famille politique une représentation jugée équitable au sein de la fonction publique. Assez curieusement, ce phénomène de *lottizazione*, qui s'applique en Italie à la vie politique et syndicale ainsi qu'à la direction des entreprises publiques, ne semble pas avoir affecté considérablement la haute fonction publique italienne, peut-être en raison de la prépondérance exercée par la classe politique qui tend à marginaliser le rôle des hauts fonctionnaires au sein de l'élite dirigeante du pays [1].

En revanche, tout en demeurant fidèle à la séparation de l'administration et de la politique, la Grande-Bretagne a été atteinte, à son tour, par le mouvement de politisation rencontré ailleurs. Déjà, sous les gouvernements travaillistes de Harold Wilson et James Callaghan, on a pu observer la multiplication des conseillers politiques auprès du Premier ministre et des ministres (38 conseillers auprès du gouvernement Wilson en 1974, contre 11 seulement en 1970 auprès du gouvernement conservateur d'Édouard Heath). Toutefois, Harold Wilson lui-même freinera en 1975 l'évolution tendant à la formation de mini-cabinets. Ce qui conduit Claire Charlot à écrire qu'« une sorte de mouvement général vers un système de cabinets ministériels à la française semble donc s'amorcer. Mais il ne s'agit encore que d'un frémissement [2] ».

Un peu plus tard, sans préconiser toutefois cette solution, Margaret Thatcher fera appel, à son tour, et de manière spectaculaire, à des conseillers choisis en dehors du Civil Service. L'exemple le plus célèbre est celui de sir Derek Rayner, ancien codirecteur de Marks and Spencer ; mais d'autres conseillers proviennent également du monde

1. Sabino Cassese, « The Higher Civil Service in Italy », art. cité, p. 35.
2. Claire Charlot, *L'Énarchie à l'anglaise*, *op. cit.*

des affaires ou ont été choisis pour leur sensibilité « monétariste ». Le Premier ministre n'hésitera pas, non plus, à intervenir dans le choix des *permanent secretaries*, comme en témoigne la nomination en 1983 de Peter Middleton à la tête de l'administration de la Trésorerie. Enfin, même si cette pratique reste encore exceptionnelle, des hauts fonctionnaires seront appelés à témoigner devant des commissions parlementaires. Ce qui autorise, aujourd'hui, l'un des meilleurs spécialistes français de l'administration britannique à s'interroger sur la « fin du Civil Service apolitique et fermé [1] ».

2. La variation selon les époques

On a précédemment rappelé l'attachement porté par la tradition républicaine, héritière de la Révolution française, à la distinction de l'administration et de la politique. Or, si la République a réussi à en imposer l'image et si la haute fonction publique, à travers sa déontologie, l'a intériorisée, la pratique politique, avant même l'époque contemporaine, ne l'a pas toujours respectée. Seules, les périodes de stabilité politique et constitutionnelle ont connu l'« âge d'or de l'apolitisme administratif [2] ». Les changements de régime qui se sont échelonnés au cours du XIXe siècle et jusqu'en 1944 ont engendré le phénomène de l'épuration tandis que les alternances introduites sous la Ve République ont favorisé l'établissement, au niveau de la haute administration, d'un *spoils system* en circuit fermé.

1. Yvonne Fortin, « La fin du Civil Service apolitique et fermé ? », art. cité. La question soulevée par l'auteur sera examinée également dans la thèse en cours d'achèvement de Philippe Keraudren sur la politique du gouvernement Thatcher à l'égard du Civil Service.

2. Selon l'expression de Jacques Chevallier, « La gauche et la haute administration », *in* CURAPP, *La Haute Administration et la Politique*, Paris, PUF, 1986, p. 22.

1. L'épuration engendrée par les changements de régime

Les changements de régime que la France a connus au cours du XIXe siècle ont retardé, en fait, jusqu'à l'enracinement de la IIIe République la stabilisation du personnel formant la haute fonction publique. De nombreux exemples illustrent cette instabilité, dont les moments stratégiques correspondent aux restaurations, aux révolutions et aux coups d'État de 1815, 1830, 1848 et 1851. Guizot, à la Chambre des députés, en 1830, s'enorgueillit d'avoir rapidement procédé à l'épuration des hauts fonctionnaires au profit de la monarchie de Juillet : « Pour réaliser notre politique, déclare-t-il, une première tâche était imposée au gouvernement. Il fallait prendre partout possession du pouvoir et le remettre à des hommes capables d'affermir le triomphe de la cause nationale [...]. De nombreux changements dans le personnel étaient donc la première nécessité du gouvernement [...]. On peut, dès aujourd'hui, se former une juste idée de l'étendue et de la célérité du travail [...]. 76 préfets sur 86, 196 sous-préfets sur 277, 53 secrétaires généraux sur 86, 127 conseillers de préfecture sur 315 ont été changés [...]. Dans le Conseil d'État, le nombre des membres en activité de service a été provisoirement réduit de 55 à 38 ; sur ces 38, 20 ont été changés [...]. Dans le Département des affaires étrangères, la plupart de nos ambassadeurs et ministres en dehors ont été révoqués [...] [1]. »

La pratique de l'épuration sera reprise à son compte par la République, aussi bien à l'occasion de son instauration dans les années 1870 et 1880 qu'à la faveur de sa restauration en 1944-1945.

La première épuration républicaine, relativement modérée, eut lieu en 1877-1878, en réaction contre celle, beaucoup plus importante, entreprise au lendemain du 16 mai 1877 par le gouvernement de l'Ordre moral : 1 385 fonc-

1. Cf. l'étude de Louis Fougère, « L'impossible neutralité » (*Pouvoirs*, n° 40, 1987, p. 84), dont la citation de Guizot est extraite.

tionnaires furent révoqués et 4 778 déplacés[1]. Elle visait seulement à éliminer les adversaires déclarés de la République et n'avait porté que sur le corps préfectoral et quelques hauts fonctionnaires des finances et de la diplomatie. La seconde, en revanche, intervenue entre 1879 et 1885, eut l'ampleur d'un raz de marée et s'apparente à la pratique du *spoils system* à l'état pur. « Les éliminations, écrit Jean-Pierre Machelon, n'eurent plus pour objet d'écarter de la fonction publique des personnalités notoirement hostiles au régime ou des auteurs d'abus manifestes — tâche déjà accomplie — mais, avant tout, de sanctionner des adversaires politiques[2]. » Et elles s'accompagnèrent d'une vague de démissions, provoquée par le refus d'un nombre important de fonctionnaires et de magistrats d'exécuter la législation anticléricale, qui facilitèrent un large mouvement de colonisation de l'administration par un personnel dévoué à la nouvelle politique et recruté par la voie du clientélisme parlementaire.

Cette vaste épuration atteindra également le Conseil d'État — où il ne subsistera plus, après l'application de la loi du 13 juillet 1879, que trois conseillers (dont Laferrière) antérieurement nommés — et la magistrature, à la suite d'une loi antilibérale du 30 août 1883, dont l'article 11 suspendra pendant trois mois l'application du principe de l'inamovibilité des juges.

Heureusement, cette succession d'épurations prendra fin avec la stabilisation, jusqu'en 1940, des institutions républicaines. A tel point que Léon Blum s'interrogera après coup sur le point de savoir si, en 1936, le maintien en fonction de la plupart des hauts fonctionnaires n'a pas contribué pour une part à l'échec du Front populaire. Mais l'épuration réapparaîtra, à partir de 1940, à la faveur de la guerre. Elle affectera durement, sous le gouvernement de Vichy, les juifs, les francs-maçons et les résistants. Et,

1. *JO* du 5 novembre 1878, p. 10 157.
2. Jean-Pierre Machelon, *La République contre les libertés ?*, Paris, Presses de la FNSP, 1976, p. 285. Voir également Dominique Chagnollaud, *L'Invention des hauts fonctionnaires, op. cit.*

pendant les années 1944-1946, elle atteindra à leur tour les fonctionnaires suspects de collaboration avec l'occupant et de loyalisme à l'égard du maréchal Pétain. Elle s'inscrit alors dans le cadre de la politique réclamée par le Conseil national de la Résistance et appliquée par le gouvernement provisoire de la République, présidé par le général de Gaulle, visant à sanctionner les faits de collaboration avec l'ennemi. Par conséquent, elle mêle les fonctionnaires à l'ensemble des Français poursuivis, au même titre, devant les tribunaux d'exception. Parallèlement, une épuration professionnelle pouvant aller jusqu'à la rétrogradation et la révocation, frappe les fonctionnaires coupables d'activité antinationale. « Dans chaque ministère, écrit René Rémond, une commission examinera les cas litigieux, au total quelque 11 000 dossiers pour toutes les administrations publiques. L'épuration fut modérée, et la proportion des sanctionnés faible : pour l'enseignement public, 680 révocations et 320 suspensions ou mises à la retraite sur 6 000 cas examinés [1]. » Les condamnations à l'indignité nationale seront amnistiées en 1953.

2. L'alternance administrative, corollaire de l'alternance politique

La rareté des alternances politiques sous les IIIe et IVe Républiques [2] et le pluralisme politique engendré par un système de partis fondé sur la « conjonction des centres » ont favorisé, sous ces deux régimes, la stabilité de la haute administration. En outre, ils ont permis, en dotant progressivement la fonction publique d'un statut protecteur, de mettre définitivement la masse des petits et des moyens fonctionnaires à l'abri des aléas de la conjoncture politique. Il est donc apparu normal, en 1958, que le passage de la IVe à la Ve République respecte la continuité de l'administration, y compris celle des hauts fonction-

1. René Rémond, *Notre siècle, 1918-1988*, Paris, Fayard, p. 353.
2. Jean-Louis Quermonne, *L'Alternance au pouvoir*, Paris, PUF, « Que sais-je ? », 1989.

naires, favorables dans l'ensemble à l'avènement de la stabilité gouvernementale.

Cependant, l'effet pervers de cette stabilité et de l'interdiction du cumul des fonctions gouvernementales et du mandat parlementaire édictée par la nouvelle Constitution a été de renforcer les liens existant entre le pouvoir exécutif et la haute administration. Et le fait que le général de Gaulle confie à des hauts fonctionnaires de nombreux postes de responsabilité, voire des fonctions ministérielles, a familiarisé ces derniers avec l'exercice du pouvoir politique. Il en est résulté une première confusion des rôles que l'opposition de gauche n'a pas manqué à l'époque de dénoncer [1].

Mais la République gaullienne entendait maintenir la séparation de l'administration et de la politique, même si elle en avait déporté la frontière entre le gouvernement et le Parlement. Si bien que les hauts fonctionnaires continuèrent à être choisis, pourvu qu'ils fussent « nationaux » (ce qui excluait les membres du Parti communiste), sans référence à leur tendance politique [2], jusqu'à ce que Georges Pompidou, d'abord en tant que Premier ministre, puis comme président de la République, les utilise comme vivier pour renouveler la classe politique.

L'étape suivante sera franchie par Valéry Giscard d'Estaing. Alors ministre de l'Économie et des Finances, ses propos avaient déjà heurté la sensibilité de François Bloch-Lainé lorsqu'il avait déclaré : « Nous allons forcément vers un présidentialisme accru et il faut en tirer les conséquences. Les équipes dirigeantes seront appelées à changer avec l'élu du peuple au pouvoir exécutif [3]. » Mettant sa parole en actes, le nouveau chef de l'État interviendra personnellement, après 1974, dans la nomination des hauts fonctionnaires et accroîtra l'audience des cabi-

1. Jacques Chevallier, « La gauche et la haute administration », art. cité, p. 22.
2. Cf. l'ouvrage collectif, *L'Entourage et de Gaulle*, publié par l'institut Charles-de-Gaulle, Gilbert Pilleul, dir., Paris, Plon, 1979.
3. François Bloch-Lainé, *Profession : fonctionnaire, op. cit.*, p. 231.

nets ministériels. Mais l'alternance au sein de la majorité au pouvoir réalisée par son élection à l'Élysée ne fera que préfigurer ce que les véritables alternances politiques réaliseront à partir de 1981.

En effet, en accédant au pouvoir en 1981, la majorité socialiste, loin de rétablir la séparation entre l'administration et la politique — séparation qu'elle avait réclamée dans l'opposition —, accroîtra l'ampleur de leur interpénétration. Il est difficile d'établir un bilan exact de l'alternance administrative qui en a résulté ; car, depuis plusieurs années, le rythme de rotation des titulaires des emplois discrétionnaires s'était déjà amplifié. Mais, en empruntant les chiffres avancés par Jacques Chevallier, on peut indiquer que, à la fin de 1982, 57 % des directeurs d'administration centrale ont été remplacés, et, à la fin de 1983, 73 %. On peut ajouter que, du 8 juillet 1981 au 16 juin 1982, 15 préfets de région sur 22 et 84 préfets de département sur 100 ont été déplacés, 37 préfets et sous-préfets en poste ayant, de surcroît, quitté volontairement leur corps ; en outre, avant la fin de l'année 1981, 16 nouveaux recteurs d'académie sur 28 ont été nouvellement désignés [1]. Le phénomène sera amplifié par le discours tenu par certains leaders socialistes au congrès de Valence, notamment Paul Quilès : « Il ne faut pas non plus se contenter de dire, de façon évasive, comme Robespierre à la Convention, le 8 thermidor 1794 : Des têtes vont tomber ! Il faut dire lesquelles et le dire rapidement ; c'est ce que nous attendons du gouvernement, il en va de la réussite de notre politique. » Ce sera alors au tour de la droite de protester vigoureusement.

Cependant, la pratique du gouvernement Chirac en 1986 ne le cédera en rien à la précédente. Son rythme sera même plus rapide : 32 directeurs d'administration centrale seront

1. Jacques Chevallier, « La gauche et la haute administration », art. cité, p. 33-35. Pour une étude complète du comportement de la gauche au pouvoir vis-à-vis de la haute administration, on se référera à l'ouvrage fondamental de Monique Dagnaud et Dominique Mehl, *L'Élite rose*, Paris, Ramsay, 2e éd. 1988. Voir également Pierre Birnbaum, dir., *Les Élites socialistes du pouvoir, 1981-1985*, Paris, PUF, 1985.

remplacés en trois mois (contre 21 par la gauche en quatre mois en 1981), et elle atteindra tous les secteurs de l'administration. Le maintien du président de la République à l'Élysée ne protégera même pas le secrétaire général du gouvernement, Jacques Fournier, dont l'engagement politique au Parti socialiste était, il est vrai, de notoriété publique. Comme il arrive souvent dans ce cas, le discours officiel du gouvernement, tel qu'il s'exprime dans la loi du 23 décembre 1986 tendant à contrebalancer l'élargissement du tour extérieur à l'ensemble des corps d'inspection grâce à son plafonnement et à l'esquisse d'un contrôle d'aptitude des intéressés, couvre, en fait, un comportement à travers lequel la critique reconnaîtra l'existence d'un « État-RPR ». Aussi n'est-il pas étonnant qu'à l'initiative de Raymond Barre l'un des thèmes de la campagne présidentielle de 1988 ait été la restauration de l'État impartial [1].

Dans ce contexte, il est naturel que l'un des premiers gestes du Premier ministre nommé au seuil du second septennat de François Mitterrand, Michel Rocard, ait été de rappeler à ses ministres, dans une circulaire du 25 mai 1988, que « la désignation des titulaires des emplois publics doit se faire sans autre distinction que celle de leurs vertus et leurs talents, au sens de l'article 6 de la Déclaration des droits de l'homme et du citoyen de 1789 ». Mais si le rythme de l'alternance administrative apparaît, en effet, moins soutenu depuis 1988, le nombre des membres des cabinets ministériels n'en continue pas moins à croître, pour atteindre 618 personnes au mois de décembre 1988 ! Et, un an après la formation du gouvernement Rocard, 49 directeurs d'administration centrale (sur 170) auront été changés, ainsi que 14 directeurs d'établissement public et 9 patrons d'entreprise publique ; 36 % des nouveaux directeurs ont appartenu auparavant à un cabinet ministériel de gauche [2].

1. Jacques Chevallier, « Administration et politique », *Encyclopaedia universalis*, Paris, 1990, p. 1226.

2. Monique Dagnaud, Dominique Mehl, « L'élite rose confirmée », *Pouvoirs*, n° 50, 1989, p. 141-150.

3. Un « spoils system » en circuit fermé

La question que soulève la pratique renforcée de l'alternance administrative est donc celle de savoir si l'administration de carrière a fait place, depuis l'avènement de l'alternance politique, à l'implantation du *spoils system* américain. La réponse nous paraît devoir être nuancée. Car, d'une part, pour l'immense majorité des fonctionnaires, le système de l'emploi n'a pas remplacé celui de la carrière. D'autre part, là où il s'applique, c'est-à-dire au sommet de l'État, le *spoils system* à la française ne fait pas pénétrer dans l'administration, à la manière américaine, un nombre significatif d'agents extérieurs à la fonction publique. Sur ces deux points, la pratique française est donc loin de ressembler à la pratique américaine.

A la vérité, il s'est constitué, en France, depuis une quinzaine d'années un système des dépouilles « en circuit fermé », limité à la haute fonction publique. Il concerne les emplois pourvus discrétionnairement par le gouvernement, un nombre croissant d'emplois fonctionnels et, bien entendu, la composition des cabinets ministériels. Ce système affecte plus d'un millier de personnes. Et Jacques Chevallier a raison de dire que, pour occuper ces postes, se sont formées deux cohortes de hauts fonctionnaires aux sensibilités politiques opposées. Toutefois, ces cohortes ne touchent encore qu'une fraction limitée de la haute administration. Et le système n'a été rendu praticable que par la réunion de trois éléments qui en forment aujourd'hui le dispositif.

Le premier résulte de l'existence légale des *emplois discrétionnaires*, dont la liste a été accrue par un décret du 24 juillet 1985 et étendue par un décret du 6 août de la même année aux emplois de direction de certains établissements publics, entreprises publiques et sociétés nationales auxquels il est également pourvu en Conseil des ministres. C'est cette liste qui rapproche, comme on l'a déjà observé, la pratique française de celle que connaît la République fédérale d'Allemagne avec le statut des « fonctionnaires politiques». L'étude consacrée par Danièle Lochak à la situation des directeurs d'administration centrale face à l'alternance de 1981 en apporte la démonstration [1].

Le deuxième élément tient à la montée en puissance des *cabinets ministériels*. Non seulement le nombre de leurs membres officiels et officieux ne cesse d'augmenter d'année en année, malgré les directives du chef de l'État et du chef du gouvernement tendant à le réduire (au point que, sous le gouvernement de Michel Rocard, la liste arrêtée officiellement le 20 janvier 1990 atteint 370 personnes, non compris l'entourage du président de la République), mais encore leur rôle tend à s'accroître au détriment des directions et des services des administrations centrales, contribuant à la politisation de la gestion.

La troisième composante du système résulte de l'utilisation à des fins politiques de la procédure du *tour extérieur*, initialement destinée à favoriser l'accès aux grands corps de l'État de personnalités extérieures désignées pour leur compétence, ou de fonctionnaires expérimentés issus de corps immédiatement inférieurs. Or, tandis qu'elle avait dénoncé le détournement de ce procédé sous les septennats de Georges Pompidou et de Valéry Giscard d'Estaing, la gauche au pouvoir, loin d'y mettre un terme, en a étendu la pratique. En modifiant les textes en vigueur, elle a élargi l'accès au tour extérieur du corps préfectoral, et du corps diplomatique, et a fait voter au Parlement une loi du 13 septembre 1984 généralisant le système à l'ensemble des corps d'inspection et de contrôle; au point de fixer au tiers des emplois vacants le nombre des postes appelés à être ainsi pourvus [2]. On se gardera de citer, ici, les noms des personnes dont la nomination a suscité le plus de réserve au regard de la déontologie de la fonction publique. Mais il faut admettre qu'une telle dérive n'a pas contribué à

1. Danièle Lochak, «Les directeurs d'administrations centrales en 1981», *La Haute Administration et la Politique, op. cit.*, p. 49-79.

2. Jacques Chevallier, «La gauche et la haute administration», art. cité.

rehausser le prestige des gouvernements qui en ont assumé la responsabilité. Aussi la droite, revenue au pouvoir, a-t-elle cherché, de manière symbolique, à limiter par la loi précitée du 23 décembre 1986 la portée de ces dispositions, même si elle en a à son tour profité.

2. La fonctionnarisation du personnel politique

Si la politisation de la haute fonction publique constitue aujourd'hui une tendance lourde, présente dans la plupart des pays d'Europe occidentale, le recrutement du personnel politique parmi les hauts fonctionnaires paraît circonscrit, en revanche, à la République fédérale d'Allemagne et surtout à la France.

Tandis qu'en Allemagne fédérale le phénomène est davantage perceptible à travers l'origine socioprofessionnelle des membres du Bundestag (près de 42 % des députés originaires de la fonction publique, dont la moitié environ d'enseignants, en 1982), en France, la pénétration des hauts fonctionnaires dans la classe politique peut s'observer à tous les niveaux du pouvoir. Francis de Baecque en a pris la mesure avec un soin particulier, d'abord dans l'étude qu'il a consacrée à l'interpénétration des personnels administratifs et politiques dans l'ouvrage collectif sur *L'Administration et la Politique sous la Ve République*[1] ; plus récemment, dans un article publié sous le titre évocateur : « Les fonctionnaires à l'assaut du pouvoir[2] ».

Rappelant que la tradition républicaine de l'apolitisme des hauts fonctionnaires est née en réaction contre la pratique imposée par Guizot, sous la monarchie de Juillet, des députés fonctionnaires, l'auteur indique que la politisation de l'administration « trouve sans doute son origine dans les combats de la Résistance, [qu']elle s'est poursui-

1. *Op. cit.*, p. 19-60.
2. *Pouvoirs*, n° 40, 1980, p. 61-80.

vie sous la Quatrième République, mais il semble que l'on peut affirmer que la Cinquième République a permis à cette tendance de trouver son épanouissement, au point que l'on est en droit de s'interroger sur les risques que fait courir au bon fonctionnement du régime et aux principes mêmes de la démocratie une très large interpénétration des personnels politique et administratif[1] ».

1. L'ampleur du phénomène migratoire

L'ampleur du mouvement qui a conduit, depuis deux décennies, une fraction des hauts fonctionnaires à investir le pouvoir politique est telle que, dès 1979, nous pouvions parler à son sujet de phénomène migratoire. Or, celui-ci ne s'est pas ralenti depuis lors ; bien au contraire, il s'est étendu, par-delà les pouvoirs publics proprement dits, à la classe politique et aux entreprises publiques.

1. Le pouvoir exécutif

« Pour les quatre présidents de la République, il suffit de rappeler que seul François Mitterrand n'est pas issu de la fonction publique et que pour les dix Premiers ministres[2], le pourcentage des anciens fonctionnaires est de 100 %, à savoir, deux membres du Conseil d'État, un membre de la Cour des comptes (sous deux septennats différents), un membre de l'Inspection des finances, un membre du corps diplomatique (lui-même issu de l'Inspection des finances), un gouverneur de la France d'outre-mer et trois enseignants dont un professeur d'université (en retenant la formation de base de Georges Pompidou et non sa qualité de maître des requêtes au Conseil d'État)[3]. » Francis de Baecque dresse ainsi un bilan éloquent.

1. Francis de Baecque, *L'Administration et la Politique sous la Ve République, op. cit.*, p. 20.
2. Il faudrait ajouter aujourd'hui Michel Rocard, issu de l'Inspection des finances.
3. Francis de Baecque, « Les fonctionnaires à l'assaut du pouvoir », art. cité, p. 63.

S'y ajoutent naturellement les ministres. En chiffre moyen, établi sur la base des gouvernements formés de 1959 à 1986, la proportion de membres ou d'anciens membres de la fonction publique est de 54 %, avec une pointe à près de 70 % sous les gouvernements de Gaulle et Messmer, et deux chutes à 43 % sous les gouvernements Pompidou et Chaban-Delmas. Or, les pourcentages les plus faibles que l'on relève sont eux-mêmes supérieurs à celui qui fut le plus élevé sous la IVe République : 41,7 % dans le gouvernement Guy Mollet.

Sans doute conviendrait-il de dégager de ces données la part des anciens élèves de l'École nationale d'administration. Grâce à une enquête entreprise par la revue *ENA mensuel*, nous disposons maintenant de chiffres précis. Analysant les résultats de cette étude, Didier Maus peut écrire : « De ses origines au 15 janvier 1989, l'École nationale d'administration a fourni à la Ve République 1 président de la République et 50 ministres (dont deux Premiers). Sur cet ensemble, quelques-uns ont pu accéder au gouvernement sans avoir été députés, soit qu'ils aient joué le rôle de ministres techniciens, soit qu'ils n'aient brigué qu'ultérieurement un mandat électif. Cependant, la plupart d'entre eux ont dû passer par le Parlement avant d'occuper leur fonction [1]. »

2. Le pouvoir législatif

La même enquête révèle que, parmi les énarques issus des promotions antérieures à 1989, 70 ont été députés (dont un président de l'Assemblée nationale) et 7 sénateurs. Mais ce qui frappe le plus, c'est que sur ces 70 députés 71 % aient pu devenir ministres. Par conséquent, comme l'observe avec humour Didier Maus, « 31 seulement n'ont pas encore eu le plaisir de goûter aux charmes de la fonction ministérielle. Compte tenu de leur âge et de leurs engagements politiques et à condition de faire un pari sur une

1. Didier Maus, « Les énarques au gouvernement et au Parlement », *Pouvoirs*, n° 49, 1989, p. 147.

alternance politique dans les décennies à venir, rien n'est encore perdu[1] ».

Toutes formations politiques confondues, le pourcentage des fonctionnaires présents à l'Assemblée nationale s'établit, sous la Ve République, à la moyenne de 33 % et s'est élevé à 46 % depuis 1981, enseignants inclus. En revanche, il reste de l'ordre de 20 % au Sénat, et se situe autour de 30 % dans les conseils régionaux et de 25 % dans les conseils généraux[2].

2. Comment s'explique la politisation ?

La conjoncture politique sert, généralement, d'explication au phénomène. Bertrand de Jouvenel a cherché à le théoriser en prenant appui sur la rupture opérée entre la Ve République et la classe politique issue du régime précédent. Selon lui, la pénétration d'une fraction importante de hauts fonctionnaires au sein du gouvernement et du Parlement s'analyserait sous la forme d'un *relais d'élites*. Observant l'évolution du système politique établi par le général de Gaulle dans le sens du « principat », il écrit en 1964 que celui-ci favorisait le relais des équipes déclinantes par « des élites montantes qui ont besoin, selon les circonstances, du pouvoir personnel pour les remorquer ou leur frayer la voie, ou les consacrer[3] ».

Or, si le général de Gaulle a, en effet, porté au premier rang des responsabilités un nombre important de hauts fonctionnaires, sans les obliger à solliciter un mandat des électeurs, ses successeurs les ont incités à franchir le pas. Georges Pompidou était, en effet, hostile aux ministres techniciens, et Valéry Giscard d'Estaing, qui fut en 1956 le premier énarque à entrer à l'Assemblée nationale, a payé de sa personne une évolution qu'il n'a jamais reniée.

1. *Ibid.*, p. 148.
2. Jacques Chevallier, « Administration et politique », art. cité, p. 1227.
3. Bertrand de Jouvenel, « Du principat », *RFSP*, déc. 1964, p. 231.

Une seconde explication tient à la *présidentialisation du régime*, dont la fonctionnarisation de la classe politique serait la conséquence. Il est vrai que, en donnant les premiers rôles aux ministres sur les parlementaires, la Vᵉ République a rendu attractive, aux yeux des hommes d'action que sont les hauts fonctionnaires, le « métier » politique que, sous la IVᵉ République, ils avaient méprisé. Ainsi, la distinction que Jean-Luc Bodiguel avait déjà décelée parmi les anciens élèves de l'ENA entre les « dirigeants » et les « gestionnaires » aurait connu un prolongement politique.

Nous avons nous-même suggéré une troisième explication qui, s'appuyant sur la précédente, se fonde sur l'hypothèse selon laquelle la haute fonction publique constituerait dans un grand nombre de démocraties occidentales, et spécialement en France depuis la Vᵉ République, une véritable *force politique*. Sans doute cette analyse prend-elle à contre-pied la routine qui conduit encore quelques politistes à ne reconnaître que deux catégories de forces politiques : les partis et les groupes de pression. Mais, considérant cette conception comme réductrice, il nous est apparu que la vie politique sous la Vᵉ République apportait la démonstration éclatante de la capacité manifestée par la haute fonction publique à tenir des rôles qui avaient été réservés, sous les régimes précédents, à des notables et à des militants [1]. Certes, cette interprétation ne signifie pas, loin de là, que tous les hauts fonctionnaires soient devenus, comme par enchantement, des membres à part entière de la classe politique. Elle entend seulement montrer qu'au sein de la haute fonction publique trois fractions minoritaires jouent un rôle politique. L'une d'entre elles s'y emploie en demeurant formellement au sein de l'administration, mais en occupant des positions à l'articulation du pouvoir administratif et du pouvoir politique dans les cabinets ministériels, ou dans des emplois discrétionnaires. Une autre fraction investit directement le pou-

1. Jean-Luc Bodiguel, Jean-Louis Quermonne, *La Haute Fonction publique sous la Vᵉ République*, *op. cit.*, p. 243-254.

voir politique en faisant allégeance à la majorité parlementaire et en siégeant au gouvernement ou au Parlement. Une troisième, enfin, se tient en réserve de la République en contribuant à encadrer les états-majors et les « bureaux d'étude » de l'opposition dans l'attente de l'alternance qui la propulsera au pouvoir [1].

3. Le « pantouflage » des hauts fonctionnaires

Le migration des hauts fonctionnaires investit également l'appareil économique de l'État. Et, par-delà, elle atteint aujourd'hui le monde des affaires.

Il n'existe pas, malheureusement, d'étude d'ensemble du « pantouflage » — expression utilisée désormais dans le langage courant pour désigner l'occupation par les hauts fonctionnaires de postes de responsabilité dans les entreprises publiques et privées. La voie tracée, en 1976, par Pierre Birnbaum [2] n'ayant pas encore été entièrement défrichée, on devra donc se contenter d'analyses partielles.

1. L'exemple des grands corps

Ce n'est pas le moindre des paradoxes de constater que, en restreignant la participation des membres des grands corps de l'État aux cabinets ministériels et à la direction des administrations centrales, l'alternance politique de 1981 a accru à la faveur des nationalisations leur présence à la tête des entreprises. Comme l'observe, avec pertinence, Yves Poirmeur, « la capacité des grands corps à se répandre dans les entreprises est très inégalement répartie. Leurs

1. *Ibid.*, p. 254-266. C'est une analyse analogue que reprend à son compte Thierry Pfister, ancien journaliste au *Nouvel Observateur* et ancien membre du cabinet de Pierre Mauroy dans son livre *La République des fonctionnaires*, Paris, Albin Michel, 1988.

2. Pierre Birnbaum, *Les Sommets de l'État*, *op. cit.*

membres n'ont pas tous au départ les mêmes possibilités de s'évader des "fonctions normales du corps" ». Et l'auteur d'observer que « c'est à la Cour des comptes (25,7 %) et au Conseil d'État (31,8 %) que l'on a le moins de chances d'exercer d'autres activités. Les fonctions juridictionnelles sont très lourdes et l'énormité de la tâche s'accommode mal d'une pratique trop systématique du détachement qui, conjugée avec le constant accroissement des recours ou des contrôles à effectuer, débouche sur une mauvaise administration de la justice [1] ».

En revanche, la position « dans les cadres » est minoritaire chez les inspecteurs des Finances et chez les ingénieurs des Mines et des Ponts et Chaussées qui exportent dans les entreprises respectivement plus de la moitié, le tiers et plus du quart de leurs effectifs. Cependant, eu égard à l'importance du nombre de ses membres, c'est le corps des ingénieurs des Ponts et Chaussées qui oriente, en chiffres absolus, le plus grand nombre de hauts fonctionnaires vers le monde des affaires.

De l'étude ainsi entreprise par Yves Poirmeur, se dégagent trois observations principales :

Si l'on se réfère à la distinction du secteur public et du secteur privé, il apparaît que le pantouflage des membres des grands corps se pratique principalement dans le secteur public. Mais les pourcentages varient de 100 % en ce qui concerne le Conseil d'État à 69 % s'agissant de la Cour des comptes, en passant par 71,5 % pour l'Inspection des finances, 74 % pour les Ponts et Chaussées et 76,6 % pour le corps des Mines. Or, il s'agit de proportions établies sur les années 1984 et 1985, c'est-à-dire immédiatement après les nouvelles nationalisations.

La position dominante des divers corps dans les entreprises s'affirme « dans les secteurs relevant de la sphère d'activité du ministère ou des ensembles ministériels où ils ont leur zone de compétence monopolistique [2] ». Ainsi

1. Yves Poirmeur, « Les grands corps et l'alternance de 1981 : déclin ou redéploiement », *La Haute Administration et la Politique*, *op. cit.*, p. 118-119.

2. *Ibid.*, p. 122.

en est-il de l'Inspection des finances dans le secteur bancaire (118 membres en 1985) ; du corps des Mines dans la sidérurgie et la recherche minière ; des ingénieurs des Ponts dans l'assainissement, les transports, les sociétés d'étude et d'aménagement ; de la Cour des comptes dans les assurances, la banque, l'audiovisuel et le spectacle ; et du Conseil d'État dans tous les secteurs, mais à « dose homéopathique ». Quant au domaine de l'énergie, il suscite la compétition du corps des Mines et de celui des Ponts, les membres du premier investissant davantage le nucléaire, le pétrole et le charbon et ceux du second l'électricité, le gaz et les infrastructures.

Enfin, si l'on considère le niveau de responsabilité auquel se situent les membres des grands corps, il apparaît que « les membres des corps administratifs occupent beaucoup plus souvent que ceux des corps techniques des postes de direction [...]. Mais, quoi qu'il en soit, il est clair que ce n'est pas à un niveau subalterne que les membres des grands corps interviennent : 245 d'entre eux sont présidents-directeurs généraux, présidents, vice-présidents ou directeurs généraux de l'entreprise où ils sont affectés [1] ».

2. La menace du « brain drain »

« Énarques à tout faire », c'est sous ce titre que le directeur de l'École nationale d'administration a lancé, en 1990, dans un quotidien du soir, un véritable SOS pour sauvegarder l'intégrité et la spécificité de la haute fonction publique. Constatant que « l'argent compte aujourd'hui plus que les titres », René Lenoir observe : « Notre société s'américanise. Le sous-directeur ou le directeur qui quitte l'administration double ou triple sa rémunération. Phénomène excessif en France où la haute fonction publique est mal rémunérée et où les cadres du secteur privé sont mieux payés que dans les pays voisins. Sept cents anciens

1. *Ibid.*, p. 123.

élèves [de l'ENA] environ sur quatre mille cinq cents, soit un sur six, sont passés dans les entreprises publiques ou privées [1]. »

Parallèlement, il est inquiétant d'apprendre que des ingénieurs de l'armement, en charge des relations internationales (exportations et coopération) auprès du délégué général pour l'armement, seraient entrés récemment au service d'une entreprise de construction d'avions de combat, sans respecter les délais légaux [2]. Plus grave encore est le constat établi par Luc Rouban selon lequel « bon nombre de fonctionnaires interrogés lors d'entretiens se plaignent et de la politisation croissante des postes de décision et de la subordination parfois caricaturale à laquelle sont soumis les "techniciens" ». Les tenants de la « magistrature morale » reconnaissent parfois s'être transformés en « tâcherons de ministère » (et c'est un ancien préfet qui le dit). Alors qu'un membre de cabinet d'un ministère régalien n'hésite pas à faire l'éloge des « postes de débouchés » car il « croit aux vertus de l'argent » [3].

La convergence des interrogations du directeur de l'ENA et d'un chercheur du CNRS sur l'américanisation de la haute administration — au plus mauvais sens du terme — et sur la fin de la spécificité française — au meilleur sens du terme — doit interpeller le pouvoir politique au moment même où il se préoccupe de la rénovation du service public. Car s'il n'était pas accompagné, comme le suggère Luc Rouban, de la « reconstitution d'une politique institutionnelle autour du concept d'*accountability* », l'abandon de la déontologie traditionnelle de la haute fonction publique entraînerait pour la société comme pour l'État un dommage dont ils pourraient difficilement se relever. En effet, comme le souligne l'auteur, « la notion d'*accountability* » — qu'il est difficile de traduire en fran-

1. René Lenoir, « Énarques à tout faire », *Le Monde*, 8 juin 1990, p. 2.
2. *Le Monde*, 13-14 mai 1990.
3. Luc Rouban, « La modernisation de l'État et la fin de la spécificité française », art. cité.

çais sans mêler étroitement les notions d'imputabilité et de responsabilité — « n'est pas univoque et ne correspond pas seulement à l'exercice d'un contrôle externe venant limiter les abus de pouvoir. Elle dépasse la stricte exigence juridique de garantie et appelle l'idée d'une structuration des normes au regard desquelles on mesure l'effectivité de l'intervention publique (selon un éventail très large de critères impliquant l'efficacité, l'efficience, l'équité...) »[1].

Certes, il convient de saluer, avec René Lenoir, le rapprochement au terme duquel acteurs du secteur public et acteurs du secteur privé se sentent tenus au respect de valeurs communes. Et l'on doit admettre qu'« en servant dans les entreprises, d'anciens fonctionnaires n'ont pas le sentiment de trahir l'intérêt général ». Cependant, le mélange des genres ne saurait tenir lieu de philosophie. « La circulation des élites, écrit encore le directeur de l'ENA, tant vantée aux États-Unis et au Japon, est en soi une bonne chose. Encore faut-il qu'il y ait circulation. En France, il s'agit d'un écoulement à sens unique de l'État vers les entreprises [... Or] la vocation propre du service public demeure. Elle est, schématiquement, de se tenir à distance des intérêts d'une catégorie sociale ou d'un groupe quelconque, de fixer la norme juridique et technique, de faire prédominer, quand il le faut, l'éthique de responsabilité sur l'éthique de conviction. Pour remplir ces tâches essentielles, l'État a besoin de grands commis. Il risque d'en manquer »[2].

En conclusion, le directeur de l'École nationale d'administration propose quatre mesures pour conjurer ce risque. Il faut, selon lui, appliquer immédiatement les instructions du Premier ministre sur le renouveau du service public et, de la secrétaire au directeur, responsabiliser les fonctionnaires en remplaçant les contrôles *a priori* désuets et paralysants par des sanctions *a posteriori*. Il convient que les directeurs d'administration centrale soient

1. Luc Rouban, « La modernisation de l'État et la fin de la spécificité française », art. cité.

2. René Lenoir, « Énarques à tout faire », art. cité.

en charge de l'exécution des politiques décidées par le gouvernement et sanctionnées par le Parlement, sans que la sphère politique s'en mêle par le biais des trop nombreux cabinets ministériels. Il importe, ensuite, d'appliquer l'article 175 du Code pénal qui punit d'emprisonnement tout fonctionnaire qui travaille dans une entreprise dont il a traité les dossiers sans respecter le délai de cinq ans. Il est indispensable, enfin, de faire du passage dans le privé et dans la classe politique une « sortie à risques », c'est-à-dire d'être capable de refuser ou de n'accorder qu'avec la plus extrême parcimonie la mise en disponibilité pour convenance personnelle.

Si ces quatre mesures étaient prises — et surtout si l'on s'y tenait — « le rôle de l'État serait plus clair aux yeux des jeunes générations ». Et René Lenoir de conclure : « Pendant sept siècles, depuis Philippe le Bel, État et société civile se sont opposés. Ils se sont rapprochés et c'est heureux. N'allons pas jusqu'à une confusion qui ne serait bénéfique à personne [1]. »

1. *Ibid.*

10

Les autorités administratives indépendantes

On entend par « autorités administratives indépendantes » les instances administratives situées hors de la mouvance du gouvernement, d'un département ministériel ou de leurs délégués, et qui reçoivent de l'État la mission d'opérer la régulation d'un secteur sensible de la vie en société, à l'interface de la société civile et du pouvoir politique.

Cette définition, nécessairement approximative, contient en germe le paradoxe que traduit la spécificité de ce type d'institution, à savoir que, tout en étant investies par l'État de pouvoirs de recommandation — voire de décision et de réglementation — à l'égard de certains secteurs de la société, les autorités administratives indépendantes échappent à l'autorité directe du gouvernement et contredisent le principe unitaire qui préside à l'agencement des structures étatiques. Comme l'écrit Jacques Chevallier, « îlots étatiques mis à l'abri des pressions politiques et servant de bornes à l'action des gouvernements, [elles] sont aussi déconnectées du reste de l'appareil administratif : le dépassement de l'opposition public/privé est assorti de la "dépolitisation" d'une série de fonctions étatiques et de la rupture du monolithisme d'une administration qui semble évoluer vers un modèle de type "polycentrique", caractérisé par la coexistence de plusieurs centres de décision et de responsabilité [1] ».

1. Jacques Chevallier, « Les autorités administratives indépendantes », *Encyclopaedia universalis*, Paris, 1989, p. 177.

Élément de réponse à l'excessive politisation de l'administration publique et à la crise de l'État-providence, les autorités administratives indépendantes s'inscrivent, également, dans l'évolution qui tend à promouvoir le « gouvernement des sages [1] ». On ne s'étonnera donc pas que, avant de s'implanter en France, des instances de ce type aient vu le jour dans les pays anglo-saxons, où elles témoignent du penchant éprouvé par la société civile à l'égard d'une formule qui lui évite de se confier au tout-État.

1. Les précédents anglo-saxons

« Nous partons de l'idée qu'une administration indépendante disposant de pouvoirs décisoires d'ordre réglementaire ou individuel nécessite pour prendre corps un espace administratif suffisamment ''ouvert''. Il n'y a guère de possibilités (théoriques ou pratiques) d'épanouissement pour de telles institutions dans les espaces administratifs ''fermés'', organisés et contrôlés de manière rigide [2]. » L'hypothèse de travail, proposée par Frank Moderne, au seuil de son inventaire des modèles étrangers, explique aisément que les précédents significatifs des autorités administratives indépendantes doivent être recherchés dans les pays anglo-saxons. On commencera, par conséquent, par effectuer quelques incursions dans la pratique américaine et la pratique britannique.

1. Evelyne Pisier, « Vous avez dit indépendantes? Réflexions sur les AAI », *Pouvoirs*, n° 46, 1988, p. 71-83 ; Pierre Bouretz, « Comités de sages, pluralisme et démocratie », rapport au Congrès de l'Association française de science politique, Paris, 5-8 novembre 1988.

2. Frank Moderne, « Les modèles étrangers, étude comparée », *in* Claude-Albert Colliard, Gérard Timsit, dir., *Les Autorités administratives indépendantes*, Paris, PUF, 1988 ; on s'inspirera de cette étude au long du présent développement.

1. Les « independant regulatory agencies » américaines

Il est habituel de faire remonter à 1889 la création de la première agence indépendante américaine, l'Interstate Commerce Commission. En la séparant du Département de l'intérieur, le Congrès entendait simplement manifester sa défiance au président Harrison. Mais, ce faisant, il ouvrait la voie à la multiplication d'une série d'organismes auxquels le législateur conférera le pouvoir de réglementer plusieurs secteurs de la société sans les faire dépendre directement du pouvoir exécutif. Citons parmi les plus importants : la Federal Trade Commission, chargée de lutter contre les cartels économiques et les pratiques commerciales déloyales ; la Security and Exchange Commission, appelée à surveiller les opérations financières et boursières ; la Nuclear Regulatory Commission, qui veille au bon fonctionnement des centrales nucléaires ; le Federal Reserve Board, qui réglemente la politique monétaire ; le National Labor Relations Board, qui intervient dans les relations de travail entre employeurs et salariés ; l'Interstate Commerce Commission, dont la compétence s'exerce en matière de transports ferroviaires et routiers ; la Federal Communications Commission, chargée de l'attribution des licences en matière de télécommunications et de télévision ; la Commodity Futures Trading Commission, appelée à intervenir dans les transactions à terme des matières premières ; la Federal Energy Regulatory Commission, qui traite des problèmes posés par la production d'énergie ; la Federal Elections Commission, qui surveille les opérations de financement électoral ; l'Immigration and Naturalisation Service, qui fait application des lois sur l'immigration et la naturalisation ; et enfin la célèbre NASA (National Aeronautique and Space Administration), qui coordonne les moyens techniques de conquête de l'espace.

Mais, comme l'indique Frank Moderne, à qui nous

empruntons ces exemples [1], aucun plan d'ensemble n'a présidé à la création des *independant agencies*. C'est au fur et à mesure que les besoins s'en sont fait sentir, notamment à la suite de la politique du New Deal, que le Congrès a procédé à leur création. Elles lui ont permis, en outre, de tourner la limitation du nombre des « services intégrés », c'est-à-dire des départements ministériels placés sous l'autorité d'un secrétaire d'État relevant du président. Et elles ont constitué un enjeu dans la compétition que se livrent le Capitole et la Maison-Blanche pour contrôler l'administration et, sous la présidence de Ronald Reagan, pour opérer la déréglementation.

Le caractère empirique de cette construction rend aléatoire toute tentative de caractérisation des *independant regulatory agencies*. Quatre considérations permettent, cependant, de les distinguer :

a) En l'absence de toute référence constitutionnelle, leur création ne peut résulter que d'une loi spéciale votée par le Congrès. En outre, la Cour suprême les différencie des « services intégrés » relevant du président en refusant de les assortir du « privilège de l'exécutif ».

b) Leur indépendance à l'égard du pouvoir exécutif se manifeste par l'interdiction faite au président de révoquer leurs dirigeants (la jurisprudence de la Cour suprême a été fixée, sur ce point, dans l'arrêt Humphrey's Executor v. United States de 1935). Et les *independant agencies* se sont vu reconnaître le droit d'ester en justice.

c) Les *independant agencies* ne font l'objet d'aucun rattachement organique à un département ministériel. En revanche, elles sont l'objet des investigations des commissions du Congrès.

d) Enfin, les *independant agencies* disposent d'une direction collégiale, dont la composition doit, dans la plupart des cas, refléter un équilibre bipartisan. La nomination des membres de cette direction associe généralement

1. Une liste plus complète est fournie par Marie-France Toinet dans son livre *Le Système politique des États-Unis*, *op. cit.*, p. 223-225.

le pouvoir exécutif et le pouvoir législatif selon des conditions propres à chaque organisme.

Marie-France Toinet note qu'« il est rare qu'une commission disparaisse [1] ». Cela a, cependant, été le cas du Civil Aeronautics Board. Décidée en 1978, sa suppression définive est intervenue en 1985, ses compétences largement diminuées par la politique de déréglementation ayant été récupérées par la Federal Aviation Administration, qui dépend du ministère des Transports.

2. Le modèle britannique des « quangos »

Le même empirisme préside au développement des *quasi autonomous non governmental organizations* (ou *non departmental public bodies*). Leur multiplication et leur très grande variété ont rendu leur dénombrement particulièrement difficile.

Selon un rapport officiel du Civil Service, il existait, en 1978, 252 institutions méritant la qualification de « quango », employant 184 000 personnes. Mais Frank Moderne rapporte l'opinion d'observateurs britanniques, selon laquelle le chiffre réel s'échelonnerait, selon la nature des organismes pris en considération, entre 700 et 1 600. Et Philip Holland, membre il est vrai d'une instance néolibérale défavorable à la prolifération administrative, prétend en inventorier 3 068 dans une étude publiée en 1979 [2] !

A dire vrai, le nombre des quangos dépend de la définition que l'on en donne. Et si l'on s'en tient à celle que proposent J. Greenwood et David Wilson, selon laquelle les quangos seraient des « organismes créés ou adoptés par les ministères et subventionnés pour remplir une fonction que le gouvernement souhaite voir accomplir sans qu'elle

1. *Ibid.*, p. 226.

2. Philip Holland, *Quango, Quango, Quango*, Londres, Adam Smith Institute, 1979, cité par Jacques Leruez, *Gouvernement et Politique en Grande-Bretagne*, *op. cit.*, p. 180.

soit de la responsabilité d'un département ministériel[1] », le nombre de 3 000 paraît exagéré. Mais il ne l'est pas si l'on admet la définition extensive retenue par Holland : « tout organisme auquel un ministre nomme un ou plusieurs membres, même s'il n'a pas de fonction administrative ou gouvernementale... ».

En fait, les principaux quangos sont aisément repérables. Et, si tous ne possèdent pas la célébrité de la British Broadcasting Corporation (BBC), Frank Moderne peut en dresser une liste, où figurent l'Independant Broadcasting Authority, la Commonwealth Development Corporation, le British Council, la Manpower Services Commission, le Medical Research Council, la Monopolies and Mergers Commission, la Housing Corporation, la Civil Aviation Corporation, la Civil Aviation Authority, la Commission for Racial Equality, le Centre for Environmental Studies, le British Film Institute, l'United Kingdom Atomic Energy Authority, le Science Research Council et, naturellement, le University Grants Committee, chargé de répartir les subventions publiques aux universités.

Est-il possible de dégager des traits communs entre ces différents organismes ? On a déjà observé qu'ils ne sont pas intégrés dans un département ministériel et qu'ils disposent, de ce fait, d'une certaine autonomie. A l'instar des *independant agencies* américaines, ils sont généralement dotés d'une instance de direction collégiale. Mais, à l'inverse, ils sont plus souvent créés par une charte royale ou par une décision ministérielle que par un acte du Parlement. Ils ont souvent servi à recruter, en dehors des procédures normales du Civil Service, des personnels payés directement ou indirectement sur fonds publics — ce qui leur a valu, depuis 1978, de subir les foudres de Margaret Thatcher.

Celle-ci, ayant fait inventorier 489 organes exécutifs (employant 217 000 personnes), 1 561 organismes consul-

1. John Greenwood, David Wilson, *Public Administration in Britain*, Londres, George Allen and Unwin, 1984, cité par Jacques Leruez, *ibid.*, p. 179.

tatifs et 67 tribunaux spécialisés, a obtenu, en 1983, la suppression d'environ 500 quangos. Mais elle n'a pas empêché que se créent, dans le même temps, une trentaine de nouvelles autorités administratives indépendantes, notamment dans le domaine de l'urbanisme. Ce qui laisse sceptique sur le degré d'efficacité du pouvoir politique à l'égard des phénomènes de société.

Car l'existence de quangos ne se limite pas aux deux pays que nous venons d'étudier. En témoigne, par exemple, la présence au Canada de « régies à fonction régulatrice » comme l'Office national de l'énergie, la Régie du cinéma, la Régie des marchés agricoles ou le Conseil de la radiotélévision. C'est toujours dans les mêmes « domaines sensibles », à l'articulation de l'État et de la société, que l'on observe leur apparition, comme l'exemple français le confirmera.

2. L'apparition des autorités administratives indépendantes en France

Le terme d'« autorité administrative indépendante » est apparu pour la première fois officiellement dans la loi « Informatique et libertés » du 6 janvier 1978 pour désigner la commission chargée de surveiller la création par l'administration des fichiers informatisés et de sauvegarder, à travers leur utilisation, les droits fondamentaux des administrés. Il a été, plus tard, employé par trois lois, aujourd'hui abrogées ou modifiées, instituant ou réformant la Commission pour la transparence et le pluralisme de la presse (loi du 23 octobre 1984), la Commission de la concurrence (loi du 30 décembre 1985) et la Commission nationale de la communication et des libertés (loi du 30 septembre 1986) — appelée à remplacer la Haute Autorité de la communication audiovisuelle. Puis il a été utilisé pour qualifier une institution préexistante, le Comité national d'évaluation des universités, dans la loi d'orientation sur l'éducation du 10 juillet 1989. Enfin, délesté de l'épithète « administrative », la notion a été appliquée par la loi du 13 janvier 1989 au médiateur de la République et, par la loi du 17 janvier 1989, au Conseil supérieur de l'audiovisuel substitué, à son tour, à la CNCL.

1. La notion

Parallèlement, le terme d'« autorité administrative indépendante » a été pratiqué par le Conseil constitutionnel et le Conseil d'État. Et la jurisprudence de ce dernier (CE, 10 juillet 1981, Retail) est à l'origine du rejet de cette qualification par le médiateur Paul Legatte [1] et de la loi du 13 janvier 1989 — qui, en supprimant le qualificatif d'« administratif », fera surgir dans notre législation la variante des « autorités indépendantes ». L'extension de cette variante au Conseil supérieur de l'audiovisuel s'explique par le souci du président de la République de constitutionnaliser un jour cette instance afin de la mettre (enfin !) à l'abri des vicissitudes de l'alternance.

Mais la doctrine et l'administration d'expertise n'ont pas attendu ces vicissitudes pour s'emparer de l'expression « autorité administrative indépendante » et tenter d'en faire un concept [2]. Encore que sa conciliation difficile avec la Constitution, et surtout avec la tradition française du droit public, ait conduit le Conseil d'État, à travers sa Commission puis sa Section du rapport et des études, à adopter, après un accueil favorable, un comportement

1. M. Legatte redoutait, en effet, que le qualificatif d'« administratif », attribué à son autorité, ne l'assimile, aux yeux des administrés, aux services publics, alors qu'il ne voulait pas apparaître, à leur égard, comme juge et partie. Cf., à ce sujet, son intervention au colloque organisé en 1987 par l'université de Paris-I, *in* Claude-Albert Colliard, Gérard Timsit, dir., *Les Autorités administratives indépendantes, op. cit.*, p. 135-145.

2. Parmi les nombreuses études consacrées aux AAI, outre l'ouvrage collectif dirigé par C.-A. Colliard et G. Timsit, citons P. Sabourin, « Les autorités administratives indépendantes, une catégorie nouvelle », *AJDA*, mai 1983, p. 275 ; et Jacques Chevallier, « Réflexions sur l'institution des autorités administratives indépendantes », *JCP*, 1986, I 3254.

réservé à leur égard, fondé sur l'idée qu'elles entraînent « une complication de l'organisation administrative présentant certains inconvénients sur lesquels l'attention du gouvernement doit être appelée [1] ».

2. Le champ d'application

Il n'empêche que, rétroactivement, ont été perçus comme appartenant à la famille des AAI des organismes dont la création datait parfois des années cinquante ou soixante. Ainsi, dans la liste qu'ils dressent, dans leur ouvrage désormais classique, Françoise Dreyfus et François d'Arcy font figurer, au titre de la communication et de l'information : la Commission paritaire des agences de presse (créée en 1950), le Conseil supérieur de l'agence France-Presse (1957), la Commission des sondages (1977), la Haute Autorité de la communication audiovisuelle (1982), le Médiateur du cinéma (1982), la Commission nationale de la communication et des libertés (1986, succédant à la HACA, et elle-même remplacée par le Conseil supérieur de l'audiovisuel [1989]) ; et, au titre du domaine économique et financier et de la protection des consommateurs, ils retiennent, outre la création en 1941, par le gouvernement de Vichy, de la Commission de contrôle des banques, la Commission des opérations de Bourse (1967), la Commission de la concurrence (1977, transformée en 1987 en Conseil de la concurrence), la Commission des clauses abusives (1978), la Commission des marchés à terme des marchandises (1983) et la Commission de la sécurité des consommateurs (1983) [2]. Leur classification laisse de côté d'autres instances reconnues ultérieurement

1. Les deux rapports précités ont été publiés respectivement dans les *Études et Documents* du Conseil d'État de 1983-1984, n° 35, p. 39 — signés par F. Gazier et Y. Canac — et de 1987, p. 53, sous l'autorité de G. Braibant. Sur les instances de régulation et la Constitution, on consultera C. Teitgen-Colly, *Revue du droit public*, 1-1990, p. 153-261.

2. Françoise Dreyfus, François d'Arcy, *Les Institutions politiques et administratives de la France*, Paris, Economica, 3e éd. 1989, p. 263.

par le législateur comme AAI — tel le Comité national d'évaluation des universités (1989) — ou dont l'appartenance est incertaine — comme la Commission d'accès aux documents administratifs ou le Comité national d'éthique.

3. Les conceptions en présence

L'analyse des différentes instances régulatrices mises en place depuis deux ou trois décennies laisse place à deux conceptions opposées. L'une, étroite, affirme qu'on ne peut considérer comme AAI que les instances dotées d'un statut législatif accordant à ses membres des garanties réelles d'indépendance et leur conférant un véritable pouvoir de décision ou de réglementation. Seuls la Commission nationale informatique et libertés, la Commission des opérations de Bourse, le Conseil supérieur de l'audiovisuel, la Commission des sondages et, dans une certaine mesure, le Conseil de la concurrence [1] répondent à cette double exigence. L'autre conception, plus ouverte, s'attache davantage à l'autorité morale dont est revêtue l'AAI ainsi qu'au pouvoir d'influence qu'elle est amenée à exercer en donnant à ses avis ou à ses recommandations le maximum de publicité. Dans cette acception, la prise en considération de la fonction sociale de « régulation » l'emporterait sur le pouvoir juridique de décision. Et, dès lors, la liste des autorités administratives indépendantes ne saurait être dressée de manière exhaustive sans risquer d'être incomplète. Au regard de ces deux conceptions, c'est un compromis qui se dégage de la jurisprudence du Conseil constitutionnel. Ce qui conduit Catherine Teitgen-Colly à conclure que, au prix de l'exclusion d'une indépendance des instances régulatrices conçue comme absolue, de la condamnation de toute délégation de compétence législative à leur profit et de la limitation de leur compétence réglementaire pour que soit respectée celle du chef du gou-

1. Sous réserve de la nature « quasi juridictionnelle » de certaines de ses nouvelles attributions.

vernement, le Conseil constitutionnel s'est montré « soucieux de ne pas figer le schéma constitutionnel alors qu'il paraît opportun aux gouvernants face à l'essoufflement des instances classiques de recourir à de nouveaux modes de régulation [1] ».

Le trait commun aux deux sortes d'AAI est donc d'assumer une fonction nouvelle de régulation à l'articulation de l'État et de la société civile dans les domaines les plus sensibles. Et c'est, évidemment, un rôle essentiel dans les domaines de l'information et de la communication, de l'économie de marché, des rapports entre l'administration et les administrés et de l'évaluation des services et des politiques publics.

4. Le domaine de l'audiovisuel

Le domaine dans lequel l'irruption des autorités administratives indépendantes a été le plus spectaculaire est, naturellement, celui de l'audiovisuel. Pendant de nombreuses années, grâce aux statuts successifs de la RTL puis de l'ORTL, le monopole d'État avait permis au pouvoir politique de gouverner en maître. Mais le caractère insupportable que décrit sans complaisance l'ancien ministre de l'Information, Alain Peyrefitte, dans *Le Mal français*, était devenu dans les années 1970 trop criant [2]. Et il plaçait la France très en deçà d'une évolution tendant à substituer, en Europe, à la mainmise de l'État, un contrôle beaucoup plus relâché.

Or, comme l'écrit justement Jacques Chevallier, « le contrôle implique un mode très différent de relations entre l'audiovisuel et le pouvoir politique, fondé sur la distanciation, la séparation, l'autonomisation : si le pouvoir politique garde le privilège de fixer le cadre et de définir les conditions d'exercice de l'activité audiovisuelle, celle-ci échappe ensuite à son emprise directe ; les gouvernants

1. C. Teitgen-Colly, *Revue du droit public, op. cit.*, p. 258.
2. Alain Peyrefitte, *Le Mal français*, Paris, Plon, 1976, p. 69.

n'ont plus la possibilité de s'immiscer dans la gestion quotidienne et d'influer sur le contenu des programmes. Le passage de l'ingérence au contrôle suppose donc l'établissement d'un écran protecteur entre l'audiovisuel et le pouvoir politique, qui permette de briser les liens de dépendance organiques et de mettre l'audiovisuel à l'abri des pressions gouvernementales. Cet écran peut résulter du statut même de l'entreprise audiovisuelle, qui assure son émancipation politique ; il prend aussi de plus en plus la forme du transfert à une autorité indépendante de la responsabilité de réguler l'évolution du secteur [1] ».

Telle est la solution que retiendra la gauche après l'alternance politique de 1981 en créant, par la loi du 29 juillet 1982, une Haute Autorité de la communication audiovisuelle que présidera Michèle Cotta. Mais, comme l'écrit encore Jacques Chevallier, « ne disposant que d'une compétence d'attribution et de moyens d'action limités, la Haute Autorité s'est trouvée très vite placée en porte à faux et court-circuitée par certaines initiatives gouvernementales (concessions accordées pour l'exploitation d'une cinquième et d'une sixième chaîne par voie hertzienne, à la fin de 1985) [2] ». Et la privatisation de TF1 par le gouvernement Chirac conduira ce dernier, dans le but également de modifier la composition de la Haute Autorité, à demander au Parlement de la remplacer par une nouvelle Commission nationale de la communication et des libertés ; ce que réalisera, après l'alternance de mars 1986, une loi du 30 septembre 1986. Mais, bien que disposant de moyens d'action renforcés, la nouvelle autorité administrative indépendante ne parviendra pas à s'imposer et, critiquée par le président de la République, elle ne réussira pas à passer le cap de la nouvelle alternance. Aussi, déterminé à assurer à l'instance de régulation de l'audiovisuel la permanence et le prestige dont elle a besoin, le chef de l'État proposera d'en constitutionna-

1. Jacques Chevallier, « L'audiovisuel et les pouvoirs politiques », *Encyclopaedia universalis*, 1990, p. 1232.
2. *Ibid.*, p. 1233.

liser le statut. Mais la loi du 17 janvier 1989, qui rétablit le Conseil supérieur de l'audiovisuel dans la composition calquée du Conseil constitutionnel, ne sera adoptée par l'Assemblée nationale que selon la procédure de l'article 49-3. Et il ne pourra être question d'engager dans la foulée, pour la stabiliser, une procédure de révision constitutionnelle qui nécessiterait l'approbation d'une large majorité [1].

3. Les enjeux politiques et administratifs

L'ampleur des problèmes que soulève l'insertion des autorités administratives indépendantes dans l'ordre juridique et politique met ainsi en question non seulement l'administration, mais l'État. Avec lucidité, Jacques Chevallier en discerne l'enjeu : « Les autorités administratives indépendantes, écrit-il, sont à première vue incompatibles avec les principes fondamentaux sur lesquels l'État français a été bâti : principes politiques, qui postulent l'absolue identité de l'État et des gouvernants et font de celui-ci un instrument aux mains de ceux-ci ; principes organisationnels qui reposent sur l'idée d'unité et font de l'administration un appareil articulé et cohérent, fonctionnant d'un seul tenant [2]. »

Or, l'existence de ces autorités crée une brèche entre l'État et les gouvernants et brise le monolithisme d'une administration calquée sur l'unité et l'indivisibilité de la République, pour laisser apparaître un modèle polycentrique caractérisé par la présence de plusieurs centres de décision et de responsabilité. Et pourtant, Jacques Chevallier reconnaît que « l'apparition et le succès croissant rem-

1. Sur le statut CSA, on consultera Emmanuel Derieux, « Réforme du statut de la communication audiovisuelle en France », *Revue du droit public*, 1-1990.

2. Jacques Chevallier, « Réflexions sur l'institution des autorités administratives indépendantes », art. cité.

porté par la formule des autorités administratives indépendantes sont étonnants ». Car, à l'encontre même des analyses pessimistes de Michel Crozier, ils semblent « attester des capacités de changement et d'adaptation du système politico-administratif français alors que ces capacités avaient été mises en doute par des analyses sociologiques bien connues »[1].

Par conséquent, la généralisation des autorités administratives indépendantes invite à la réflexion. Et elle lance aux sociologues de l'administration et aux juristes de droit public un double défi.

1. Le défi politique

Le premier défi est d'ordre politique. En remettant en cause l'identité de l'État et des gouvernants, les autorités administratives indépendantes posent, au regard de la démocratie, un problème de légitimité.

Comme le montre Evelyne Pisier, la réponse qu'apporte à ce problème le mode de désignation des membres des AAI ne va pas de soi[2]. Plusieurs exemples en témoignent. Ainsi, la présence de parlementaires au sein de la Commission nationale informatique et libertés, imposée par le Sénat, n'avait pas été prévue à l'origine par le projet du gouvernement. L'élection de représentants des grands corps de l'État par leur assemblée générale, prescrite par le statut de la Commission nationale de la communication et des libertés, a eu pour effet pervers d'y introduire la politique. Aussi, l'on comprend que le législateur soit revenu, en 1989, à l'occasion de l'institution du Conseil supérieur de l'audiovisuel, à une procédure plus simple (nomination par le président de la République, le

1. *Ibid.*, p. 3255.

2. Evelyne Pisier, « Vous avez dit indépendantes ? », art. cité, p. 80-81 ; du même auteur, en collaboration avec Sylvie Hubac, « Les autorités face aux pouvoirs », *in* Claude-Albert Colliard, Gérard Timsit, dir., *Les Autorités administratives indépendantes*, *op. cit.*, p. 117-131.

président du Sénat et le président de l'Assemblée nationale), inspirée du Conseil constitutionnel et qui avait déjà été appliquée à la Haute Autorité de la communication et de l'audiovisuel.

Mais, par-delà ce problème, la question fondamentale est de savoir si l'émergence des AAI — et, *a fortiori*, des « autorités indépendantes » auxquelles le qualificatif « administratif » a été enlevé — fait surgir un « quatrième pouvoir » ou manifeste la présence, dans certaines anfractuosités de la scène politique, de véritables « contre-pouvoirs ». Observons que le problème de l'indépendance des AAI ne se pose, en fait, qu'à l'égard de l'exécutif. Car, d'une part, le respect de l'État de droit s'oppose à la reconnaissance de leur immunité de juridiction — et c'est à bon droit que la jurisprudence du Conseil d'État, confortée par celle du Conseil constitutionnel, s'y refuse ; d'autre part, le pouvoir législatif a montré à deux reprises, à l'occasion des alternances politiques de 1986 et de 1988, sa capacité à révoquer les membres des instances de régulation en recourant à la loi pour en modifier le statut.

Reste donc la question de l'autonomie des AAI par rapport au pouvoir exécutif. A l'instar de la jurisprudence de la Cour suprême des États-Unis, celles du Conseil constitutionnel et du Conseil d'État ont admis qu'elle ne peut être que relative. Et, en faisant appel à Silvio Berlusconi pour la création d'une cinquième chaîne de télévision, l'exercice du pouvoir présidentiel en France a prouvé, au cours des années 1984-1985, qu'il ne s'embarrassait pas de scrupules pour imposer son point de vue [1]. Cependant, même relative, l'autonomie des AAI semble déjà constituer, à l'encontre des routines de certaines administrations centrales et des traditions des grands corps de l'État, un crime de lèse-majesté. Un membre du gouvernement, pressé par son entourage et peut-être par ses bureaux, n'a-t-il pas osé écrire un jour au président d'une instance de régulation qu'il ferait preuve d'un comportement irres-

1. Franz-Olivier Giesbert, *Le Président*, Paris, Éd. du Seuil, 1990, p. 273-274.

ponsable en n'acceptant pas de relever de son pouvoir hiérarchique ?

En fait, la légitimité des AAI, fondée à la fois sur le mode de nomination de leurs membres et sur la connaissance par ces derniers du secteur social dont elles sont appelées à assurer la régulation, ne permet pas toujours d'asseoir convenablement leur prestige. Sans doute suffit-elle à fonder leur autorité dans un pays comme la Grande-Bretagne, où les « dirigeants ont considéré que l'administration des services publics était beaucoup trop importante pour la laisser aux mains des fonctionnaires et où la stratégie des élites politiques, afin d'éviter des crises, des conflits ou des pertes de légitimité, a été d'associer directement les élites sociales et économiques à l'application de ses politiques publiques [1] ». Mais, en France, où le monopole de l'État appartient, depuis l'Ancien Régime, à la fonction publique, les autorités administratives indépendantes, surtout les plus proches de la société civile, ont nécessairement besoin d'un supplément de ressources pour se faire reconnaître par l'administration. Nous n'en voulons pour preuve que le peu d'attention porté par le ministère de l'Éducation nationale aux recommandations du Comité national d'évaluation des universités, par contraste avec l'intérêt porté en République fédérale d'Allemagne aux avis prononcés par le Wissenschaftsrat.

Par conséquent, il nous semble que le problème posé, tant par la légitimité que par l'efficacité des autorités administratives indépendantes, devrait pouvoir trouver sa solution dans le contrôle direct qu'exercerait sur leur activité le Parlement. Certes, une telle option contredit la tradition selon laquelle l'administration, dépendante du pouvoir exécutif, n'est pas autorisée à entretenir de relation directe avec les assemblées. Mais, précisément, dans la mesure où l'un des objectifs des instances de régulation indépendantes est de cloisonner leurs rapports avec le gou-

1. Howard Machin, « L'expérience britannique des autorités administratives indépendantes », *in* Claude-Albert Colliard, Gérard Timsit, dir., *Les Autorités administratives indépendantes, op. cit.*, p. 235-236.

vernement et l'administration, la seule voie pertinente qui s'ouvre à la consolidation de leur autonomie, dans le respect des exigences démocratiques, est de les placer sous le contrôle des commissions parlementaires. L'exemple américain apparaît, à cet égard, probant. Aussi, outre le fait que ce mode de rattachement et de légitimation confirmerait les AAI dans leur rôle en les maintenant dans la mouvance de la société civile — dont les assemblées parlementaires sont les représentants —, la solution préconisée présenterait l'avantage de redonner au Parlement un surcroît d'activité au moment où chacun s'accorde à dénoncer la dérive du parlementarisme vers un « déficit démocratique ».

2. Le défi administratif

Se plaçant, cette fois, du point de vue de l'unité et de la cohérence de l'appareil administratif de l'État, Jacques Chevallier écrit que « les autorités administratives indépendantes semblent annoncer la substitution au modèle bureaucratique et unitaire, de type monocratique, fondé sur la concentration du pouvoir de décision au sommet, d'un modèle polycentrique, c'est-à-dire comportant des pôles de pouvoir différenciés et indépendants les uns des autres. L'absence de lien hiérarchique et de contrôle de tutelle leur donne, en effet, une capacité d'action pleinement autonome et une faculté de libre détermination : chacune d'entre elles constitue un centre spécifique de pouvoir, situé en marge des circuits administratifs classiques, construits sur un modèle vertical, et dans les rets desquels sont prises l'ensemble des structures administratives de droit commun [1] ».

Ainsi, l'enjeu administratif que représente le phénomène des AAI ne serait rien de moins que la remise en cause du système administratif tel que la France républicaine l'a

1. Jacques Chevallier, « Réflexions sur l'institution des autorités administratives indépendantes », art. cité, p. 3254.

hérité de l'Ancien Régime et de l'Empire. Sans doute minimisera-t-on la portée de ce deuxième défi si l'on observe que, outre les précautions prises par la jurisprudence du Conseil constitutionnel et du Conseil d'État pour sauvegarder la prééminence du pouvoir réglementaire du Premier ministre ou pour maintenir les AAI sous le contrôle du juge administratif, leur « intendance » reste largement tributaire du bon vouloir de l'administration — qu'il s'agisse des locaux et du personnel qu'elles emploient ou des crédits qui sont nécessairement inscrits sur une ligne budgétaire d'un ministère ou, exceptionnellement, du Premier ministre. En outre, certaines autorités administratives indépendantes, telles que la COB ou la CNIL, sont assistées d'un commissaire du gouvernement, dont le rôle n'est pas simplement d'information : il peut exiger, dans certaines hypothèses, une deuxième délibération.

Mais, sous réserve de ces contingences d'ordre matériel ou juridique, il est vrai que la dispersion des centres de décision, qui résulte de la multiplication des autorités administratives indépendantes, s'inscrit dans un vaste mouvement de remise en cause du monolithisme de l'administration. Et, venant s'ajouter à la diversification des structures administratives, à l'expansion des collectivités territoriales, et notamment des régions, et à la montée en puissance de la Communauté européenne, cette diversification contribue à donner l'impression que l'État ne dispose plus, aujourd'hui, pour le servir, que d'une « administration en miettes [1] ».

Un tel défi ne pourra pas être efficacement relevé par le retour à l'État jacobin. Et, si le Conseil d'État a raison de mettre en garde les pouvoirs publics contre les risques d'alourdissement et de banalisation que comporterait le recours systématique aux instances indépendantes de régulation, la rénovation du service public ne saurait se passer, désormais, de leur contribution. Saisi en 1989 de

1. Selon le titre donné par François Dupuy et Jean-Claude Thoenig à l'un de leurs ouvrages (*op. cit.*).

18 000 dossiers, le médiateur de la République est parvenu à obtenir le règlement des deux tiers d'entre eux. Ici, c'est M. X. qui ne perçoit plus sa pension de retraite depuis le décès de sa femme. La Caisse ne répond pas à ses protestations. Le délégué du médiateur parviendra à faire ouvrir une enquête : la Caisse de retraite s'était trompée sur l'identité de la personne décédée. Là, ce sont des parents qui, outre le chagrin d'avoir perdu leur fils de vingt ans, doivent supporter le harcèlement des autorités militaires qui poursuivent le défunt pour insoumission, car il n'a évidemment pas répondu à la convocation pour le service militaire [1]. La juridiction administrative, surchargée par un contentieux de plus en plus lourd malgré la création des cours d'appel administratives, aurait-elle été en mesure de résoudre ces questions ?

Quant à la Commission nationale informatique et libertés, même si elle n'a pas évité au gouvernement, par la sagesse de ses avis, le volte-face auquel il a été contraint en retirant les décrets du 27 février 1990 autorisant le fichage informatisé des personnes par les Renseignements généraux [2], du moins a-t-elle joué dans cette affaire le rôle d'un intermédiaire avisé. D'ailleurs, avant même que ne survienne cette crise, rapidement maîtrisée, la continuité et la sagacité de ses interventions avaient déjà permis d'apporter à des problèmes controversés des solutions équilibrées, qui ont contribué à sauvegarder à la fois les progrès de la technologie et les droits fondamentaux des administrés.

Par conséquent, loin de plaider en faveur du retour au monolithisme — dont la nostalgie survit dans l'inconscient des esprits jacobins —, la pratique des autorités administratives indépendantes doit favoriser une évolution tendant à promouvoir un polycentrisme équilibré. Ce n'est certainement pas une recette magique. Et il faut se garder de la confondre avec l'évolution symétrique qui consiste à délester les administrations centrales — à qui seraient

1. *Le Monde*, 13 avril 1990.
2. *Le Monde*, 6 mars 1990.

réservées les tâches de conception, de coordination et de contrôle — au profit d'« agences » aux structures plus souples et plus adaptées — telles qu'elles se développent, notamment, dans le domaine des télécommunications — auxquelles seraient confiées les responsabilités de gestion. Mais il se peut que dans certains secteurs sensibles, où l'administration directe se trouve actuellement en contact avec la société civile, de nouvelles AAI soient à même de répondre avec plus de pertinence aux demandes toujours plus diversifiées d'une société complexe. L'Éducation nationale peut être de ceux-là, en particulier l'enseignement supérieur. Et l'on voit mal quels arguments sérieux les résistances corporatives pourraient y opposer.

Le risque d'éparpillement de l'État ne sera jamais très grand si le juge administratif continue, comme il est souhaitable, à exercer à l'égard des autorités administratives indépendantes un contrôle souple mais vigilant, auquel devrait s'ajouter un mécanisme d'évaluation dont on observera dans le chapitre suivant les premières manifestations, et qui pourrait contribuer un jour à renforcer le contrôle du Parlement.

11

L'évaluation des services et des politiques publics

L'évaluation des services et des politiques publics constitue « un élément de la modernisation de l'État, car une meilleure connaissance de l'efficacité réelle de l'action de l'administration exerce sur cette dernière une pression analogue à celle que le marché fait peser sur les entreprises ».

Cet extrait du rapport au président de la République [1], qui sert d'exposé des motifs au décret du 22 janvier 1990 relatif à l'évaluation des politiques publiques, illustre bien l'importance que le gouvernement de Michel Rocard attachait à cette date à la mise en place d'un système généralisé d'évaluation des services et des politiques publics en France. Le parallèle établi entre l'évaluation et le marché souligne l'enjeu que représente, aux yeux du Premier ministre, le processus d'évaluation dans le cadre du vaste « chantier » qu'il a ouvert depuis son accession à Matignon en vue de moderniser l'administration. Et il n'est pas déplacé de comparer l'ambition qui préside à sa mise en œuvre à l'ardente obligation qui animait hier la planification.

Mais, tandis que la planification s'adressait encore à une société marquée par le colbertisme et visait à encadrer, *a priori*, de grands programmes lancés par l'État, l'évaluation survient au moment où l'ouverture de l'économie française sur l'Europe et sur le monde oblige l'adminis-

1. Qu'on lira intégralement en annexe au présent chapitre, p. 292 *sq*.

tration publique elle-même à se soumettre aux exigences de la compétition ; et elle ne pourra produire ses effets salutaires qu'*a posteriori*. En outre, il n'est pas démontré que son bilan puisse rapidement alimenter le débat démocratique que ses initiateurs souhaitent pourtant renouveler.

Sans doute l'évaluation n'est-elle pas une idée tout à fait neuve en France. Elle inspirait déjà l'action du Comité central d'enquête sur le coût et le rendement des services publics, créé par la IVe République auprès de la Cour des comptes. Et elle était sous-jacente, dans les années 1970, aux efforts entrepris pour introduire — sans succès décisif il est vrai — la rationalisation des choix budgétaires dans la pratique administrative et financière française. Mais ce n'est que dans les années 1980 qu'elle s'est imposée officiellement, lorsque fut nommée la fameuse Commission du bilan, présidée par François Bloch-Lainé et appelée à apprécier les forces et les faiblesses du septennat de Valéry Giscard d'Estaing. Malgré l'effort d'objectivité de ses membres, l'ambition dont elle témoignait était démesurée. Aussi n'est-ce que de façon sectorielle que l'évaluation a resurgi ensuite, à travers les mesures destinées à l'assortir des garanties méthodologiques et déontologiques indispensables.

Pendant de nombreuses années, la France a donc accusé un retard important à l'égard d'autres pays tels que la Grande-Bretagne, la Suède et surtout les États-Unis — dont les travaux du General Accounting Office (GAO) font figure de modèle. Il est trop tôt pour apprécier le dispositif mis en place par le décret du 22 janvier 1990. Aussi, après l'avoir décrit, cherchera-t-on à tirer quelques leçons de la pratique du Comité national d'évaluation des universités, installé cinq ans plus tôt par le président de la République et qui constitue la seule expérience que l'on puisse actuellement étudier [1].

1. Malgré leur réel intérêt, les évaluations entreprises à l'initiative de certains ministères techniques relèvent malheureusement de l'auto-évaluation, que l'on ne saurait prendre en considération dans ce chapitre.

1. Le précédent du General Accounting Office

L'évaluation des politiques publiques revêt aux États-Unis une importance considérable dans la mesure où elle ne se limite pas à exercer un contrôle d'ordre comptable et financier. Elle assure le respect du principe d'*accountability*, concept clef de la démocratie américaine, impliquant la mesure de l'efficacité mais aussi le respect d'une certaine éthique par les pouvoirs publics [1].

Dans cet esprit, la tâche principale de l'évaluation revient à l'une des sept divisions du General Accounting Office : la Division de l'évaluation des programmes et de méthodologie (PEMD), les autres divisions exerçant un rôle plus proche de celui d'une Cour des comptes de type européen. Mais il faut rappeler que l'activité du GAO s'exerce, dans son ensemble, dans la mouvance du Congrès et contrebalance, d'une certaine façon, le rattachement à l'exécutif de l'Office of Management and Budget — ce qui témoigne de son indépendance vis-à-vis de l'administration.

La Division de l'évaluation du GAO opère soit *a priori*, soit, plus souvent, *a posteriori*, et intervient dans presque tous les domaines : santé publique, emploi, défense nationale, énergie, éducation, environnement, transports... Ce qui implique le recours à un personnel et à des experts très diversifiés. « Comme personnel, nous avons des sociologues, des économistes, des psychologues, des mathématiciens, des statisticiens, des scientifiques, des ingénieurs... », déclare Eleanor Chemlisky, qui précise que, depuis sa création, la division qu'elle dirige a publié cent douze évaluations [2].

1. Luc Rouban, *Le General Accounting Office, Recherche sur l'évaluation des politiques publiques aux États-Unis*, thèse, Paris-I, 1983 ; « Évaluation des politiques publiques et mouvement de dérégulation aux États-Unis », *RFAP*, n° 29, janv.-mars 1984.

2. Selon le témoignage apporté par le chef du département PEMD au cours d'une rencontre organisée par Michel Crozier autour de la question « Comment réformer l'État ? » le 19 novembre 1988 (témoignage publié dans le rapport Viveret, Paris, La Documentation française, « Rapports officiels », 1989, p. 99-102).

Malgré l'importance de cette mobilisation, E. Chemlisky estime que le coût de l'évaluation n'est pas très élevé, car « qu'elle soit prospective ou rétrospective [... elle] pousse le gouvernement à devenir plus efficace et plus accessible aux citoyens ». Et elle ajoute que, en 1987, pour sa propre division, « chaque dollar dépensé a rapporté 400 dollars à l'État ».

Le rattachement du GAO au Congrès a certainement contribué à son indépendance... et à sa survie. « Si nous n'avions pas été placés auprès du Congrès, déclare encore Mme Chemlisky, nous n'aurions tout simplement pas survécu aux coupures budgétaires subies par l'évaluation et la recherche scientifique et sociale dans la branche exécutive sous le président Reagan. D'ailleurs, nous savons qu'en Grande-Bretagne le CPRS — le Central Policy Review Staff, qui avait produit des évaluations superbes — est décédé sous Mme Thatcher ». Mais la directrice de la Direction de l'évaluation du GAO n'ignore pas qu'une administration peut également avoir besoin de ses propres évaluations ; aussi ajoute-t-elle : « ce qu'il faudrait faire, c'est assurer la fonction d'évaluation dans les deux branches du gouvernement ». Et elle développe l'idée d'une évaluation pluraliste, qui sera reprise, en France, dans le rapport Viveret.

Beaucoup d'autres leçons pourraient être tirées de l'expérience du GAO : la nécessité de convaincre le Parlement de l'utilité de l'évaluation en l'appliquant à des sujets d'importance nationale indiscutable (aux États-Unis, la NASA ou les commandes d'armement) ; la non moins grande obligation de recourir à un personnel évaluatif de premier ordre, tant au plan méthodologique que déontologique. En revanche, il n'apparaît pas que le succès de l'évaluation soit tributaire de la clarté et de la précision des objectifs d'un programme. Citons, une dernière fois, Eleanor Chemlisky : « Tout acte politique — en pays démocratique, du moins — est toujours un compromis. Quand une loi est formulée au Parlement ou ailleurs, le but de l'effort n'est pas de voter la loi idéale, mais plutôt de trouver la position politique qui permettra à une bonne loi de passer. Cela implique nécessairement un langage vague et peu précis, le langage du compromis. Mais la vérité est que l'évaluateur s'accommode fort bien de cet état de choses [...]. La comparaison que l'évaluateur devra faire est avec la situation qui aurait existé en l'absence du programme, et non pas avec les objectifs du programme. Donc, que les objectifs soient clairs et nets ou non n'a pas grande importance pour l'évaluation »[1].

2. La genèse de l'évaluation en France

La place prépondérante qu'occupe, en France, l'administration de contrôle explique-t-elle le retard apporté par les pouvoirs publics à mettre en place un dispositif d'évaluation ? D'autres facteurs y ont concouru, en particulier le fait que, sous prétexte de respecter la séparation des pouvoirs et le principe de la responsabilité ministérielle, le Parlement n'ait jamais entretenu de relation suivie avec l'administration d'expertise ni véritablement procédé, par l'intermédiaire de ses commissions de contrôle, à d'importantes investigations sur le fonctionnement des services publics[2]. Ce n'est que tardivement qu'il s'est doté, sur la base de la loi du 8 juillet 1983, d'un Office parlementaire des choix scientifiques et budgétaires, dont l'activité est restée, jusqu'à présent, limitée. Et c'est plus récemment encore qu'il s'est préoccupé, sous l'impulsion de Laurent Fabius, d'évaluer la mise en œuvre par l'administration des lois qu'il vote chaque année. Aussi n'est-il pas étonnant que les quelques initiatives qui ont été prises, en France, afin de

1. Les différentes citations sont tirées, rappelons-le, du rapport Viveret, *op. cit.*, p. 99-102.

2. Jean-Louis Quermonne, Luc Rouban, « L'évaluation et le contrôle politique », *in* Jean-Pierre Nioche, Robert Poinsard, dir., *L'Évaluation des politiques publiques*, Paris, Economica, 1984.

procéder à l'évaluation des politiques et des services publics soient venues du gouvernement [1].

1. L'institution des comités sectoriels

L'expérience de la Commission du bilan ayant été sans lendemain, les gouvernements issus de l'alternance politique de 1981 n'ont pas cherché à mettre immédiatement en place un dispositif d'ensemble chargé de l'évaluation des politiques et des services publics. Ils ont préféré répondre aux sollicitations en vue d'organiser l'évaluation de certaines politiques ou de certains services dans des secteurs sensibles ou en difficulté. C'est ainsi que la nationalisation des banques, intervenue en 1982, a donné lieu à la création d'une Commission administrative nationale d'évaluation des actions des banques nationalisées non inscrites à la cote officielle [2], et que la loi du 26 janvier 1986 sur l'enseignement supérieur a prévu l'institution d'un Comité national d'évaluation des établissements publics à caractère scientifique, culturel et professionnel.

Sur cette lancée, ont été créés trois autres comités, dont deux appelés à évaluer autant des organismes que des politiques publiques. Ainsi, sans avoir été pour autant érigés en autorités administratives indépendantes — comme le sera en 1989 le Comité national d'évaluation des universités —, ont vu successivement le jour : en 1988, le Comité d'évaluation chargé d'apprécier les effets de la mise en œuvre du revenu minimum d'insertion ; en 1989, le Comité d'évaluation de la recherche scientifique et technique ; et, en 1990, le Comité d'évaluation de la formation professionnelle.

1. Toutefois, des évaluations portant sur des politiques locales se sont déroulées dans certaines villes, comme en témoigne dans le domaine culturel la publication des actes du séminaire de Grenoble : *Recherche-Évaluation dans les politiques culturelles*, Guy Saez, dir., Grenoble, CERAT, 1990.

2. Jean-Jacques Israël, « La Commission administrative nationale d'évaluation des actions des banques nationalisées non inscrites à la cote officielle (loi du 11 février 1982) », *Revue du droit public*, 4-64, p. 971.

Arrêtons-nous un instant sur l'origine et la signification du premier des trois. Incorporé aux articles 51 et 52 de la loi du 1er décembre 1988 instituant le RMI, il est chargé d'apprécier les effets de cette loi avant le 31 janvier 1992. En cela, il combine à la fois la préoccupation du Conseil économique et social, inspirée par le rapport du père Wrezinski, de voir se développer « réellement une pratique à tous niveaux de programmation et d'évaluation contre la grande pauvreté et la précarité économique et sociale », et la volonté politique du Premier ministre Michel Rocard d'assortir la première loi importante du nouveau septennat d'une procédure d'évaluation.

Il n'est donc pas étonnant que le même chargé de mission au Commissariat au plan, Patrick Viveret, ait été invité à proposer au gouvernement d'une part les mesures destinées à l'évaluation du RMI, d'autre part un projet de dispositif d'ensemble pour l'évaluation des politiques et des actions publiques. Il en résultera un rapport au Premier ministre remis au gouvernement au mois de mai 1989 et publié à la Documentation française au mois de novembre de la même année [1]. Celui-ci servira de base à la politique institutionnelle arrêtée lors d'un séminaire gouvernemental réuni le 21 septembre à l'hôtel Matignon et officialisée par le décret du 22 janvier 1990, pris par le président de la République en Conseil des ministres, après avis du Conseil d'État.

2. Le rapport Viveret

Le rapport Viveret s'ouvre sur deux définitions de l'évaluation. Reprise du rapport Deleau, publié à la Documentation française en 1986, la première se contente de reconnaître qu'évaluer une politique publique, c'est identifier et mesurer ses effets propres. Plus ambitieuse, la

1. Patrick Viveret, « L'évaluation des politiques et des actions publiques, rapport au Premier ministre », Paris, La Documentation française, « Rapports officiels », 1989.

seconde considère qu'évaluer revient à former un jugement sur sa valeur. Nous avions nous-même proposé une définition plus élaborée, en 1984, en écrivant que l'évaluation est « une affectation institutionnalisée de coûts [de toutes sortes] à un processus ou à un ensemble de processus financés par le Budget en appréciant la cohérence de ces processus et leur congruence avec les choix politiques, cette [affectation] devant permettre la correction ou la transformation des activités publiques [1] ». Mais la référence faite à un jugement porté sur la valeur des politiques publiques, contenue dans la seconde définition du rapport Viveret, a le mérite de dépasser l'approche purement analytique, pour faire de l'évaluation, à terme, un outil de contrôle démocratique.

Dans l'esprit du rapport Viveret, l'enjeu de l'évaluation est, en effet, de fournir une base objective à un débat démocratique rénové. En réponse au « déficit démocratique » unanimement dénoncé et à la crise du contrôle parlementaire, l'évaluation des politiques et des actions publiques devrait produire les expertises nécessaires à la compréhension des sociétés complexes — expertises sur la base desquelles un débat contradictoire et non démagogique pourrait être ouvert. En jouant ce rôle, l'évaluation ne serait pas seulement l'irremplaçable instrument d'analyse que préconise Éric Monnier [2], mais aussi un moyen d'investigation offrant la possibilité aux élus et aux électeurs d'exercer un contrôle positif sur l'action du gouvernement et de l'administration.

Observant, cependant, que, sur les 251 évaluations recensées en France par Jean-Pierre Nioche et Robert Poinsard à la date de 1983 [3], l'initiative du Parlement a

1. Jean-Louis Quermonne, Luc Rouban, « L'évaluation et le contrôle politique », art. cité, p. 82.
2. Éric Monnier, *L'Évaluation de l'action des pouvoirs publics*, CPE, Economica, 1987.
3. Jean-Pierre Nioche, Robert Poinsard, *L'Évaluation des politiques publiques, op. cit.*

été faible [1] et celle du gouvernement relativement réduite par rapport à celle des organismes administratifs concernés, le rapport Viveret propose des garanties contre les risques d'une auto-évaluation, qui pourrait devenir, entre les mains d'organismes administratifs, un nouvel outil de puissance. Aussi suggère-t-il, outre le respect de la distinction de l'évaluation et du contrôle, l'établissement d'une claire séparation entre les chargés d'évaluation, qui doivent faire preuve de qualités scientifiques et méthodologiques irrécusables, et les instances d'évaluation, « qui ont vocation à porter un jugement sur la valeur d'une politique en utilisant les matériaux qui ont été rassemblés par les professionnels ». Et il précise que ces instances d'évaluation doivent « disposer d'une légitimité démocratique directe (gouvernement, Parlement, juridictions administratives, Conseil économique et social...), soit d'une légitimité déléguée par les instances démocratiques (c'est le cas du Comité national d'évaluation des universités ou de la Commission nationale d'évaluation du RMI) [2] ».

Limitant ses propositions au champ d'intervention du gouvernement et de l'administration, le rapport suggère que le dispositif institutionnel et financier de l'évaluation en France repose sur quatre principes essentiels. Le premier est celui du pluralisme qui devra présider à la demande et à l'offre d'évaluation : il s'agit de « développer et réguler un marché de l'évaluation », et non d'instituer des monopoles. Le deuxième principe est celui de l'indépendance des instances d'évaluation, qui doivent être distinctes des opérateurs eux-mêmes et disposer d'un sta-

1. Depuis sa création, l'Office parlementaire des choix scientifiques et technologiques n'a pas amélioré sensiblement cette performance puisqu'il n'a produit que deux rapports, l'un sur la pollution atmosphérique à longue distance (pluies acides) et l'autre sur les retombées de l'accident nucléaire de Tchernobyl. Cf., sur ce point, Christiane Restier-Melleray, « Experts et expertise scientifique, le cas de la France », *RFSP*, vol. 40, n° 4, août 1990, p. 559-561 ; Didier Maus, « Parlement et politiques publiques, l'exemple de la Ve République », quatrième colloque de la revue *Politique et Management public*, Bruxelles, 11-12 octobre 1990.

2. Rapport Viveret, *op. cit.*, p. 29.

tut spécifique. Le troisième principe est celui de la compétence, qui implique l'application d'une méthodologie rigoureuse ainsi que la formation scientifique et professionnelle des opérateurs. Le quatrième, enfin, est celui de la transparence, qui a pour corollaire la publicité des projets d'évaluation et de leurs résultats, ainsi que leur transcription dans une langue claire qui permette leur utilisation dans le débat démocratique.

Sur la base de ces exigences, le rapport Viveret — sans exclure bien entendu le Parlement, les juridictions administratives et, éventuellement, le Conseil économique et social parmi les pôles d'évaluation possibles — préconise la mise en œuvre d'un dispositif qui s'ordonne autour de deux pôles d'évaluation assortis de deux instances communes. Ces deux pôles seraient un pôle gouvernemental (le Comité interministériel de l'évaluation) et un pôle public indépendant (le Conseil national de l'évaluation, doté d'un statut d'autorité administrative indépendante). Quant aux deux instances communes, elles viseraient à constituer un Fonds national d'évaluation, dont les ressources seraient mises à la disposition des deux pôles à raison de 50 % chacun, et un Conseil scientifique de l'évaluation, qui donnerait un avis public d'ordre méthodologique et déontologique sur tout projet d'évaluation bénéficiant du soutien financier du Fonds, ainsi que sur les évaluations réalisées.

3. Le dispositif d'évaluation mis en place

Arrêté par le décret du 22 janvier 1990, modifié par un décret du 8 juin, le dispositif d'évaluation mis en place par le gouvernement ne remet pas en question l'existence des comités sectoriels institués depuis 1982. Mais il ne retient pas toutes les propositions contenues dans le rapport Viveret. Il crée le pôle gouvernemental proposé sous la forme du Comité interministériel de l'évaluation (CIM), dont le secrétariat permanent est confié au Commissariat au plan. Ce comité adopte les projets d'évaluation à caractère interministériel ainsi que les projets qui peuvent bénéficier du Fonds national de développement de l'évaluation institué par le même décret. Et il se prononce sur leurs modalités, en particulier sur les critères selon lesquels seront choisis les opérateurs publics ou privés chargés de l'évaluation, à l'intérieur d'une gamme répondant aux exigences du pluralisme et incluant les corps d'inspection, les services d'études et de recherche des ministères, les universités et les cabinets d'audit. Une fois l'opération effectuée, le CIM est saisi des résultats de l'évaluation et décide des suites qu'il convient de leur donner. Enfin, il est tenu informé des politiques d'évaluation menées par les ministres et par les organismes placés sous leur tutelle.

Outre le Premier ministre et les ministres, le Conseil d'État, la Cour des comptes et le médiateur de la République peuvent saisir le Comité interministériel de l'évaluation. Le Conseil économique et social ne figure pas dans cette liste, mais il peut faire appel au concours du Fonds national, dans la limite du cinquième de la dotation de ce dernier, pour faire procéder à des travaux d'évaluation, sous réserve de l'avis favorable du Conseil scientifique. Notons que les projets d'évaluation peuvent porter sur tous les domaines de l'activité administrative, à l'exception des sujets, protégés par le secret, touchant à la défense nationale, à la politique extérieure et à la sûreté intérieure et extérieure de l'État.

L'institution du Comité interministériel de l'évaluation est assortie de deux instances prévues dans le rapport Viveret. Le Fonds national de développement de l'évaluation, placé auprès du Premier ministre, regroupe les crédits affectés aux évaluations décidées par le CIM et, dans la limite du cinquième, par le Conseil économique et social. Il est géré par le Commissariat au plan. Le Conseil scientifique de l'évaluation est garant, d'un point de vue méthodologique et déontologique, de la qualité des projets d'évaluation soumis au CIM ou établis à l'initiative du Conseil économique et social lorsqu'ils sont financés par le Fonds. Et il porte un jugement sur les travaux effectués. Ses avis sont rendus publics. Composé de onze personnalités nommées par le président de la République, choisies en raison de leur compétence et disposant de garanties d'indépendance, il est aussi chargé de favoriser le développement des méthodes d'évaluation et de contribuer à la formation de spécialistes ainsi qu'à la promotion de la recherche dans le domaine de l'évaluation.

Mais le pôle public indépendant prévu par le rapport Vireret, sous la forme d'un Conseil national de l'évaluation, n'a pas été créé. Sans doute était-ce là la pièce la plus coûteuse du dispositif. Et, lorsque l'on sait qu'au lieu des 20 millions de francs prévus, le Fonds national de développement de l'évaluation n'a été doté en 1990 que de 8 millions de francs, on comprend que le souci du gouvernement ait été de mesurer, dans un premier temps, le montant des dépenses d'évaluation. Mais le « profil bas » qui caractérise le dispositif retenu par les pouvoirs publics peut avoir d'autres raisons, parmi lesquelles la réserve, sinon la résistance, du ministère de l'Économie et des Finances et d'une partie des grands corps. Non pas que ceux-ci soient hostiles à l'évaluation ou estiment qu'elle risque de faire double emploi avec les contrôles ; mais parce que certains d'entre eux peuvent considérer, arguments à l'appui, qu'ils sont les mieux placés pour en assurer la maîtrise[1]. Le discours prononcé par le premier président de la Cour des comptes à l'occasion de la rentrée solennelle de 1990 est assez significatif sur ce point. En outre, le fait que le gouvernement ait confié le secrétariat permanent du CIM et la gestion du Fonds au Commissariat général du plan, qui a créé à cet effet en son sein une Division de l'évaluation, peut susciter des convoitises ; et il est, sans doute, nécessaire qu'elles s'apaisent avant d'entamer une nouvelle étape.

Quoi qu'il en soit, le fait que l'application du rapport Viveret n'ait été que partielle contraindra l'évaluation des politiques et des actions publiques à connaître un rythme

1. Sur le comportement de la Cour des comptes à l'égard de l'évaluation, on pourra consulter l'étude de Bernard Gournay, « Tendances actuelles du contrôle des finances publiques », *RFA*, n° 27, juill.-sept. 1983, p. 7 *sq*.

de développement progressif sous le contrôle d'un Conseil scientifique dont le rôle sera d'autant plus important. Décevante pour ses promoteurs, l'absence du Conseil national de l'évaluation a, d'un autre côté, le mérite de laisser une chance aux deux instances susceptibles d'occuper la place qu'il laisse vide : la Cour des comptes et le Commissariat au plan. Pour y parvenir, la première devra opérer en son sein une séparation effective entre sa mission de contrôle et de nouvelles tâches relevant de l'évaluation ; quant au second, il lui faudra entreprendre une véritable reconversion tendant à substituer, à l'approche prospective à laquelle il a longtemps été habitué, la démarche rétrospective que suppose l'évaluation *a posteriori*.

3. L'expérience du Comité national d'évaluation des universités

Créé par la loi du 26 janvier 1984 sur l'enseignement supérieur, le Comité national d'évaluation des universités (ou, plus exactement, « des établissements publics à caractère scientifique, culturel et professionnel ») est une institution que réclamait depuis longtemps la Conférence des présidents d'université, comme contrepartie de leur autonomie. Dès 1971, le vice-président de cette conférence, Jean Frézal, avait préconisé la création d'un organe situé à l'articulation de l'administration centrale et des établissements, susceptible de jouer le rôle d'un « ménisque ». Et le colloque qui avait réuni, en 1975, à Villard-de-Lans, le premier secrétaire d'État aux Universités, Jean-Pierre Soisson, et la première génération des présidents des établissements issus de la loi Edgar Faure, en présence des représentants des grands corps de l'État, avait conclu à la nécessité de doter l'enseignement supérieur d'une instance indépendante d'évaluation. Il aura fallu une décennie pour y parvenir…

La solution retenue en 1984 s'écarte du modèle britannique dont il a été question dans le chapitre précédent, dans la mesure où, contrairement à l'University Grants

Committee, le Comité national d'évaluation des universités français (CNEU) ne dispose pas du pouvoir de répartir les moyens, en personnels et en crédits, alloués aux universités. Cette compétence demeure du ressort du ministre et de son administration centrale. En limitant la tâche du CNEU à l'évaluation des universités, le législateur n'a entendu lui confier qu'un pouvoir de recommandation. Or, si la plupart des universités évaluées ont tenu le plus grand compte des recommandations en procédant à des réformes intérieures, l'administration centrale ne les a que très rarement prises en considération. Ce qui montre que, en ce qui concerne l'articulation nécessaire entre l'administration active et les instances d'évaluation, des progrès restent à réaliser.

1. Les missions du CNEU

Les textes fondateurs du CNEU (loi du 26 janvier 1984 et décret du 21 février 1985) n'ont pas explicitement chargé cet organisme d'évaluer la politique publique de l'enseignement supérieur. Ils lui ont confié trois tâches principales :

a) L'évaluation des établissements publics à caractère scientifique, culturel et professionnel, mais éventuellement aussi des autres établissements d'enseignement supérieur relevant du ministère de l'Éducation nationale ou, avec l'accord des ministres concernés, de différents départements ministériels. En fait, au cours du premier mandat de ses membres (1985-1989), le CNEU a évalué le tiers des universités, toutes demanderesses. Il n'a donc pas eu à imposer l'évaluation à des universités réticentes et il n'a jamais été saisi par le ministère de l'Éducation nationale d'une quelconque demande d'évaluation. En outre, il a été conduit à évaluer quelques établissements extérieurs à la tutelle du ministère, telle l'École nationale des Ponts et Chaussées.

b) L'évaluation thématique de disciplines ou de grandes fonctions relevant de l'enseignement supérieur ; ainsi le CNEU a-t-il pu évaluer l'état de la géographie dans les universités françaises, la situation de la recherche universitaire en général, la préparation aux carrières de l'enseignement du second degré (CAPES et agrégation), le gouvernement des universités et la qualité de vie des étudiants sur les campus.

c) L'établissement d'un rapport annuel et d'un bilan de synthèse sur l'état de l'enseignement supérieur, adressés au président de la République. A l'occasion de la publication de ces documents, le CNEU a, notamment, dénoncé la crise des premiers cycles des universités [1], les difficultés rencontrées dans le recrutement du personnel enseignant et dans son renouvellement, l'insuffisance des formations à finalité professionnelle, le problème posé par la création des antennes délocalisées et la nécessité d'établir une carte universitaire par région [2].

Dans l'exercice de ses missions, le CNEU s'est fixé pour limites les attributions relevant des corps d'inspection administratifs et financiers (Inspection générale de l'administration de l'Éducation nationale, Inspection générale des finances et Cour des comptes), ainsi que l'évaluation individuelle des différentes catégories de personnels, qui relève d'autres organismes (tels que le Conseil national des universités pour les enseignants chercheurs et les commissions administratives paritaires pour les personnels ingénieurs, administratifs, techniciens, ouvriers et de services).

2. L'organisation et le fonctionnement du CNEU

Installé par le président de la République, en mai 1985, au cours d'une cérémonie à l'Élysée, le premier Comité national d'évaluation des universités, présidé par Laurent

1. *Où va l'université ?*, rapport au président de la République du Comité national d'évaluation des universités, Paris, Gallimard, 1987.
2. *Priorités pour l'université*, rapport au président de la Répubique du Comité national d'évaluation des universités (1985-1989), Paris, La Documentation française, 1989.

Schwartz, réunissait quinze membres. En vertu du décret du 18 mai 1989, il en compte désormais dix-sept. Ceux-ci sont nommés par décret en Conseil des ministres, pour un mandat de quatre ans non renouvelable, à partir de trois listes établies :

— à raison de onze membres, par la Communauté scientifique représentée par les présidents de section du Conseil des universités, les présidents de section du Comité national de la recherche et l'Institut de France ;

— à raison de quatre membres, par le ministre de l'Éducation nationale, après avis du Conseil économique et social ;

— à raison de deux membres, par le Conseil d'État et la Cour des comptes.

Les fonctions de membre du Comité étant exercées à temps partiel (et étant souvent cumulées avec d'autres fonctions absorbantes), celui-ci dispose d'un secrétariat administratif d'une quinzaine de personnes, dirigé par un secrétaire général permanent. Certaines difficultés administratives et financières, s'expliquant par le rattachement du CNEU au ministère de l'Éducation nationale, ont ralenti, au début, son rythme de fonctionnement [1]. Elles l'ont conduit à solliciter des pouvoirs publics le statut d'autorité administrative indépendante, statut qu'il a obtenu en 1989. De ce fait, il n'est plus soumis qu'au seul contrôle financier *a posteriori* de la Cour des comptes ; mais il ne dispose toujours pas de la liberté de choix des membres de son secrétariat permanent. Ainsi a-t-il expérimenté, pour lui-même, les obstacles que rencontrent quotidiennement les universités sur la voie de l'autonomie administrative et financière du fait de l'administration centrale et du maintien en vigueur d'un système de comptabilité publique inadapté.

En tant qu'« instance d'évaluation » — au sens où

1. C'est ainsi que le CNEU n'a pu rembourser les frais de déplacement des experts qu'en obtenant, après un an de négociation avec l'administration, le concours de l'agence de voyage du Commissariat à l'énergie atomique, mise gracieusement à sa disposition par son haut commissaire !

l'entend le rapport Viveret —, le Comité national d'évaluation des universités constitue un organe collégial qui se prononce sur les évaluations à entreprendre ainsi que sur les résultats des évaluations réalisées. Il en fixe également la méthodologie et la déontologie.

Chaque évaluation d'un établissement est confiée, par le président, à deux membres du CNEU, assistés exceptionnellement de consultants. En tant qu'opérateurs, ceux-ci réunissent la documentation disponible sur l'établissement à évaluer et, après l'avoir analysée, se rendent sur place pour une première visite à son président, à l'équipe de direction qui l'entoure, ainsi qu'aux responsables de ses principales composantes (unités de formation et de recherche, instituts, écoles et laboratoires). Après cette visite, les deux membres du Comité proposent au président du CNEU la liste des experts qui rempliront le rôle de « chargés d'évaluation ». Leur nombre varie selon la dimension et la complexité de l'université à évaluer. En outre, l'interdiction administrative de les rémunérer, édictée par les pouvoirs publics, pendant les quatre premières années de fonctionnement a obligé le Comité à les recruter principalement parmi les universitaires « bénévoles » [1]. Et si trois cents universitaires ont pu être mobilisés, la proportion des experts étrangers ou provenant du monde industriel et commercial est restée malheureusement très faible.

Une fois les expertises réalisées par discipline, groupe de disciplines ou grande fonction universitaire, il appartient aux deux membres du Comité chargés de l'évaluation de rendre compte de leurs premières conclusions. Chaque évaluation donne lieu à une délibération collégiale, qui détermine les grandes lignes du diagnostic et des recommandations. Munis de ces instructions, ces deux membres se rendent à nouveau sur place afin d'engager une discus-

1. Ce qui rend inopérantes les critiques adressées au CNEU d'avoir fait procéder à une évaluation par les « pairs ». Cf., à ce sujet, Jacques Ardoino, Guy Berger, *D'une évaluation en miettes à une évaluation en actes*, Paris, Matrice, 1989.

sion contradictoire avec le président de l'établissement, son équipe présidentielle, les directeurs de composantes, et, le plus souvent possible aussi, avec des délégations d'enseignants chercheurs, de membres du personnel administratif et technique et d'étudiants. Finalement, ce n'est qu'à la suite de cette dernière visite, précédée ou suivie au siège du CNEU d'une réunion de travail des experts, qu'est rédigé le texte du rapport d'évaluation. Ce texte est naturellement soumis à une nouvelle discussion collégiale et à l'approbation du CNEU, avant d'être envoyé au président de l'université concernée pour qu'il présente ses ultimes observations qui seront publiées avec le rapport.

La dernière étape du processus — qui aura ainsi requis plusieurs mois de travail — consistera dans l'envoi du rapport définitif au ministre et au président de l'établissement évalué. C'est ce rapport qui sera publié : dès le début de ses travaux, le Comité avait en effet pris la décision de publier systématiquement tous ses rapports d'évaluation, la publicité étant la seule arme, à défaut d'exercer un pouvoir de décision, dont il pouvait disposer.

3. Les méthodes et la portée de l'évaluation

Naturellement, le Comité national d'évaluation des universités a été et est confronté, comme toute instance de ce genre, à de nombreux problèmes de méthode. Et il a d'abord entendu se distinguer, auprès des responsables des établissements destinés à être évalués, des instances de contrôle auxquelles ils étaient habitués [1].

Il lui a fallu ensuite tenir l'équilibre entre le recours à des indicateurs quantitatifs et à des critères d'ordre qualitatif. Mesurant les risques que pourrait lui faire courir l'usage exclusif des premiers, il en a arrêté la liste en concertation avec la Conférence des présidents d'univer-

1. Sur la distinction de l'évaluation et du contrôle, on se reportera aux développements consacrés dans le chapitre 3 aux administrations de contrôle.

sité. Et il en a retenu douze, parmi lesquels : l'encadrement des étudiants (par secteur, discipline et filière), la réussite aux examens, la durée moyenne d'obtention des diplômes, l'analyse des débouchés, les dépenses moyennes par étudiant, etc. Mais il a toujours accordé la priorité aux informations de nature qualitative, telles qu'elles résultent des interviews menées auprès des enseignants, du personnel administratif et des étudiants par les experts et les membres du Comité chargés de l'évaluation.

Le CNEU a été amené, également, à s'interroger sur la part de l'évaluation devant porter sur l'éventail des formations et des travaux de recherche, discipline par discipline, et sur celle qui doit résulter de l'analyse stratégique globale, telle qu'elle apparaît à l'observation du gouvernement et de la gestion de l'établissement. Et, selon le tempérament et l'expérience de ses membres, il a accordé une place plus ou moins importante à l'une ou à l'autre de ces deux approches.

Enfin, comme il a été mentionné plus haut, le Comité n'a pas voulu confondre sa mission avec celle qui relève de l'inspection et du contrôle, pour lesquels existent d'autres organismes plus qualifiés. Et, dépourvu du pouvoir de sanction, il ne s'est substitué ni au président de l'établissement évalué ni aux responsables de l'administration centrale pour tirer lui-même les conséquences de ses diagnostics, cherchant davantage à dessiner une stratégie susceptible de conduire l'organisme évalué dans la direction d'une meilleure performance, ou vers la prise de décisions transformant ses structures. Dans ce double but, le Comité n'a eu de cesse de mobiliser les « forces vives » des universités évaluées afin qu'elles apportent elles-mêmes les remèdes appropriés à leurs propres carences.

Si l'on veut dresser un bilan de l'action accomplie au cours des quatre premières années d'évaluation des établissements publics à caractère scientifique, culturel et professionnel, il faut tenter de mesurer l'impact que l'action du CNEU a pu avoir sur l'évolution des universités françaises. Sans prétendre dégager toutes les leçons d'une expérience encore récente, on présentera ici deux observations.

D'une part, l'évaluation a eu pour effet, dans les universités décidées à en tirer profit, de mobiliser les énergies susceptibles de maîtriser et de réaliser les actions recommandées par le Comité. Il est frappant de constater que les responsables de ces établissements n'ont pas attendu pour cela que l'évaluation soit achevée et que les recommandations du CNEU soient rendues publiques. C'est au cours même de l'évaluation que les changements les plus importants ont été décidés, parfois même effectués, entraînant ici ou là des bouleversements de structure aussi importants que la suppression d'une faculté, la création d'un institut ou la modification du mode de désignation des vice-présidents. En tout état de cause, le processus de réformation ne s'est pas arrêté avec la publication du rapport : celle-ci, au contraire, en offrant à l'environnement universitaire — entreprises, collectivités territoriales et autres établissements d'enseignement et de recherche de la région — une meilleure connaissance de l'organisme évalué, a permis le développement de relations de partenariat qui n'auraient sans doute jamais connu sans cela une telle intensité. Mais le principal impact de l'évaluation s'est fait sentir à l'intérieur même de l'établissement. Il a incontestablement résulté de la participation des « évalués » à leur propre évaluation. Sans être un plaidoyer pour l'« auto-évaluation », cette première conclusion témoigne de la nécessité d'établir en permanence entre évaluateurs et évalués une coopération qui doit conduire les premiers à mieux cerner les difficultés et les seconds à mieux les maîtriser. Entre les deux, le rapport de confiance a joué un rôle déterminant.

En revanche, l'évaluation est demeurée sans grande portée à l'échelon national, où l'administration centrale a continué, comme par le passé, à gérer de façon centralisée et bureaucratique l'enseignement supérieur. N'ayant pas directement prise sur le CNEU, à cause de son indépendance, les cabinets ministériels successifs ont tendu à ignorer les résultats de ses évaluations ou à minimiser ses recommandations. Répugnant à prendre en compte les conclusions d'une instance sur laquelle il n'exerce pas son contrôle hiérarchique, le ministère de l'Éducation nationale l'a tenu, jusqu'à une date récente, à l'écart de ses réflexions [1]. Et il a cherché davantage à reconstituer en son sein des procédures d'évaluation parallèles, dont il pourrait s'assurer la maîtrise. Si bien qu'aucune synchronisation n'a été réalisée, sauf épisodiquement, entre les recommandations du Comité et l'attribution des emplois et des crédits aux établissements ; il en a été de même s'agissant des décisions relatives à l'habilitation à délivrer les diplômes nationaux.

Ainsi, la pratique de l'évaluation des politiques et des actions publiques paraît atteindre un point limite lorsque l'instance d'évaluation, remettant en cause les objectifs définis par le pouvoir central (ou, plus souvent, l'absence d'objectifs...), déborde la critique des établissements placés sous sa tutelle pour apprécier la pertinence des politiques dont il est responsable. Alors, le ministre — ou son entourage — se hérisse et voue aux gémonies les membres d'un organisme qui n'ont pas à répondre au questionnement du Parlement ; et il rêve d'instances d'évaluation — c'est-à-dire en fait d'auto-évaluation — qu'il soumettrait à son bon vouloir ou qui respecteraient, au moins, l'obligation de réserve à laquelle sont tenus les fonctionnaires d'autorité !

Il est vrai, comme le font observer Yves Mény et Jean-Claude Thoenig, que la logique de l'évaluateur, fondée sur les exigences de la rationalité, n'est pas celle des politiques, obsédés par la conjoncture. Elles relèvent de deux stratégies d'acteurs différentes [2]. Mais l'erreur du pouvoir politique, dans ce cas, est de ne pas considérer l'évaluation comme une donnée objective intervenant, parmi d'autres, dans le processus de décision, et de la percevoir comme l'ingérence d'un « contre-pouvoir » susceptible d'entraver son action. Il faudra donc une longue

1. Contrairement à la pratique suivie en République fédérale d'Allemagne, où, deux fois par an, les membres du Wissenschaftsrat ont l'occasion de confronter leurs recommandations avec les ministres de l'Enseignement supérieur des Länder.

2. Yves Mény, Jean-Claude Thoenig, *Politiques publiques*, Paris, PUF, « Thémis », 1989, p. 321.

éducation des acteurs pour que l'évaluation des politiques et des actions publiques portant sur les actes du pouvoir central suscite la même sérénité de sa part que lorsqu'elle porte sur l'activité du pouvoir périphérique.

Puisse le Conseil scientifique de l'évaluation des politiques publiques, créé par le décret du 22 janvier 1990, en tirer la leçon. Car il aura la rude tâche d'évaluer des évaluations qui porteront non pas seulement sur l'action des collectivités territoriales ou des services extérieurs de l'État, mais sur des politiques publiques initiées par le pouvoir politique et mises en œuvre par des administrations centrales. Il devra, par conséquent, surmonter la plus grande difficulté décelée à ses débuts par le Comité national d'évaluation des universités. Et il n'aura pas cumulé, comme lui, la pratique et le contrôle de l'évaluation.

Sur quoi s'appuiera-t-il pour affermir sa légitimité ? Comme l'a très justement fait remarquer son président, le professeur Jean Leca, lors de la séance d'installation du Conseil, le 13 juillet 1990 : « [...] l'évaluation d'une politique publique n'est pas l'évaluation politique démocratique, œuvre du Parlement, qui obéit à d'autres règles du jeu car elle agrège bien plus de critères d'évaluation. Elle n'est qu'une pièce du puzzle constitué par l'évaluation politique et n'a pas qualité de la remplacer ». Elle n'a donc pour fondement que sa rigueur scientifique, et le Conseil scientifique sera d'autant plus crédible que ses avis « seront mieux argumentés, dévoileront et livreront à la critique [son] mécanisme de raisonnement, favoriseront des procédures pluralistes et encourageront le questionnement plus que le dogme, la délibération plus que la soumission ».

Reste que le processus d'évaluation ne sera pleinement achevé que le jour où il pourra alimenter le débat démocratique. Et il faudra, alors, qu'il débouche sur le contrôle du Parlement [1]. Les commissions des assemblées devront

1. Un tel contrôle est exercé, en Grande-Bretagne, par des *select committees* de la Chambre des communes, dits *policy committees*, créés afin d'examiner les dépenses, l'administration et la politique (*policy*) au sein

alors s'emparer des résultats des évaluations que le Conseil aura authentifiées. Ces résultats pourront nourrir une délibération mieux adaptée aux exigences d'une société complexe, en même temps qu'ils guideront les corrections apportées aux programmes déjà engagés. L'évaluation de la mise en œuvre du revenu minimum d'insertion, prévue par la loi du 1er décembre 1988, devrait, à cet égard, constituer un banc d'essai.

Annexe

Rapport au Président de la République du décret n° 90-82 du 22 janvier 1990 relatif à l'évaluation des politiques publiques

Rapport au Président de la République

Monsieur le Président,

L'évaluation des politiques publiques est aujourd'hui nécessaire. Elle répond en effet à une exigence de la démocratie en ce qu'elle permet de donner aux citoyens des informations et des appréciations objectives qui leur permettent de mieux fonder leur jugement sur la marche des services publics. Elle constitue aussi un élément de la modernisation de l'État, car une meilleure connaissance de l'efficacité réelle de l'action de l'administration exerce sur cette dernière une pression analogue à celle que le marché fait peser sur les entreprises.

---

des principaux départements ministériels et des autres organismes publics. Au nombre de quatorze, ils couvrent tous les départements, sauf la Justice. En outre, un National Audit Office a été créé en 1986, contre le vœu du gouvernement, afin de veiller à l'efficacité du contrôle sur les départements ministériels. Cf., sur ce point, Philippe Lauvaux, *Les Grandes Démocraties contemporaines*, Paris, PUF, « Droit fondamental », 1990, p. 352; Monica Charlot, *Le Pouvoir politique en Grande-Bretagne*, Paris, PUF, « Thémis », 1990, p. 321.

Évaluer les politiques publiques consiste à mesurer les effets qu'elles engendrent et à chercher si les moyens juridiques, administratifs et financiers mis en œuvre produisent les effets qu'on en attend.

C'est pourquoi le développement de l'évaluation des politiques constitue un thème essentiel du renouveau du service public défini par le Premier ministre.

L'évaluation, pour être efficace, doit être pluraliste et permettre de confronter des points de vue différents. C'est pourquoi le Gouvernement, tout en organisant un pôle d'évaluation autour de l'exécutif, souhaite que la politique de l'évaluation puisse s'étendre aux autres instances ayant à concevoir ou à mettre en œuvre les politiques publiques, qu'il s'agisse du Parlement ou des collectivités locales.

Le décret soumis à votre approbation met en place un dispositif d'évaluation des politiques publiques qui permet d'amplifier au niveau ministériel les initiatives déjà prises dans un certain nombre de ministères et de généraliser la politique de l'évaluation dans l'administration. Le dispositif est constitué par le Comité interministériel de l'évaluation, le Fonds national de développement de l'évaluation et le Conseil scientifique de l'évaluation.

Le Comité interministériel de l'évaluation est chargé de développer et de coordonner les initiatives du Gouvernement en matière d'évaluation des politiques publiques. Il arrête les projets d'évaluation à caractère interministériel ainsi que les projets qui peuvent bénéficier du Fonds national de développement de l'évaluation. Il décide le principe de l'évaluation, approuve l'ensemble de ses modalités, en particulier les critères en vertu desquels seront choisis les opérateurs publics ou privés chargés de l'évaluation. Ceux-ci pourront être retenus à l'intérieur d'une gamme très large : corps d'inspection, services d'études et de recherche des ministères, universités, cabinets d'audit, etc. Le Comité arrête le financement des projets.

La procédure d'évaluation prévue par le présent décret peut porter sur tous les domaines de l'activité administrative, à l'exception des sujets de caractère secret touchant à la défense nationale, à la politique extérieure et à la sûreté intérieure et extérieure de l'État.

Le Conseil d'État, la Cour des comptes et le médiateur de la République pourront soumettre au Comité interministériel des projets d'évaluation.

Une fois l'évaluation faite, le Comité interministériel est saisi des travaux ; il statue sur les suites concrètes qu'il convient de leur donner. Les résultats des évaluations décidées par le Comité interministériel font l'objet d'une publication.

Le Commissariat général du Plan prépare les décisions du Comité interministériel, veille à la publication des travaux d'évaluation et, d'une façon plus générale, anime le développement de l'évaluation dans l'administration. Il rend compte annuellement de cette action au Comité interministériel.

Le Fonds national de développement de l'évaluation dispose de crédits inscrits au budget du Premier ministre (Commissariat général du Plan). Le Conseil économique et social pourra, dans la limite du cinquième de la dotation annuelle du Fonds, faire procéder à des évaluations sous la seule réserve de l'avis favorable du Conseil scientifique sur les modalités techniques de ces évaluations.

Les avis du Conseil scientifique de l'évaluation sur la qualité des travaux exécutés seront publiés.

Le Conseil scientifique de l'évaluation est garant de la qualité des évaluations conduites à l'initiative du Gouvernement, du Conseil d'État, de la Cour des comptes, du médiateur de la République et du Conseil économique et social. Progressivement, tous ceux qui souhaiteront s'assurer de la qualité des évaluations qu'ils entendent mener à bien pourront solliciter l'avis du Conseil scientifique.

Il donne son avis sur les projets d'évaluation pour lesquels le Fonds national de développement de l'évaluation est sollicité. Il prendra, en outre, toutes les initiatives qu'il juge nécessaires pour promouvoir les méthodes et la déontologie de l'évaluation. Il mettra à la disposition des évaluateurs un fonds documentaire. Il pourra contribuer à la formation de spécialistes ainsi qu'au développement de la recherche dans ce domaine.

Il sera composé de onze experts indépendants nommés par le Premier ministre, pour une durée de six ans non renouvelable. Le président nommé parmi ces membres sera assisté par un rapporteur général.

Tel est l'objet du présent décret que nous avons l'honneur de soumettre à votre approbation.

Veuillez agréer, Monsieur le Président, l'expression de notre profond respect.

Décret n° 90-82 du 22 janvier 1990 relatif à l'évaluation des politiques publiques

Le Président de la République,
Sur le rapport du Premier ministre et du secrétaire d'État auprès du Premier ministre, chargé du Plan,
Après avis du Conseil d'État;
Le Conseil des ministres entendu,

Décrète :

CHAPITRE Ier

Comité interministériel de l'évaluation

Art. 1er. — Il est créé un Comité interministériel de l'évaluation chargé de développer et de coordonner les initiatives gouvernementales en matière d'évaluation des politiques publiques.

L'évaluation d'une politique publique au sens du présent décret a pour objet de rechercher si les moyens juridiques, administratifs ou financiers mis en œuvre permettent de produire les effets attendus de cette politique et d'atteindre les objectifs qui lui sont assignés.

Art. 2. — Le Comité interministériel de l'évaluation arrête, sur avis favorable du Conseil scientifique de l'évaluation, les projets d'évaluation relevant d'un ou plusieurs départements ministériels et bénéficiant du Fonds national de développement de l'évaluation, sans préjudice des dispositions de l'article 6 ci-dessous.

Les projets d'évaluation peuvent porter sur tous les domaines de l'activité administrative, à l'exception des sujets de caractère secret touchant à la défense nationale, à la politique extérieure et à la sûreté intérieure et extérieure de l'État.

Peuvent saisir le Comité interministériel de l'évaluation le Premier ministre, les ministres, le Conseil d'État, la Cour des comptes et le médiateur de la République.

Les projets d'évaluation soumis au Comité définissent l'ensemble des modalités nécessaires à leur mise en œuvre et précisent les critères en vertu desquels seront choisis les opérateurs publics ou privés chargés de procéder à l'évaluation.

Le Comité interministériel délibère, après avoir pris connaissance des résultats des évaluations, sur les suites qu'il convient de leur donner.

Il est tenu informé des politiques d'évaluation menées par les ministres et par les organismes placés sous leur tutelle.

Art. 3. — Le Comité interministériel de l'évaluation est présidé par le Premier ministre ou par son représentant.

Il comprend :

— le ministre chargé de l'Économie et des Finances ou son représentant ;

— le ministre chargé des Réformes administratives ou son représentant ;

— le ministre de l'Intérieur ou son représentant ;

— le ministre chargé du Budget ou son représentant ;

— le ministre chargé du Plan ou son représentant ;

— les ministres concernés par l'ordre du jour ou leur représentant.

Art. 4. — Le Commissariat général du Plan prépare les délibérations du Comité interministériel de l'évaluation. Il veille à la mise en œuvre des décisions prises et à la publication des résultats des travaux d'évaluation. Il anime le développement de l'évaluation dans l'administration et en rend compte annuellement au Comité interministériel.

Le secrétariat des réunions du Comité interministériel de l'évaluation est assuré par le secrétariat du Gouvernement.

Chapitre II

Fonds national de développement de l'évaluation

Art. 5. — Il est créé auprès du Premier ministre un Fonds national de développement de l'évaluation. Les crédits de ce fonds sont inscrits au budget des services du Premier ministre, Commissariat général du Plan. Ils peuvent être abondés par la procédure des fonds de concours.

L'affectation des crédits de ce fonds est décidé par le Comité interministériel de l'évaluation.

Art. 6. — Le Conseil économique et social peut faire appel au concours du Fonds, dans la limite du cinquième de la dotation annuelle de ce dernier, pour faire procéder à des travaux d'évaluation, sous réserve de l'avis favorable du Conseil scientifique de l'évaluation.

Art. 7. — Les évaluations bénéficiant du concours du Fonds national de développement de l'évaluation sont rendues publiques, dans le respect des règles de déontologie prévues à l'article 8 ci-dessous.

CHAPITRE III
Conseil scientifique de l'évaluation

Art. 8. — Il est créé un Conseil scientifique de l'évaluation.

Le Conseil scientifique de l'évaluation est chargé de favoriser le développement des méthodes d'évaluation et de définir une déontologie en la matière. Il veille à la qualité et à l'objectivité des travaux bénéficiant du Fonds national de développement de l'évaluation.

A cet effet, le Conseil scientifique de l'évaluation est obligatoirement consulté sur toutes les études susceptibles de bénéficier du financement du Fonds national de développement de l'évaluation. Il formule deux avis :

— le premier porte sur les méthodes et conditions de réalisation des projets d'évaluation prévus aux articles 1er et 6 du présent décret ;

— le second porte sur la qualité des travaux effectués et est rendu public en même temps que les évaluations elles-mêmes.

Art. 9. — Le Conseil scientifique de l'évaluation rassemble et diffuse l'information existant sur les méthodes et techniques d'évaluation, sur les organismes et personnes ayant une pratique en la matière ainsi que sur les travaux d'évaluation eux-mêmes.

A cet effet, il publie chaque année un rapport sur l'évolution des pratiques d'évaluation.

Il peut, en outre, contribuer à la formation de spécialistes et au développement de la recherche dans le domaine de l'évaluation.

Art. 10. — Le Conseil scientifique de l'évaluation est composé de onze personnalités nommées par arrêté du Premier ministre et choisies en raison de leurs compétences en matière d'évaluation ou dans le domaine des sciences économiques, sociales ou administratives.

Les membres du Conseil scientifique de l'évaluation sont nommés pour six ans. Leur mandat n'est pas renouvelable. Toutefois, lors de la constitution initiale du Conseil, cinq d'entre eux sont nommés pour trois ans.

Ceux de ses membres dont le mandat viendrait à être interrompu pour quelque cause que ce soit sont remplacés dans leurs fonctions dans un délai de deux mois. Le mandat d'un membre remplaçant expire à la même date que celui de son prédécesseur et n'est pas renouvelable, sauf s'il a été exercé pendant une durée inférieure à deux ans.

Art. 11. — Le président du Conseil scientifique de l'évaluation est nommé, parmi ses membres, par arrêté du Premier ministre.

Il est assisté d'un rapporteur général nommé par le Premier ministre sur proposition du Conseil scientifique de l'évaluation.

Art. 12. — Pour l'accomplissement de sa mission, le Conseil scientifique de l'évaluation dispose des emplois et des crédits inscrits à ce titre au budget des services du Premier ministre, Commissariat général du Plan.

Des agents publics peuvent être mis à sa disposition.

Dans la limite des crédits ouverts, il peut faire appel à des experts français ou étrangers.

Art. 13. — Le Conseil scientifique de l'évaluation procède aux auditions qui lui paraissent nécessaires. Les administrations de l'État et les organismes placés sous leur tutelle lui communiquent tous documents et informations qu'il juge utiles à l'accomplissement de sa mission.

Art. 14. — Les membres du Conseil scientifique de l'évaluation et, éventuellement, les personnes qui collaborent à ses travaux peuvent percevoir des indemnités liées à l'exercice de leurs fonctions dans des conditions fixées par arrêté du ministre chargé du Budget et du ministre chargé du Plan.

Les membres du Conseil scientifique de l'évaluation qui n'auraient pas la qualité de fonctionnaire ou d'agent de l'État sont assimilés, pour le remboursement de leurs frais de mission, aux fonctionnaires exerçant des fonctions de niveau comparable. Il en va de même des collaborateurs, agents et experts qui assistent le Conseil scientifique de l'évaluation dans ses travaux.

Art. 15. — Le Premier ministre, le ministre d'État, ministre de l'Économie, des Finances et du Budget, le ministre d'État, ministre de la Fonction publique et des Réformes administratives, le ministre de l'Intérieur, le ministre délégué auprès du ministre d'État, ministre de l'Économie, des Finances et du Budget, chargé du Budget, et le secrétaire d'État auprès du Premier ministre, chargé du Plan, sont chargés, chacun en ce qui le concerne, de l'exécution du présent décret qui sera publié au *Journal officiel* de la République française.

Fait à Paris, le 22 janvier 1990.

Par le Président de la République
FRANÇOIS MITTERRAND

Le Premier ministre
MICHEL ROCARD

Le ministre d'État, ministre de l'Économie, des Finances et du Budget
PIERRE BÉRÉGOVOY

Le ministre délégué auprès du ministre d'État, ministre de l'Économie, des Finances et du Budget, chargé du Budget
MICHEL CHARASSE

Le secrétaire d'État auprès du Premier ministre, chargé du Plan
LIONEL STOLÉRU

12

L'impact de la Communauté européenne sur les administrations nationales

L'émergence des autorités administratives indépendantes et l'expansion des collectivités territoriales n'épuisent pas les raisons de la déstabilisation de l'appareil administratif de l'État. S'y ajoute l'impact de la Communauté européenne, dont les conséquences sont encore loin d'avoir été mesurées.

L'étude des collectivités territoriales n'est pas du ressort de ce livre, dans la mesure où elles ne forment pas une composante de l'État. L'administration territoriale de l'État ayant été étudiée dans la première partie de l'ouvrage, on ne s'attardera pas davantage à décrire ici les effets de la décentralisation sur le système préfectoral [1]. Contentons-nous de rappeler que, outre les conséquences des transferts de compétences effectués par la législation votée à partir de 1982, la nouvelle assurance et le sens de l'innovation des élus placés à la tête des communes, des départements et des régions modifient nécessairement l'équilibre des relations existant entre les services extérieurs de l'État et des collectivités territoriales [2].

1. Parmi les nombreux ouvrages qui traitent, aujourd'hui, de la décentralisation, citons Bruno Rémond, Jacques Blanc, *Les Collectivités locales*, Paris, Presses de la FNSP-Dalloz, 1989 ; Sylvie Biarez, *Le Pouvoir local*, préface de François d'Arcy, Paris, Economica, 1989.

2. Albert Mabileau, « Les héritiers des notables », *Pouvoirs*, n° 40, 1987.

Non seulement le pouvoir local assume seul, aujourd'hui, une part croissante des investissements publics et maîtrise ainsi une partie importante des politiques d'urbanisation et d'équipement, mais il constitue le partenaire obligé des entreprises industrielles et commerciales, des organismes sociaux, des écoles, des collèges et des lycées — demain peut-être des universités — qui quadrillent le territoire. Et il entretient avec eux un contact permanent. Cette véritable mutation, dont les ramifications s'étendent déjà au-delà des frontières [1] et donnent lieu presque partout à des « financements croisés », bouleverse un paysage administratif dominé par l'omniprésence et l'omnipotence de l'État, auxquelles la tradition républicaine nous avait habitués.

Mais cette nouvelle conjoncture sur fond de rénovation et de modernisation du service public n'est pas seule à mettre en cause, désormais, la physionomie de l'appareil administratif de l'État. S'y ajoute, en effet, la montée en puissance de la Communauté européenne. Aussi la conjonction de la décentralisation et du processus d'intégration communautaire donne-t-elle parfois l'impression à l'observateur attentif d'assister à la prise en tenaille d'une administration étatique, que, pendant plus d'un siècle, rien n'avait contrecarré. Faut-il voir dans cette mutation le signe d'une crise de structure ou l'annonce d'un rééquilibrage ? La question est complexe. Le dossier de la décentralisation ayant été largement exploré, on cherchera dans ce dernier chapitre à évaluer l'impact de la construction communautaire sur l'appareil administratif de l'État [2].

1. Pierre Kukawka, « Le quadrige européen », *Rhône-Alpes et les Grandes Régions en Europe*, travaux du CERAT, IEP, Grenoble, 1990.

2. On limitera l'étude à l'appareil administratif français. Une analyse comparative a cependant été esquissée *in* Heinrich Siedentopf, Jacques Ziller, *L'Europe des administrations*, Institut européen d'administration publique, Sage Publication Bruyland.

1. Les données du problème

1. L'absence d'État fédéral

Il n'existe pas, pour l'instant, d'État fédéral européen, et l'on peut supposer que l'accélération du processus actuel, qui mène à l'union économique et monétaire et à l'union politique, débouchera sur un modèle politique différent de celui des États-Unis d'Amérique [1]. A l'heure actuelle, la répartition des compétences entre les États membres et la Communauté, telle qu'elle résulte des traités, reflète plutôt, selon l'expression imagée du recteur Brugmans, l'existence d'un « fédéralisme à l'envers ». En effet, les matières dans lesquelles se développent les politiques communautaires, loin de couvrir le domaine régalien traditionnel (affaires extérieures, défense, justice, monnaie...), concernent davantage la concurrence des entreprises, la politique industrielle et agricole, les transports, la politique sociale... Ce qui autorise à écrire que le ressortissant de l'Europe des Douze est plus affecté par les décisions prises à Bruxelles en tant que producteur ou en tant que consommateur que comme « citoyen » européen.

Dès lors, ce sont les administrations économiques et financières de l'État qui se trouvent en première ligne face à la concurrence des services travaillant pour le compte de la Commission. Ce qui explique les allées et venues à Bruxelles, depuis plusieurs années, des fonctionnaires des ministères techniques appelés à siéger dans les instances communautaires au lieu et place de leurs collègues des Affaires étrangères ainsi que la démultiplication du Conseil des ministres de la Communauté en une quinzaine de formations couvrant l'éventail des politiques communautaires.

1. Jean-Louis Quermonne, « Existe-t-il un modèle politique européen ? », *RFSP*, vol. 40, n° 2, avr. 1990.

2. L'absence de distinction entre la loi et le règlement

L'article 189 du traité de Rome prescrit que « pour l'accomplissement de leur mission et dans les conditions prévues au présent traité, le Conseil et la Commission arrêtent des règlements et des directives, prennent des décisions et formulent des recommandations ou des avis ». Or, les actes communautaires ont, en principe, une valeur supérieure à ceux qui relèvent du droit interne. Et l'Acte unique a institué, depuis 1987, une procédure d'association au processus de décision du Parlement européen.

Mais les traités communautaires n'ont établi, dans les matières relevant de la compétence de la Communauté européenne, aucune distinction entre ce qui pourrait être le domaine de la loi et celui du règlement. La tâche était, d'ailleurs, impossible à l'origine, compte tenu des attributions purement consultatives de l'Assemblée des Communautés européennes et de la diversité des dispositions ou des traditions qui caractérisent, sur ce point, les Constitutions des différents États membres.

Il en résulte, en France, qu'il appartient au gouvernement, sous le contrôle éventuel du Conseil constitutionnel, de déterminer la part respective des mesures d'application des directives européennes qui doivent être adoptées par le Parlement sous forme de lois et de celles que peut prendre le Premier ministre par décret. Or, comme, jusqu'à présent, les délégations parlementaires aux Communautés européennes n'ont pas été spécialement actives en ce domaine, c'est généralement l'administration qui s'adjuge le travail. Et, comme la majeure partie des dispositions à élaborer relève de la politique économique et financière, celle-ci a tendance à les faire adopter par voie de règlement. Quoi qu'il en soit, une enquête menée à la diligence de la Commission des lois de l'Assemblée nationale a montré que la proportion des textes qui nécessiteraient une intervention du Parlement n'excède pas 10 %[1].

3. L'absence de services extérieurs de la Communauté

Enfin, il convient de souligner que, pour assurer la préparation et l'exécution des règlements, des directives et des décisions communautaires, la Commission de Bruxelles ne dispose d'aucun service extérieur. Il appartient donc aux administrations publiques des États membres — voire, selon les domaines d'intervention, à leurs collectivités territoriales — d'en jouer le rôle. Ce qui provoque un certain enchevêtrement entre les administrations nationales et celles de la Communauté. Il en résulte que la déstabilisation des administrations nationales induite par l'action de la Communauté européenne n'a pas nécessairement pour effet de réduire l'intensité de leur activité. Elles sont appelées, en effet, à coopérer avec les instances communautaires ainsi qu'avec les administrations des autres pays membres à la préparation des dossiers ; et, surtout, elles ont la rude tâche d'assurer tantôt la transposition, tantôt la mise en œuvre des réglementations et des décisions édictées à Bruxelles. Un certain parallèle peut ainsi être établi avec le rôle que la Loi fondamentale de la République fédérale assigne aux administrations des Länder allemands lorsqu'elle prescrit à l'article 83 que : « Sauf disposition contraire prévue ou admise par la présente Loi fondamentale, les Länder exécutent les lois fédérales à titre de compétence propre. » Cette symétrie doit être entendue, naturellement, toute proportion gardée[2].

1. Une étude entreprise en 1987 par Yves Mény avait montré que, sur dix-sept directives, quatre seulement impliquaient, au regard des articles 34 et 37 de la Constitution, une transposition législative ; cf. Yves Mény, « La mise en œuvre des directives communautaires », *in* Heinrich Siedentopf, Jacques Ziller, *L'Europe des administrations, op. cit.*, p. 279 *sq.*

2. Sur l'ensemble des problèmes posés par les conséquences de l'intégration européenne sur le fonctionnement de l'administration publique en France, on se reportera au numéro spécial de la *RFAP* : « L'administration et la construction européenne », n° 48, oct.-déc. 1988.

2. Les conséquences sur les structures de l'administration

Comme le remarque Alexandre Carnelutti, « l'organisation du traitement des affaires communautaires est fondée, en France, sur deux principes : celui de la compétence de chaque administration pour les affaires qui la concernent et celui de la coordination centralisée assurée par un organe relevant du Premier ministre, le secrétariat général du Comité interministériel pour les questions de coopération économique internationale (SGCI)[1] ».

1. L'échelon ministériel

L'impact communautaire sur les structures ministérielles varie selon qu'il s'agit de *ministères horizontaux* ou de *ministères verticaux*. En ce qui concerne les premiers, le Quai d'Orsay et le Quai de Bercy (ex-Rue de Rivoli) ont toujours été préoccupés de conserver une approche globale et horizontale des problèmes. C'est pourquoi la dimension européenne n'a pas été isolée au sein d'une cellule spécifique, mais a dû s'insérer dans les structures existantes[2].

Ces deux ministères sont concernés par l'ensemble des dossiers engageant la France : le ministère des Affaires étrangères, parce qu'il a officiellement le monopole de la négociation diplomatique au sein des organisations internationales; le ministère de l'Économie et des Finances, parce qu'il contrôle l'ensemble des implications budgé-

1. Alexandre Carnelutti, « L'administration française face à la règle communautaire », *RFAP*, n° 48, oct.-déc. 1988, p. 9-10.

2. Les précisions qui suivent sont tirées de l'enquête menée par Christian Lequesne, en vue de l'élaboration de son mémoire de DEA sur « Les instruments de la politique européenne de la France », IEP, Paris, mars 1986 (dact.).

taires des politiques communautaires. Il en résulte que l'ensemble des directions et des services doit acquérir la dimension européenne et le réflexe communautaire. Mais certains services, bien entendu, sont plus particulièrement orientés, désormais, vers les questions européennes :

— au sein du Quai d'Orsay : le Service de coopération économique (SEDECO), sous-direction horizontale rattachée à la Direction des affaires économiques ; le Bureau du droit communautaire (chargé, notamment, de rédiger les mémoires engageant la France en matière de contentieux direct), dépendant de la Direction des affaires juridiques ; et, naturellement, la Direction des affaires politiques (sous-direction Europe), appelée à suivre les dossiers de la coopération politique.

— au sein du Quai ~~d'Orsay~~ : le Bureau « agriculture-affaires européennes » de la Direction du budget ; le Bureau « organismes européens » (gestion monétaire et position française au sein du SME) de la Direction du trésor ; et le Bureau chargé de la politique commerciale communautaire de la Direction des relations économiques internationales, lorsqu'elle est rattachée au ministère de l'Économie et des Finances.

S'agissant des ministères verticaux, la pratique a conduit généralement à la création d'une structure horizontale : direction, service, division ou bureau, selon l'importance du département ministériel concerné. En 1986, neuf cellules Affaires communautaires avaient déjà été créées dans différents ministères techniques, groupant de cinq à douze agents, auxquels s'ajoutait la DATAR.

2. L'échelon interministériel

Le SGCI constitue évidemment la plaque tournante et la « tour de contrôle » de la politique européenne de la France. Il se situe à l'articulation du pouvoir politique (présidence et gouvernement) et de l'administration et assure la coordination entre l'ensemble des départements ministériels et la représentation permanente de la France auprès de la Communauté [1].

Sa structure et son rôle ayant été étudiés avec les administrations d'état-major, on se contentera de rappeler qu'il fut créé par un décret du 3 avril 1948 pour assurer le secrétariat du comité interministériel institué lors de la mise en place de l'Organisation européenne de coopération économique (l'OECE, à laquelle a succédé l'OCDE), destinée initialement à répartir les crédits américains du plan Marshall. Mais le SGCI a trouvé son plein emploi par la suite, avec les créations de la Communauté européenne du charbon et de l'acier et du Marché commun. Il constitue, aujourd'hui, l'un des rouages essentiels de l'État dans le cadre du processus d'intégration européen. Certes, l'apparition, en 1983, d'un ministère des Affaires européennes à part entière a pu produire sur son fonctionnement un certain flottement. Mais, dans une circulaire du 22 septembre 1988 (reproduite en annexe au présent chapitre), le Premier ministre a fermement rappelé le rôle interministériel de l'institution.

Le plus souvent dirigé par un conseiller auprès du Premier ministre ou du président de la République (et, jusqu'à sa nomination comme ministre délégué aux Affaires européennes, par Élisabeth Guigou, conseiller à l'Élysée), le SGCI regroupe cent vingt agents répartis en douze secteurs correspondant aux principaux domaines couverts par les politiques communes. Il assure la coordination des positions arrêtées par les différents ministères face à ces politiques, veille à leur cohérence et en assure la transmission à la représentation permanente de la France à Bruxelles. En sens inverse, il communique aux administrations centrales les règlements, décisions et directives adoptés par la Communauté. Dans l'exercice de ces missions, le SGCI tient sept à huit réunions interministérielles chaque jour

1. Dès l'origine, le SGCI fut placé auprès de la présidence du Conseil, faute d'accord pour le rattacher au ministère des Affaires étrangères ou au ministère des Finances. Sur son évolution, on pourra se reporter au mémoire de DEA de Michaël Matthiessen, « Le SGCI », IEP, Paris, 1981.

(ce nombre pouvant s'élever, parfois, jusqu'à douze). Dans 90 % des cas, il parvient à réaliser un accord. Si nécessaire, le secrétaire général lui-même préside une ultime séance le mercredi matin, l'arbitrage du chef du gouvernement et du chef de l'État n'étant sollicité que dans des cas exceptionnels.

Le SGCI dispose également d'un conseiller juridique, dont la compétence est mise au service de l'ensemble des départements ministériels et qui partage avec le Bureau du droit communautaire du ministère des Affaires étrangères la charge de plus en plus lourde d'informer l'administration du dernier état du droit en vigueur dans la Communauté.

Parallèlement au SGCI, il existe dans un secteur particulier — celui des Programmes intégrés méditerranéens, aujourd'hui associés aux actions visant à réaliser la cohésion économique et sociale des pays de la Communauté — une Mission programmes intégrés méditerranéens, directement rattachée au Premier ministre. Et, lorsque le président de la République assure la présidence tournante de la Communauté, il dispose d'un secrétariat dirigé par un ambassadeur, mis à sa disposition par le ministère des Affaires étrangères.

Enfin, depuis 1958, la France entretient à Bruxelles une représentation permanente auprès de la Communauté européenne. Également dirigée par un ambassadeur (ce fut, sous le général de Gaulle, Marc Boegner), elle regroupe une soixantaine de personnes environ, dont 40 % de diplomates et 60 % d'agents originaires des principaux départements ministériels concernés par l'activité communautaire. Cette représentation permanente, qui travaille en liaison constante avec le SGCI, exerce d'autant plus d'influence qu'elle assiste directement les membres du gouvernement siégeant au Conseil des ministres de la Communauté et qu'elle est directement associée, au sein du Comité des représentants permanents (COREPER) des États membres, à l'élaboration du tiers des décisions relevant des attributions du Conseil.

3. Les conséquences sur le processus de décision

L'impact de la Communauté européenne sur le processus de décision est plus sensible encore que son influence sur l'évolution des structures. Car, outre le fait que l'extension des compétences communautaires transforme, dans les domaines qui en relèvent, le rôle des administrations centrales des États membres et les oblige à se reconvertir, l'absence de services extérieurs de la Communauté contraint les mêmes administrations à assurer elles-mêmes, dans leurs pays respectifs, la transposition et l'application des normes communautaires, sous la surveillance de la Commission et le contrôle juridictionnel éventuel de la Cour de justice des Communautés.

Or, si l'on sait qu'en 1987 le Conseil des ministres a adopté 458 règlements, 40 directives et 125 décisions, et la Commission 3 655 règlements, 4 212 décisions et 23 directives, on prend la mesure du véritable labyrinthe dans lequel les administrations centrales se trouvent engagées [1].

1. L'impact de la Communauté sur l'élaboration des politiques publiques nationales

Les conséquences de l'intégration européenne sur l'élaboration des politiques publiques nationales ont d'abord été négatives, les responsables des administrations centrales considérant la Commission des Communautés comme « un empêcheur de tourner en rond ». Interviewant un fonctionnaire des Affaires sociales le 19 novembre 1984, un jeune chercheur s'est ainsi vu opposer cette réponse : « L'Europe, c'est ennuyeux [2]. » Et, à propos de l'aide à

1. Alexandre Carnelutti, « L'administration française face à la règle communautaire », art. cité, p. 523, n. 1 et 2.

2. Christian Lequesne, « Les instruments de la politique européenne de la France », art. cité, p. 19.

la reconversion du secteur « textile-habillement », il a pu observer le dépit éprouvé, en 1983-1984, par les agents du ministère de l'Industrie appelés à préparer le dossier, qui, faute d'avoir respecté la réglemention communautaire des aides publiques et de la concurrence, ont dû refaire plusieurs fois leur copie, perdant six mois [1]. Pendant trop longtemps, en effet, la connaissance du droit communautaire par les fonctionnaires français des administrations centrales laissait à désirer, tandis que l'intervention croissante de la Communauté en de multiples domaines réduisait la liberté d'action des autorités nationales. Or, si l'on admet, avec Jacques Delors, que « dans dix ans, 80 % de la législation économique, peut-être même fiscale et sociale, sera d'origine européenne [2] », on conçoit que le Conseil d'État ait récemment rappelé au gouvernement la nécessité de renforcer la formation initiale et continue des fonctionnaires français en droit communautaire.

D'autant plus que l'impact de la Communauté européenne sur les administrations nationales tend, de plus en plus, à leur faire jouer parallèlement un rôle actif. En effet, on l'a dit, avant de prendre les principales décisions destinées à devenir des normes communautaires, la Commission et le Conseil des ministres font appel à la collaboration des fonctionnaires des États membres. Cette collaboration se développe, d'abord, à l'occasion des consultations organisées en France par le SGCI et, parfois officieusement, par les services de Bruxelles. Elle donne lieu également à des échanges téléphoniques entre agents des pays concernés. Mais elle s'organise, surtout, dans le cadre de la Communauté elle-même, à la faveur des comités consultatifs réunis à l'initiative de la Commission ou à l'occasion des commissions d'experts convoquées par le Conseil des ministres ou le COREPER. Ainsi a-t-on pu dénombrer l'existence de plus de trois cents comités en 1986, à tel point qu'on a pu parler, à propos de l'administration

1. *Ibid.*
2. Cet avertissement a été lancé par Jacques Delors devant le Parlement européen, en juillet 1989.

communautaire, de « comitologie [1] ». Or, ces réunions regroupent, outre des représentants socioprofessionnels, des fonctionnaires nationaux. Il suffit, pour s'en convaincre, d'assister, chaque matin et chaque soir, à la gare du Nord à Paris, aux allers-retours des fonctionnaires français en direction ou en provenance de Bruxelles.

2. Les administrations des États membres, « services extérieurs » de la Communauté

« Nos administrations ont une double nature : nos ministères et nos administrations territoriales sont tout autant des organes de mise en œuvre du droit communautaire que la Commission. De leur action dépend l'efficacité du droit communautaire, résultat essentiel si ce droit doit se voir reconnaître son plein effet partout dans la Communauté avec une force égale [2]. » Ce constat, établi par Alexandre Carnelutti, montre à quel point, au lieu de les démobiliser, le processus d'intégration européen peut intensifier l'activité des fonctionnaires français. Il le fait déjà à deux niveaux, de manière d'ailleurs inégale.

Au plan communautaire, l'exécution des règlements, décisions et directives arrêtés par le Conseil, ou par la Commission sous le contrôle de celui-ci, appelle la réunion de comités consultatifs auxquels sont associés des fonctionnaires des administrations centrales des pays membres. On retrouve donc, en aval, le même type de collaboration que l'on a décrit en amont.

Mais c'est surtout au plan national que les administrations des États membres et, dans certains cas, leurs collectivités territoriales sont amenées, sur la base d'un dédoublement fonctionnel effectif, à jouer le rôle de services extérieurs de la Communauté. Ce rôle, qui prend cha-

1. Dusan Sidjanski, « Communauté européenne 1992 : gouvernement de comités ? » *Pouvoirs*, n° 48, 1989, p. 71-80.

2. Alexandre Carnelutti, « L'administration française face à la règle communautaire », art. cité, p. 584.

que année une plus grande ampleur, s'exerce dans trois directions.

a) Il concerne, d'abord, la diffusion du droit communautaire. Si nul n'est censé ignorer la loi, aucun citoyen ne lit quotidiennement le *Journal officiel* et, encore moins, celui des Communautés européennes. Il appartient donc aux administrations nationales de faire en sorte que les règlements et les décisions pris par celles-ci soient portés à leur connaissance. Et cette exigence est d'autant plus nécessaire que ces normes bénéficient de la primauté sur le droit national et que les particuliers peuvent s'en prévaloir devant les tribunaux — qui, eux aussi, jouent le rôle à la fois de juridiction nationale et de juridiction communautaire.

b) Il concerne également la transposition en droit interne des directives établies par le Conseil des ministres à l'initiative de la Commission. Or, on sait qu'en vertu de l'article 189 du traité de Rome, si les règlements ayant une portée générale sont obligatoires dans tous leurs éléments et sont directement applicables dans tout État membre, les directives obligent l'État membre destinataire quant au résultat à atteindre, tout en laissant aux instances nationales la compétence quant à la forme et aux moyens. Il s'agit donc, pour les administrations nationales, de préparer sous l'autorité du gouvernement les projets de lois et de règlements nécessaires à la transposition. Cette tâche est plus ou moins régulièrement et plus au moins rapidement accomplie, selon les pays et selon les années...

c) Il concerne enfin l'exécution des règlements et des décisions communautaires. Or, si ces dernières peuvent affecter des particuliers, notamment des entreprises, les règlements concernent au plus haut point les administrations. Et l'on constate que dans de nombreux domaines, tels l'accès à la fonction publique non régalienne et l'ouverture des marchés publics, beaucoup d'administrations marquent le pas. A tel point que la Commission des Communautés européennes, plutôt que de saisir systématiquement la Cour de justice, a dû mettre en place une procédure précontentieuse permettant d'aboutir à un règlement amiable dans 80 % des cas.

Ces trois tâches constituent, sans doute, un lourd fardeau pour les administrations nationales. Mais, au moment où celles-ci voient diminuer leurs attributions au niveau de l'initiative, du fait du processus d'intégration européen, elles récupèrent au plan de la mise en œuvre et de l'application un rôle considérable qui leur laisse une réelle latitude d'action.

C'est de cette reconversion que, récemment, le Conseil d'État a pris la mesure. Sans doute est-il resté longtemps un pôle de résistance à la fois à l'intégration de l'administration française dans la construction européenne et à la reconnaissance de la primauté du droit communautaire sur le droit national. Et, sur ce second point, il se situait même en retrait par rapport à la Cour de cassation.

Mais depuis 1989, peut-être sous l'impulsion de son vice-président Marceau Long, il a rattrapé le temps perdu. Le 20 octobre 1989, dans un arrêt de principe rendu dans une affaire Nicolo, il s'est reconnu le pouvoir de vérifier la conformité des lois aux traités qui leur sont antérieurs [1]. Il pourra donc désormais, comme le juge judiciaire, faire prévaloir, en cas de conflit, le droit communautaire sur le droit administratif [2] interne. Le 30 mai 1990, dans le rapport public qui présente la synthèse de ses activités contentieuses et en tant que conseil du gouvernement, le Conseil d'État a volontairement mis l'accent sur l'obligation de plus en plus pressante pour la législation française de se conformer au droit international, et spécialement au droit européen.

Un revirement de cette nature, en montrant à l'administration la voie à suivre, témoigne de l'importance que prend la dimension européenne au moment où s'ouvre le chantier de la rénovation du service public. Il illustre également le fait que les nouveaux rapports qui s'établissent

1. Jean-François Touchard, « A propos de l'arrêt Nicolo », *Revue du droit public*, 3-1990, p. 801.

2. Emmanuel Négrier, « Le crépuscule d'une théorie jurisprudentielle : l'écran législatif et les droits communautaire et constitutionnel », *Revue du droit public*, 3-1990, p. 767.

entre l'appareil administratif de l'État et la société civile, dont les chapitres précédents ont cherché à rendre compte, ne pourront plus, à l'avenir, se concevoir dans le seul cadre limité de l'Hexagone.

Annexe

Circulaire du 22 septembre 1988 relative à la définition des politiques de la France en matière européenne

Paris, le 22 septembre 1988

Le Premier ministre
à Mesdames et Messieurs
les ministres et secrétaires d'État

Par ma circulaire du 25 mai 1988, je vous ai demandé de veiller personnellement au respect des principes fondamentaux qui doivent inspirer l'action du Gouvernement et j'ai rappelé quelques règles élémentaires de bonne administration.

L'action du Gouvernement prend place aujourd'hui, pour sa plus grande part, dans un contexte européen. Il nous reste peu de temps pour nous préparer à l'établissement du marché intérieur. Tous nos efforts doivent tendre à adapter le pays à cette échéance. En outre, dans bien des domaines, la politique de l'État ne peut être fixée qu'en fonction de la politique menée au niveau européen.

J'appelle donc votre attention sur la nécessité de tenir compte systématiquement de la dimension communautaire dans la réflexion et la détermination de la politique de notre pays.

1. Le respect du droit communautaire est lui-même une exigence constitutionnelle. Le droit communautaire est partie intégrante de l'État de droit. Vous veillerez donc à ce que les textes et les projets d'action de vos administrations soient conformes

aux engagements communautaires de l'État (traités, droit communautaire dérivé, jurisprudence de la Cour de justice de Luxembourg). En cas de doute, vous saisirez le SGCI.

En outre, le bon fonctionnement du marché intérieur européen exigera de renforcer le contrôle du respect de la règle du jeu par les États membres ; ce rôle incombe aux autorités communautaires, et particulièrement à la Commission. Aussi je vous demande de veiller à éviter de placer les autorités françaises en situation d'infraction et de prêter une attention particulière aux manquements que la Commission pourrait constater. Vous suivrez aussi avec attention les contentieux dans lesquels les autorités françaises sont impliquées.

Vous veillerez à la transposition adéquate en droit interne des directives communautaires dans les délais imposés. Vous poursuivrez l'adaptation des procédures régissant les interventions financières de l'État aux exigences du droit communautaire.

2. J'ai souligné l'importance que chacun d'entre vous devait attacher à l'exigence de cohérence de l'action gouvernementale. Cette cohérence s'impose avec une rigueur particulière dans les relations des autorités nationales avec les institutions communautaires. L'unité des positions françaises est une condition de l'efficacité de notre action : tout ministre ou délégué français s'exprimant à Bruxelles engage le Gouvernement.

La position que les représentants français sont chargés d'exprimer au nom du Gouvernement est définie de manière interministérielle par le SGCI, placé sous l'autorité du Premier ministre. Il appartient au secrétariat général, en cas de désaccord persistant entre deux membres du Gouvernement, de me saisir des difficultés rencontrées dans cette tâche. Je souhaite cependant n'avoir à intervenir que de façon exceptionnelle.

Toute instruction adressée à notre représentation permanente auprès des Communautés doit être transmise par l'intermédiaire du SGCI. Les correspondances écrites des autorités françaises destinées aux institutions communautaires, en particulier la Commission, doivent être acheminées par notre représentation permanente sur instruction du SGCI. Il incombe à ce dernier, saisi d'un projet de message émanant d'une administration, de s'assurer que celui-ci fait l'objet d'un accord interministériel avant sa transmission. Le SGCI devra en outre veiller à la diffusion auprès des administrations intéressées de toute demande d'information ou sollicitation émanant de la Commission et de ses services.

3. Des règles précises ont été définies pour la composition de

la délégation française dans les réunions communautaires, notamment le Conseil des ministres ; elles ont été rappelées dans une circulaire du 2 juin 1986. Je vous invite à respecter ces prescriptions qui sont inspirées par un impératif de rigueur budgétaire et un souci d'efficacité.

La préparation des rencontres entre les membres du Gouvernement et les membres de la Commission ou la présidence en exercice du Conseil doivent faire l'objet d'une concertation adéquate, dans le cadre du SGCI, sous l'égide du cabinet du Premier ministre.

En règle générale, il appartient aux membres de notre représentation permanente, sous l'autorité de l'ambassadeur, représentant permanent de la France auprès des Communautés, d'entretenir tous les contacts nécessaires avec les institutions communautaires et en particulier avec la Commission. Les rencontres directes entre des membres de l'administration et les services de la Commission doivent rester l'exception.

Le SGCI doit être informé de tout projet de rencontre de ce type. Il est chargé, le cas échéant, en provoquant les réunions appropriées, d'assurer la coordination de ces démarches et de vérifier l'accord des départements ministériels intéressés sur leur contenu.

J'ai demandé au SGCI de veiller au respect de ces règles, auquel ne doit pas faire obstacle le développement des rencontres « informelles » et des contacts « officieux » entre les autorités françaises et leurs partenaires des autres États membres ou de la Commission.

4. Une part croissante de notre action extérieure doit être articulée avec la politique européenne. En effet, les compétences des Communautés s'étendent et de nombreuses occasions se présentent de renforcer les manifestations des Communautés à l'égard des autres États.

Pour ce qui concerne les rapports entre la France et l'OCDE, le SGCI est chargé du même rôle qu'à l'égard des Communautés. Les relations avec le GATT, qui traite de questions qui sont pour l'essentiel de compétence communautaire, doivent évidemment tenir compte de la position des Communautés. Il doit en être de même à l'égard de négociations, notamment l'élaboration de certaines conventions intergouvernementales, par exemple dans le cadre du Conseil de l'Europe, voire de certains accords bilatéraux, qui interfèrent avec des discussions en cours dans la Communauté ou concernent des sujets qui sont partiellement de compétence communautaire.

Dans tous ces domaines, le SGCI est chargé de veiller à ce que la position exprimée par la France soit cohérente et conforme à ses engagements communautaires.

5. Enfin, il va de soi que la France doit toujours être représentée par un membre du Gouvernement lors des sessions du Conseil des ministres des Communautés, et normalement, sauf cas de force majeure, par le ministre compétent. J'attache une importance toute particulière à cette règle, inspirée à la fois par le souci d'attester l'engagement européen du Gouvernement et par la nécessité de donner à l'expression des positions françaises tout le poids politique que requièrent la défense de nos intérêts et l'illustration de nos vues.

MICHEL ROCARD

Conclusion

Existe-t-il un modèle administratif français ? Et, si oui, quel est son avenir ?

Se fondant sur les travaux de Max Weber et sur l'analyse comparative des systèmes administratifs, Gérard Timsit définit le modèle occidental comme un paradoxe combinant deux éléments contradictoires : la subordination de l'administration au pouvoir politique et la séparation entre le pouvoir politique et l'administration. Il explique, d'une part, que « l'administration n'a pas de légitimité propre : elle est, dans une démocratie, l'instrument du pouvoir politique auquel elle obéit » ; d'autre part, que « l'alternance, ou au moins le changement politique, dans une démocratie, sont la règle ; il en résulte que l'administration n'y peut avoir partie liée avec le pouvoir politique sous peine, en même temps que changerait le pouvoir politique à la tête de l'État, de devoir être renouvelée dans sa totalité : or l'administration, c'est, au contraire, la stabilité, la continuité » [1].

Entre ces deux éléments, l'administration française a tenu, pendant longtemps, l'équilibre. Et dans sa théorie de l'intégration, conçue comme un mode de structuration interne de l'appareil administratif par rapport aux instances politiques, économiques et sociales, Gérard Timsit l'a

1. Gérard Timsit, *Théorie de l'administration*, Paris, Economica, 1986, p. 275.

classée parmi les systèmes d'intégration relative [1]. Ce qui ne veut pas dire que, par comparaison avec les administrations publiques des autres pays occidentaux, elle n'ait pas présenté quelques traits singuliers. En dégageant trois variables, correspondant au rôle que l'administration française a joué pendant les « Trente Glorieuses », Luc Rouban a cherché à les identifier. Il a retenu successivement : la priorité donnée aux fonctions de conception et de décision sur la mise en œuvre et l'évaluation des politiques publiques (le Plan illustrant cette conception volontariste de l'intervention publique) ; le décrochage entre l'expertise technicienne et l'expertise sociale, qui a nourri le développement d'un modèle unitaire élitiste (l'État imposant son mode d'organisation aux divers acteurs sociaux) ; le déséquilibre entre l'information ascendante et l'information descendante, qui induit le court-circuitage des notables locaux (alors même que ces derniers renforcent la légitimité administrative par leur capacité de sélection des interlocuteurs pertinents) [2].

Dans une conjoncture économique caractérisée par la reconstruction et l'expansion, ce modèle d'administration, hérité d'une culture centralisatrice sublimée par l'ENA, a fourni à la France des années d'après guerre les « fonctionnaires de choc » dont elle avait besoin [3]. Et, sous la République gaullienne, il a connu son apogée. Mais, confronté, aujourd'hui, aux exigences d'une société complexe, il apparaît mal adapté à sa gestion.

Certes, la « maladministration » dont souffre actuellement la France tient à plusieurs facteurs. En politisant davantage la haute fonction publique, l'irruption de l'alternance sous la Ve République a concouru à la déstabiliser. En restant incomplète, la décentralisation entreprise à partir de 1982 a provoqué la résistance des administrations centrales ; et il faudra toute la détermination du gouvernement

1. Gérard Timsit, *Administration et États, Étude comparative*, *op. cit.*, p. 31-34.
2. Luc Rouban, « La modernisation de l'État et la fin de la spécificité française », art. cité.
3. Ainsi que l'explique Stanley Hoffmann in *Sur la France*, Paris, Éd. du Seuil, 1964.

pour l'assortir d'une véritable déconcentration. En imposant aux pouvoirs publics — au-delà des utopies néolibérales — la modernisation du service public, la crise de l'État-providence et interventionniste a suscité l'inquiétude d'une fonction publique à la recherche de son identité [1].

Le gouvernement et la gestion des sociétés complexes posent à la France, comme à la plupart des démocraties occidentales, un problème de reconversion administrative dont l'ampleur n'a pas toujours été mesurée et dont nous croyons avoir montré la complexité. Au regard de cette reconversion, le modèle traditionnel de l'administration publique ne saurait être ni rétabli ni restauré. A terme, il devra faire place à un autre type d'administration publique dont le dessin ne peut être préfiguré.

Sera-ce le modèle américain ? Parfois tentés de le croire, les observateurs se récusent en considérant l'attachement que portent les Français aux acquis de l'État-providence. Selon un sondage effectué en 1987, 75 % des personnes interrogées (contre 15 %) sont favorables à un grand service public. A la question : « A qui doit-on imputer les difficultés que vous rencontrez dans vos relations avec l'administration ? », on ne trouve que 28 % des personnes interrogées pour répondre : « Au fonctionnaire », mais 84 % pour répondre : « A la lourdeur et à la complexité des procédures. » La préoccupation principale porte désormais sur la qualité du service et la relation avec l'usager, celle-ci étant conçue en termes « professionnels ». Pour 76 % des personnes interrogées, les fonctionnaires sont compétents ; pour 49 % (contre 42 %), les services ne sont pas suffisamment bien équipés ; et pour 69 % (contre 27 %), l'administration ne donne pas suffisamment d'importance aux relations avec les usagers [2].

1. Jean-Luc Bodiguel, Luc Rouban, « La dysfonction publique ou la crise du corporatisme », art. cité.

2. Selon les résultats d'un sondage CSA-*La Vie*, réalisé les 5 et 6 octobre 1987 (« Les Français et les services publics ») et d'un sondage CSA-*Le Parisien*-FGAF, tous deux réalisés à partir d'un échantillon de 1 000 personnes, selon la méthode des quotas. On trouve le résultat complet de ces sondages *in* Luc Rouban, « La modernisation de l'État et la fin de la spécificité française », art. cité.

Ce n'est pas le service public qui est mis en cause, mais son fonctionnement bureaucratique. D'où la nécessité ressentie par les pouvoirs publics d'ouvrir une série de « chantiers » de rénovation. D'où, également, l'impossibilité d'entreprendre une réforme d'ensemble, par voie d'autorité, dont ni la majorité ni l'opposition ne seraient capables de fixer clairement l'objectif.

Ces différents chantiers devront toucher à la fois aux structures administratives et aux statuts des fonctionnaires. S'agissant des premières, le recours à certaines méthodes de management public et, en tout cas, le développement de l'informatique semblent prioritaires. Mais d'autres transformations seront nécessaires. Comme l'achèvement de la décentralisation, dont on imagine mal qu'elle puisse réussir, en France, sans être accompagnée d'une large déconcentration. Mais aussi le remplacement progressif d'un certain nombre de services, centralisés et hiérarchisés, par une série d'agences qui, sans être nécessairement des autorités administratives indépendantes, devront bénéficier d'une réelle autonomie de gestion ; à cet égard, la réforme entreprise dans le domaine des postes et télécommunications mérite une grande attention. Enfin, à plus long terme, la France devra choisir entre la région et le département. Si ce dernier doit être maintenu, le nombre des régions devra être réduit et leurs compétences limitées à celles d'une structure de « superposition » (les futures « ententes régionales » semblent nous engager dans cette voie). Si, au contraire, la région devient à la fois le siège d'une circonscription administrative de droit commun et d'une collectivité territoriale de plein exercice, il reviendra aux pouvoirs publics d'en accroître légèrement le nombre — qui pourrait être, par exemple, de la dimension des ressorts académiques.

S'agissant des fonctionnaires, la modernisation du service public sera plus difficile à mener à bien. Certes, plusieurs chantiers ont été ouverts, qu'il s'agisse de la réforme de la grille des traitements menée en concertation avec les syndicats de fonctionnaires ou de la création des cercles de qualité à l'intérieur de quelques services. Mais, comme l'écrit Luc Rouban, « l'antithèse de [la modernisation administrative] est constituée par l'apparente inertie qui affecte la fonction publique : irresponsable et inefficace pour les interventionnistes, elle devient omniprésente et inefficiente pour les partisans du désengagement de l'État [1] ». Il faudra donc beaucoup de temps et beaucoup d'expériences avant que le système fondé sur un statut uniforme, tel qu'il a été établi en 1946, fasse place à des statuts plus souples, plus appropriés aux nouvelles missions et à la plus grande responsabilité des agents de l'État. Mais si cette responsabilité doit pouvoir être mieux circonscrite, il n'est pas sûr que la transposition pure et simple du système américain d'*accountability* réponde, en France, aux objectifs recherchés. Et il n'est pas certain non plus que le mode de gestion des « ressources humaines » applicable à l'entreprise constitue la panacée dans un secteur où l'identification à l'État plonge ses racines dans la culture nationale.

Le nouveau modèle administratif français résultera du succès obtenu par une série de réformes. Héritée de l'histoire, l'administration de la France ne saurait en tout cas s'aligner sur le modèle américain : il lui suffira de chercher à s'adapter à l'Europe. Et c'est à condition de demeurer, à sa manière, l'expression d'une culture singulière qu'elle parviendra, au rythme même de cette histoire, à s'intégrer à l'Europe. Entre l'administration française et l'État, existe, en effet, un lien organique. Et il serait illusoire de croire à la fin de l'État [2].

Comparant la France à l'Amérique, Alexis de Tocqueville écrivait déjà au siècle dernier : « En France, le percepteur de l'État lève les taxes communales ; en Amérique, le percepteur de la commune lève la taxe de l'État. Ainsi, parmi nous le gouvernement central prête ses agents à la commune ; en Amérique, la commune prête ses agents au gouvernement. Cela seul fait comprendre à quel degré les deux sociétés diffèrent [3]. » A plus d'un siècle de distance, il n'y a rien à ajouter.

1. Luc Rouban, « Fonction publique et politique de modernisation administrative en France », *Revue internationale des sciences administratives*, vol. 55, 1989, p. 445.

2. Pierre Birnbaum, « La fin de l'État ? », *RFSP*, vol. 35, n° 6, décembre 1985.

3. Alexis de Tocqueville, *De la démocratie en Amérique*, Paris, Librairie de Médicis, 1951, t. I, p. 102.

Bibliographie sélective

Sauf exception, on n'a cité en note, et l'on n'indiquera dans cette orientation bibliographique très sommaire, que des ouvrages ou des documents rédigés en français. On ne mentionnera pas les nombreux manuels de droit administratif ou d'analyse des « grands services publics », qui contiennent tous des développements sur les institutions administratives françaises et parfois étrangères. On s'en tiendra à quelques titres qui, sans faire double emploi avec les notes infrapaginales, permettront au lecteur de se repérer et d'approfondir tel ou tel chapitre du livre.

1. Ouvrages à caractère documentaire

Bottin administratif.

La Fonction publique de l'État en..., ministère de la Fonction publique et des Réformes administratives, Paris, La Documentation française.

Le Pari de la responsabilité, commission sur l'efficacité de l'État, présidée par François de Closets, Paris, La Documentation française, 1989.

Répertoire de l'administration française (48e éd. 1990), Paris, La Documentation française.

2. Ouvrages à caractère général

Baecque (Francis de), *L'Administration centrale de la France*, Paris, Armand Colin, « U », 1973.

Chevallier (Jacques), *Science administrative*, Paris, PUF, « Thémis », 1986.

Debbasch (Charles), *Science administrative*, Paris, Dalloz, 4e éd. 1980.

Dreyfus (Françoise), Arcy (François d'), *Les Institutions politiques et administratives de la France*, Paris, Economica, 3e éd. 1989.

Dupuis (Georges), Guédon (Marie-José), *Institutions administratives*, Paris, Armand Colin, « U », 2e éd. 1988.

Dupuy (François), Thoenig (Jean-Claude), *Sociologie de l'administration*, Paris, Armand Colin, 1983.

Forges (Jean-Michel de), *Les Institutions administratives françaises*, Paris, PUF, 1985.

Gournay (Bernard), *Introduction à la science administrative*, Paris, Presses de la FNSP, 3e éd. 1978.

Gournay (Bernard), Kesler (Jean-François), Siwek-Pouydesseau (Jeanne), *Administration publique*, Paris, PUF, « Thémis », 1967.

Gow, Barette, Dion, Fortmann, *Introduction à l'administration publique, Une approche politique*, Montréal, Gaëtan Morin, 1987.

Rigaud (Jacques), Delcros (Xavier), *Les Institutions administratives françaises*, Paris, Presses de la FNSP-Dalloz, 2 vol., 1984 et1986.

Traités

Chevallier (Jacques), Lochak (Danièle), *La Science administrative*, Paris, LGDJ, 2 vol., 1978.

Langrod (Georges), dir., *Traité de science administrative*, Paris, Mouton, 1966.

3. Ouvrages à caractère théorique

Crozier (Michel), *Le Phénomène bureaucratique*, Paris, Éd. du Seuil, 1963.

Crozier (Michel), Friedberg (Erhard), *L'Acteur et le Système*, Paris, Éd. du Seuil, 1977.

Fossaert (Robert), *La Société*, t. III, *Les Appareils*, Paris, Éd. du Seuil, 1978.

Merton (Robert K.), *Éléments de théorie et de méthode sociologique*, Paris, Plon, 1966.

Sfez (Lucien), *Critique de la décision*, Paris, Presses de la FNSP, « Références », 1981.

Simon (H.), *Administration et Processus de décision* (1945), Paris, Economica, 1983.

Timsit (Gérard), « L'administration », *in* Grawitz (M.), Leca (J.), *Traité de science politique*, Paris, PUF, 1985.

Timsit (Gérard), *Théorie de l'administration*, Paris, Economica, 1986.

Weber (Max), *Économie et Société* (1922), Paris, Plon, 1971.

Weber (Max), *Le Savant et le Politique*, Paris, UGE, « 10/18 », 1959.

4. Ouvrages à caractère comparatif

Braibant (Guy), *Institutions administratives comparées*, 3 tomes, Paris, service de polycopie de la FNSP.

Cassese (Sabino), *L'Administration européenne*, Institut international des sciences administratives-Institut européen d'administration publique, 1987.

Charlot (Claire), *L'Énarchie à l'anglaise*, Lille, Presses universitaires de Lille, 1989.

Debbasch (Charles), dir., *L'Administration publique en Europe*, Paris, Éd. du CNRS, 1988.

Fournier (Jacques), *Le Travail gouvernemental*, Paris, Presses de la FNSP-Dalloz, 1987.

Heclo (H.), *A Government of Strangers-Executive Politics in Washington*, Brookings, 1977.

König (K.), Von Oertzen (H.J.), Wagener (F.), *L'Administration publique en République fédérale d'Allemagne*, Paris, Economica, 1983.

Mény (Yves), *Politique comparée*, Paris, Montchrestien, 2e éd. 1988 (chap. VII).

Suleiman (Ezra), dir., *Burocrats and Policy Making, A Comparative Overview*, New York, Holmes and Meier, 1984.

Timsit (Gérard), *Administration et États, Étude comparée*, Paris, PUF, « Politique aujourd'hui », 1987.

Toinet (Marie-France), dir., *L'État en Amérique*, Paris, Presses de la FNSP, 1989.

Urio (Paolo), Bauman (Élisabeth), Arigoni (Gabriella), Joye (Dominique), *Sociologie de la haute administration publique de la Suisse*, Paris, Economica, 1989.

5. Ouvrages et essais sur l'administration française

Baecque (Francis de), Quermonne (Jean-Louis), dir., *L'Administration et la Politique sous la Ve République*, Paris, Presses de la FNSP, « Références », 1982.

Biarez (Sylvie), *Le Pouvoir local*, Paris, Economica, 1989.

Birnbaum (Pierre), dir., *Les Élites socialistes au pouvoir, 1981-1985*, Paris, PUF, 1978.

Bloch-Lainé (François), *Profession : fonctionnaire*, Paris, Éd. du Seuil, 1976.

Bodiguel (Jean-Luc), *Les Anciens Élèves de l'École nationale d'administration*, Paris, Presses de la FNSP, 1978.

Bodiguel (Jean-Luc), Quermonne (Jean-Louis), *La Haute Fonction publique sous la Ve République*, Paris, PUF, « Politique aujourd'hui », 1983.

Bourdieu (Pierre), *La Noblesse d'État, Grandes écoles et esprit de corps*, Paris, Éd. de Minuit, 1989.

Chevallier (Jacques), *Le Service public*, Paris, PUF, « Que sais-je ? », 1987.

Chevallier (Jacques), dir., *La Haute Administration et la Politique*, Centre universitaire de recherches administratives et politiques de Picardie, Paris, PUF, 1986.
Cohen (Samy), *Les Conseillers du président*, Paris, PUF, 1980.
Colas (Dominique), dir., *L'État et les Corporatismes*, Paris, PUF, 1988.
Colliard (Claude-Albert), Timsit (Gérard), dir., *Les Autorités administratives indépendantes*, Paris, PUF, 1988.
Crozier (Michel), *État modeste, État moderne*, Paris, Fayard, 1987.
Dupuy (François), Thoenig (Jean-Claude), *L'Administration en miettes*, Paris, Fayard, 1985.
Fournier (Jacques), *Le Travail gouvernemental*, Paris, Presses de la FNSP-Dalloz, 1987.
Grémion (Pierre), *Le Pouvoir périphérique*, Paris, Éd. du Seuil, 1976.
Grémion (Catherine), *Profession : décideur*, Paris, Gauthier-Villars, 1979.
Jobert (Bruno), Muller (Pierre), *L'État en action*, Paris, PUF, 1988.
Kesler (Jean-François), *L'ENA, la Société, l'État*, Paris, Berger-Levrault, 1985.
Kesler (Jean-François), *Sociologie des fonctionnaires*, Paris, PUF, « Que sais-je ? », 1980.
Kessler (Marie-Christine), *Le Conseil d'État*, Paris, Armand Colin, 1968.
Kessler (Marie-Christine), *La Politique de la haute fonction publique*, Paris, Presses de la FNSP, 1978.
Kessler (Marie-Christine), *Les Grands Corps de l'État*, Paris, Berger-Levrault, 1985.
Lochak (Danièle), *Le Rôle politique du juge administratif français*, Paris, LGDS, 1972.
Massot (Jean), Marimbert (Jean), *Le Conseil d'État*, Paris, La Documentation française, « Notes et études documentaires », 1988.
Menier (Jacques), *Les Inspections générales*, Paris, Berger-Levrault, 1983.
Mény (Yves), Thoenig (Jean-Claude), *Politiques publiques*, Paris, PUF, « Thémis », 1989.

Muller (Pierre), *Le Technocrate et le Paysan. Essai sur la politique française de modernisation de l'agriculture*, Paris, Les Éditions ouvrières, 1984.

Muller (Pierre), *Politiques publiques*, Paris, PUF, « Que sais-je ? », 1990.

Nioche (Jean-Pierre), Poinsard (Robert), dir., *L'Évaluation des politiques publiques*, Paris, Economica, 1984.

Pisier (Evelyne), Bouretz (Pierre), *Le Paradoxe du fonctionnaire*, Paris, Calmann-Lévy, 1988.

Quermonne (Jean-Louis), *Le Gouvernement de la France sous la Ve République*, Paris, Dalloz, 3e éd. 1987.

Rémond (René), Courtrot (Aline), Boussard (Isabel), *Quarante Ans de cabinets ministériels*, Paris, Presses de la FNSP, 1982.

Rémond (Bruno), Blanc (Jacques), *Les Collectivités locales*, Paris, Presses de la FNSP-Dalloz, 1989.

Rondin (Jacques), *Le Sacre des notables, La France en décentralisation*, Paris, Fayard, 1985.

Rouban (Luc), *L'État et la Science*, Paris, Éd. du CNRS, 1989.

Suleiman (Ezra N.), *Les Hauts Fonctionnaires et la Politique*, Paris, Éd. du Seuil, 1976.

Suleiman (Ezra N.), *Les Élites en France, Grands corps et grandes écoles*, Paris, Éd. du Seuil, 1979.

Thuillier (Guy), *Regards sur la haute administration en France*, Paris, Economica, 1979.

Thuillier (Guy), *Les Cabinets ministériels*, Paris, PUF, « Que sais-je ? », 1983.

Toulemonde (Bernard), *Petite Histoire d'un grand ministère, L'Éducation nationale*, Paris, Albin Michel, 1988.

6. Revues

Politique et Management public.

Pouvoirs.

La Revue administrative.

Revue française d'administration publique (RFAP).

Revue française de science politique (RFSP).

Revue internationale des sciences administratives.

Table

II. L'appareil corporatif

III. L'administration publique en question

RÉALISATION : ATELIER PAO ÉDITIONS DU SEUIL
TRANSCODAGE : CHARENTE-PHOTOGRAVURE À ANGOULÊME
IMPRESSION : BRODARD ET TAUPIN À LA FLÈCHE
DÉPÔT LÉGAL : FÉVRIER 1991 - N° 12968 (6401D-5)

Collection Points

SÉRIE POLITIQUE

1. La Démocratie, *par Georges Burdeau*
2. L'Afrique noire est mal partie, *par René Dumont*
3. Communisme, Anarchie et Personnalisme *par E. Mounier*
4. Que faire ?, *par Lénine*
5. Machiavel, *par Georges Mounin* (épuisé)
6. Dans trente ans la Chine, *par Robert Guillain* (épuisé)
7. Citations du président Mao Tsé-toung
8. Pour une réforme de l'entreprise *par François Bloch-Lainé* (épuisé)
9. Les Socialistes, *par André Philips* (épuisé)
10. Hô Chi-minh, *par Jean Lacouture* (épuisé)
11. Histoire de la Révolution russe, 1. Février, *par L. Trotski*
12. Histoire de la Révolution russe, 2. Octobre, *par L. Trotski*
13. Réflexions sur l'histoire d'aujourd'hui *par Tibor Mende* (épuisé)
14. Histoire du syndicalisme britannique *par Henri Pelling* (épuisé)
15. Trois encycliques sociales, de Jean XXIII et Paul VI (épuisé)
16. Bilan de l'URSS, 1917-1967, *par J.-P. Nett* (épuisé)
17. Mahomet, *par Maxime Rodinson*
18. Citations du président de Gaulle, *par Jean Lacouture* (épuisé)
20. Les Libertés à l'abandon, *par Roger Errera* (épuisé)
21. Qu'est-ce que la politique ?, *par Julien Freund*
22. Citations de Fidel Castro *par Henri de La Vega et Raphaël Sorin*
23. Les lycéens gardent la parole, *par les CAL* (épuisé)
24. Les Communistes français, *par Annie Kriegel* (épuisé)
25. La CGT, *par André Barjouet* (épuisé)
26. Les 20 Amériques latines, t. 1, Brésil, *par Marcel Niedergang*
27. Les 20 Amériques latines, t. 2, *par Marcel Niedergang*
28. Les 20 Amériques latines, t. 3, *par Marcel Niedergang*
29. Introduction à une politique de l'homme, *par Edgar Morin*
30. Le Nouveau Christianisme, *par Henri de Saint-Simon*
31. Le PSU, *par Michel Rocard* (épuisé)
32. La Nouvelle Classe ouvrière, *par Serge Mallet* (épuisé)
33. Réforme et Révolution, *par André Gorz*
34. L'État SS, *par Eugen Kogon*
35. L'État, *par Georges Burdeau*
36. Cuba est-il socialiste ?, *par René Dumont* (épuisé)
37. Les Paysans dans la lutte des classes *par Bernard Lambert* (épuisé)
38. La Pensée de Karl Marx, *par Jean-Yves Calvez*

39. La Pensée politique arabe contemporaine
par Anouar Abdel-Malek
40. Pour le nouveau parti socialiste, *par Alain Savary*
41. Autogestion, *par Daniel Chauvey*
42. Un socialisme du possible, *par François Mitterrand* (épuisé)
43. La CFDT, *ouvrage collectif* (épuisé)
44. Paris libre 1871, *par Jacques Rougerie*
45. Les Nouveaux Intellectuels
par F. Bon et M.-A. Burnier (épuisé)
46. Les Origines du gauchisme, *par Richard Gombin*
47. La Société bloquée, *par Michel Crozier*
48. Classe ouvrière et Révolution
par F. Bon et M.-A. Burnier (épuisé)
49. Histoire des démocraties populaires
1. L'ère de Staline, *par François Fejtö*
50. Histoire des démocraties populaires
2. Après Staline, *par François Fejtö*
51. La Faute à Voltaire, *par Nelcya Delanoë*
52. Géographie de la faim, *par Josué de Castro*
53. Le Système totalitaire, *par Hannah Arendt*
54. Le Communisme utopique, *par Alain Touraine*
55. Japon, troisième grand, *par Robert Guillain*
56. Les Partis politiques dans la France d'aujourd'hui
par François Borella
57. Pour un nouveau contrat social, *par Edgar Faure*
58. Le Marché commun contre l'Europe
par Bernard Jaumont, Daniel Lenègre et Michel Rocard (épuisé)
59. Le Métier de militant, *par Daniel Mothé*
60. Chine-URSS, *par François Fejtö*
61. Critique de la division du travail, *par André Gorz*
62. La Civilisation au carrefour, *par Radovan Richta*
63. Les Cinq Communismes, *par Gilles Martinet* (épuisé)
64. Bilan et Perspectives, *par Léon Trotski*
65. Pour une sociologie politique, t. 1
par Jean-Pierre Cot et Jean-Pierre Mounier
66. Pour une sociologie politique, t. 2
par Jean-Pierre Cot et Jean-Pierre Mounier
67. L'Utopie ou la Mort, *par René Dumont*
68. Fascisme et Dictature, *par Nicos Poulantzas*
69. Mao Tsé-toung et la Construction du socialisme
textes inédits traduits et présentés par Hu Chi-hsi
70. Autocritique, *par Edgar Morin*
71. Nouveau Guide du militant, *par Denis Langlois* (épuisé)
72. Les Syndicats en France, t. 1, *par Jean-Daniel Reynaud* (épuisé)
73. Les Syndicats en France, t. 2, textes et documents
par Jean-Daniel Reynaud
74. Force ouvrière, *par Alain Bergounioux*

75. De l'aide à la recolonisation, *par Tibor Mende*
76. Le Patronat, histoire, structure, stratégie du CNPF
par Bernard Brizay
77. Lettre à une étudiante, *par Alain Touraine*
78. Sur la France, *par Stanley Hoffmann*
79. La Cuisinière et le Mangeur d'hommes
par André Glucksmann
80. L'Age de l'autogestion, *par Pierre Rosanvallon*
81. Les Classes sociales dans le capitalisme aujourd'hui
par Nicos Poulantzas
82. Regards froids sur la Chine, *ouvrage collectif*
83. Théorie politique, *par Saint-Just*
84. La Crise des dictatures, *par Nicos Poulantzas* (épuisé)
85. Les Dégâts du progrès, *par la CFDT*
86. Les Sommets de l'État, *par Pierre Birnbaum*
87. Du contrat social, *par Jean-Jacques Rousseau*
88. L'Enfant et la Raison d'État, *par Philippe Meyer*
89. Écologie et Politique, *par A. Gorz et M. Bosquet*
90. Les Racines du libéralisme, *par Pierre-François Moreau*
91. Syndicat libre en URSS
par le Comité international contre la répression
92. L'Informatisation de la société, *par Simon Nora et Alain Minc*
93. Manuel de l'animateur social, *par Saül Alinsky*
94. Mémoires d'un révolutionnaire, *par Victor Serge*
95. Les Partis politiques en Europe, *par François Borella*
96. Le Libéralisme, *par Georges Burdeau*
97. Parler vrai, *par Michel Rocard*
98. Mythes révolutionnaires du tiers monde, *par Gérard Chaliand*
99. Qu'est-ce que la social-démocratie ?, *par la revue « Faire »*
100. La Démocratie et les Partis politiques
par Moisei Ostrogorski
101. Crise et Avenir de la classe ouvrière
par la revue « Faire » (épuisé)
102. Le Socialisme des intellectuels, *par Jan Waclav Makhaïski*
103. Reconstruire l'espoir, *par Edmond Maire*
104. Le Tertiaire éclaté, *par la CFDT*
105. Le Reflux américain, *par la revue « Faire »*
106. Les Pollueurs, *par Anne Guérin-Henni*
107. Qui a peur du tiers monde ?
par Jean-Yves Carfantan et Charles Condamines
108. La Croissance... de la famine, *par René Dumont*
109. Stratégie de l'action non violente, *par Jean-Marie Muller*
110. Retournez les fusils !, *par Jean Ziegler*
111. L'Acteur et le Système
par Michel Crozier et Erhard Friedberg
112. Adieux au prolétariat, *par André Gorz*
113. Nos droits face à l'État, *par Gérard Soulier*

114. Les Partis politiques, *par Maurice Duverger*
115. Les « Disparus », *par Amnesty International*
116. L'Afrique étranglée, *par René Dumont et Marie-France Mottin*
117. La CGT, *par René Mouriaux*
118. Le Mal-développement en Amérique latine
par René Dumont et Marie-France Mottin
119. Les Assassinats politiques, *par Amnesty International*
120. Vaincre la faim, c'est possible
par Jean-Yves Carfantan et Charles Condamines
121. La Crise de l'État-providence, *par Pierre Rosanvallon*
122. La Deuxième Gauche, *par Hervé Hamon et Patrick Rotman*
123. Les Origines du totalitarisme. 1. Sur l'antisémitisme
par Hannah Arendt
124. La Torture, *par Amnesty International*
125. Les Origines du totalitarisme. 2. L'Impérialisme
par Hannah Arendt
126. Les Rebelles, *par Jean Ziegler*
127. Le Pari français, *par Michel Albert*
128. La Fin des immigrés
par Françoise Gaspard et Claude Servan-Schreiber
129. Les Régimes politiques occidentaux
par Jean-Louis Quermonne
130. A l'épreuve des faits, *par Michel Rocard*
131. Introduction aux relations internationales
par Jacques Huntzinger
132. Individu et Justice sociale. Autour de John Rawls
ouvrage collectif
133. Mai 68. Histoire des événements, *par Laurent Joffrin*
134. Le Libéralisme économique, *par Pierre Rosanvallon*
135. Un pays comme le nôtre, *par Michel Rocard*
136. La Nouvelle France, *par Emmanuel Todd*
137. Les Juges dans la balance, *par Daniel Soulez Larivière*
138. Les Cadets de la droite, *par Jacques Frémontier*
139. La République des fonctionnaires, *par Thierry Pfister*
140. La Question immigrée
par Jacques Voisard et Christiane Ducastelle
141. L'Impuissance publique, *par Denis Olivennes et Nicolas Baverez*
142. La Presse en France, *par Jean-Marie Charon*
143. L'Appareil administratif de l'État, *par Jean-Louis Quermonne*
144. Essais politiques, *par Václav Havel*

Collection Points

SÉRIE ESSAIS

1. Histoire du surréalisme, *par Maurice Nadeau*
2. Une théorie scientifique de la culture
   par Bronislaw Malinowski
3. Malraux, Camus, Sartre, Bernanos, *par Emmanuel Mounier*
4. L'Homme unidimensionnel, *par Herbert Marcuse* (épuisé)
5. Écrits I, *par Jacques Lacan*
6. Le Phénomène humain, *par Pierre Teilhard de Chardin*
7. Les Cols blancs, *par C. Wright Mills*
8. Littérature et Sensation. Stendhal, Flaubert
   par Jean-Pierre Richard
9. La Nature dé-naturée, *par Jean Dorst*
10. Mythologies, *par Roland Barthes*
11. Le Nouveau Théâtre américain, *par Franck Jotterand* (épuisé)
12. Morphologie du conte, *par Vladimir Propp*
13. L'Action sociale, *par Guy Rocher*
14. L'Organisation sociale, *par Guy Rocher*
15. Le Changement social, *par Guy Rocher*
16. Les Étapes de la croissance économique, *par W. W. Rostow*
17. Essais de linguistique générale, *par Roman Jakobson* (épuisé)
18. La Philosophie critique de l'histoire, *par Raymond Aron*
19. Essais de sociologie, *par Marcel Mauss*
20. La Part maudite, *par Georges Bataille* (épuisé)
21. Écrits II, *par Jacques Lacan*
22. Éros et Civilisation, *par Herbert Marcuse* (épuisé)
23. Histoire du roman français depuis 1918
    par Claude-Edmonde Magny
24. L'Écriture et l'Expérience des limites, *par Philippe Sollers*
25. La Charte d'Athènes, *par Le Corbusier*
26. Peau noire, Masques blancs, *par Frantz Fanon*
27. Anthropologie, *par Edward Sapir*
28. Le Phénomène bureaucratique, *par Michel Crozier*
29. Vers une civilisation des loisirs ?, *par Joffre Dumazedier*
30. Pour une bibliothèque scientifique
    par François Russo (épuisé)
31. Lecture de Brecht, *par Bernard Dort*
32. Ville et Révolution, *par Anatole Kopp*
33. Mise en scène de Phèdre, *par Jean-Louis Barrault*
34. Les Stars, *par Edgar Morin*
35. Le Degré zéro de l'écriture
    suivi de Nouveaux Essais critiques, *par Roland Barthes*
36. Libérer l'avenir, *par Ivan Illich*
37. Structure et Fonction dans la société primitive
    par A. R. Radcliffe-Brown

38. Les Droits de l'écrivain, *par Alexandre Soljenitsyne*
39. Le Retour du tragique, *par Jean-Marie Domenach*
41. La Concurrence capitaliste
par Jean Cartell et Pierre-Yves Cossé (épuisé)
42. Mise en scène d'Othello, *par Constantin Stanislavski*
43. Le Hasard et la Nécessité, *par Jacques Monod*
44. Le Structuralisme en linguistique, *par Oswald Ducrot*
45. Le Structuralisme : Poétique, *par Tzvetan Todorov*
46. Le Structuralisme en anthropologie, *par Dan Sperber*
47. Le Structuralisme en psychanalyse, *par Moustapha Safouan*
48. Le Structuralisme : Philosophie, *par François Wahl*
49. Le Cas Dominique, *par Françoise Dolto*
51. Trois Essais sur le comportement animal et humain
par Konrad Lorenz
52. Le Droit à la ville, *suivi de* Espace et Politique
par Henri Lefebvre
53. Poèmes, *par Léopold Sédar Senghor*
54. Les Élégies de Duino, *suivi de* Les Sonnets à Orphée
par Rainer Maria Rilke (édition bilingue)
55. Pour la sociologie, *par Alain Touraine*
56. Traité du caractère, *par Emmanuel Mounier*
57. L'Enfant, sa « maladie » et les autres, *par Maud Mannoni*
58. Langage et Connaissance, *par Adam Schaff*
59. Une saison au Congo, *par Aimé Césaire*
61. Psychanalyser, *par Serge Leclaire*
63. Mort de la famille, *par David Cooper*
64. A quoi sert la Bourse ?, *par Jean-Claude Leconte* (épuisé)
65. La Convivialité, *par Ivan Illich*
66. L'Idéologie structuraliste, *par Henri Lefebvre*
67. La Vérité des prix, *par Hubert Lévy-Lambert* (épuisé)
68. Pour Gramsci, *par Maria-Antonietta Macciocchi*
69. Psychanalyse et Pédiatrie, *par Françoise Dolto*
70. S/Z, *par Roland Barthes*
71. Poésie et Profondeur, *par Jean-Pierre Richard*
72. Le Sauvage et l'Ordinateur, *par Jean-Marie Domenach*
73. Introduction à la littérature fantastique
par Tzvetan Todorov
74. Figures I, *par Gérard Genette*
75. Dix Grandes Notions de la sociologie, *par Jean Cazeneuve*
76. Mary Barnes, un voyage à travers la folie
par Mary Barnes et Joseph Berke
77. L'Homme et la Mort, *par Edgar Morin*
78. Poétique du récit, *par Roland Barthes*
Wayne Booth, Wolfgang Kayser et Philippe Hamon
79. Les Libérateurs de l'amour, *par Alexandrian*
80. Le Macroscope, *par Joël de Rosnay*
81. Délivrance, *par Maurice Clavel et Philippe Sollers*

82. Système de la peinture, *par Marcelin Pleynet*
83. Pour comprendre les média, *par M. McLuhan*
84. L'Invasion pharmaceutique
par Jean-Pierre Dupuy et Serge Karsenty
85. Huit Questions de poétique
par Roman Jakobson
86. Lectures du désir, *par Raymond Jean*
87. Le Traître, *par André Gorz*
88. Psychiatrie et Antipsychiatrie, *par David Cooper*
89. La Dimension cachée, *par Edward T. Hall*
90. Les Vivants et la Mort, *par Jean Ziegler*
91. L'Unité de l'homme, *par le Centre Royaumont*
1. Le primate et l'homme
par E. Morin et M. Piattelli-Palmarini
92. L'Unité de l'homme, *par le Centre Royaumont*
2. Le cerveau humain
par E. Morin et M. Piattelli-Palmarini
93. L'Unité de l'homme, *par Centre Royaumont*
3. Pour une anthropologie fondamentale
par E. Morin et M. Piattelli-Palmarini
94. Pensées, *par Blaise Pascal*
95. L'Exil intérieur, *par Roland Jaccard*
96. Semeiotiké, recherches pour une sémanalyse
par Julia Kristeva
97. Sur Racine, *par Roland Barthes*
98. Structures syntaxiques, *par Noam Chomsky*
99. Le Psychiatre, son « fou » et la psychanalyse
par Maud Mannoni
100. L'Écriture et la Différence, *par Jacques Derrida*
101. Le Pouvoir africain, *par Jean Ziegler*
102. Une logique de la communication
par P. Watzlawick, J. Helmick Beavin, Don D. Jackson
103. Sémantique de la poésie, *par T. Todorov, W. Empson*
J. Cohen, G. Hartman, F. Rigolot
104. De la France, *par Maria-Antonietta Macciocchi*
105. Small is beautiful, *par E. F. Schumacher*
106. Figures II, *par Gérard Genette*
107. L'Œuvre ouverte, *par Umberto Eco*
108. L'Urbanisme, *par Françoise Choay*
109. Le Paradigme perdu, *par Edgar Morin*
110. Dictionnaire encyclopédique des sciences du langage
par Oswald Ducrot et Tzvetan Todorov
111. L'Évangile au risque de la psychanalyse (tome 1)
par Françoise Dolto
112. Un enfant dans l'asile, *par Jean Sandretto*
113. Recherche de Proust, *ouvrage collectif*
114. La Question homosexuelle, *par Marc Oraison*

115. De la psychose paranoïaque dans ses rapports
avec la personnalité, *par Jacques Lacan*
116. Sade, Fourier, Loyola, *par Roland Barthes*
117. Une société sans école, *par Ivan Illich*
118. Mauvaises Pensées d'un travailleur social
par Jean-Marie Geng
119. Albert Camus, *par Herbert R. Lottman*
120. Poétique de la prose, *par Tzvetan Todorov*
121. Théorie d'ensemble, *par Tel Quel*
122. Némésis médicale, *par Ivan Illich*
123. La Méthode
1. La nature de la nature, *par Edgar Morin*
124. Le Désir et la Perversion, *ouvrage collectif*
125. Le Langage, cet inconnu, *par Julia Kristeva*
126. On tue un enfant, *par Serge Leclaire*
127. Essais critiques, *par Roland Barthes*
128. Le Je-ne-sais-quoi et le Presque-rien
1. La manière et l'occasion, *par Vladimir Jankélévitch*
129. L'Analyse structurale du récit, Communications 8
ouvrage collectif
130. Changements, Paradoxes et Psychothérapie
par P. Watzlawick, J. Weakland et R. Fisch
131. Onze Études sur la poésie moderne, *par Jean-Pierre Richard*
132. L'Enfant arriéré et sa mère, *par Maud Mannoni*
133. La Prairie perdue (Le Roman américain), *par Jacques Cabau*
134. Le Je-ne-sais-quoi et le Presque-rien
2. La méconnaissance, *par Vladimir Jankélévitch*
135. Le Plaisir du texte, *par Roland Barthes*
136. La Nouvelle Communication, *ouvrage collectif*
137. Le Vif du sujet, *par Edgar Morin*
138. Théories du langage, Théories de l'apprentissage
par le Centre Royaumont
139. Baudelaire, la Femme et Dieu, *par Pierre Emmanuel*
140. Autisme et Psychose de l'enfant, *par Frances Tustin*
141. Le Harem et les Cousins, *par Germaine Tillion*
142. Littérature et Réalité, *ouvrage collectif*
143. La Rumeur d'Orléans, *par Edgar Morin*
144. Partage des femmes, *par Eugénie Lemoine-Luccioni*
145. L'Évangile au risque de la psychanalyse (tome 2)
par Françoise Dolto
146. Rhétorique générale, *par le Groupe μ*
147. Système de la mode, *par Roland Barthes*
148. Démasquer le réel, *par Serge Leclaire*
149. Le Juif imaginaire, *par Alain Finkielkraut*
150. Travail de Flaubert, *ouvrage collectif*
151. Journal de Californie, *par Edgar Morin*
152. Pouvoirs de l'horreur, *par Julia Kristeva*

153. Introduction à la philosophie de l'histoire de Hegel
par Jean Hyppolite
154. La Foi au risque de la psychanalyse
par Françoise Dolto et Gérard Sévérin
155. Un lieu pour vivre, *par Maud Mannoni*
156. Scandale de la vérité, *suivi de* Nous autres Français
par Georges Bernanos
157. Enquête sur les idées contemporaines
par Jean-Marie Domenach
158. L'Affaire Jésus, *par Henri Guillemin*
159. Paroles d'étranger, *par Élie Wiesel*
160. Le Langage silencieux, *par Edward T. Hall*
161. La Rive gauche, *par Herbert R. Lottman*
162. La Réalité de la réalité, *par Paul Watzlawick*
163. Les Chemins de la vie, *par Joël de Rosnay*
164. Dandies, *par Roger Kempf*
165. Histoire personnelle de la France, *par François George*
166. La Puissance et la Fragilité, *par Jean Hamburger*
167. Le Traité du sablier, *par Ernst Jünger*
168. Pensée de Rousseau, *ouvrage collectif*
169. La Violence du calme, *par Viviane Forrester*
170. Pour sortir du XXe siècle, *par Edgar Morin*
171. La Communication, Hermès I, *par Michel Serres*
172. Sexualités occidentales, Communications 35
ouvrage collectif
173. Lettre aux Anglais, *par Georges Bernanos*
174. La Révolution du langage poétique, *par Julia Kristeva*
175. La Méthode
2. La vie de la vie, *par Edgar Morin*
176. Théories du symbole, *par Tzvetan Todorov*
177. Mémoires d'un névropathe, *par Daniel Paul Schreber*
178. Les Indes, *par Édouard Glissant*
179. Clefs pour l'Imaginaire ou l'Autre Scène
par Octave Mannoni
180. La Sociologie des organisations, *par Philippe Bernoux*
181. Théorie des genres, *ouvrage collectif*
182. Le Je-ne-sais-quoi et le Presque-rien
3. La volonté de vouloir, *par Vladimir Jankélévitch*
183. Le Traité du rebelle, *par Ernst Jünger*
184. Un homme en trop, *par Claude Lefort*
185. Théâtres, *par Bernard Dort*
186. Le Langage du changement, *par Paul Watzlawick*
187. Lettre ouverte à Freud, *par Lou Andreas-Salomé*
188. La Notion de littérature, *par Tzvetan Todorov*
189. Choix de poèmes, *par Jean-Claude Renard*
190. Le Langage et son double, *par Julien Green*
191. Au-delà de la culture, *par Edward T. Hall*

192. Au jeu du désir, *par Françoise Dolto*
193. Le Cerveau planétaire, *par Joël de Rosnay*
194. Suite anglaise, *par Julien Green*
195. Michelet, *par Roland Barthes*
196. Hugo, *par Henri Guillemin*
197. Zola, *par Marc Bernard*
198. Apollinaire, *par Pascal Pia*
199. Paris, *par Julien Green*
200. Voltaire, *par René Pomeau*
201. Montesquieu, *par Jean Starobinski*
202. Anthologie de la peur, *par Éric Jourdan*
203. Le Paradoxe de la morale, *par Vladimir Jankélévitch*
204. Saint-Exupéry, *par Luc Estang*
205. Leçon, *par Roland Barthes*
206. François Mauriac
1. Le sondeur d'abîmes (1885-1933), *par Jean Lacouture*
207. François Mauriac
2. Un citoyen du siècle (1933-1970), *par Jean Lacouture*
208. Proust et le Monde sensible, *par Jean-Pierre Richard*
209. Nus, Féroces et Anthropophages, *par Hans Staden*
210. Œuvre poétique, *par Léopold Sédar Senghor*
211. Les Sociologies contemporaines, *par Pierre Ansart*
212. Le Nouveau Roman, *par Jean Ricardou*
213. Le Monde d'Ulysse, *par Moses I. Finley*
214. Les Enfants d'Athéna, *par Nicole Loraux*
215. La Grèce ancienne (tome 1)
par Jean-Pierre Vernant et Pierre Vidal-Naquet
216. Rhétorique de la poésie, *par le Groupe μ*
217. Le Séminaire. Livre XI, *par Jacques Lacan*
218. Don Juan ou Pavlov
par Claude Bonnange et Chantal Thomas
219. L'Aventure sémiologique, *par Roland Barthes*
220. Séminaire de psychanalyse d'enfants (tome 1)
par Françoise Dolto
221. Séminaire de psychanalyse d'enfants (tome 2)
par Françoise Dolto
222. Séminaire de psychanalyse d'enfants
(tome 3, Inconscient et destins), *par Françoise Dolto*
223. État modeste, État moderne, *par Michel Crozier*